D1391736

Zwart is de nacht

Deel 5 van de Dawn-serie

Virginia ANDREWS®

Zwart is de nacht

Deel 5 van de Dawn-serie

DE KERN

Sinds de dood van Virginia Andrews werkt haar familie met een zorgvuldig uit-
gekozen auteur aan de voltooiing van haar nagelaten verhalen en ideeën en aan
het schrijven van nieuwe romans, waartoe ook deze behoort, die zijn geïnspireerd
op haar vertelkunst.

Alle namen, personen, plaatsen en gebeurtenissen in dit boek zijn bedacht door
de auteur. Elke gelijkenis met feitelijke gebeurtenissen of bestaande personen,
nog in leven of overleden, berust op puur toeval.

Vijfde druk, eerste in deze uitvoering

Oorspronkelijke titel: *Darkest Hour*
Original English language edition © 1993 by The Vanda General Partnership
All rights reserved including the right of reproduction in whole or in part in
any form
This edition published by arrangement with the original publisher, Pocket
Books, a division of Simon & Schuster, Inc., New York
V.C. ANDREWS and VIRGINIA ANDREWS are registered trademarks of The Vanda
General Partnership
Copyright © 1994, 2007 voor deze uitgave:
Uitgeverij De Kern, De Fontein bv, Postbus 1, 3740 AA Baarn
Vertaling: Parma van Loon
Omslagontwerp: Wil Immink Design
Omslagillustratie: Arcangel Images/Hollandse Hoogte
ISBN 978 90 325 1096 1
NUR 335

www.virginia-andrews.nl
www.uitgeverijdefontein.nl

Beste Virginia Andrews-lezer,

Als u op de hoogte wilt blijven van het boekennieuws rondom Virginia Andrews, dan kunt u een e-mail met uw naam sturen naar:

info@defonteinbaarn.nl

onder vermelding van 'Virginia Andrews'.

Uitgeverij De Kern organiseert regelmatig kortingsacties en prijsvragen waaraan u kunt meedoen.

Uiteraard worden uw gegevens uitsluitend voor deze mailinglijst gebruikt.

Met vriendelijke groet,
Uitgeverij De Kern

Proloog

ER WAS EENS

Ik heb mezelf altijd beschouwd als een Assepoester zonder prins die met een glazen muiltje kwam om haar mee te nemen naar een fantastisch leven. In plaats van een prins had ik een zakenman die me won in een kaartspel, en net als een fiche die over tafel wordt gegooid, werd ik van de ene wereld in een andere gegooid.

Maar dat was altijd mijn lot geweest, vanaf de dag waarop ik geboren werd. Het zou niet veranderen tot ik eindelijk in staat was er zelf verandering in te brengen, volgens de filosofie die een oude zwarte arbeider op The Meadows me vertelde toen ik een klein meisje was. Hij heette Henry Patton en zijn haar was zo wit dat het een plak sneeuw leek. Ik zat met hem op een oude boomstronk voor de rokerij terwijl hij een konijntje of een vosje voor me uit hout sneed. Op een zomerdag toen er onweer dreigde en er donkere wolken verschenen aan de horizon, hield hij er plotseling mee op en wees naar een dikke eikeboom in het oostelijke weiland.

'Zie je die tak daar, die buigt in de wind, kind?' vroeg hij.

'Ja, Henry,' zei ik.

'Nou, mijn mammie heeft me eens iets verteld over die tak. Weet je wat ze me vertelde?'

Ik schudde mijn hoofd. Mijn gouden vlechten zwaaiden rond en sloegen zachtjes tegen mijn mond.

'Ze vertelde me dat een tak, die niet meebuigt met de wind, breekt.' Hij keek naar me met zijn grote, donkere ogen. Zijn wenkbrauwen waren bijna net zo wit als zijn haar. 'Denk eraan dat je meebuigt met de wind, kind,' adviseerde hij, 'zodat je nooit zult breken.'

Ik haalde diep adem. De wereld om me heen leek toen zo vol wijsheid, kennis en ideeën, filosofie en bijgeloof, schuilend op de achtergrond in de vorm van een schaduw, de vlucht van schoorsteenzwaluwen, de kleur van rupsen, de bloedplekjes in kippeëieren. Ik moest wel luisteren en leren, maar ik stelde ook graag vragen.

'Wat gebeurt er als de wind gaat liggen, Henry?'

Hij lachte en schudde zijn hoofd. 'Dan kun je je eigen weg gaan, kind.'

De wind ging pas liggen toen ik getrouwd was met een man van wie ik niet hield, maar toen het gebeurde volgde ik Henry's advies op.

Ik ging mijn eigen weg.

DEEL EEN

1 ZUSTERS

Toen ik nog heel jong was, dacht ik dat we een vorstenhuis waren. We leken net zo te leven als de prinsen en prinsessen, de koningen en koninginnen in de sprookjes die mijn moeder mij en mijn jongste zusje Eugenia zo graag voorlas. Eugenia bleef doodstil zitten, met ogen die net zo wijd opengesperd en vol ontzag waren als de mijne, ook al was ze op haar tweede jaar al vaak ziek. Ons oudste zusje, Emily, wilde nooit voorgelezen worden en bracht het grootste deel van haar tijd in haar eentje door.

Net als de vorstelijke mannen en vrouwen die door de pagina's van de boeken in onze bibliotheek paradeerden, woonden we in een groot, mooi huis met hectaren en hectaren landerijen waar Virginia-tabak werd verbouwd, en met prachtige bossen. Aan de voorkant was een lang en breed, golvend grasveld, dat dicht begroeid was met klaver en Bermudagras, en versierd met witmarmeren fonteinen, kleine rotstuinen en smeedijzeren banken. In de zomer viel de blauweregen over de veranda's en voegde zich bij de roze mirtestruiken en de witte magnoliabloesem rond het huis.

Onze plantage heette The Meadows. Geen bezoeker, oud of nieuw, kwam over de lange, met grind bestrooide oprijlaan, zonder een opmerking te maken over ons prachtige huis, want in die tijd wijdde papa zich fanatiek aan het onderhoud ervan. Op de een of andere manier, misschien omdat het een eind van de weg af lag, ontsnapte The Meadows aan de verwoesting en plundering waaraan zoveel zuidelijke plantages in de Burgeroorlog ten prooi vielen. Geen Yankee-soldaten boorden hun hakken in onze mooie houten vloeren of vulden hun zakken met ons kostbare antiek. Grootvader Booth was ervan overtuigd dat de plantage gespaard was om aan te tonen hoe bijzonder The Meadows was. Papa erfde die devotie aan ons statige huis en zwoer dat hij zijn laatste dollar zou besteden aan de instandhouding ervan.

Papa erfde ook de rang van onze grootvader. Onze grootvader was kapitein in de cavalerie van generaal Lee – het was bijna of hij geridderd was en het gaf ons allemaal een vorstelijk gevoel. Hoewel papa nooit echt in het leger was, noemde hij zichzelf – en liet zich ook door anderen zo noemen – kapitein Booth.

En ook hadden we, net als vorsten, tientallen bedienden en knechten, die ons op onze wenken bedienden. Natuurlijk waren mijn favoriete bedienden

Louella, onze kokkin, wier mamma slavin was geweest op de Wilkes plantage, nog geen dertig kilometer ten zuiden van ons huis, en Henry, wiens papa, ook een slaaf vroeger, in de Burgeroorlog had gevochten en was gesneuveld. Hij vocht aan de kant van de Confederatie, omdat hij 'trouw aan zijn meester belangrijker vond dan vrijheid voor zichzelf', zoals Henry het uitdrukte.

Ik dacht ook dat we vorsten waren omdat we zoveel mooie en kostbare dingen in huis hadden: vazen van glanzend zilver en goud, beeldhouwwerken uit alle landen van Europa, mooie, handbeschilderde snuisterijen, en ivoren beeldjes uit het Verre Oosten en India. Kristallen prisma's hingen aan lampekappen, aan wandarmaturen, aan kroonluchters die kleuren opvingen en in regenbogen reflecteerden, en flitsten als de zon door de kanten gordijnen naar binnen drong. We aten van met de hand beschilderd porselein met zilveren bestek, en het eten werd opgediend op zilveren bladen.

Onze meubels waren in verschillende stijlen, allemaal even elegant. Het leek wel of alle kamers met elkaar wedijverden en probeerden elkaar te overtreffen. Mamma's leeskamer, met de lichtblauwe satijnen gordijnen en het zachte, uit Perzië geïmporteerde tapijt, was het zonnigste vertrek. Wie zou zich geen prinses voelen op mamma's paarsfluwelen chaise longue met de goudkleurige koorden? Als mamma in de vroege avond elegant op die stoel lag uitgestrekt, zette ze haar bril met het paarlemoeren montuur op en las een van haar romans, ook al ging papa daarover tekeer en beweerde hij dat ze haar geest vergiftigde met smerige woorden en zondige gedachten. Het gevolg was dat papa zelden in de leeskamer kwam. Als hij haar wilde spreken, stuurde hij een van de bedienden of Emily naar haar toe om haar te halen.

Papa's kantoor was zo breed en zo lang dat zelfs hij – met zijn bijna 1,90 meter lange gestalte, zijn brede, krachtige schouders en lange, gespierde armen – leek te verzinken achter het reusachtige bureau van donker eikehout. Altijd als ik daar naar binnen ging, leken de zware meubels in het schemerige licht op me af te komen, vooral de hooggerugde stoelen met de brede zittingen en armleuningen. Portretten van papa's vader en grootvader hingen boven hem en keken fronsend naar hem uit grote, donkere lijsten als hij bij het licht van zijn bureaulamp zat te werken en zijn haar in een wirwar van krullen over zijn voorhoofd viel.

Overal in ons huis hingen schilderijen. Op praktisch elke muur in elke kamer hingen ze, bijna allemaal portretten van Booth-voorouders: mannen met een donkere teint, smalle neuzen en dunne lippen, maar velen ook met koperkleurige baarden en snorren, net als papa.

Sommige vrouwen waren mager en hadden even harde gezichten als de mannen, en velen van hen keken met een bestraffende of verontwaardigde blik op me neer, alsof wat ik had gezegd, of zelfs maar gedacht, onbehoorlijk was in hun puriteinse ogen. Ik zag overal een gelijkenis met Emily, maar in geen van die oude gezichten vond ik ook maar de minste gelijkenis met mijzelf.

Eugenia leek ook anders, maar Louella dacht dat dat kwam omdat ze als baby erg zwak was geweest en een ziekte had gehad die ik pas kon uitspreken toen ik bijna acht was. Ik denk dat ik bang was het hardop te zeggen, bang om de woorden uit te spreken uit angst dat het geluid ervan besmettelijk zou zijn. Mijn hart begon te bonzen als ik het iemand hoorde zeggen, vooral Emily, die het volgens moeder de eerste keer dat ze het hoorde al perfect kon uitspreken: cyste-achtige fibrose.

Maar Emily was altijd heel anders dan ik. Ze toonde geen enkele belangstelling voor een van de dingen die mij enthousiast maakten. Ze speelde nooit met poppen en ze gaf niets om mooie kleren. Ze vond het een vervelend karwei om haar haar te borstelen en het kon haar niet schelen als het slap over haar ogen en langs haar gezicht hing en de donkerbruine pieken er vuil en slordig uitzagen. Ze vond het niet opwindend om over een veld achter een konijn aan te jagen, of op hete zomerdagen in de vijver te gaan pootjebaden. Ze genoot niet van de bloei van de rozen en de eerste wilde viooltjes. Met een arrogantie die groter werd naarmate ze langer werd, nam Emily alles wat mooi was als vanzelfsprekend aan.

Eén keer, toen Emily nauwelijks twaalf was, nam ze me terzijde en kneep haar ogen tot spleetjes, zoals ze altijd deed als ze iets belangrijks wilde zeggen. Ze vertelde me dat ik haar op een speciale manier moest behandelen omdat ze die ochtend had gezien hoe Gods vinger uit de lucht tevoorschijn kwam en The Meadows aanraakte: een beloning voor haar en papa's godvruchtigheid.

Moeder zei weleens dat ze geloofde dat Emily al twintig was toen ze werd geboren. Ze zwoer op een stapel bijbels dat het tien maanden had geduurd om haar ter wereld te brengen, en Louella gaf toe dat 'een baby die er zolang over deed, anders moest zijn'.

Zolang ik me kon herinneren was Emily bazig. Ze maakte er een sport van om de kamermeisjes te volgen en haar beklag te doen over hun werk. Ze vond het prachtig om met haar wijsvinger omhoog, de top besmeurd met stof en vuil, te komen aanhollen om moeder of Louella te vertellen dat de meisjes hun werk niet goed deden. Toen ze tien was, nam ze zelfs niet meer de moeite om naar mamma of Louella te gaan; ze kafferde de meisjes zelf uit en stuurde ze ijlings terug om de bibliotheekkamer of de zitkamer, of papa's werkkamer, een tweede beurt te geven. Ze wilde vooral een wit voetje bij papa halen, en schepte altijd op dat ze het dienstmeisje had gezegd zijn meubels te wrijven of al zijn boeken stuk voor stuk van de donkere eikehouten planken te halen en af te stoffen.

Ook al beweerde papa dat hij geen tijd had om iets anders te lezen dan de bijbel, toch had hij een schitterende collectie oude boeken, voornamelijk in leer gebonden eerste uitgaven; de ongerepte en ongelezen pagina's waren enigszins vergeeld aan de randen. Als papa op een van zijn zakenreizen was en niemand keek, sloop ik naar zijn werkkamer en haalde de boeken tevoorschijn. Ik legde ze naast me op de grond en sloeg ze voorzichtig open. Veel ervan hadden mooie pentekeningen, maar ik sloeg de pagina's om en deed net of ik kon lezen en begrijpen wat er stond. Ik kon bijna niet wachten tot ik oud genoeg was om naar school te gaan en te leren lezen.

Onze school lag even buiten Upland Station. Het was een klein, grijs geschilderd houten gebouw met drie stenen treden en een bel, die juffrouw Walker luidde om de kinderen binnen te roepen als de lunch was afgelopen of de pauze voorbij was. Ik heb juffrouw Walker nooit anders gekend dan als oud, zelfs toen ik nog klein was en zij waarschijnlijk niet ouder was dan dertig. Maar ze droeg haar doffe, zwarte haar in een strenge knot en ze had altijd een bril op haar neus met heel dikke glazen.

Toen Emily voor het eerst naar school ging, kwam ze elke dag thuis met afgrijselijke verhalen hoe hard juffrouw Walker op de handen sloeg van onhebbelijke jongens als Samuel Turner of Jimmy Wilson. Zelfs toen ze pas zeven was, ging Emily er al prat op dat juffrouw Walker op haar vertrouwde om de andere kinderen te verklikken als ze zich op een of andere manier misdroegen. 'Ik ben de ogen achterin juffrouw Walkers hoofd,' verklaarde ze hooghartig. 'Ik hoef maar naar iemand te wijzen en juffrouw Walker zet hem in de hoek met de ezelsmuts op. En dat doet ze ook met ongehoorzame kleine meisjes,' waarschuwde ze mij, met een valse glinstering in haar ogen.

Maar wat Emily ook deed om de school afschrikwekkend te doen lijken, ik bleef ernaar verlangen, want ik wist dat binnen de muren van dat oude grijze gebouw de oplossing lag van het mysterie van woorden: het geheim van het lezen. Als ik dat geheim eenmaal kende, zou ook ik de honderden en honderden boeken op de planken in ons huis kunnen openslaan en naar andere werelden, andere plaatsen reizen, en zoveel nieuwe en interessante mensen ontmoeten.

Natuurlijk had ik medelijden met Eugenia, die nooit naar school zou kunnen. In plaats van beter te worden toen ze opgroeide, ging ze steeds meer achteruit. Ze was broodmager en haar doorschijnende huid raakte nooit die vale teint kwijt. Maar ondanks alles bleven haar korenblauwe ogen stralend en hoopvol. En toen ik eindelijk naar school ging, wilde ze alles horen wat ik die dag had gedaan en geleerd. Mettertijd verving ik mamma om haar voor te lezen. Eugenia, die maar een jaar en een maand jonger was dan ik, zat opgekruld naast me en liet haar hoofdje op mijn schoot rusten, zodat haar lange, ongeknipte, lichtbruine haar langs mijn benen viel, en luisterde met een dromerige glimlach om haar lippen als ik voorlas uit een van onze kinderboeken.

Juffrouw Walker zei dat niemand, niet een van haar kinderen, zo snel had leren lezen als ik. Ik was gretig en vastbesloten. Geen wonder dat mijn hart bijna uit elkaar sprong van opwinding en blijdschap toen mamma zei dat ik met de lessen mocht beginnen. Op een avond aan het diner, tegen het eind van de zomer, kondigde mamma aan dat ik naar school mocht, ook al zou ik nog niet helemaal vijf zijn als het schooljaar begon.

'Ze is zo intelligent,' zei ze tegen papa. 'Het zou zonde zijn haar nog een jaar te laten wachten.' Papa zweeg, zoals gewoonlijk, tenzij hij het niet eens was met iets dat mamma zei. Zijn brede kaken maalden onverflauwd verder en zijn blik ging niet naar links en niet naar rechts. Ieder ander behalve wij zou hebben gedacht dat hij doof was of zo diep in gedachten verzonken dat hij geen woord had gehoord. Maar mamma was tevreden met zijn reactie. Ze wendde zich tot mijn oudste zusje, Emily, wier magere gezicht in een grimas van afkeer was vertrokken. 'Emily kan op haar passen, niet, Emily?'

'Nee, mamma. Lillian is te jong om naar school te gaan. Ze kan niet zover lopen. Het is viereneenhalve kilometer!' zei Emily vinnig. Ze was nog maar net negen, maar scheen elk jaar wel voor twee jaar te groeien. Ze was even lang als een kind van twaalf. Papa zei dat ze zo lang werd als een bonestaak.

'Natuurlijk kan ze dat wel, ja toch?' vroeg mamma met een stralende glimlach naar mij. Mamma had een glimlach die nog onschuldiger en kinderlijker was dan die van mijzelf. Ze deed erg haar best om zich door niets uit het veld te laten slaan, maar ze huilde om zelfs de allerkleinste schepseltjes. Soms huilde ze om de arme wormen die zo dom waren op het leistenen pad te kruipen tijdens een regenbui en dan doodgingen in de felle zon van Virginia.

'Ja, mamma,' riep ik, opgewonden bij het idee. Diezelfde ochtend had ik er over gedroomd dat ik naar school zou gaan. De wandeling joeg me geen angst aan. Als Emily het kon, kon ik het ook, dacht ik. Ik wist dat Emily het grootste deel van de weg aflegde met de Thompson-tweeling, Betty Lou en Emma Jean, maar de laatste kilometer moest ze alleen. Emily was niet bang. Niets maakte haar bang, nog niet de donkerste schaduw in de plantage, niet de spookverhalen die Henry vertelde, niets.

'Na het ontbijt vanmorgen zal ik Henderson het rijtuig laten inspannen om ons naar de stad te brengen, dan zullen we eens zien wat voor leuke nieuwe schoenen en jurken mevrouw Nelson voor je heeft in de winkel,' zei mamma, die me graag mooi aankleedde.

Mamma vond het heerlijk om te winkelen, maar papa vond het vreselijk, en hij ging zelden of nooit met haar naar Lynchburg, naar de grotere warenhuizen, al vleide en klaagde mamma nog zo hard. Hij zei dat zijn moeder bijna al haar kleren zelf had gemaakt en haar moeder vóór haar. Mamma hoorde hetzelfde te doen. Maar ze had een hekel aan naaien en breien en aan alle huishoudelijke karweitjes. De enige keer dat ze zich druk maakte over koken en schoonmaken was als ze een van haar grote diners of barbecues gaf. Dan paradeerde ze in huis rond, gevolgd door onze dienstmeisjes en Louella, en besloot wat er moest worden veranderd of opgeknapt, en wat er moest worden gekookt en voorbereid.

'Ze heeft geen nieuwe jurk en schoenen nodig, mamma,' verklaarde Emily, met haar ouwejuffersgezicht – samengeknepen ogen, smalle lippen, gerimpeld voorhoofd. 'Ze bederft ze alleen maar tijdens de wandeling naar school.'

'Onzin,' zei mamma, nog steeds glimlachend. 'Elk klein meisje krijgt nieuwe kleren en schoenen als ze voor het eerst naar school gaat.'

'Ik niet,' antwoordde Emily.

'Jij wilde niet mee om ze te gaan kopen, maar ik heb je de nieuwe schoenen en jurk aangetrokken die ik voor je had aangeschaft, weet je nog wel?' vroeg mamma glimlachend.

'Ze deden pijn aan mijn voeten en ik heb ze uitgetrokken en mijn oude schoenen aangetrokken zodra ik het huis uit was,' bekende Emily.

Papa sperde zijn ogen open en richtte al kauwend een vreemd nieuwsgierige blik op haar.

'Nee toch?' zei mamma. Altijd als er iets naars of vervelends gebeurde, dacht mamma eerst dat het niet waar was, en dan, als ze gedwongen was het onder ogen te zien, vergat ze het gewoon.

'Ja,' antwoordde Emily trots. 'De nieuwe schoenen staan boven, onderin mijn kast.'

Niet het minst uit het veld geslagen bleef mamma glimlachen en vroeg zich hardop af: 'Misschien passen ze Lillian.'

Toen moest papa lachen.

'Nauwelijks,' zei hij. 'Emily's voeten zijn twee keer zo groot.'

'Ja,' zei mamma dromerig. 'Nou ja, morgenochtend vroeg gaan we naar Upland Station, Lillian.'

Ik popelde van verlangen om het aan Eugénia te vertellen. Meestal kreeg ze haar maaltijden in haar kamer, omdat het haar te veel vermoeide om aan tafel te zitten. Al onze maaltijden waren langdurige bedoeningen. Papa begon met uit de bijbel voor te lezen, en toen Emily had leren lezen, deed zij het ook vaak. Maar hij zocht de teksten uit. Papa hield van eten en genoot van elke hap. We kregen altijd eerst salade of fruit en dan soep, zelfs als het snikheet was. Papa vond het prettig aan tafel te blijven zitten terwijl er werd afgeruimd en de tafel opnieuw werd gedekt voor het dessert. Soms las hij de krant, vooral de financiële pagina's, en ondertussen moesten Emily, mamma en ik ook blijven zitten en wachten.

Mamma babbelde aan één stuk door over de roddeltjes die ze had gehoord of een of andere roman die ze op dat moment las, maar papa hoorde meestal niets, en Emily keek altijd even verstrooid, verdiept in haar eigen gedachten. Daarom leek het of mamma en ik alleen waren. Ik was haar beste publiek. De beproevingen en problemen, de successen en mislukkingen van de families die in de buurt woonden fascineerden me. Elke zaterdagmiddag kwamen mamma's vriendinnen hier om te lunchen en te praten of mamma ging naar een van hun huizen. Het scheen dat ze elkaar genoeg nieuws te vertellen hadden voor de rest van de week.

Mamma kon zich plotseling iets herinneren dat haar vier of vijf dagen geleden verteld was en flapte het eruit of het een vette kop in een krant was, hoe klein of onbelangrijk de informatie ook mocht lijken.

'Martha Hatch heeft afgelopen donderdag een teen gebroken op de trap, maar ze wist pas dat hij gebroken was toen hij donkerblauw werd.'

Gewoonlijk werd ze door een voorval herinnerd aan iets soortgelijks dat jaren geleden gebeurd was en haalde ze dat op. Een enkele keer herinnerde papa zich ook iets. Als de verhalen en het nieuws belangrijk genoeg waren, vertelde ik ze door aan Eugenia als ik na het eten bij haar langsging. Maar de avond dat mamma verklaarde dat ik naar school mocht, kon ik maar over één onderwerp praten. Ik had verder geen woord meer gehoord. Ik was veel te opgewonden.

Nu zou ik andere meisjes leren kennen en vriendinnen krijgen. Ik zou leren schrijven en rekenen.

Eugenia had de enige slaapkamer beneden die niet bestemd was voor een van de bedienden. Al heel in het begin werd besloten dat het gemakkelijker voor haar zou zijn dan de trap op en af te moeten lopen. Zodra ik van tafel mocht opstaan liep ik haastig de gang door. Haar kamer lag aan de achterkant van het huis, maar had een paar mooie ramen die uitkeken over de westelijke akker, zodat ze de zon kon zien ondergaan en de boerenknechten kon zien die bezig waren met de tabaksplanten.

Ze was net klaar met haar eigen ontbijt, toen ik de kamer binnengestormd kwam.

'Mamma en papa hebben besloten dat ik dit jaar naar school mag!' riep ik. Eugenia glimlachte en keek even enthousiast alsof zijzelf zou worden ingeschreven. Ze trok aan haar lange haar. Zoals ze rechtop zat in het grote bed met de stijlen die twee keer zo lang waren als ik en de grote, dikke ombouw aan het hoofdeinde, leek Eugenia nog jonger dan ze was. Ik wist dat haar lichamelijke ontwikkeling geremd was door haar ziekte, maar in mijn ogen maakte het haar nog dierbaarder, als een mooie Chinese of Hollandse pop. Ze zwom in haar nachthemd, dat in grote plooien om haar heen viel. Haar ogen waren het opvallendst en mooist. Ze waren korenblauw en keken zo blij als ze lachte dat ze zelf bijna leken te lachen.

'Mamma gaat met me naar de winkel van Nelson om een jurk en nieuwe schoenen te kopen,' zei ik, en kroop over haar dikke, zachte matras om naast haar te komen zitten. 'Weet je wat ik zal doen?' ging ik verder. 'Ik zal al mijn boeken mee naar huis nemen en elke dag mijn huiswerk maken in jouw kamer. Ik zal jou alles leren wat ik zelf leer,' beloofde ik. 'Op die manier ben je iedereen van jouw leeftijd vooruit als jij erheen gaat.'

'Emily zegt dat ik nooit naar school zal gaan,' vertelde ze.

'Emily weet er niets van. Ze zei tegen mamma dat ik niet naar school zal kunnen lopen, maar ik zal zorgen dat ik er elke dag eerder ben dan zij. Om het haar betaald te zetten,' voegde ik er giechelend aan toe. Eugenia giechelde ook, en ik omhelsde mijn kleine zusje. Ze voelde altijd zo mager en teer aan dat ik haar heel zachtjes tegen me aandrukte. Toen holde ik weg. Ik ging me klaarmaken om met mamma naar Upland Station te gaan en mijn eerste schooljurk te kopen.

Mamma vroeg Emily of ze mee wilde, maar ze weigerde.

Ik was te opgewonden om me er iets van aan te trekken. Mamma hinderde het wel dat Emily zo weinig belangstelling toonde voor 'vrouwelijkheden', maar ze was bijna even opgewonden als ikzelf en deed niet veel meer dan zuchten en zeggen: 'Ze lijkt beslist niet op mij.'

Nou, ik wel. Ik vond het heerlijk om de slaapkamer van papa en mamma binnen te gaan als ze alleen was en naast haar te gaan zitten aan haar toilettafel terwijl ze haar haar kamde en zich opmaakte. En mamma babbelde onophoudelijk tegen onze beeltenis in de ovale spiegel in de marmeren lijst, zonder haar hoofd om te draaien als ze sprak. Het leek of we met ons vieren waren, mamma en ik en onze tweeling, die onze stemmingen weerkaatsten en net zo reageerden als een identieke tweeling zou doen.

Mamma was een debutante geweest. Haar ouders hadden haar in de high society van het Zuiden geïntroduceerd met een groot bal. Ze ging naar een school ter voltooiing van de opvoeding, en haar naam stond vaak in de societyrubrieken, dus ze wist precies hoe een jong meisje zich moest kleden en zich gedragen, en ze wilde mij graag zoveel mogelijk leren. Met mij naast zich zat ze aan haar toilettafel en borstelde haar mooie haar, tot het op gesponnen goud leek, en beschreef alle prachtige feesten en partijen die ze had bijgewoond, en weidde in details erover uit wat ze had gedragen, van haar schoenen tot haar met juwelen bezette tiara.

'Een vrouw heeft een speciale verantwoordelijkheid ten opzichte van haar uiterlijk,' vertelde ze me. 'In tegenstelling tot de mannen staan wij altijd op een toneel. Mannen kunnen jarenlang hun haar op dezelfde manier kammen, hetzelfde soort pak of schoenen dragen. Ze maken zich niet op, en ze hoeven zich ook niet druk te maken over hun huid. Maar een vrouw...' Ze zweeg even en draaide zich naar me toe. Ze richtte haar grote bruine ogen op mijn gezicht. 'Een vrouw maakt altijd een grootse entree, van de dag waarop ze voor het eerst naar school gaat tot de dag waarop ze over het middenpad van de kerk loopt om te trouwen. Telkens als een vrouw een kamer binnenkomt, richten alle ogen zich op haar, en in dat eerste ogenblik worden er onmiddellijk conclusies getrokken. Onderschat nooit het belang van een eerste indruk, m'n lieve Lillian.' Ze lachte en keek weer in de spiegel. 'Zoals mamma altijd zei, je eerste spetter maakt iedereen het natst en die herinneren ze zich het langst.'

Ik maakte me gereed om mijn eerste spetter in de society te maken. Ik ging naar school. Mamma en ik liepen haastig naar het rijtuig. Henry hielp ons allebei instappen en mamma opende haar parasol om haar gezicht tegen de zon te beschermen, want in die dagen hadden alleen de knechten die op het land werkten een gebruinde huid.

Henry ging op de bok zitten en spoorde Belle en Babe, onze rijtuigpaarden, aan.

'De kapitein heeft een paar gaten in de weg, die er door de laatste storm in zijn gekomen, nog niet laten opvullen, mevrouw Booth, dus houdt u stevig vast daar achterin. Het zal wel een beetje hobbelig zijn,' waarschuwde hij.

'Maak je over ons maar geen zorgen, Henry,' zei ze.

'Ik moet me wel zorgen maken,' antwoordde hij, met een knipoog naar mij, 'want ik heb twee volwassen vrouwen in mijn rijtuig vandaag.'

Mamma lachte. Ik kon nauwelijks mijn opwinding bedwingen bij de gedachte aan mijn eerste in de winkel gekochte jurk. De grindweg was oneffen door de regens van de late zomer, maar ik merkte nauwelijks hoe we hotsten en botsten tijdens de rit naar Upland Station. Er was een dichte begroeiing langs de weg. De lucht had nog nooit zo verrukkelijk geroken naar Cherokee-rozen en wilde viooltjes. En ik rook ook de zachte geur van het citroenkruid op mamma's zijden jurk. De koelere nachten waren nog niet koud genoeg om de bladeren al te doen verkleuren. De spotvogels en gaaien streden om de comfortabelste takken van de magnoliabomen. Het was een ongelooflijke ochtend.

Mamma vond het ook. Ze leek even opgewonden als ik en vertelde me het ene verhaal na het andere over haar eerste dagen op school. In tegenstelling tot mij had ze geen oudere broer of zusje om haar te halen en te brengen. Maar mamma was geen enig kind. Ze had een jonger zusje gehad, die aan een of andere geheimzinnige ziekte gestorven was. Zij noch papa praatte graag over haar, en vooral mamma voelde zich niet op haar gemak als het gesprek op iets onaangenaams of droevigs kwam. Ze berispte Emily altijd als ze dat deed. Hoewel het feitelijk meer een smeekbede was om ermee op te houden.

'Moet je nu altijd over zulke onplezierige en lelijke dingen beginnen, Emily,' jammerde ze dan. Emily klemde haar lippen op elkaar en keek kwaad.

Nelson's General Store was precies wat de naam zei: een winkel waarin alles verkocht werd, van middeltjes tegen reumatiek tot de nieuwe machinaal gemaakte broeken die uit de fabrieken in het noorden kwamen. Het was een lange, vrij donkere winkel, en achterin de winkel was de afdeling voor kleren. Mevrouw Nelson, een kleine vrouw met krullend grijs haar en een lief, vriendelijk gezicht, had de leiding van die afdeling. De jurken voor meisjes en vrouwen hingen aan een lang rek aan de linkerkant.

Toen mamma haar vertelde wat we zochten, haalde mevrouw Nelson een centimeter tevoorschijn en nam mijn maat op. Toen ging ze naar haar rek en haalde er alles uit wat ze dacht dat me zou passen, met hier en daar een kleine verandering. Mamma vond een roze katoenen jurk met een kanten kraagje en schouderstuk allerschattigst. Hij had ook mouwen met kanten strookjes. Hij was me een maat of zo te groot, maar mamma en mevrouw Nelson besloten dat hij wel zou passen als de taille werd ingenomen en de zoom verkort. Toen gingen we zitten en mevrouw Nelson haalde de enige schoenen tevoorschijn die me zouden passen: twee paar, een van zwart lakleer met riempjes, en een met knoopjes. Mamma vond de schoenen met de riempjes het mooist. Toen we naar de uitgang liepen kochten we nog een paar potloden en een schrijfbloc, en ik was uitgerust voor mijn eerste schooldag.

's Avonds vermaakte Louella mijn nieuwe jurk. We deden het in Eugenia's kamer, zodat ze het kon zien. Emily stak één keer haar hoofd om de hoek van de deur en tuurde met een afkeurend gezicht naar binnen.

'Niemand draagt zulke nette kleren naar school,' zei ze tegen mamma.

'Natuurlijk wel, m'n lieve Emily, vooral de eerste dag.'

'Nou, ik draag wat ik aan heb,' antwoordde ze.

'Het spijt me dat te horen, Emily, maar als je dat wilt...'

'Juffrouw Walker houdt niet van verwende kinderen,' snauwde Emily. Het was haar laatste commentaar op de bezigheden, die verder ieders aandacht trokken, zelfs die van papa. Hij kwam de kamer binnen om uiting te geven aan zijn goedkeuring.

'Wacht maar tot je haar morgenochtend helemaal aangekleed ziet, Jed,' beloofde mamma.

Die avond kon ik bijna niet in slaap komen. Mijn hoofd zat vol met gedachten aan wat ik allemaal zou leren en de kinderen die ik zou leren kennen. Ik had enkelen van hen ontmoet toen mamma en papa een van hun uitvoerige barbecues gaven of als wij bij een ander op bezoek gingen. De Thompson-tweeling had een jonger broertje van mijn leeftijd, Niles. Ik herinnerde me dat hij heel donkere ogen had en het ernstigste en bedacht-zaamste gezicht dat ik ooit bij een jongen van die leeftijd had gezien. Dan was Lila Calvert er nog, die verleden jaar naar school was gegaan, en Caroline O'Hara, die dit jaar gelijk met mij naar school zou gaan.

Ik nam me voor dat, wat ik ook voor huiswerk kreeg, ik altijd twee keer zoveel zou doen. Ik zou nooit in de problemen komen op school of niet naar juffrouw Walker luisteren, en als ze dat wilde zou ik met liefde het bord schoonmaken en de wissers uitkloppen, karweitjes waarvan ik wist dat Emily ze altijd graag deed voor haar onderwijzeres.

Die avond, toen mamma binnenkwam om me welterusten te wensen, vroeg ik haar of ik morgen meteen al zou moeten beslissen wat ik wilde worden.

'Hoe bedoel je, Lillian?' vroeg ze glimlachend.

'Moet ik beslissen of ik later les wil geven of dokter wil worden of advocaat?'

'Natuurlijk niet. Je hebt nog jaren de tijd om plannen te maken, maar ik geloof eerder dat je een lieve, mooie echtgenote zult worden voor een succesvolle jongeman. Je zult wonen in een huis dat zo groot is als The Meadows en een leger bedienden hebben,' verklaarde ze met het gezag van een bijbelse profeet.

In mamma's gedachten zou ik uiteindelijk naar een goede school ter voltooiing van de opleiding gaan, net als zij vroeger, en als de tijd rijp was, zou ik worden geïntroduceerd in de hogere kringen, en een knappe, rijke, jonge zuidelijke aristocraat zou me het hof maken en ten slotte papa komen bezoeken om hem om mijn hand te vragen. We zouden een grootse bruiloft vieren op The Meadows en ik zou, wuivend achterin het rijtuig, wegrijden en nog lang en gelukkig leven. Maar ik kon er niets aan doen, ik verlangde meer. Het zou mijn geheim blijven, een geheim dat ik diep in mijn hart zou bewaren en alleen aan Eugenia vertellen.

De volgende ochtend kwam mamma me wakker maken. Ze wilde dat ik vóór het ontbijt helemaal aangekleed en klaar zou zijn. Ik trok mijn nieuwe jurk en schoenen aan. Toen borstelde mamma mijn haar en bond er een roze lint in. Ze stond achter me toen we allebei in de kleedspiegel keken. Ik wist, omdat papa het zo vaak hardop uit de bijbel had voorgelezen, dat het een grote zonde was om verliefd te worden op je eigen beeltenis, maar ik kon er niets aan doen. Ik hield mijn adem in en staarde naar het kleine meisje in de spiegel.

Ik zag eruit of ik van de ene dag op de andere was opgegroeid. Nooit had mijn haar zo zacht en zo glanzend geleken, nooit hadden mijn blauwgrijze ogen zo stralend gekeken.

'Lieverd, wat ben je mooi,' zei mamma. 'Laten we gauw naar beneden gaan om het aan de kapitein te laten zien.'

Mamma pakte mijn hand en we liepen door de gang naar de trap. Louella had al een paar dienstmeisjes gewaarschuwd en ze keken door de deur van de kamers die ze bezig waren schoon te maken. Ik zag hun bewonderende glimlachjes en hoorde ze giechelen.

Papa keek op van tafel toen we binnenkwamen. Emily zat al stram en keurig op haar stoel.

'We hebben ruim tien minuten gewacht, Georgia,' verklaarde papa, en knipte nadrukkelijk zijn zakhorloge dicht.

'Het is een bijzondere ochtend, Jed. Kijk eens naar Lillian.'

Hij knikte.

'Ze ziet er goed uit, maar ik heb een drukke dag voor de boeg,' zei hij. Emily keek zelfvoldaan bij papa's abrupte reactie. Mamma en ik gingen zitten en papa mompelde snel een gebed.

Zodra het ontbijt achter de rug was, gaf Louella ons onze lunchblikjes, en Emily zei dat we ons moesten haasten.

'We zijn laat omdat we met het ontbijt op jou moesten wachten,' klaagde ze, en liep snel naar de voordeur.

'Pas goed op je kleine zusje,' riep mamma ons achterna.

Ik dribbelde zo snel ik kon op mijn stijve, glimmende nieuwe schoenen, terwijl ik mijn schrift, potloden en lunchblikje stevig in mijn handen klemde. De vorige avond had het kort maar hevig geregend, en hoewel de grond over het algemeen weer droog was, lagen er hier en daar nog plassen. Emily deed een stofwolk opdwarrelen toen ze over de oprijlaan liep en ik deed mijn uiterste best die te vermijden. Ze wilde niet op me wachten of me een hand geven.

De zon was nog niet boven de bomen uitgekomen, dus was het nog fris. Ik wilde dat we wat langzamer konden lopen en luisteren naar het gezang van de vogels. Langs de weg stonden prachtige wilde bloemen in volle bloei, en ik vroeg me af of juffrouw Walker het niet leuk zou vinden als we er een paar voor haar plukten. Ik vroeg het aan Emily, maar ze draaide zich niet eens naar me om toen ze antwoordde.

'Je moet je niet de eerste de beste dag zo uitsloven, Lillian.' Toen draaide ze zich naar me om en zei: 'En doe vooral niets dat mij in verlegenheid kan brengen.'

'Dat doe ik niet,' riep ik uit, maar Emily zei alleen maar: 'Hm,' en liep verder. Haar lange passen werden steeds langer en sneller, zodat ik praktisch moest hollen om haar bij te houden. Toen we de bocht omsloegen aan het eind van de oprijlaan, zag ik een grote plas op de weg, die na de regen van de vorige avond was blijven liggen. Emily wipte over een paar grote stenen, hield zichzelf met opvallende lenigheid in evenwicht en wist zelfs de zolen van haar schoenen droog te houden. Maar mij leek die plas onoverkomelijk. Ik bleef staan en Emily draaide zich met een ruk om en bleef met haar handen op haar heupen staan.

'Kom je nog, prinses?' vroeg ze.

'Ik ben geen prinses.'

'Mamma vindt van wel. Nou?'

'Ik ben bang,' zei ik.

'Belachelijk. Doe gewoon wat ik deed... loop over de stenen. Kom mee, anders laat ik je hier staan,' dreigde ze.

Met tegenzin begon ik. Ik zette mijn rechtervoet op de eerste steen en strekte voorzichtig mijn linkervoet uit naar de volgende, maar te ver, en daardoor kon ik mijn rechtervoet niet meer naar voren brengen. Ik begon te huilen en Emily om hulp te roepen.

'O, ik wist wel dat je een probleem zou worden,' zei ze, en kwam terug. 'Geef me je hand,' beval ze.

'Ik ben bang.'

'Geef me je hand!'

Ik kon nauwelijks mijn evenwicht bewaren, maar leunde naar voren tot ik bij haar vingers kwam. Emily greep de mijne stevig vast, en even deed ze niets. Verbaasd keek ik op en zag een vreemde glimlach om haar lippen. Voor ik me terug kon trekken, trok ze me hard naar voren, en ik glipte van de steen en viel. Ze liet me los en ik kwam op mijn knieën in het diepste deel van de plas terecht. Het modderige water sijpelde snel in mijn mooie nieuwe jurk. Mijn schrift en lunchblikje zakten weg in het water en ik raakte al mijn potloden kwijt.

Ik gilde en begon te huilen. Emily stond er met een voldaan gezicht bij en bood geen hulp. Langzaam stond ik op en klotste de plas uit. Toen ik op de droge grond stond keek ik naar mijn mooie nieuwe jurk, die nu vuil en doorweekt was. Mijn schoenen zaten onder de modder die door mijn roze katoenen sokjes drong.

'Ik heb tegen mamma gezegd dat ze geen mooie kleren voor je moest kopen, maar ze wilde niet naar me luisteren,' zei Emily.

'Wat moet ik nu doen?' kreunde ik.

'Ga naar huis. Je kunt een andere keer naar school,' zei ze en draaide zich om.

'*Nee!*' riep ik. Ik keek achterom naar de plas. Mijn nieuwe schrift was net zichtbaar onder het oppervlak van het modderige water, maar mijn lunchblikje was blijven drijven. Ik haalde het er snel uit, liep naar de kant van de weg en ging op een grote steen zitten. Emily liep snel door, en was even later om de bocht verdwenen. Ik zat te huilen tot mijn ogen pijn deden. Toen stond ik op en dacht erover om naar huis te gaan.

Dat is precies wat Emily wil, dacht ik. Plotseling maakten mijn verdriet en zelfmedelijden plaats voor woede. Ik veegde mijn nieuwe jurk zo goed mogelijk af, met behulp van een paar bladeren, en holde toen achter haar aan, vastbeslotener dan ooit om naar school te gaan.

Toen ik bij het schoolgebouw kwam, waren alle kinderen al binnen en zaten op hun plaats. Juffrouw Walker was net begonnen ze te begroeten toen ik in de deuropening verscheen. Mijn gezicht was bevlekt door tranen, en het lint dat mamma er met zoveel zorg in had gebonden was eruit gevallen. Iedereen keek verbaasd op, Emily keek teleurgesteld.

'O, hemel,' zei juffrouw Walker. 'Wat is er met jou gebeurd, kindlief?'

'Ik ben in een plas gevallen.' De meeste jongens lachten hardop, maar ik merkte dat Niles Thompson niet lachte. Hij keek kwaad.

'Arm kind. Hoe heet je?' vroeg ze. Ik vertelde het haar. Ze draaide haar hoofd om en keek naar Emily.

'Ze is toch jouw zusje?' vroeg ze.

'Ik heb haar gezegd dat ze naar huis moest gaan toen ze in de plas was gevallen, juffrouw Walker,' zei Emily liefjes. 'Ik zei dat ze morgen kon beginnen.'

'Ik wil niet tot morgen wachten,' riep ik. 'Vandaag is de eerste school-dag.'

'Kinderen,' zei juffrouw Walker, met een knikje naar de klas, 'zo hoop ik het van jullie allemaal te horen. Emily,' zei ze, 'let jij op de klas terwijl ik Lillian wat schoonmaak.'

Ze glimlachte naar me en gaf me een hand. Toen bracht ze me naar de achterkant van het schoolgebouw, waar een toiletruimte was. Ze gaf me handdoeken en washandjes en zei dat ik me zo goed mogelijk schoon moest maken.

'Je jurk is nog kletsnat,' zei ze. 'Wrijf hem maar goed droog.'

'Ik ben mijn nieuwe schrift en potloden kwijtgeraakt, en mijn brood is doorweekt,' klaagde ik.

'Ik heb alles wat je nodig hebt en je kunt mijn lunch delen,' beloofde juffrouw Walker. 'Als je klaar bent kun je in de klas terugkomen.'

Ik slikte mijn tranen in en deed wat ze zei. Toen ik terugkwam waren alle ogen weer op me gericht, maar deze keer lachte niemand. Niemand glimlachte zelfs. Of misschien alleen Niles Thompson. Hij zag eruit of hij het deed, al zou het een tijdje duren voor ik wist wanneer Niles blij was en wanneer niet.

Mijn eerste dag op school liep goed af. Juffrouw Walker gaf me een heel speciaal gevoel, vooral toen ze me een van haar eigen boterhammen gaf. Emily keek de hele dag knorrig en ontevreden, en vermeed me toen het tijd was om naar huis te gaan. Toen, onder het toeziende oog van juffrouw Walker, pakte ze mijn hand en liep met me weg. Toen we ver genoeg weg waren van school, liet ze me los.

De Thompson-tweeling en Niles liepen tweederde van de weg met ons mee. De tweeling en Emily liepen voorop en Niles en ik kwamen achteraan. Hij zei niet veel tegen me. Jaren later zou ik hem eraan herinneren dat toen hij eindelijk wèl iets zei, het was om me te vertellen dat hij de vorige dag bovenin de cederboom voor zijn huis was geklommen. Ik was redelijk onder de indruk, want ik herinnerde me hoe hoog die boom was. Toen we bij de oprit van de Thompsons afscheid namen, mompelde hij snel goedendag en rende weg. Emily keek even woedend achterom en liep sneller dan ooit door. Halverwege onze oprijlaan bleef ze staan en draaide zich met een ruk naar me om.

'Waarom ben je niet gewoon naar huis gegaan in plaats van ons belachelijk te maken op school?' vroeg ze.

'Ik heb ons niet belachelijk gemaakt.'

'O, jawel – en dankzij jou lachen mijn vriendinnen mij nu ook uit.' Ze keek me strak aan en kneep haar ogen nijdig samen. 'En je bent niet eens mijn eigen zusje,' zei ze.

Aanvankelijk klonken die woorden zo vreemd dat het was of ze had gezegd dat varkens konden vliegen. Ik geloof dat ik zelfs begon te lachen, maar wat ze daarop zei legde me onmiddellijk het zwijgen op. Ze liep naar me toe en hardop fluisterend herhaalde ze haar woorden.

'Dat ben ik wel,' verklaarde ik.

'Nee, dat ben je niet. Je echte moeder was mamma's zuster en die is gestorven toen jij geboren werd. Als jij niet geboren was, zou ze nog leven en hadden we jou niet in huis hoeven nemen. Er rust een vloek op je,' zei ze tergend. 'Net als Kaïn in de bijbel. Niemand zal ooit van je willen houden. Ze zullen veel te bang zijn. Je zult het zien,' dreigde ze. Toen draaide ze zich op haar hielen om en liep weg.

Ik volgde haar langzaam en probeerde te begrijpen wat ze had gezegd.

Mamma zat in de zitkamer op me te wachten, en toen ik binnenkwam stond ze op om me te begroeten. Zodra ze de bemodderde jurk en schoenen zag, slaakte ze een zachte kreet en sloeg haar handen tegen haar keel als een bang vogeltje.

'Wat is er gebeurd?' vroeg ze ontsteld.

'Ik ben vanmorgen op weg naar school in een plas gevallen, mamma.'

'O, arme lieverd van me.' Ze stak haar armen uit en ik holde naar haar toe, om een knuffel en een zoen te krijgen. Ze nam me mee naar boven en trok mijn nieuwe jurk en schoenen uit. 'Je hals en haar zitten onder de modder. Je moet in bad. Emily heeft hier geen woord over gezegd. Ze kwam net als altijd binnen en ging rechtstreeks naar haar kamer. Ik zal eens even een hartig woordje met haar wisselen. Intussen ga jij in bed,' zei mamma.

'Mamma,' riep ik, toen ze naar de deur liep. Ze bleef staan en keek naar me.

'Ja?'

'Emily zei dat ik niet haar zusje ben, ze zei dat jouw zuster mijn echte moeder was en dat ze is gestorven toen ik werd geboren.' Ik hield mijn adem in, wachtend op mamma's ontkenning en haar spottende lach over zo'n fantastisch verhaal. In plaats daarvan keek ze verontrust.

'O, hemel,' zei mamma. 'Ze had het beloofd.'

'Wat beloofd, mamma?'

'Beloofd om het je niet te vertellen voor je veel en veel ouder was. O, hemel,' zei mamma. Ze keek zo kwaad als haar maar mogelijk was. 'De kapitein zal ook woedend op haar zijn,' ging ze verder. 'Dat kind heeft een lelijke trek in haar karakter; ik weet niet waar ze die vandaan heeft.'

'Maar, mamma, ze zei dat ik niet haar zusje ben.'

'Ik zal je er alles over vertellen, lieverd,' beloofde mamma. 'Niet huilen.'

'Maar, mamma, betekent dat dat Eugenia ook niet mijn zusje is?'

Mamma beet op haar lip en zag eruit of ze elk moment in tranen kon uitbarsten.

'Ik kom zo terug,' zei ze, en liep haastig weg. Ik plofte neer op mijn bed en staarde haar na.

Wat had dit allemaal te betekenen? Hoe was het mogelijk dat mamma en papa niet mijn mamma en papa waren en Eugenia niet mijn zusje was?

Deze dag had een van de mooiste dagen van mijn leven moeten zijn, de dag waarop ik voor het eerst naar school ging. Maar op dat moment leek het de afschuwelijkste dag die ik ooit had beleefd.

2 DE WAARHEID VALT NIET TE ONTKENNEN

Toen mamma terugkwam om met me te praten, lag ik opgerold in bed met de deken tot aan mijn kin opgetrokken. Kort nadat ze weg was kreeg ik hevige koude rillingen, die mijn tanden deden klapperen. Zelfs met mijn deken stevig om me heen gewikkeld, kon ik niet warm genoeg worden om het rillen te doen bedaren. Ik had het gevoel dat ik weer in die koude plas was gevallen.

'O, arme lieverd,' riep mamma uit, en ze liep haastig naar me toe. Ze dacht dat ik alleen maar naar bed was gegaan om die afschuwelijke dingen die waren gezegd. Ze streek mijn haar naar achteren en gaf me een zoen op mijn wang. 'Je gloeit helemaal!' zei ze.

'Nee, mamma, ik heb het zo kou... kou... koud,' zei ik, maar ze schudde haar hoofd.

'Je hebt natuurlijk kougevat toen je in die plas bent gevallen en de hele dag in een natte jurk hebt rondgelopen. Nu heb je hoge koorts. De onderwijzeres had je meteen naar huis moeten sturen.'

'Nee, mamma. Ik heb mijn jurk gedroogd en juffrouw Walker heeft me de helft van haar eigen lunch gegeven,' zei ik. Mamma staarde me aan of ik wartaal sprak en schudde haar hoofd. Toen legde ze haar hand weer op mijn voorhoofd en slaakte een kreet van schrik.

'Je voorhoofd voelt zo heet. Ik zal dokter Cory laten komen,' besloot ze. Ze holde naar buiten om Henry te zoeken.

Sinds Eugenia met een longkwaal was geboren, raakte mamma in paniek als ik, Emily of papa ook maar een heel klein beetje ziek was. Dan liep ze handenwringend rond in de kamer. Haar gezicht werd doodsbleek en haar ogen groot van angst. De oude dokter Cory was al zo vaak ontboden dat papa beweerde dat zijn paard de weg blindelings kon vinden. Soms was mamma zo in alle staten dat ze erop stond dat Henry hem onmiddellijk in ons rijtuig hierheen bracht en niet zou wachten tot de dokter zijn eigen koets had ingespannen.

Dokter Cory woonde aan de noordkant van Upland Station in een klein huisje. Hij was een noorderling die door zijn familie naar het zuiden was gebracht toen hij zes was. Papa noemde hem een 'bekeerde Yankee'. Dokter Cory was een van de eerste bewoners van Upland Station die een telefoon had, maar wij hadden er nog steeds geen. Papa zei dat als hij een van die babbelapparaten in huis nam, mamma de hele dag met de hoorn tegen haar oor geplakt zou zitten, en het was al erg genoeg dat ze eens per week met de andere hennen kakelde.

Dokter Cory was een kleine man, met aardbeikleurige haar dat doorstreept was met grijs, en amandelvormige ogen die altijd zo vriendelijk keken en zo jong leken dat ze me altijd op mijn gemak stelden zodra hij zijn bezorgde blik op me richtte. Hij had altijd een snoepje bij zich in zijn versleten, donkerbruine leren tas. Soms was het een lollie, soms een zuurstok.

Terwijl we wachtten tot hij kwam, liet mamma me door een van de dienstmeisjes nog een doorgestikte deken brengen. Het extra gewicht en de warmte maakten dat ik me wat behaaglijker voelde. Louella bracht zoete thee, die mamma me met een theelepeltje voerde. Ik had moeite met slikken, en dat maakte haar nog zenuwachtiger.

'O, hemeltje, hemeltje,' steunde ze. 'Als het eens roodvonk is of tetanus of keelontsteking.' Ze prevelde haar litanie van mogelijke ziekten. Ze noemde altijd alles op wat ze zich uit het medische handboek kon herinneren. Haar lelieblanke wangen waren gevlekt en haar hals zag rood. Als mamma zo erg van streek was, kreeg ze altijd rode vlekken in haar gezicht.

'Het lijkt niet op roodvonk of tetanus,' zei Louella. 'Mijn zuster is aan roodvonk gestorven, en ik heb een smid gekend die aan tetanus is doodgegaan.'

'Ooooooo,' kreunde mamma. Ze liep van het raam naar de deur en terug naar het raam, om te zien of dokter Cory al kwam. 'Ik heb tegen de kapitein gezegd dat we toch echt telefoon moeten hebben. Hij kan toch zo koppig zijn.'

Ze ratelde door, verdiepte zich in haar eigen gedachten om zichzelf te troosten. Eindelijk, na wat oneindig lang wachten leek, kwam dokter Cory, en Louella ging naar beneden om hem binnen te laten. Mamma knikte zwijgend naar mij. Ik lag ingepakt in bed toen hij de kamer binnenkwam.

'Maak jij je nu niet ook nog ziek van ongerustheid, Georgia,' zei hij ferm. Hij ging op bed zitten en glimlachte naar me.

'Hoe gaat het, Lillian?' vroeg hij.

'Ik heb het nog zo koud,' klaagde ik.

'Ik zie het. Daar zullen we wat aan doen.' Hij maakte zijn tas open en haalde zijn stethoscoop eruit. Ik bereidde me voor op het ijskoude metaal op mijn huid, toen hij me vroeg rechtop te gaan zitten en mijn nachthemd op te trekken, dus kromp ik al ineen nog voor hij me aanraakte. Hij lachte en blies op zijn stethoscoop voordat hij die op mijn rug plaatste. Toen vroeg hij me diep adem te halen. Hij beluisterde mijn borst en ik haalde weer zo diep mogelijk adem.

Hij nam mijn temperatuur op; ik moest mijn mond opendoen en 'Ah' zeggen en toen keek hij in mijn oren. Terwijl hij me onderzocht wond mamma zich op over het voorval op weg naar school.

'Wie weet wat er in die plas zat? Hij kan wel vol bacillen hebben gezeten,' jammerde ze.

Eindelijk stak dokter Cory zijn hand in zijn tas en haalde er een lollie uit.

'Dat is goed voor je keel,' zei hij.

'Wat is het? Wat mankeert haar, dokter?' vroeg mamma, toen hij rustig opstond en alles weer terugstopte in zijn tas.

'Haar keel ziet een beetje rood, een kleine infectie. Niets ernstigs, Georgia, geloof me. Dit komt vaak voor bij de wisseling van de seizoenen. Ik zal haar wat aspirine en sulfer geven. Met voldoende bedrust en warme thee is ze over een dag of wat weer kerngezond,' beloofde dokter Cory.

'Maar ik moet naar school!' riep ik uit. 'Ik ben vandaag net begonnen.'

'Ik ben bang dat je meteen al een kleine vakantie zult moeten nemen, kindlief,' zei dokter Cory. Als ik me eerst al ongelukkig voelde, was dat niets vergeleken bij nu. De allereerste week, de tweede dag, niet naar school kunnen? Wat moest juffrouw Walker wel van me denken.

Ik kon er niets aan doen, ik begon te huilen. Na de afschuwelijke dingen die Emily had gezegd en mamma niet had ontkend, leek dit ondraaglijk.

'Kom, kom,' zei dokter Cory. 'Op deze manier maak je jezelf nog zieker en duurt het nog langer voor je weer naar school kunt.'

Zijn woorden maakten een abrupt einde aan mijn gesnik, al kon ik het schokken van mijn lichaam niet bedwingen. Hij gaf mamma de pillen die ik moest innemen en vertrok. Ze volgde hem naar buiten; ze moest nog steeds gerustgesteld worden dat het echt niet ernstig was. Ik hoorde hen mompelen in de gang en toen hoorde ik dokter Cory's voetstappen wegsterven. Ik deed mijn ogen dicht. De tranen brandden achter mijn oogleden. Mamma kwam terug met het medicijn. Toen ik het had ingenomen liet ik me achterover op het kussen vallen en viel in slaap.

Ik sliep heel lang, en toen ik eindelijk wakker werd zag ik dat het buiten pikdonker was. Mamma had een kleine olielamp in mijn kamer laten branden en een van de dienstmeisjes, Tottie, opdracht gegeven om bij me te blijven zitten en op me te letten. Maar ze was zelf in de stoel in slaap gevallen. Ik voelde me weer wat beter. De rillingen waren verdwenen, al voelde mijn keel zo droog als bordpapier. Ik kreunde en Tottie opende snel haar ogen.

'O, bent u wakker, juffrouw Lillian? Hoe voelt u zich?'

'Ik wil wat drinken, Tottie. Alsjeblieft,' zei ik.

'Ik zal het direct aan mevrouw Booth vragen,' zei ze en holde weg. Bijna onmiddellijk daarna kwam mamma binnen. Ze deed het licht aan en voelde mijn voorhoofd.

'Lijkt me beter,' verklaarde ze, en slaakte een zucht van bezorgdheid.

'Ik heb zo'n dorst, mamma.'

'Louella is op weg met thee en toast en jam, lieverd,' zei ze, en ging op mijn bed zitten.

'Mamma, ik vind het zo erg dat ik morgen niet naar school kan. Het is niet eerlijk.'

'Ik weet het, lieverd, maar je kunt niet naar school als je ziek bent. Dan word je nog zieker.'

Ik deed mijn ogen dicht en weer open, terwijl mamma mijn bed en de kussens opschudde. Toen Louella kwam met het theeblad, hielpen ze me overeind. Mamma bleef naast me zitten terwijl ik theedronk en een toastje at.

'Mamma,' zei ik. Ik herinnerde me weer waarom ik me zo ellendig voelde. 'Wat bedoelde Emily toen ze zei dat ik niet haar zusje ben? Wat wilde je me vertellen?'

Mamma zuchtte diep, zoals ze altijd deed als ze vond dat ik te veel vragen stelde. Toen schudde ze haar hoofd en wuifde zich koelte toe met het kanten zakdoekje dat ze in de rechtermouw van haar jurk bewaarde.

'Emily heeft iets heel slechts gedaan, toen ze dat tegen je zei. De kapitein is ook woedend op haar en we hebben haar vanavond naar haar kamer gestuurd,' zei mamma. Maar ik dacht niet dat dat zo'n straf zou zijn voor Emily. Ze zat liever in haar kamer dan bij het gezin.

'Waarom was het zo slecht, mamma?' vroeg ik verward.

'Het was slecht omdat Emily beter hoorde te weten. Ze is ouder dan jij, en was toen oud genoeg om te weten wat er gebeurd was. De kapitein heeft met haar gepraat en haar nadrukkelijk gezegd hoe belangrijk het was dat je het niet mocht weten voordat je oud genoeg was om het te begrijpen. Hoewel Emily toen maar iets jonger was dan jij nu, wisten we dat ze begreep hoe belangrijk het was iets geheim te houden.'

'Wat is het geheim?' vroeg ik fluisterend. Ik was nog nooit zo geboeid geweest door iets dat mamma me vertelde. Henry zei altijd dat huizen en families in het zuiden kasten vol geheimen hadden. 'Als je een kastdeur open zou maken die jarenlang gesloten is gebleven, zouden de geheimen eruitrollen.' Ik wist wel niet precies wat hij bedoelde, maar ik vond niets spannender dan een mysterie of een spookverhaal.

Met tegenzin, haar handen in haar schoot gevouwen en een verdrietige blik in haar mooie zachtblauwe ogen, haalde mamma diep adem en begon.

'Zoals je weet, heb ik een jongere zuster gehad, Violet. Ze was erg knap en erg teer... zo teer als een viooltje. Ze hoefde 's middags maar een paar minuten in de zon te staan, en haar sneeuwblanke huid werd vuurrood. Ze had dezelfde blauwgrijze ogen en wipneus als jij. Eigenlijk was haar gezichtje niet veel groter dan dat van Eugenia. Mijn papa noemde haar zijn kleine duveltje, maar mijn mama vond het vreselijk als hij dat zei.

'Maar goed, ze was iets ouder dan zestien, toen een knappe jongeman, de zoon van een van onze buren, haar het hof begon te maken. Hij heette Aaron en iedereen zei dat hij de grond aanbad waarop Violet liep, en zij was dol op hem. De mensen vonden het heel romantisch, het soort liefdesverhaal waarover je las in boeken, even mooi en fascinerend als Romeo en Julia, maar helaas, even tragisch.

'Aaron vroeg mijn vader om toestemming voor zijn huwelijk met Violet, maar mijn papa was heel bezitterig ten opzichte van zijn lievelingsdochter.

29

Hij bleef beloven er serieus over na te denken, maar stelde een beslissing zo lang mogelijk uit.

'Nu,' zei mamma met een droevige zucht, terwijl ze haar ogen afveegde met haar zakdoekje, 'als ik eraan denk wat er gebeurd is, lijkt het wel of papa de toekomst kende en hij Violet zo lang mogelijk wilde beschermen tegen verdriet en ongeluk. Maar,' ging mamma verder, 'in die tijd was het nòg moeilijker dan nu voor een jonge vrouw om iets anders te doen dan trouwen. Het was Violets bestemming, net zoals het de mijne was... trouwen met een man van goede stand, een man die respect verdient.

'En dus gaf papa eindelijk toe, en Violet en Aaron trouwden. Het was een mooie bruiloft. Violet zag eruit als een kindbruidje, niet ouder dan twaalf, in haar bruidsjurk. Iedereen maakte er een opmerking over.

'Kort daarna werd ze zwanger.' Mamma lachte. 'Ik herinner me dat er zelfs na vijf maanden nog bijna niets te zien was.' Mamma's glimlach verdween. 'Maar toen ze in de zesde maand was, gebeurde er een ramp. Aaron werd tijdens een storm van zijn paard geworpen en sloeg met zijn hoofd tegen een steen. Hij was op slag dood,' zei mamma met stokkende stem. Ze slikte even voor ze verderging.

'Violet was wanhopig. Ze verwelkte snel, als een bloem zonder zonlicht, want haar liefde was haar zon; die bracht vreugde en belofte in haar leven. Inmiddels was onze papa ook overleden, dus voelde ze zich erg alleen. Het was pijnlijk te zien hoe ze wegkwijnde: Haar mooie haar werd dof en kleurloos, haar ogen stonden altijd somber, haar teint werd steeds bleker en ziekelijker en het kon haar niet meer schelen wat ze aantrok.

'Vrouwen die zwanger worden,' zei mamma, 'zien er meestal gezonder uit dan ooit. Als de zwangerschap goed verloopt, is het of de baby hun lichaam verrijkt. Begrijp je, Lillian?'

Ik knikte, al begreep ik het niet echt. De meeste zwangere vrouwen die ik had gezien zagen er allemaal dik en onhandig uit, ze kreunden als ze gingen zitten, kreunden als ze opstonden en hielden altijd hun buik vast, alsof de baby er elk moment uit kon vallen. Mamma glimlachte en streek over mijn haar.

'In ieder geval, verzwakt door de tragedie, verzwakt door haar verdriet, werd Violet niet sterker en gezonder. Ze ondervond de zwangerschap nu als een last en bracht elke dag lange uren door met het betreuren van haar verloren liefde.

'De baby, die het verdriet in haar hele lichaam voelde, besloot vroeger geboren te worden dan ze geacht werd te doen. Op een avond kreeg Violet hevige pijn en de dokter werd geroepen. De bevalling leek eindeloos te duren. Het ging de hele nacht door, tot ver in de ochtend. Ik zat naast haar en hield haar hand vast, veegde haar voorhoofd af, troostte haar zo goed als ik kon, maar de inspanning was teveel.

'Later in de ochtend van de volgende dag, werd jij geboren, Lillian. Je was een mooie baby met volledig en goed gevormde gelaatstrekken. Iedereen bewonderde je, en iedereen hoopte dat Violet na jouw geboorte weer zou opknappen, dat het haar iets zou geven om voor te leven, maar helaas was het al te laat.

'Kort nadat jij je entree had gemaakt, hield Violets hart op met kloppen. Het was of ze net zo lang in leven was gebleven tot jij geboren zou worden, en haar en Aarons kind het levenslicht zou zien. Ze stierf in haar slaap, met een zachte, vriendelijke glimlach op haar gezicht. Ik wist zeker dat Aaron aan de andere kant op haar wachtte, met uitgestoken hand, zijn armen gereed om haar ziel te omarmen en met de zijne te verenigen.

'Mijn mamma was te oud en te ziek om voor een kind te kunnen zorgen, dus nam ik je mee naar The Meadows. De kapitein en ik besloten je groot te brengen alsof je ons eigen kind was. Emily was toen vier jaar en een paar maanden, dus wist ze dat we de baby van mijn zuster hadden meegenomen om bij ons te komen wonen. Maar we praatten met haar erover en drukten haar op het hart het geheim te bewaren. We wilden dat je een fijne, onbezorgde jeugd zou beleven en altijd het gevoel zou hebben dat je bij ons hoorde. We wilden je zo lang we konden beschermen tegen tragedies en verdriet.

'O, Lillian, lieverd,' zei mamma terwijl ze me omhelsde. 'Je moet ons altijd beschouwen als je vader en moeder, en niet als je oom en tante, want we houden net zoveel van jou als van onze twee andere dochters. Wil je zo aan ons blijven denken? Altijd?'

Ik wist niet hoe ik anders aan ze zou moeten denken, dus ik knikte, maar diep in mijn hart voelde ik een knagende pijn, en ik wist dat die niet zou verdwijnen. Die zou eeuwig blijven bestaan en me er altijd aan herinneren dat ik een weeskind was en dat de twee mensen die me zouden hebben liefgehad en gekoesterd, net zoveel als ze van elkaar hielden, van me waren weggenomen voordat ik zelfs maar de kans had gehad hen te zien. Ik wilde graag meer over hen weten.

Ik had foto's gezien van Violet en ik wist dat er nog meer waren, maar ik had nooit met zoveel belangstelling ernaar gekeken als ik voortaan zou doen. Tot nu toe was ze niet meer dan een gezicht, een droevig verhaal, een duister deel van onze geschiedenis waar we maar beter niet over konden praten en aan denken. Ik had wel duizend vragen over haar en Aaron, en ik was slim genoeg om te begrijpen dat elke vraag die ik stelde pijnlijk zou zijn voor mamma en dat het haar moeite zou kosten zich de antwoorden te herinneren.

'Je moet je daar geen zorgen over maken,' zei mamma. 'Er verandert niets. Oké?'

Als ik terugdenk aan die dagen besef ik hoe onschuldig en naïef mamma toen was. Er zou niets veranderen? De onzichtbare liefdesband die tussen ons had bestaan, zou worden verbroken. Ja, zij en papa zouden in naam mijn vader en moeder zijn, en ja, ik zou hen nog steeds zo noemen, maar de wetenschap dat ze dat niet waren gaf me een intens gevoel van eenzaamheid.

Vanaf die dag voelde ik me vaak ongelukkig als ik naar bed ging, alsof er een onderstroom was die me omlaagtrok en dreigde te verdrinken. Ik staarde in het duister en hoorde mamma steeds weer herhalen dat ik thuishoorde waar ik was. Maar was dat zo? Of had een wreed lot me hier domweg neergeplant? Wat zou Eugenia het erg vinden als ze er achter kwam, dacht ik, en besloot onmiddellijk dat ik degene zou zijn die het haar vertelde. Ik zou het doen zodra ik zeker wist dat ze oud genoeg was om het te begrijpen.

Ik zag hoe belangrijk het was voor mamma dat ik net deed of het er allemaal niet toe deed, dus glimlachte ik toen ze me het familiegeheim had verteld en wilde dat ik zou toegeven dat er niets zou veranderen.

'Nee, mamma, er verandert niets.'

'Mooi. Nu moet je alleen maar zorgen dat je beter wordt en niet aan nare dingen denken,' beval ze. 'Straks krijg je je pillen en dan kun je weer gaan slapen. Morgenochtend zul je je al een stuk beter voelen.' Ze gaf me een zoen op mijn wang en stond op.

'Ik zal je nooit anders kunnen beschouwen dan als een van mijn eigen kinderen,' beloofde ze. Ze glimlachte troostend naar me en liet me alleen om na te denken over alles wat ze me had verteld.

De volgende ochtend voelde ik me inderdaad beter. De rillingen waren over en mijn keel was minder droog en pijnlijk. Ik kon zien dat het een mooie dag zou worden met kleine wolkjes in een blauwe lucht, en ik vond het jammer dat ik de hele dag binnen moest blijven. Ik voelde me weer zo goed dat ik wilde opstaan om naar school te gaan, maar mamma was er onmiddellijk bij om erop te letten dat ik mijn pillen innam en mijn thee dronk. Ze stond erop dat ik warm ingepakt in bed bleef. Mijn protesten bereikten alleen dovemansoren. Ze zat vol verhalen over kinderen die niet luisterden en steeds zieker werden, tot ze naar het ziekenhuis moesten.

Toen ze weg was, ging de deur langzaam open en toen ik me omdraaide stond Emily op de drempel. Ze staarde naar me met zo'n woedende blik in haar ogen als ik nooit eerder gezien had.

Maar plotseling glimlachte ze, een kille glimlach die haar lippen versmalde en een koude rilling over mijn rug deed lopen.

'Je weet waarom je ziek bent,' zei ze. 'Dat is je straf.'

'Nietwaar,' antwoordde ik, zonder zelfs maar te vragen waarvoor ik gestraft zou worden. Ze bleef glimlachen.

'O, ja. Je moest zo nodig bij mamma gaan uithuilen en overbrieven wat ik gezegd heb. Je hebt ons een hoop problemen bezorgd. Het was vreselijk aan tafel, met mamma die zat te jammeren en papa die ons allebei afsnauwde. Je bent net Jona.'

'Dat is niet waar,' protesteerde ik. Al wist ik niet goed wie Jona was, aan de manier waarop Emily het zei, begreep ik wel dat hij niet deugde.

'Dat ben je wel. Je hebt dit gezin ongeluk gebracht vanaf de dag waarop je hier bent opgenomen. Een week nadat jij kwam werd Totties vader door een hooiwagen overreden en werd zijn borst ingedrukt, en toen brak er brand uit in de schuur en verloren we de koeien en paarden. Je brengt een vloek over ons,' snauwde ze. Ik schudde mijn hoofd; hete tranen rolden over mijn wangen. Ze deed een paar stappen de kamer in en keek me met zoveel haat aan dat ik in elkaar kromp en de deken tot aan mijn kin optrok.

'En toen Eugenia werd geboren, moest jij zo nodig naar binnen gaan en naar haar kijken. Jij moest de eerste zijn, nog eerder dan ik, en wat gebeurde er? Sinds die tijd is Eugenia ziek geweest. Je hebt ook een vloek over haar gebracht!'

'Niet waar!' schreeuwde ik. Mij de schuld geven van de ziekte van mijn zusje ging te ver. Ik vond niets erger dan te moeten toezien hoe Eugenia vocht om adem te halen, hoe moe ze werd na een korte wandeling, en hoe ze vertwijfeld haar best deed om mee te spelen en de dingen te doen die alle jonge meisjes van haar leeftijd deden. Het brak mijn hart als ik zag hoe ze uit het raam staarde, vol verlangen om over de velden te hollen, lachend jacht te maken op vogels of eekhoorntjes. Ik was zo vaak mogelijk bij haar, amuseerde haar, bracht haar aan het lachen, deed de dingen voor haar die ze zelf niet kon doen, terwijl Emily nauwelijks tegen haar sprak of ook maar het geringste medeleven toonde.

'Eugenia zal niet lang leven, maar jij wel,' zei Emily grimmig. 'En het is allemaal jouw schuld!'

'Hou op! Zeg zulke dingen niet!' gilde ik, maar ze bleef onverbiddelijk.

'Je had me niet moeten verklikken,' antwoordde ze kalm, waarmee ze verried dat dat de enige reden was van haar woede. 'Je had papa niet tegen me op moeten zetten.'

'Dat heb ik niet gedaan,' zei ik, en schudde mijn hoofd. 'Ik heb papa niet gezien sinds ik uit school ben thuisgekomen,' ging ik verder, en snikte nog harder. Emily staarde me een paar ogenblikken vol afkeer aan, en toen glimlachte ze.

'Ik bid elke dag dat God ons de vervloeking van Jona zal besparen,' zei ze. 'Op een dag zal Hij mijn gebed verhoren.' Met gesloten ogen, haar armen langs haar zij, haar handen tot vuisten gebald, keek ze naar het plafond. 'En dan word jij overboord gegooid en opgeslokt door een walvis, net als Jona in de bijbel.'

Ze zweeg even, boog toen haar hoofd en lachte me uit voor ze zich snel omdraaide en wegliep. Rillend van angst in plaats van koorts bleef ik achter.

Die hele ochtend dacht ik na over de dingen die Emily had gezegd en vroeg me af of er iets van waar kon zijn. De meeste bedienden, vooral

Louella en Henry, geloofden in geluk en ongeluk. Ik herinner me dat Henry een man uitschold die, terwijl hij in de schuur op iets stond te wachten, bezig was spinnen dood te maken.

'Je brengt ons allemaal ongeluk,' zei Henry beschuldigend. Hij stuurde mij naar Louella om een handvol zout te halen. Toen ik terugkwam liet hij de man drie keer ronddraaien en gooide het zout over zijn rechterschouder. En zelfs dat was niet genoeg, dacht hij, omdat er te veel spinnen waren doodgemaakt.

Als Louella in de keuken een mes liet vallen, barstte ze bijna in tranen uit, omdat het betekende dat iemand die haar na stond zou sterven. Ze sloeg twaalf keer een kruis en mompelde zoveel gebeden als in een minuut mogelijk was en hoopte dat het kwaad was gestopt. Henry kon de duikvlucht van een vogel interpreteren of het gekras van een uil, en hij wist of iemand een dode baby ter wereld zou brengen of in een onverklaarbaar coma raken. Om de boze geesten af te weren spijkerde hij oude hoefijzers boven zoveel deuren als papa maar toestond, en als een varken of een koe een misvormd jong kreeg, beefde hij de rest van de dag van angst dat er een ramp zou gebeuren.

Bijgeloof, ongeluk, vervloekingen, ze maakten allemaal deel uit van de wereld waarin we leefden. Emily wist waar ik bang voor was toen ze met zoveel haat in haar stem vertelde dat ik de hele familie ongeluk bracht. Nu ik zeker wist dat mijn geboorte de dood had betekend van mijn echte moeder, moest ik wel geloven dat Emily gelijk had. Ik hoopte alleen maar dat Henry een manier wist om alle eventuele vervloekingen die ik zou kunnen veroorzaken te neutraliseren.

Mamma trof me huilend aan toen ze later op de ochtend terugkwam. Natuurlijk dacht ze dat het was omdat ik niet naar school kon. Ik wilde haar niets vertellen over het bezoek van Emily, want dan zou ze kwaad worden en zouden er nog meer moeilijkheden komen, moeilijkheden voor Emily, die mij daarvan de schuld zou geven. Dus in plaats daarvan slikte ik mijn medicijn en wachtte tot ik beter zou zijn.

Toen Emily die dag uit school kwam, bleef ze staan en stak haar hoofd om de deur.

'Hoe gaat het met de kleine prinses?' vroeg ze aan mamma, die naast me zat.

'Veel beter,' zei mamma. 'Heb je huiswerk voor haar meegebracht?'

'Nee. Juffrouw Walker zei dat ze geen werk mee naar huis kon geven. Alles moet op school gebeuren,' beweerde Emily. 'Alle andere nieuwe leerlingen hebben vandaag een hoop geleerd,' zei ze, en slenterde weg.

'Maak je nou niet druk,' zei mamma snel. 'Je haalt het gauw genoeg in.' Voor ik kon protesteren ging mamma op een ander onderwerp over. 'Eugenia is erg van streek omdat je ziek bent, en ze wenst je het allerbeste voor een spoedige beterschap.'

In plaats dat ik me beter voelde, maakte dat het nog erger. Eugenia, die ziek was en het grootste deel van de tijd in bed moest blijven, maakte zich bezorgd over mij. Als ik ook maar enige schuld had aan de ziekte van mijn zusje, hoopte ik dat God me zou straffen, dacht ik. Toen mamma wegging verborg ik mijn gezicht in het kussen en smoorde mijn tranen. Voor het eerst vroeg ik me af of papa mij ook de schuld zou geven van Eugenia's ziekte. Hij was vast degene die tegen Emily had gezegd dat ze over Jona moest lezen in de bijbel.

Papa kwam niet één keer langs om te informeren hoe het met me ging, al die tijd niet dat ik ziek was, maar dat was omdat hij het verplegen van zieke kinderen vrouwenwerk vond. Bovendien, dacht ik hoopvol, had hij het veel te druk met ervoor te zorgen dat de plantage winstgevend bleef. Als hij zich niet opsloot in zijn kantoor en over de boeken gebogen zat, hield hij toezicht op het werk of ging op reis om onze tabak te verkopen. Mamma klaagde over zijn geregelde tochtjes naar Lynchburg of Richmond, want ze zei dat ze wist dat hij dan ook ging kaarten met beroepsspelers. Meer dan eens hoorde ik hen erover ruziën.

Papa was erg driftig en zo'n ruzie eindigde er meestal mee dat hij iets kapotgooide of met deuren smeet. Mamma kwam dan met een betraand gezicht naar buiten. Gelukkig kwamen die ruzies niet vaak voor. Ze waren als een zomers onweer, kort maar hevig, en snel voorbij, waarna de rust weerkeerde.

Drie dagen nadat ik ziek was geworden werd besloten dat ik voldoende hersteld was om weer naar school te gaan. Maar mamma stond erop dat Henry tenminste voor deze ene keer het rijtuig zou inspannen en ons erheen rijden. Emily keek ontsteld op toen mamma het de vorige avond aan het diner meedeelde.

'Toen ik verleden jaar ziek was, ben ik ook niet met het rijtuig naar school gebracht,' protesteerde ze.

'Jij had langer tijd om beter te worden,' antwoordde mamma. 'Jij hoefde niet gereden te worden, lieverd.'

'Wel waar. Ik was doodmoe toen ik op school kwam, maar ik klaagde niet. Ik jammerde en huilde niet als een klein kind,' zei ze met een woedende blik op mij. Papa sloeg zijn krant dicht. We wachtten op het dessert en koffie. Hij tuurde over zijn krant met een verwijtende blik naar Emily, en dat zou ze mij ook wel weer kwalijk nemen, dacht ik.

'Ik kan heus wel lopen, mamma,' zei ik.

'Natuurlijk kun je dat, schat, maar het heeft geen zin een terugval te riskeren, alleen om de paarden een paar kilometer te besparen, vind je wel?'

'Ik ga niet mee in het rijtuig,' zei Emily. 'Ik ben geen baby.'

'Laat haar dan maar lopen,' zei papa, 'als ze dat zo graag wil.'

'O, Emily, lieverd, je kunt soms toch zo koppig zijn. Zonder enige reden,' riep mamma uit. Emily gaf geen antwoord, en de volgende ochtend hield ze woord. Ze ging wat vroeger op weg en liep zo snel ze kon. Tegen de tijd dat Henry voorreed, was Emily al uit het gezicht verdwenen. Ik ging naast Henry zitten en we reden weg, terwijl mamma ons waarschuwend nariep.

'Houd je vest goed dicht, Lillian, schat, en blijf niet te lang buiten tijdens de pauze.'

'Ja, mamma,' riep ik terug. Henry spoorde onze paarden, Belle en Babe, aan. Een paar minuten later zagen we Emily. Ze liep met gebogen hoofd, haar lange magere lichaam voorovergebogen, zodat ze stevig en snel kon doorstappen. Toen we bij haar waren, riep Henry haar.

'Wilt u niet instappen, juffrouw Emily?'

Ze gaf geen antwoord en keek niet op. Henry knikte en reed verder.

'Ik heb eens een vrouw gekend die net zo koppig was,' zei hij. 'Niemand wilde met haar trouwen tot er een man kwam die een weddenschap had afgesloten dat hij haar koppigheid de baas kon. Hij trouwt met haar en ze verlaten de kerk in hun rijtuig, dat wordt voortgetrokken door een koppige muilezel, die van haar is. De muilezel blijft doodstil staan. Hij stapt uit en gaat recht ervoor staan en zegt: "Dat is één keer." Hij stapt weer in het rijtuig en ze rijden verder tot de muilezel weer blijft staan. Hij stapt weer uit en zegt: "Dat is twee keer." Ze gaan weer op weg, en dan stopt de muilezel een derde keer. Deze keer stapt hij uit en schiet de muilezel dood. De vrouw begint tegen hem te schreeuwen dat ze nu alles zelf moeten dragen. Als ze uitgeraasd is, kijkt hij haar recht in de ogen en zegt: "Dat is één keer." '

Henry bulderde van het lachen om zijn eigen verhaal. Toen boog hij zich naar me toe en zei: 'Ik wou maar dat er iemand kwam die tegen juffrouw Emily zou zeggen: "Dat is één keer." '

Ik glimlachte, al wist ik niet helemaal zeker dat ik het verhaal begreep en wat hij bedoelde. Henry scheen voor elke gelegenheid een verhaal te hebben.

Juffrouw Walker was blij me weer te zien. Ze liet me voorin de klas zitten en die hele dag liet ze van tijd tot tijd de andere kinderen alleen om mij bij te werken. Aan het eind van de dag zei ze dat ik alles had ingehaald. Het was of ik geen uur gemist had. Emily hoorde dat ze me prees, maar wendde snel haar hoofd af.

Henry stond voor de school te wachten om ons naar huis te brengen. Deze keer stapte Emily ook in, misschien omdat ze gezien had hoe zinloos haar koppigheid was, of gewoon omdat ze moe was. Ik zat voorin en toen we wegreden zag ik een laken op de grond met een kleine bobbel, en die bobbel bewoog plotseling.

'Wat is dat, Henry?' riep ik een beetje angstig. Emily keek over mijn schouder.

'Een cadeautje voor allemaal,' zei hij. Hij tilde het laken op en ik zag een allerschattigst wit katje.

'O, Henry. Is het een mannetje of een vrouwtje?' vroeg ik, terwijl ik het op schoot nam.

'Een vrouwtje,' zei Henry. 'Haar mamma zorgt niet meer voor haar. Ze is nu een weesje.'

Ze keek met angstige ogen naar me op tot ik haar knuffelde en aaide.

'Hoe moet ik haar noemen?'

'Noem haar maar Cotton,' stelde hij voor. 'Ze ziet eruit als een bolletje katoen als ze slaapt met haar kopje tussen haar poten.'

Henry had gelijk. De rest van de weg sliep Cotton op mijn schoot.

'Je kunt het niet mee naar binnen nemen,' zei Emily toen we de oprijlaan inreden. 'Papa wil geen dieren in huis.'

'We vinden wel een plaatsje voor haar in de schuur,' beloofde Henry, maar toen we bij huis waren stond mamma op de veranda te wachten om te zien hoe het met me ging, en ik liet haar meteen mijn katje zien.

'Het gaat uitstekend met me, mamma. Ik ben helemaal niet moe of zo, en kijk eens,' zei ik, terwijl ik Cotton omhooghield, 'Henry heeft me een cadeautje gegeven. Het is een vrouwtje, en we hebben haar Cotton genoemd.'

'O, wat is ze klein,' zei mamma. 'Wat een schatje.'

'Mamma,' zei ik zachtjes, 'mag Cotton bij mij in de kamer blijven? Alsjeblieft. Ik zal haar niet uit mijn kamer laten. Ik zal haar daar te eten geven en schoonhouden en –'

'O, ik weet het niet, schat. De kapitein duldt de honden zelfs niet op de veranda.'

Ik sloeg bedroefd mijn ogen neer. Hoe was het mogelijk dat iemand zoiets liefs en zachts als Cotton niet in huis zou willen hebben?

'Ze is nog maar een baby, mamma,' zei ik smekend. 'Henry zegt dat haar moeder niet meer voor haar zorgt. Nu is ze een weeskind,' ging ik verder. Mamma's gezicht kreeg een droevige uitdrukking.

'Nou...' zei ze, 'je hebt een nare tijd achter de rug deze week. Een tijdje dan, niet te lang.'

'Dat mag ze niet!' protesteerde Emily. Ze was erbij blijven staan om te horen wat mamma zou doen. 'Dat vindt papa niet goed.'

'Ik zal er met je vader over praten, maak je maar niet bezorgd, meisjes.'

'Ik wil die kat niet in huis,' zei Emily kwaad. 'Hij is niet van mij; hij is van haar. Hij heeft dat dier alleen aan haar gegeven,' snauwde ze, en holde door de voordeur naar binnen.

'Zorg ervoor dat dat katje zelfs haar neus niet buiten je kamer steekt,' waarschuwde mamma.

'Mag ik haar aan Eugenia laten zien, mamma? Mag het?'

'Ja, maar breng haar dan naar je kamer.'

'Ik zal je een kistje met wat zand brengen,' zei Henry.

'Dank je, Henry,' zei mamma en schudde haar vinger tegen mij. 'Maar jij bent verantwoordelijk voor het schoonhouden van het zand,' zei ze.

'Ik zal ervoor zorgen, mamma. Ik beloof het.'

Eugenia straalde van opwinding toen ik met Cotton bij haar kwam. Ik ging bij haar op bed zitten en vertelde haar alles over school, de leesles die juffrouw Walker me had gegeven, en de klanken die ik al kon lezen en uitspreken. Terwijl ik doorbabbelde over de afgelopen dag speelde Eugenia met Cotton, plaagde haar met een touwtje en kriebelde haar op haar buik. Toen ik zag hoeveel plezier mijn kleine zusje had met het katje, vroeg ik me af waarom mamma en papa er nooit aan gedacht hadden haar een eigen huisdier te geven.

Plotseling begon Eugenia te niezen en piepend adem te halen, zoals ze vaak deed voor ze een van haar aanvallen kreeg. Angstig riep ik mamma, die binnenkwam met Louella. Ik nam Cotton in mijn armen terwijl mamma en Louella zich bezighielden met Eugenia. Het resultaat was dat dokter Cory geroepen moest worden.

Toen de dokter wegging kwam mamma mijn kamer binnen. Ik zat geschrokken in de hoek met Cotton. Het scheen een bewijs te zijn voor Emily's beschuldigingen; ik bracht iedereen ongeluk.

'Het spijt me, mamma,' zei ik snel. Ze glimlachte naar me.

'Het was niet jouw schuld, lieverd, maar dokter Cory denkt dat Eugenia misschien allergisch is voor katten en dat verergert haar kwaal. Ik ben bang dat het katje toch niet in huis kan blijven. Henry zal een goed plaatsje voor haar zoeken in de schuur en je kunt haar daar opzoeken wanneer je maar wilt.'

Ik knikte.

'Hij wacht buiten. Je kunt nu naar hem toe en het katje naar haar nieuwe thuis brengen, oké?'

'Oké, mamma,' zei ik, en liep naar buiten. Henry en ik maakten een nestje voor Cotton naast de eerste koestal. De dagen daarop hield ik Cotton voor Eugenia's raam zodat ze haar kon zien. Ze drukte haar gezichtje tegen het raam en keek glimlachend naar mijn katje. Ik vond het afschuwelijk dat ze Cotton niet kon aanraken. Wat er ook voor onrechtvaardigs met mij gebeurde, niets scheen zo erg als de onrechtvaardige dingen die er met mijn kleine zusje gebeurden.

Zelfs al bestonden er dingen als geluk en ongeluk, dacht ik, waarom zou God mij dan gebruiken om zo'n lief klein meisje als Eugenia te straffen? Emily kon geen gelijk hebben; het kòn niet, dacht ik. Elke avond begon ik zo mijn gebed voor het slapengaan.

'Lieve God. Alstublieft, laat Emily ongelijk hebben. Ik smeek het u.'

In de weken daarop verheugde ik me er zo op om naar school te gaan dat ik de weekends begon te haten. Ik richtte een eigen schooltje op voor mij en Eugenia, zoals ik haar had beloofd. We hadden ons eigen kleine schoolbord, met krijtjes, en ik had mijn eigen eerste leesboek. Ik bracht uren door met Eugenia alles te leren wat ik zelf had geleerd, en al was ze nog te jong om naar school te gaan, toch gaf ze blijk van een opmerkelijk geduld, en ze begon ook te leren.

Ondanks haar ziekte was Eugenia een opgewekt klein meisje dat blij was met de simpelste dingen: het lied van een leeuwerik, de bloesem van de magnolia, of gewoon de kleuren van de lucht die veranderden van azuurblauw tot het tere blauw van het ei van een roodborstje. Ze zat voor haar raam en staarde naar de wereld als een reiziger van een andere planeet die een rondleiding krijgt over de aarde en elke dag iets anders te zien krijgt. Eugenia had een ongelooflijke manier om uit het raam te kijken en elke dag iets nieuws te zien in dezelfde omgeving.

'Kijk eens naar die olifant, Lillian,' zei ze, en wees naar een gebogen cedertak die inderdaad op de slurf van een olifant leek.

'Misschien word je schilderes als je groot wordt,' zei ik, en ik stelde mamma zelfs voor om echte kwasten en verf voor Eugenia te kopen. Ze lachte, maar ging wel zover dat ze kleurpotloden en kleurboeken voor haar kocht. Maar altijd als ik over Eugenia's toekomst begon, werd mamma heel stil en ging vervolgens achter haar spinet zitten om te spelen of ging een van haar boeken lezen.

Natuurlijk had Emily kritiek op alles wat ik deed met Eugenia, en ze spotte vooral met ons schooltje spelen in Eugenia's kamer.

'Ze begrijpt geen bal van wat je doet en ze gaat toch nooit echt naar school. Het is tijdverspilling,' zei ze.

'Nee, dat is het niet, en ze gaat wèl naar school.'

'Ze kan in huis al nauwelijks lopen,' zei Emily vertrouwelijk. 'Hoe wil je dat ze het eind van de oprijlaan haalt.'

'Henry brengt haar met het rijtuig,' hield ik vol.

'Papa kan het rijtuig en de paarden niet twee keer per dag voor zoiets afstaan. Bovendien heeft Henry hier zijn werk,' betoogde Emily.

Ik probeerde haar opmerkingen te negeren, al wist ik in mijn hart dat ze waarschijnlijk gelijk had.

Ik maakte zelf op school zulke snelle vorderingen, dat juffrouw Walker me ten voorbeeld stelde aan de andere leerlingen. Bijna elke dag holde ik voor Emily uit over de oprijlaan om mamma mijn blaadjes te tonen met een ster erop. Aan tafel haalde mamma ze tevoorschijn om ze aan papa te laten zien, en hij keek ernaar, kauwde op zijn eten en knikte. Ik besloot al mijn blaadjes met Uitstekend en Zeer Goed op Eugenia's muur te prikken. Zij was er even trots op als ik.

Tegen half november van mijn eerste schooljaar begon juffrouw Walker me steeds meer verantwoordelijkheden te geven. Net als Emily hielp ik de andere kinderen de dingen te leren die ik zelf zo snel geleerd had. Emily was heel streng tegen de leerlingen die ze moest helpen en klaagde over ze als ze niet opletten. Vaak moesten kinderen met de ezelsmuts in de hoek zitten, omdat Emily iets tegen juffrouw Walker had gezegd. Ze was allesbehalve populair bij de andere kinderen op school, maar dat scheen juffrouw Walker juist prettig te vinden. Ze kon met haar rug naar de klas gaan staan of het lokaal verlaten, in het volle vertrouwen dat ze van Emily op aan kon en niemand zich zou misdragen. Bovendien trok Emily zich niets aan van haar gebrek aan populariteit. Ze genoot van de macht en het gezag en vertelde me telkens weer dat er toch niemand op school was met wie ze bevriend wilde zijn.

Op een dag, toen ze Niles Thompson had beschuldigd van het gooien van propjes naar Charlie Gordon, zei juffrouw Walker tegen Niles dat hij in de hoek moest gaan staan. Hij beweerde dat hij het niet gedaan had, maar Emily hield vol.

'Ik heb het hem zien doen, juffrouw Walker,' zei Emily, strak naar Niles kijkend.

'Dat is een leugen. Ze liegt,' protesteerde Niles. Hij keek naar mij en ik stond op.

'Juffrouw Walker, Niles heeft niet met propjes gegooid,' zei ik, Emily tegensprekend. Emily's gezicht werd vuurrood en ze sperde haar neusvleugels open als een snuivende stier.

'Weet je heel zeker dat het Niles was, Emily?' vroeg juffrouw Walker haar.

'Ja, juffrouw Walker. Lillian zegt dat alleen maar omdat ze Niles aardig vindt,' antwoordde ze koeltjes. 'Ze lopen praktisch hand in hand als ze naar school en naar huis gaan.'

Nu was het mijn beurt om rood te worden. Alle jongens in de klas glimlachten en een paar meisjes giechelden.

'Dat is niet waar,' riep ik uit. 'Ik...'

'Als Niles de propjes niet heeft gegooid, Lillian, wie heeft het dan wel gedaan?' vroeg Emily, met haar handen op haar heupen. Ik keek naar Jimmy Turner, die het had gedaan. Hij wendde snel zijn blik af. Ik kon hem niet verklikken, dus schudde ik mijn hoofd.

'Goed,' zei juffrouw Walker. Ze keek woedend naar de klas tot iedereen de ogen neersloeg. 'Nu is het genoeg,' zei ze. Ze keek naar Niles. 'Heb jij de propjes gegooid, Niles?'

'Nee, juffrouw,' zei hij.

'Je hebt je tot dusver altijd goed gedragen, Niles, dus deze keer zal ik je op je woord geloven. Maar als ik nog één propje op de grond zie aan het eind van de dag, moeten alle jongens van de klas een halfuur nablijven. Is dat duidelijk?'

Niemand zei iets. Toen de dag voorbij was, gingen we snel naar buiten, en Niles kwam naar me toe.

'Bedankt dat je het voor me hebt opgenomen,' mompelde hij. 'Ik snap niet dat zo iemand jouw zusje kan zijn,' ging hij verder, met een nijdige blik op Emily.

'Ze is mijn zusje niet,' antwoordde Emily zelfvoldaan. 'Ze is een weeskind dat we jaren geleden hebben opgenomen.' Ze zei het luid genoeg dat alle kinderen het konden horen. Iedereen keek naar mij.

'Dat is niet waar,' riep ik uit.

'Natuurlijk wel. Haar moeder is bij haar geboorte gestorven en we moesten haar in huis nemen,' zei ze. Toen kneep ze haar ogen samen en liep naar me toe. 'Je bent een gast in mijn huis; je zult altijd een gast blijven. Wat mijn ouders je geven, is een aalmoes. Net als aan een bedelaar,' zei ze en draaide zich triomfantelijk om naar de kinderen die zich om ons heen hadden verzameld.

Ik was bang dat ik in tranen zou uitbarsten en holde weg. Ik holde zo ver ik kon. Toen ik stopte, begon ik te huilen. Ik huilde de hele weg naar huis. Mamma was woedend op Emily om wat ze gedaan had en stond op haar te wachten toen ze thuiskwam.

'Jij bent de oudste, Emily. Je wordt geacht het verstandigst te zijn,' zei mamma. 'Ik ben erg teleurgesteld in je, en de kapitein zal niet erg blij zijn als hij dit hoort.'

Emily keek me vol haat aan en holde de trap op naar haar kamer. Toen papa thuiskwam vertelde mamma hem wat Emily gedaan had, en hij gaf haar een flinke schrobbering. Ze was heel stil aan tafel en weigerde me aan te kijken.

Op school de volgende dag zag ik een hoop kinderen over me fluisteren. Emily zei niets meer tegen me waar iemand bij was, maar ik wist zeker dat ze achter mijn rug allerlei lelijke dingen over me vertelde. Ik probeerde me daardoor niet ervan te laten weerhouden om goed te leren en van school te genieten, maar het was of er elke ochtend een donkere wolk boven mijn hoofd hing, die met me mee trok naar school.

Maar Emily stelde zich er niet tevreden mee om me een onbehaaglijk en bizar gevoel te geven tegenover de andere kinderen. Ik had haar razend gemaakt toen ik had ontkend dat Niles met propjes had gegooid, en ze was vastbesloten me zolang ze kon op allerlei manieren te straffen. Ik probeerde bij haar uit de buurt te blijven en achter te blijven of vooruit te hollen als we naar school gingen, en ik deed mijn uiterste best haar de hele dag te vermijden.

Ik beklaagde me over haar bij Eugenia, die vol medeleven naar me luisterde, maar we schenen allebei te weten dat we Emily nooit zouden kunnen veranderen of beletten dat ze nare dingen zei en deed. We verdroegen haar zoals we slecht weer verdroegen. We wachtten tot het voorbij zou zijn.

Slechts één keer slaagde Emily erin zowel Eugenia als mij tegelijk aan het huilen te maken. En ik zwoer dat ik haar dat nooit zou vergeven.

41

3 EEN LES GELEERD

Ook al mocht Cotton niet meer in huis komen sinds die afschuwelijke dag toen Eugenia zo'n hevige allergische reactie kreeg, leek onze kat Eugenia's liefde aan te voelen. Bijna elke middag, als de zon op zijn reis naar het westen boven ons huis verscheen, kwam Cotton aangeslenterd en zocht een zacht plekje uit op het gras onder Eugenia's raam, waar ze genietend van de warmte ging liggen. Ze lag tevreden te spinnen en keek omhoog naar Eugenia, die voor het raam zat en door het glas heen met haar praatte. Eugenia vond het even heerlijk om mij over Cotton te vertellen als ik haar over school.

Soms lag Cotton er nog als ik thuiskwam: een sneeuwwit balletje in een smaragdgroen bed. Ik was altijd bang dat ze grijs en vuil zou worden en er net zo zou uitzien als de andere katten die buiten leefden en een toevlucht zochten onder de stenen funderingen of in de donkere hoeken van de gereedschapsschuur en de rokerij. Op haar melkwitte vacht was elk plekje vuil te zien, maar Cotton was een kat die geen spatje vuil op zich duldde. Ze bracht uren door met zich te likken en te wassen, haar poten en haar buikje met haar roze tongetje te bewerken. Ze hield haar ogen gesloten terwijl ze zich methodisch met lange halen schoonmaakte.

Cotton was snel opgegroeid tot een gespierde, slanke kat, met ogen die schitterden als diamanten. Henry hield meer van haar dan van een van de andere dieren op de plantage en gaf haar vaak een rauw ei. Hij zei dat haar vacht daarom zo dik en glanzend was.

'Ze is nu al de meest gevreesde jager van het stel,' vertelde hij. 'Ik heb gezien hoe ze de schaduw van een muis achtervolgde tot ze de muis had gevonden.'

Als Eugenia en ik op de vensterbank voor haar raam zaten en na schooltijd uren met elkaar praatten, of als ik haar voorlas, hielden we allebei op om naar Cotton te kijken. Maar we vonden haar niet zo bijzonder vanwege haar jachttalent. Het was de manier waarop ze door de plantage wandelde, met een arrogantie die leek te zeggen: 'Ik weet dat ik de mooiste kat hier ben, en vergeet dat niet.' Eugenia en ik lachten, en Cotton, die ons vast en zeker hoorde, bleef staan en keek naar ons voor ze verderging.

In plaats van een halsband bonden we een van Eugenia's haarlinten om Cottons hals. Eerst probeerde ze het eraf te krijgen, maar mettertijd raakte ze eraan gewend en hield het even schoon als haar vacht. Op den duur waren onze gesprekken met mamma en papa, Louella en de andere bedienden, en ook met Emily, altijd vol verhalen over Cotton.

Op een keer kwam ik op een grauwe en stormachtige dag over de oprijlaan gehold, bang dat ik de stortbui niet zou kunnen ontlopen die dreigde uit de donkere, dreigende wolken te vallen. Ik liep zelfs vlugger dan Emily, die met halfgesloten ogen liep, haar mond zo stevig dichtgeknepen dat haar mondhoeken wit zagen. Ik wist dat ik iets had gedaan of dat er die dag iets op school was gebeurd, dat haar had geërgerd. Ik dacht dat het misschien was omdat juffrouw Walker zoveel lovende woorden had gezegd over mijn schrijfles. Wat het ook was dat haar dwarszat, ze liep zo nijdig, met opgetrokken schouders, dat ze net een grote kraai leek. Ik wilde haar en haar venijnige opmerkingen vermijden, die erop berekend waren me pijn te doen.

Het grind vloog op onder mijn voeten toen ik de laatste honderd meter naar de voordeur holde. Hijgend rende ik naar binnen, om Eugenia mijn eerste geschreven zinnen te laten zien met het woord 'Uitstekend' in rode inkt bovenaan de pagina. Ik hield het blad papier in mijn hand geklemd en zwaaide ermee of het de vlag van de confederatie was die wapperde in de wind tijdens de strijd tegen de Yankees, zoals op sommige van onze schilderijen was afgebeeld. Mijn voeten klepperden op de gangvloer toen ik naar Eugenia's kamer liep en opgewonden binnenviel.

Maar één blik op haar, en al mijn vreugde was verdwenen. De lucht verdween uit mijn longen als een ballon die leegliep. Eugenia had gehuild; haar hele gezicht was betraand en de tranen rolden nog steeds over haar wangen.

'Wat is er, Eugenia? Waarom huil je?' vroeg ik, in afwachting van haar bedroefde antwoord. 'Heb je pijn?'

'Nee.' Ze veegde de tranen weg met knuistjes die niet veel groter waren dan die van sommige van mijn poppen. 'Het is Cotton,' zei ze. 'Ze is verdwenen.'

'Verdwenen? Nee,' zei ik hoofdschuddend.

'Jawel. Ze is de hele dag niet voor het raam verschenen en ik heb Henry gevraagd haar te zoeken,' legde Eugenia met bevende stem uit.

'En?'

'Hij kan haar niet vinden. Hij heeft overal gekeken,' zei ze. 'Cotton is weggelopen.'

'Cotton loopt niet weg,' zei ik vol overtuiging.

'Henry zegt dat het niet anders kan.'

'Hij vergist zich,' zei ik. 'Ik zal haar zelf gaan zoeken en naar je raam brengen.'

'Beloof je het?'

'Erewoord,' zei ik, en holde even hard het huis weer uit als ik binnen was gekomen.

Mamma, die in de leeskamer zat, riep: 'Ben jij dat, Lillian?'

'Ik kom zo terug, mamma,' zei ik, en legde mijn schrift en mijn schrijfpapier met 'Uitstekend' op een klein tafeltje in de hal voordat ik Henry ging zoeken. Ik zag Emily langzaam naar huis lopen.

'Henry kan Cotton niet vinden,' riep ik naar haar. Ze meesmuilde en liep door. Ik holde om de schuur heen en vond Henry die bezig was een van onze koeien te melken. We hadden net genoeg melkkoeien, varkens en kippen voor eigen gebruik, en het was voornamelijk Henry's taak om voor ze te zorgen. Hij hief zijn hoofd op toen ik aangerend kwam.

'Waar is Cotton?' vroeg ik buiten adem.

'Ik weet het niet. Het is heel vreemd. Vrouwtjes dwalen meestal niet rond zoals mannetjes. Ze is al een tijdje niet op haar plaats in de schuur en ik heb haar de hele dag niet op de plantage gezien.' Hij krabde op zijn hoofd.

'We moeten haar vinden, Henry.'

'Ik weet het, juffrouw Lillian. Ik heb elk ogenblik dat ik vrij had naar haar gezocht, maar ik heb geen glimp van haar opgevangen.'

'Ik zal haar vinden,' zei ik vastbesloten, en holde naar buiten, de tuin in. Ik keek bij het varkenshok en de kippenren. Ik ging naar de achterkant van de schuur en volgde het pad naar het oostelijke veld waar de koeien graasden. Ik keek in de rokerij en de gereedschapsschuur. Ik zag al onze andere katten, maar niet Cotton. Gefrustreerd ging ik naar de tabaksvelden en vroeg een paar arbeiders of ze haar soms gezien hadden, maar niemand wist iets.

Daarna holde ik weer naar huis, in de hoop dat Cotton inmiddels was teruggekomen, maar Henry schudde slechts zijn hoofd toen hij me zag.

'Waar kan ze toch zijn, Henry?' vroeg ik, aan de rand van tranen.

'Juffrouw Lillian, het laatste wat ik kan bedenken is dat die katten soms naar de vijver gaan om naar de kleine visjes te hengelen die langs de kant zwemmen. Misschien...' Hij knikte.

'Laten we gauw gaan kijken, voordat het gaat regenen,' riep ik. Ik voelde de eerste zware druppel al op mijn voorhoofd spatten. Ik liep weg. Henry keek naar de lucht.

'We krijgen die bui op ons hoofd, juffrouw Lillian,' waarschuwde hij, maar ik bleef niet staan. Ik holde over het pad naar de vijver en negeerde de struiken die langs mijn benen schuurden. Niets was belangrijk behalve Cotton vinden voor Eugenia. Maar toen ik bij de vijver kwam werd ik teleurgesteld. Ik zag haar nergens langs het water wandelen in de hoop een visje te kunnen verschalken. Henry kwam naast me staan. Het begon harder te regenen.

'We moeten terug, juffrouw Lillian,' zei hij. Ik knikte. Mijn tranen vermengden zich met de druppels die op mijn wangen spetterden. Maar plotseling greep Henry mijn schouder zo krachtig beet dat ik verbaasd opkeek.

'Ga niet verder, juffrouw Lillian,' beval hij, en liep naar de rand van het water bij de kleine aanlegsteiger. Toen keek hij omlaag en schudde zijn hoofd.

'Wat is er, Henry?' riep ik.

'Ga naar huis, juffrouw Lillian. Ga,' zei hij zo bevelend dat zijn stem me angst aanjoeg. Het was niets voor Henry om op die toon tegen me te praten. Ik bewoog me niet.

'Wat is het, Henry?' herhaalde ik dringend.

'Niets goeds, juffrouw Lillian,' zei hij. 'Niets goeds.' Langzaam, zonder te letten op de stromende regen, liep ik naar de rand van de vijver en keek in het water.

Daar lag ze, een wit balletje katoen, met wijdopen mond en gesloten ogen. In plaats van Eugenia's roze haarlint had ze een stuk touw om haar hals en aan het eind daarvan was een steen gebonden, die zwaar genoeg was om ons lieve katje onder water te houden zodat ze zou verdrinken.

Mijn hart brak. Ik begon te gillen en te schreeuwen en sloeg met mijn vuisten op mijn dijen.

'*Nee, nee, nee!*' gilde ik. Henry kwam naar me toe, zijn ogen vol verdriet, maar ik bleef niet wachten. Ik draaide me om en holde terug naar huis. De regendruppels spetterden op mijn voorhoofd en wangen, de wind woei door mijn haar. Ik hijgde zo hevig dat ik dacht dat ik dood zou gaan toen ik door de voordeur naar binnen stormde. In de deuropening bleef ik staan en liet mijn tranen de vrije loop. Mamma hoorde me en kwam haastig de leeskamer uit, met haar bril nog op haar neus. Ik gilde zo hard dat de dienstmeisjes en Louella ook aangehold kwamen.

'Wat is er?' riep mamma. 'Wat is er?'

'Het is Cotton,' kreunde ik. 'O, mamma, iemand heeft haar in de vijver verdronken.'

'Haar verdronken?' Mamma hield haar adem in en sloeg haar handen tegen haar keel. Ze schudde haar hoofd, alsof ze mijn woorden wilde ontkennen.

'Ja. Iemand heeft een touw en een steen om haar hals gebonden en haar in het water gegooid,' gilde ik.

'God zij ons genadig,' zei Louella en sloeg snel een kruis. Een van de dienstmeisjes deed hetzelfde.

'Wie kan zoiets nou doen?' vroeg mamma. Toen glimlachte ze en schudde haar hoofd. 'Niemand zou zoiets afschuwelijks doen, schat. De arme kat moet zelf in het water zijn gevallen.'

'Ik heb haar gezien, mamma. Ik heb haar onder het water gezien. Vraag het maar aan Henry. Hij heeft haar ook gezien. Ze heeft een touw om haar hals met een steen,' hield ik vol.

'O, lieve hemel. Mijn hart bonst zo. Kijk eens hoe je eruitziet, Lillian. Je bent doornat. Ga gauw naar boven en trek die kleren uit en neem een warm bad. Schiet op, lieverd, voor je net zo ziek wordt als op je eerste schooldag.'

'Maar, mamma, Cotton is verdronken,' zei ik.

'Daar kunnen we nu niets meer aan doen, Lillian. Ga alsjeblieft naar boven.'

'Ik moet het aan Eugenia vertellen,' zei ik. 'Ze wacht op nieuws.'

'Vertel het haar later maar, Lillian. Eerst moet je droog en warm worden.

Vooruit,' drong mamma aan.

Ik boog mijn hoofd en liep langzaam de trap op. Toen ik op de overloop kwam hoorde ik een deur piepend opengaan en zag Emily die uit haar kamer tuurde.

'Cotton is dood,' vertelde ik haar. 'Iemand heeft haar verdronken.'

Langzaam vertrok Emily's gezicht in een kille glimlach. Mijn hart begon te bonzen.

'Heb jij het gedaan?' vroeg ik.

'*Jij* hebt het gedaan,' zei ze beschuldigend.

'Ik? Ik zou nooit...'

'Ik heb je al gezegd, je bent een Jona. Alles wat je aanraakt gaat dood of lijdt. Blijf met je handen van onze mooie bloemen, raak onze dieren niet aan en blijf uit de tabaksvelden, opdat papa niet failliet gaat zoals sommige andere plantage-eigenaren. Sluit je op in je kamer,' raadde ze aan.

'Hou je mond,' snauwde ik terug. Ik had te veel verdriet om nog bang te zijn voor haar woedende blikken. 'Jij hebt Cotton gedood. Je bent een afschuwelijk, slecht mens.'

Ze glimlachte weer, trok zich terug in haar kamer en deed de deur snel achter zich dicht.

Ik voelde me misselijk. Telkens als ik mijn ogen dichtdeed, zag ik de arme Cotton onder water drijven, met open mond, haar ogen gesloten door de Dood. Toen ik in de badkamer kwam, begon ik over te geven. Mijn maag deed zo'n pijn dat ik me voorover moest buigen en wachten tot de pijn voorbijging. Ik zag hoe geschaafd mijn benen waren door de struiken tussen het huis en de vijver, en toen pas voelde ik dat ze pijn deden. Langzaam trok ik mijn natte spullen uit en liet het bad vollopen.

Later, toen ik droog en aangekleed was, ging ik naar beneden om Eugenia het afgrijselijke nieuws te vertellen. Maar zodra ik de deur opendeed, zag ik dat ze het al wist.

'Ik heb Henry gezien,' zei ze kreunend tussen haar tranen door. 'Hij droeg Cotton.'

Ik liep naar haar toe en we klemden ons aan elkaar vast, in een wanhopig verlangen elkaar te troosten. Ik wilde haar niet vertellen dat ik geloofde dat Emily het had gedaan, maar ze scheen te weten dat er niemand op deze plantage was die zo wreed was om hiertoe in staat te zijn.

We lagen samen op haar bed, onze armen om elkaar heen geslagen, en staarden uit het raam naar de regen en de donkere lucht. Eugenia was niet mijn echte zusje, maar ze was mijn zusje in een diepere zin van het woord, want we waren allebei even tragisch, te jong om een wereld te kunnen begrijpen waarin mooie en onschuldige wezens werden vernietigd.

Eugenia viel in mijn armen in slaap, treurend om het verlies van iets kostbaars en moois in ons leven, en voor het eerst was ik echt bang. Niet bang voor Emily, niet bang voor Henry's spoken, niet bang voor onweer of ongelukken, maar bang voor het intense verdriet dat ik zou hebben als Eugenia ook van me zou worden weggenomen. Ik klampte me zo lang mogelijk aan haar vast en toen glipte ik weg om te gaan eten.

Mamma wilde aan tafel niet over Cotton praten, maar ze moest papa uitleggen waarom ik er zo wanhopig uitzag en zo lusteloos in mijn eten rondprikte. Hij luisterde, slikte haastig door wat hij in zijn mond had en sloeg zo hard met zijn hand op tafel dat de borden en schalen rinkelden. Zelfs Emily keek bang.

'Ik wil het niet hebben,' zei hij. 'Ik wil geen verdriet over een of ander stom dier, waardoor iedereen van streek raakt. De kat is dood en weg; verder valt er niets meer te doen of te zeggen. De Here heeft gegeven en de Here heeft genomen.'

'Ik weet zeker dat Henry wel een ander katje vindt voor jou en Eugenia,' zei mamma glimlachend.

'Niet zoals Cotton,' antwoordde ik, mijn tranen terugdringend. 'Ze was iets heel bijzonders en nu is ze dood.'

Emily's lippen vertrokken in een spottende grijns.

'Georgia,' zei papa vermanend.

'Laten we over iets leukers praten, lieverd,' zei mamma snel. Ze glimlachte naar me. 'Hoe ging het vandaag op school?'

Ik haalde diep adem en veegde mijn wangen af.

'Ik heb een "Uitstekend" voor schrijven,' antwoordde ik trots.

'Dat is prachtig,' zei mamma, in haar handen klappend. 'Is dat niet mooi?' Ze keek naar Emily, die alleen belangstelling veinsde voor haar eten. 'Waarom ga je het niet halen om aan de kapitein te laten zien, schat,' vroeg ze.

Ik keek naar papa. Hij scheen geen woord te horen en geen enkele belangstelling te tonen. Zijn kaken ging op en neer en vermaalden het vlees in zijn mond, zijn ogen stonden glazig. Maar toen ik me niet bewoog, hield hij op met kauwen en staarde me aan. Ik stond snel op en holde naar de ingang waar ik mijn spullen op de tafel had laten liggen. Maar toen ik het wilde pakken, lag het er niet. Ik wist zeker dat ik het bovenop had laten liggen. Ik keek alle papieren door in mijn schrift en schudde mijn leesboek uit, voor het geval een van de dienstmeisjes het tussen de pagina's had gestopt, maar ik kon het niet vinden.

De tranen sprongen weer in mijn ogen, nu om een andere reden, toen ik in de eetkamer terugkwam. Mamma glimlachte vol verwachting, maar ik schudde mijn hoofd.

'Ik kan het niet vinden,' zei ik.

'Dat komt omdat je het niet had,' grinnikte Emily. 'Je hebt het verzonnen.'

'Niet waar. Je weet dat ik het had. Je hebt gehoord dat juffrouw Walker het in de klas vertelde,' zei ik.

'Vandaag niet. Je bent in de war met een andere dag,' antwoordde ze, en keek met een glimlach naar papa alsof ze wilde zeggen: 'Kinderen'.

Hij kauwde tot zijn mond leeg was en leunde toen achterover.

'Ik zou me maar wat meer om mijn lessen bekommeren, jongedame, en wat minder om zwerfdieren,' zei hij.

Ik kon er niets aan doen; ik begon te brullen van het huilen, zoals ik nooit eerder had gedaan.

'Georgia,' beval papa. 'Maak hier onmiddellijk een eind aan.'

'Kom, Lillian.' Mamma stond op en liep om de tafel heen naar me toe. 'Je weet dat de kapitein daar niet van houdt als we aan tafel zitten. Kom mee, schat. Hou op met huilen.'

'Ze huilt altijd om het een of ander op school,' jokte Emily. 'Ik schaam me elke dag voor haar.'

'Dat doe ik niet!'

'Dat doe je wel. Juffrouw Walker heeft al vaak met me over jou gesproken.'

'Je liegt!'

Papa sloeg weer met zijn vuist op tafel, deze keer zo hard dat het deksel van de boterpot erafsprong en kletterend over de tafel rolde. Niemand zei iets; niemand bewoog zich; ik hield mijn adem in. Toen strekte papa zijn arm uit en wees met zijn dikke wijsvinger naar mij.

'Breng dat kind naar boven tot ze bij ons aan tafel kan zitten en zich behoorlijk weet te gedragen,' beval hij. Er lag een woedende blik in zijn donkere ogen en zijn snor trilde van razernij. 'Ik werk de hele dag heel hard en ik wens 's avonds rustig te eten.'

'Goed, Jed. Maak je niet van streek. Kom, Lillian, lieverd,' zei mamma. Ze pakte mijn hand en leidde me de kamer uit. Toen ik omkeek zag ik Emily heel zelfingenomen kijken, met een voldaan glimlachje om haar lippen. Mamma bracht me naar boven naar mijn kamer. Mijn schouders schokten van het snikken.

'Ga even liggen, schat,' zei mamma, en bracht me naar mijn bed. 'Je bent te veel van streek om vanavond met ons te eten. Ik zal Louella vragen je iets te eten te brengen, en wat warme melk, oké, schat?'

'Mamma,' jammerde ik. 'Emily heeft Cotton verdronken. Ik weet het zeker.'

'O, nee, schat. Emily zou nooit zoiets verschrikkelijks doen. Dat mag je nooit zeggen, vooral niet waar de kapitein bij is. Beloof me dat,' vroeg ze.

'Maar, mamma...'

'Beloof het me, Lillian, alsjeblieft,' smeekte ze.

Ik knikte. Ik begreep toen al dat mamma alles zou doen om onaangenaamheden te vermijden; als het moest, zou ze de waarheid negeren, al lag die vlak voor haar neus. Ze zou zich verdiepen in haar boeken of zich verschuilen onder haar oppervlakkige gebabbel, ze zou lachen om de realiteit en die wegwuiven alsof ze een toverstokje in haar hand hield.

'Goed, schat. Nu moet je wat gaan eten en dan vroeg gaan slapen, oké? 's Morgens ziet alles er beter en vrolijker uit, dat doet het altijd,' verklaarde ze. 'Heb je nog hulp nodig voor je naar bed gaat?'

'Nee, mamma.'

'Straks komt Louella om je iets te eten te brengen,' herhaalde ze, en liet me alleen. Ik haalde diep adem, stond op en liep naar het raam dat uitkeek op de vijver. Arme Cotton, dacht ik. Zij had niets verkeerds gedaan. Haar pech was dat ze hier op The Meadows geboren was. Misschien was dat mijn pech ook – dat ik hier naartoe was gebracht. Misschien was het mijn straf omdat ik de dood van mijn echte moeder had veroorzaakt. Het gaf me zo'n hol gevoel van binnen dat elke hartslag van me weergalmde in mijn buik en in mijn hoofd. Ik wilde dat ik met iemand kon praten, iemand die naar me zou luisteren.

Ik kreeg een idee en sloop snel mijn kamer uit, liep op mijn tenen de gang over naar een van de kamers waarin mamma een paar van haar persoonlijke bezittingen had opgeslagen in koffers en dozen. Ik was al eerder in die kamer geweest, alleen maar om de zaak te verkennen. In een kleine metalen hutkoffer, die met riemen was dichtgebonden, had mamma een paar dingen van haar eigen moeder opgeborgen – haar juwelen, haar sjaals en haar kammen. Onder een stapel oude kanten onderrokken lagen een paar oude foto's. Hier bewaarde mamma de enige foto's die ze had van haar zuster Violet, mijn echte moeder. Mamma verborg altijd elk spoor van droefheid, alles dat haar ongelukkig zou kunnen maken. Als ik ouder werd, zou het tot me doordringen dat niemand zich zo trouw aan het credo 'Uit het oog, uit het hart' hield als mamma.

Ik stak de olielamp bij de deur aan en zette die naast me op de grond bij de oude hutkoffer. Toen maakte ik de koffer langzaam open, zocht onder de onderrokken en haalde een klein stapeltje foto's tevoorschijn. Er was een ingelijste foto bij van Violet. Ik had er vroeger al eens vluchtig naar gekeken. Nu hield ik hem op schoot en bestudeerde het gezicht van de vrouw die mijn moeder zou zijn geweest. Ik zag vriendelijke ogen en een zachte glimlach. Zoals mamma had gezegd, had Violet het gezicht van een mooie pop, met een smal en volmaakt gezichtje. Terwijl ik naar de vergelende foto staarde, leek het of Violet ook naar mij keek, alsof haar glimlach voor mij bestemd was en de warmte in haar ogen bedoeld was om mij te troosten. Ik raakte haar mond, haar wangen, haar haar aan en mompelde het woord dat me op de tong lag.

'Mamma,' zei ik, en klemde de foto tegen me aan. 'Het spijt me. Het was niet mijn bedoeling je te laten doodgaan.'

Natuurlijk verdween de glimlach niet van haar lippen; het was maar een foto, maar diep in mijn hart hoopte ik dat ze zou zeggen: 'Het was niet jouw schuld, schat, en ik ben er nog steeds voor je.'

Ik legde de ingelijste foto weer op mijn schoot en keek een paar andere oude foto's door, tot ik er een vond van mijn moeder en een jongeman. Hij was lang en breedgeschouderd en had een aantrekkelijke glimlach onder een donkere snor. Mijn moeder leek heel jong, maar ze keken beiden heel gelukkig.

Dit waren mijn echte ouders, dacht ik. Als zij nog leefden, zou ik niet zo ongelukkig zijn. Ik wist zeker dat mijn echte moeder medelijden zou hebben gehad met mij en Eugenia. Ze zou van me hebben gehouden en me hebben getroost. Op dat moment voelde ik iets dat ik steeds meer en intenser zou gaan voelen naarmate ik ouder werd: ik besefte hoeveel ik had verloren toen een afschuwelijk lot me mijn echte ouders ontnam, nog voordat ik hun stemmen had gehoord.

In gedachten hoorde ik die nu, heel ver en zacht, maar vol liefde. De tranen rolden over mijn wangen op mijn schoot. Mijn hart bonsde. Nog nooit in mijn leven had ik me zo eenzaam gevoeld als op dat moment.

Voordat ik nog meer foto's kon doorkijken, hoorde ik Louella roepen. Haastig stopte ik alles weer terug, draaide de lamp uit en liep snel terug naar mijn kamer. Maar ik wist nu dat telkens als ik me erg ongelukkig zou voelen, ik terug zou gaan naar die kamer, de foto's ter hand nemen en met mijn echte ouders praten, die naar me zouden luisteren en bij me blijven.

'Waar ben je geweest, schat?' vroeg Louella, die met een dienblad naast mijn tafeltje stond.

'Nergens,' zei ik gauw. Het zou mijn geheim zijn, een geheim dat ik aan niemand kon toevertrouwen, niet aan Louella, en zelfs niet aan Eugenia, want ik wilde niet dat ze nu al zou weten dat we geen echte zusjes waren.

'Kom, eet maar wat, lieverd,' zei Louella. 'Dan zul je je een stuk beter voelen.' Ze glimlachte. 'Niets verwarmt hart en ziel zo snel als een volle maag,' zei ze.

Louella had gelijk. Bovendien had ik weer honger en ik was blij dat ze een stuk appeltaart had meegebracht voor het dessert. In ieder geval zou ik kunnen eten zonder Emily's gezicht te hoeven zien, dacht ik, dankbaar voor kleine zegeningen.

De volgende dag vertelde Henry me dat hij Cotton een christelijke begrafenis had gegeven.

'De goede God legt iets van Hemzelf in alle levende dingen,' verklaarde hij. Hij nam me mee naar Cottons grafje, waar hij zelfs een klein gedenkteken had geplaatst, met 'Cotton' erop geschreven. Toen ik het Eugenia vertelde, zei ze smekend dat ze mee naar buiten wilde om het te zien. Mamma zei dat het te koud was voor haar om naar buiten te gaan, maar Eugenia huilde zo hard, dat mamma toegaf en zei dat ze mocht gaan als ze zich heel goed inpakte. Toen Eugenia eindelijk was aangekleed droeg ze drie lagen kleren, onder meer twee blouses, een sweater en een winterjas.

Mamma bond een sjaal om haar hoofd, zodat alleen haar smalle roze gezichtje de wereld inkeek. Ze was zo beladen met kleren dat ze bijna niet kon lopen. Toen we buiten de verandatrap af waren, tilde Henry haar op en droeg haar de rest van de weg.

Hij had Cotton achter de schuur begraven.

'Ik wilde dat ze dichtbij de plaats was waar ze geleefd heeft,' legde hij uit. Eugenia en ik hielden elkaars hand vast en staarden naar het kleine graf. We waren erg bedroefd, maar we huilden geen van beiden. Mamma zei dat Eugenia verkouden zou worden van tranen.

'Waar gaan katten naartoe als ze doodgaan?' wilde Eugenia weten. Henry krabde op zijn korte krulhaar en dacht even na.

'Er is nòg een hemel,' zei hij, 'alleen voor dieren, maar niet voor alle dieren, alleen voor heel speciale dieren, en op het ogenblik paradeert Cotton daar rond, pronkend met haar mooie vacht, waarmee ze de andere speciale dieren jaloers maakt.'

'Heb je mijn haarlint er ook in begraven?' vroeg Eugenia.

'Zeker weten, juffrouw Eugenia.'

'Mooi,' zei Eugenia, en keek naar mij. 'Dan is mijn lint nu ook in de hemel.'

Henry lachte en droeg haar terug naar huis. Het kostte zoveel tijd om haar uit te kleden, dat ik me onwillekeurig afvroeg of dat korte uitstapje het wel waard was. Maar te oordelen naar de uitdrukking op Eugenia's gezicht, was het dat beslist wel.

We namen nooit een ander speciaal huisdier. Ik geloof dat we allebei bang waren voor het verdriet dat we zouden hebben als we het nieuwe katje zouden kwijtraken zoals we Cotton hadden verloren. Dat soort verdriet wil je liever niet meer dan één keer in je leven meemaken. Bovendien hadden we allebei de onuitgesproken maar sterke overtuiging dat Emily op de een of andere manier alles waar we van hielden zou vernietigen, en dat later dan rechtvaardigen met een of andere bijbeltekst.

Papa was heel trots op de wijze waarop Emily de religie ter harte nam en de bijbel bestudeerde. Ze hielp de dominee al op zondagsschool, waar ze een nog grotere tiran was dan in de klas van juffrouw Walker. Kinderen hadden de neiging om niet op te letten op zondagsschool, als ze op een mooie dag binnen waren opgesloten terwijl ze buiten wilden spelen. De dominee gaf Emily toestemming een tik te geven op de handen van de kinderen die zich misdroegen. Ze hanteerde haar zware meetlat als een zwaard der vergelding en liet hem krachtig neerkomen op de knokkels van elke jongen of meisje die het waagde op het verkeerde moment te lachen.

Op een zondag draaide ze mijn handen om en sloeg op mijn palmen tot ze vuurrood zagen, omdat ik had zitten dagdromen toen de dominee de kamer uit was. Ik huilde niet en kreunde zelfs niet; ik keek haar alleen maar strak aan en verdroeg de pijn, ook al kon ik uren daarna mijn handen niet dichtdoen. Ik wist dat het geen zin had om er later over te klagen tegen mamma, en papa zou alleen maar zeggen dat ik het verdiend had als Emily zoiets deed.

Dit jaar, mijn eerste schooljaar, leek de winter sneller dan ooit over te gaan in het voorjaar en het voorjaar in de eerste dagen van de zomer. Juffrouw Walker zei dat ik het werk deed van een leerling uit de tweede klas; ik las en schreef even goed en was zelfs beter in rekenen. Woorden vond ik fascinerend. Zodra ik een nieuw woord zag, wilde ik de klank ervan kennen en de betekenis ervan ontdekken. Zelfs al gingen papa's boeken mijn verstand te boven, toch deed ik mijn best ze te lezen en te begrijpen. Hier en daar begreep ik natuurlijk wel een zin en een onderschrift onder een foto. Met elke ontdekking kreeg ik meer zelfvertrouwen.

Mamma wist natuurlijk dat ik goed was op school, en stelde voor dat ik papa zou verrassen door een psalm voor te lezen. We oefenden elke avond tot ik alle woorden kon uitspreken. Eindelijk, op een avond aan tafel, vlak voor het eind van het eerste schooljaar, kondigde mamma aan dat ik de maaltijd zou openen met het lezen van de tweeëndertigste psalm.

Emily keek verbaasd op. Ze wist niet hoe hard en hoe lang mamma en ik eraan hadden gewerkt. Papa leunde achterover en legde zijn gevouwen handen afwachtend op tafel. Ik sloeg de bijbel open en begon.

'De Heer is mijn her...der, mij ont...breekt niets.'

Telkens als ik struikelde over een woord glimlachte Emily.

'Papa,' viel ze me in de rede, 'we zijn verhongerd tegen de tijd dat ze klaar is.'

'Stil,' zei hij kortaf. Toen ik eindelijk klaar was keek ik op en papa knikte.

'Dat was heel goed, Lillian,' zei hij. 'Ik wil dat je het elke dag oefent, tot je het twee keer zo vlug kunt opzeggen. Dan kun je het ons weer voorlezen aan tafel.'

'Dat zal wel even duren,' mompelde Emily, maar mamma glimlachte, alsof ik iets veel indrukwekkenders had gedaan dan in één jaar even goed te leren lezen als een tweedeklasser. Ze wilde altijd ontzettend graag met me opscheppen en nam elke gelegenheid daartoe te baat, vooral tijdens haar beroemde barbecues. De eerste in de nieuwe zomer was al over een paar dagen.

Zolang iemand zich kon herinneren was de grote barbecue een traditie op The Meadows. Het was dé manier om de zomer te beginnen in dit deel van het land, en de legende wilde dat welke dag de Booths ook kozen voor hun feest, het op die dag altijd mooi weer was. De legende werd weer instandgehouden toen de dag van de barbecue aanbrak – een mooie zaterdag in juni. Het leek of de Natuur ons op onze wenken bediende.

De lucht was strakblauw, met hier en daar wat kleine wolkjes, die er door God zelf op geschilderd leken. Spotvogels en gaaien dartelden tussen de takken van de magnoliabomen, alsof ze aanvoelden dat de stoet gasten weldra zou arriveren. Alle bedienden waren bezig met een laatste schoonmaakactie, versjouwden meubelen en bereidden het grote feestmaal voor. Een feestelijke stemming maakte zich van iedereen meester.

Zelfs het grote huis, dat soms donker en somber was met zijn grote kamers en hoge plafonds, werd opgevrolijkt door de stralende zon die naar binnen viel. Mamma stond erop dat alle gordijnen werden opengetrokken: de ramen stonden open, en het huis zelf was de dag tevoren tot in de puntjes schoongemaakt, want het zou worden geïnspecteerd door alle leden van alle respectabele en voorname families die door mamma en papa op mooi gegraveerde kaarten waren uitgenodigd.

De crèmekleurige muren glansden; het mahonie- en hickoryhouten meubilair glom. De gedweilde en gewreven vloeren glinsterden als glas, en de tapijten werden geboend tot ze er fris en nieuw uitzagen. Een warme bries woei ongehinderd door het huis, en bracht de geur van gardenia's, jasmijn en vroege rozen mee.

Ik hield van onze feestelijke barbecues omdat er geen hoekje in of buiten het huis was zonder conversatie en gelach. De plantage had de kans met zichzelf te pronken, zo te zijn als zij kon zijn. Het was als een slapende reus die ontwaakte uit zijn winterslaap. Papa had er nog nooit zo knap en trots op zijn erfenis uitgezien.

De voorbereidingen voor het koken waren de avond tevoren begonnen, toen de barbecueputten waren aangestoken. Ze hadden nu allemaal een bed van smeulend vuur, terwijl het vlees erboven ronddraaide en het sap sissend op de hete kolen drupte. Buiten drong het aroma van brandende hickoryblokken en roosterend varkens- en schapevlees in ieders neus. Al papa's jachthonden en alle katten wachtten aan de rand van de activiteiten, verlangend naar het moment waarop ze de restanten toegeworpen zouden krijgen.

Achter de schuur, niet ver van Cottons graf, was een aparte barbecueput, waar de bedienden en knechten samen met de lakeien en koetsiers van de gasten zich te goed deden aan hun eigen maal van maïskoeken, zoete aardappels en varkensingewanden. Meestal maakten ze ook hun eigen muziek, en soms leken ze zich beter te amuseren dan de keurig geklede, welvarende mensen die in hun mooiste rijtuigen, voortgetrokken door hun beste paarden, over de oprijlaan reden.

Vanaf het eerste ochtendgloren tot de eerste gasten begonnen te arriveren, rende mamma binnen en buiten rond, deelde bevelen uit en hield toezicht. Ze stond erop dat de lange picknicktafels op schragen werden gedekt met smetteloos witte tafellakens en dat er zachte stoelen uit het huis werden gehaald voor de gasten die niet op een harde bank wilden zitten.

Toen de gasten begonnen te komen, volgden ze elkaar zo snel op dat na een paar ogenblikken de lange oprijlaan vol stond met paarden en rijtuigen.

De kinderen waren er het eerst en verzamelden zich op het grasveld voor het huis om krijgertje of verstoppertje te spelen. Hun gegil en gelach deden de boerenzwaluwen over het land scheren, op zoek naar een rustigere verblijfplaats. Emily's taak was het om op de kinderen te passen, dus was geen enkel kind ondeugend. Met luide, vastberaden stem zei ze welke plaatsen op de plantage verboden terrein waren, en ze patrouilleerde als een politieagent, op zoek naar overtreders.

Zodra de vrouwen uit hun rijtuigen stapten, vormden ze twee aparte groepen. De oudere vrouwen gingen naar binnen om zoveel mogelijk bescherming te zoeken tegen de zon en insekten, vriendelijk met elkaar babbelend. De jongere vrouwen liepen in de richting van het prieel en de banken, sommigen van hen vergezeld door een jongeman, terwijl anderen hoopvol in hun mooie nieuwe jurk wachtten tot ze zouden worden ontdekt.

De oudere mannen zaten in kleine, verspreide groepjes bijeen en discussieerden over politiek of zaken. Vlak voordat het eten werd geserveerd, maakte papa met de mannen die nog nooit op The Meadows waren geweest een ronde door het huis, voornamelijk om zijn verzameling geweren te tonen die aan de muur van zijn bibliotheek hing. Hij had duelleerpistolen, kleine revolvers en Engelse geweren.

Mamma was overal tegelijk, speelde de voorname gastvrouw, lachte en praatte met de mannen en de vrouwen. Ze bloeide op bij een groot feest als dit. Ze droeg een met juwelen bezette kam in haar goudblonde haar. Haar ogen waren opgewonden en levendig, en haar muzikale lach werd door iedereen gehoord.

De avond tevoren had ze zoals gebruikelijk gejammerd over haar armzalige garderobe en over het feit dat haar heupen zoveel breder waren geworden sinds de barbecue van het vorige jaar. Papa noch Emily besteedde er enige aandacht aan; ik was de enige die belangstelling toonde, maar alleen omdat ik me afvroeg waarom ze klaagde. Mamma had kasten vol kleren, ondanks papa's weigering met haar te gaan winkelen. Ze wist regelmatig iets nieuws te laten maken of te kopen, en was altijd op de hoogte van de laatste mode, zowel wat kapsel als kleding betrof. Ze had tientallen dozen met schoenen, laden vol juwelen, waarvan ze sommige had meegebracht toen ze met papa trouwde en sommige later had gekregen.

Ze werd nooit dik of lelijk, maar ze hield vol dat haar heupen breder waren geworden en ze er in alles wat ze aantrok uitzag als een olifant. Zoals altijd werden Louella en Tottie erbij geroepen om haar te helpen de kleren uit te zoeken die haar het meest flatteerden en haar onvolkomenheden het best zouden verbergen.

Tottie had urenlang mamma's haar geborsteld, terwijl ze voor de spiegel van haar toilettafel zat en zich opmaakte. Haar haar was lang, het viel bijna tot op haar middel, maar ze liet het opsteken in een wrong. Het kijken naar al die voorbereidingen en de verwachting van de kapsels en kleren, naar de nieuwste mode, van de vrouwelijke gasten, stimuleerde mijn eigen ontkiemende vrouwelijkheid. Het grootste deel van de dag was ik met Eugenia bij de barbecue. Ik borstelde haar haar en zij borstelde het mijne.

De barbecue was een van de zeldzame gelegenheden dat mamma het goedvond dat Eugenia bij andere kinderen kwam; ze mocht urenlang buiten blijven, zolang ze maar in de schaduw bleef en niet ging rondhollen. De vrolijkheid en het tumult, en vooral de frisse lucht, brachten kleur op haar wangen en althans korte tijd zag ze er niet ziek uit. Ze voelde zich heel tevreden als ze rustig onder een magnolia zat en naar de stoeiende, branieachtige jongens keek en naar de trots rondstappende meisjes, die hun moeders en zusjes imiteerden.

Laat in de middag, toen iedereen verzadigd was met eten en drinken, maakten de gasten het zich gemakkelijk, en sommige oudere mensen vielen zelfs in slaap in de schaduw. De jongemannen gooiden met hoefijzers en de kinderen kregen bevel om verderop te gaan spelen, zodat ze de volwassenen niet zouden storen met hun lawaai. Op dat moment werd Eugenia, die protesteerde maar zichtbaar vermoeid was, naar binnen gebracht om een middagslaapje te doen.

Ik had medelijden met haar en hield haar gezelschap. Ik bleef bij haar in de kamer zitten, tot haar ogen dichtvielen. Toen haar moeizame ademhaling regelmatig werd, liep ik op mijn tenen de kamer uit en deed de deur zachtjes achter me dicht. De andere kinderen bevonden zich nu achter het huis en aten stukken watermeloen. Ik besloot door een van de achterdeuren naar buiten te gaan.

Toen ik haastig door de gang liep, langs papa's bibliotheek, hoorde ik een vrouwenlach die me intrigeerde, want hij werd onmiddellijk gevolgd door het geluid van een zachtsprekende stem. De vrouw giechelde opnieuw. Papa zou kwaad zijn als iemand in zijn bibliotheek was zonder dat hij het wist, dacht ik. Ik liep een paar stappen terug en luisterde weer. De stemmen klonken nu fluisterend. Nieuwsgierig deed ik de deur van de bibliotheek wat verder open en tuurde naar binnen. Ik zag de achterkant van Darlene Scotts jurk langzaam omhooggaan, en de hand van de man die voor haar stond onder haar rok glijden. Onwillekeurig slaakte ik een zachte kreet. Ze hoorden me, en toen Darlene zich omdraaide zag ik wie de man was – papa.

Zijn gezicht werd zo vuurrood dat ik dacht dat de huid zou verbranden. Ruw duwde hij Darlene Scott opzij en liep naar me toe.

'Wat doe jij in huis?' vroeg hij, en pakte mijn schouders beet. Hij boog zich naar me toe. Zijn adem stonk naar whisky, vermengd met de vage geur van pepermunt. 'Alle kinderen is gezegd dat ze niet in huis mochten komen.'

'Ik... ik ben...'

'Nou?' vroeg hij, me heen en weer schuddend.

'Ach, ze is alleen maar bang, Jed,' zei Darlene. Ze liep naar hem toe en legde haar hand op zijn schouder. Het leek hem iets te kalmeren en hij ging rechtop staan.

Darlene Scott was een van de knapste jonge vrouwen in onze streek. Ze had dik, roodblond haar en korenblauwe ogen. Alle jongemannen draaiden hun hoofd om als ze langskwam.

Ik keek van papa naar Darlene, die naar me glimlachte en haar jurk rechtstreek.

'Nou?' herhaalde papa.

'Ik ben bij Eugenia gebleven tot ze in slaap viel, papa,' zei ik. 'En nu ga ik buiten spelen.'

'Ga dan,' zei hij, 'en laat ik je er niet nog eens op betrappen dat je volwassenen bespionneert, begrepen?'

'Ja, papa,' zei ik, en sloeg mijn ogen neer voor de felle blik in zijn ogen. Ik beefde en mijn knieën knikten. Ik had hem nog nooit zo kwaad gezien. Het was of hij een volslagen vreemde was.

'Verdwijn nu,' beval hij, en klapte hard in zijn handen. Ik draaide me om en vluchtte weg, gevolgd door Darlenes gegiechel.

Buiten op de stoep haalde ik diep adem. Mijn hart bonsde zo hard dat ik dacht dat het een gat in mijn borst zou slaan. Ik was zo in de war dat ik bijna niet kon slikken. Waarom legde papa zijn hand onder Darlene Scotts rok? Waar was mamma? vroeg ik me af.

Plotseling ging de deur achter me open. Ik draaide me om. Mijn hart begon te bonzen van angst dat papa achter me zou staan, dat hij nog steeds kwaad op me was en me nòg een standje wilde geven. Maar het was papa niet, het was Emily.

Ze kneep haar ogen halfdicht.

'Wat doe je?' vroeg ze.

'Niets,' zei ik snel.

'Papa wil niet dat er kinderen in huis komen,' zei ze.

'Ik heb niemand mee naar binnen genomen. Ik was bij Eugenia.'

Ze keek me doordringend aan. Ze had achter me gestaan en was ook door het huis gelopen, op een van haar controletochten. Ze had papa en Darlene natuurlijk gezien, dacht ik. Iets in haar gezicht zei me dat het zo was, maar ik durfde het haar niet te vragen. Even leek het of zij het mij zou vragen, maar toen was die blik verdwenen.

'Ga maar gauw naar je vriendinnetjes,' beval ze spottend.

Ik sprong de stoep af en liep zo haastig weg dat ik over een boomwortel struikelde. Ik wist mijn val te breken en toen ik achteromkeek, verwachtte ik dat Emily me zou uitlachen. Maar ze was al weg, plotsklaps verdwenen, als een geest.

Die middag, aan het begin van de zomer, besefte ik op mijn eigen kinderlijke wijze dat er veel geesten huisden in The Meadows. Het waren niet Henry's spoken, het soort dat krijste in een maanverlichte nacht of heen en weer liep op de vliering. Het waren de spoken van bedrog, de duistere spoken die leefden in de harten van sommigen en de harten van anderen achtervolgden.

Voor de eerste keer sinds ik op deze grote plantage was gekomen met zijn trotse zuidelijke geschiedenis, voelde ik me bang voor de schaduwen erbinnen. Dit werd geacht mijn thuis te zijn, maar ik zou me er niet meer zo vrij en onbevangen in rondbewegen als eerst.

Nu ik erop terugkijk, besef ik dat we onze onschuld op vele manieren verliezen, en de pijnlijkste manier is wel als we ons realiseren dat degenen die in de eerste plaats van ons horen te houden en voor ons te zorgen, meer om zichzelf geven en om hun eigen pleziertjes. Het is pijnlijk omdat het je doet beseffen hoe eenzaam je eigenlijk bent.

Die middag liep ik hard weg, verlangend me te mengen in het gelach van andere kinderen en voorlopig, zolang ik dat kon, de teleurstellingen en ontberingen te ontlopen die gepaard gaan met het opgroeien. Die zomer, jaren voor mijn tijd misschien, verloor ik een kostbaar deel van mijn jeugd.

4 VAN JONA TOT JEZEBEL

Als ik er nu aan terugdenk lijkt het dat in die tijd de zomer zo snel overging in de herfst en de herfst in de winter. Alleen het voorjaar deed er steeds langer over om te ontluiken. Misschien leek het mij maar zo, omdat ik altijd zo ongeduldig was en de winter eeuwig leek te duren. Hij plaagde ons met zijn eerste sneeuwbuien, en beloofde de wereld te veranderen in een verblindend sprookjesland met glinsterende boomtakken.

De eerste sneeuwbuien wekten gedachten aan Kerstmis: een laaiend vuur in de open haard, heerlijke diners, stapels cadeaus en het versieren van de kerstboom, iets dat Eugenia en ik meestal deden. Over de glooiende weiden spreidde de winter haar zachte, witte deken van belofte. Op die vroege winteravonden, als de wolken aan de donkerblauwe hemel verdwenen waren, glinsterde de sneeuw in het schijnsel van de maan en de sterren. Uit mijn bovenraam had ik uitzicht op een landschap dat op magische wijze veranderd was van een verdroogd geel veld in een roomwitte zee waarin kleine diamantjes dreven.

De jongens op school verlangden altijd naar het begin van de winter. Het verbaasde me hoe ze lachend van pret met hun blote handen in de ijskoude sneeuw groeven. Juffrouw Walker had streng verboden om met sneeuwballen te gooien. Wie erop betrapt werd op of bij de speelplaats kreeg straf, en het gaf Emily weer een wapen in handen tegen degenen die zich tegen haar verzetten. Maar vooral voor de jongens garandeerde de winter eindeloze uren van plezier met sleeën en sneeuwbalgevechten, en met schaatsen als het ijs op de meren en vijvers dik genoeg was. Het ijs van de vijver in The Meadows, die voor mij alle aantrekkingskracht verloren had sinds de arme Cotton daar was verdronken, was altijd dun en verraderlijk. Alle beken op ons land stroomden in de winter sneller en krachtiger, en het water leek erg koud, maar toch helder en aantrekkelijk.

In de winter waren de dieren van de boerderij rustiger, hun magen leken gevuld met ijskoude lucht die uit hun neusgaten en mond stroomde. Als het hard sneeuwde, had ik medelijden met de varkens en de kippen, de koeien en de paarden. Henry zei dat ik me geen zorgen moest maken, omdat ze een dikkere huid of verenkleed kregen, maar ik kon me niet voorstellen dat ze het warm hadden in een onverwarmde schuur, met een bijtende noordenwind die rond het huis joeg en elke spleet en scheur wist te vinden.

Louella en de dienstmeisjes, die beneden sliepen in de slaapkamers aan de achterkant, waar geen kachel stond, maakten stenen warm en legden die omwikkeld in hun bed om zich warm te houden. Henry was een groot gedeelte van de dag bezig met het aanslepen van hout voor de diverse open haarden in huis. Papa stond erop dat zijn kantoor goed warm werd gehouden. Ook al was hij er soms uren, zelfs dagen achtereen niet, als hij binnenkwam en het was er koud, brulde hij als een gewonde beer en stuurde iedereen erop uit om Henry te zoeken.

In de wintermaanden waren de wandelingen van Emily en mij naar en uit school soms onaangenaam en soms vrijwel onmogelijk, door de wind en de sneeuw, de koude regen en de hagel. Een paar keer stuurde mamma Henry naar school om ons te halen, maar papa hield hem meestal zo druk bezig met alle karweitjes in en rond het huis, dat hij niet weg kon om ons te halen of te brengen.

De winter scheen Emily niet te deren. Ze liep het hele jaar met hetzelfde grimmige gezicht rond. Ze leek zelfs blij te zijn met de monotone grijze lucht. Het versterkte haar overtuiging dat de wereld een donker en somber oord was, waarin alleen een religieuze devotie wat licht en warmte kon brengen. Ik vroeg me vaak af wat voor gedachten er door Emily's hoofd gingen als ze vastberaden, zwijgend, met regelmatige, ritmische beenbewegingen over de oprijlaan en over de weg heen en terug naar school liep. De wind kon fluitend door de bomen gieren; de lucht kon zo duister zijn dat ik mezelf voor moest houden dat het niet middenin de nacht was; het kon zo koud zijn dat er ijspegels aan onze neuzen hingen. We konden zelfs in een ijzige regenbui lopen zonder dat Emily een spier van haar gezicht vertrok. Haar ogen waren altijd op iets in de verte gericht. Ze lette niet op de sneeuwvlokken die op haar voorhoofd en wangen smolten. Haar voeten waren nooit koud, haar handen bevroren nooit, ook al waren haar vingertoppen even rood als de mijne, en zag het puntje van haar lange, dunne neus nog roder dan de mijne.

Ze negeerde mijn klachten of draaide zich woedend naar me om en snauwde tegen me, omdat ik het waagde de wereld te bekritiseren die God voor ons had geschapen.

'Maar waarom wil Hij dat we het zo koud hebben en ons zo ellendig voelen?' riep ik dan, en Emily keek me nijdig en hoofdschuddend aan, en knikte, alsof ze een achterdocht bevestigd zag die ze haar leven lang tegen me gekoesterd had.

'Luister je dan niet op zondagsschool? God geeft ons beproevingen en rampspoed om onze standvastigheid te versterken,' zei ze met opeengeklemde tanden.

'Wat is standvastigheid?' Ik aarzelde nooit een vraag te stellen als ik iets niet wist. Mijn dorst naar kennis en begrip was zo groot dat ik het zelfs aan Emily vroeg.

'Onze vastberadenheid om ons te verzetten tegen de duivel en zonde,' zei ze. Toen verhief ze zich op die hooghartige manier van haar en ging verder: 'Maar misschien is het wel te laat voor jouw verlossing. Jij bent een Jona.'

Ze liet nooit de kans voorbijgaan om me daaraan te herinneren.

'Dat ben ik niet,' hield ik vol.

Ik werd zo moe van het steeds weer ontkennen van de vloek waarmee Emily me wilde opzadelen. Ze liep door, er vast van overtuigd dat ze gelijk had, dat zij een speciaal oor bezat om Gods woord te horen, een speciaal oog om Zijn werk te zien. Wie gaf haar het recht daartoe? vroeg ik me af. Was het de dominee, of papa? Haar kennis van de bijbel beviel hem, maar toen we ouder werden leek hij voor haar niet meer tijd te hebben dan voor mij of Eugenia. Het grote verschil was dat Emily zich er niets van scheen aan te trekken. Niemand vond het prettiger om alleen te zijn dan zij. Ze vond niemand anders goed gezelschap, en om de een of andere reden vermeed ze vooral Eugenia.

Ondanks het feit dat Eugenia voortdurend te kampen had met inzinkingen, verloor ze in de strijd tegen haar afschuwelijke ziekte nooit haar lieve glimlach en behield ze haar zachte karakter. Haar lichaam bleef tenger en kwetsbaar; haar huid, die beschermd werd tegen de zon, zowel in de winter als in de zomer, was zo wit als een magnolia. Toen ze negen was, zag ze er niet ouder uit dan vier of vijf. Ik bleef hopen dat ze gezonder zou worden als ze ouder werd, dat haar lichaam sterker en de ziekte zwakker zou worden. In plaats daarvan kwijnde ze op alle mogelijke manieren weg, en dat brak mijn hart.

Naarmate de jaren verstreken, werd het steeds moeilijker voor haar om zelfs maar door het huis te lopen. Als ze de trap opliep, deed ze er zo lang over dat het een kwelling was om het te zien of te horen; de seconden tikten langzaam voorbij terwijl je wachtte tot haar voet de volgende moeilijke stap zou doen. Ze sliep vaker en langer. Haar armen werden snel moe als ze haar haar kamde, dat ondanks alles mooi en glanzend bleef, en dan moest ze wachten op mij of Louella om het verder te borstelen. Het enige wat haar scheen te hinderen was dat haar ogen moe werden als ze las. Ten slotte ging mamma een bril met haar kopen, en kreeg ze dikke glazen, waardoor ze, zoals ze zei, eruitzag als een kikker. Maar in ieder geval kon ze nu lezen. Ze had bijna even snel leren lezen als ik.

Mamma had meneer Templeton, een gepensioneerde onderwijzer, aangenomen om Eugenia les te geven, maar toen ze tien was, moesten de lessen tot een kwart van de tijd worden ingekort, omdat Eugenia niet de energie had om lang de lessen te kunnen volgen. Na schooltijd holde ik naar haar kamer en ontdekte dat ze in slaap was gevallen tijdens het rekenen of een grammaticales. Het schrift lag op haar schoot, de pen nog tussen haar smalle vingers geklemd. Meestal haalde ik alles voorzichtig weg en dekte haar toe. Later beklaagde ze zich dan.

'Waarom heb je me niet gewoon wakker gemaakt, Lillian? Ik slaap al meer dan genoeg. De volgende keer schud je me wakker, hoor!'

'Ja, Eugenia,' zei ik, maar ik had het hart niet haar wakker te maken uit haar diepe slaap, een slaap waarvan ik hoopte dat die haar beter zou maken.

Later in dat jaar gaven mamma en papa toe aan de wens van de dokter en kochten een rolstoel voor haar. Zoals gewoonlijk had mamma geprobeerd te negeren wat er gebeurde, had ze geprobeerd de realiteit van Eugenia's verzwakte toestand te ontkennen. Ze weet Eugenia's steeds vaker voorkomende slechte dagen aan het weer of aan iets dat ze had gegeten, of zelfs níet had gegeten.

'Eugenia wordt beter,' zei ze tegen me, als ik met een nieuwe zorg bij haar kwam. 'Alle mensen worden beter, Lillian, vooral kinderen.'

In wat voor wereld leefde mamma? vroeg ik me af. Geloofde ze echt dat we maar een pagina in ons leven hoefden om te slaan om te merken dat alles ten goede was veranderd? Ze voelde zich zoveel meer thuis in de wereld van de schone schijn. Als haar vriendinnen geen leuke roddeltjes meer wisten, begon mamma onmiddellijk over het leven en de liefdes van haar romanfiguren; ze praatte erover of ze werkelijk bestonden. Iets in het werkelijke leven herinnerde haar altijd aan iets of iemand uit de boeken die ze had gelezen. De eerste paar momenten als mamma vertelde vroeg iedereen zich vertwijfeld af over wie ze het had.

'Julia Summers. Ik kan me geen Julia Summers herinneren,' merkte mevrouw Dowling bijvoorbeeld op, en dan aarzelde mamma even, waarna ze begon te lachen.

'O, nee, natuurlijk niet, lieve. Julia Summers is de heldin in *Hartenaas*, mijn nieuwe roman.'

Dan lachte iedereen en mamma vertelde verder. Ze wilde blijven vertoeven in die veilige, roze wereld van haar illusies, een wereld waarin kleine meisjes als Eugenia altijd beter werden en soms uit hun rolstoel verrezen. Maar toen we Eugenia's rolstoel eenmaal hadden, spoorde ik haar aan om erin te gaan zitten, zodat ik haar in huis kon rondrijden, of buiten, als mamma het warm genoeg vond. Henry kwam aangehold om Eugenia de trap af te dragen. Hij tilde haar met rolstoel en al op. Ik reed met haar door de plantage om naar een nieuw kalf te kijken of de kuikentjes. We keken toe als Henry en de anderen de paarden roskamden. Er was altijd zoveel te doen op de plantage, altijd iets interessants om te zien.

Ze hield vooral van het vroege voorjaar. Haar ogen lachten als ik haar rondreed, zodat ze de kornoeljes kon zien bloeien, met de witte of roze bloesem tegen een frisse groene achtergrond. De velden stonden vol met gele narcissen en boterbloemen. En voor korte tijd althans kon ik Eugenia gelukkig maken en haar helpen haar ziekte te vergeten.

Niet dat ze zich voortdurend erover beklaagde. Als ze zich niet goed voelde, keek ze me aan en zei: 'Ik denk dat ik maar beter naar binnen kan gaan, Lillian. Ik moet even gaan liggen. Maar blijf bij me,' ging ze snel verder, 'en vertel nog eens hoe Niles Thompson gisteren naar je keek en wat hij zei toen jullie naar huis liepen.'

Ik weet niet wanneer het precies tot me doordrong, maar ik besefte al heel jong dat mijn zusje Eugenia leefde via mij en mijn verhalen. Op onze jaarlijkse barbecues en feesten zag ze de meeste jongens en meisjes over wie ik vertelde, maar ze had zo weinig contact met hen, dat ze van mij afhankelijk was om haar te vertellen over het leven buiten haar kamer. Ik probeerde weleens vriendinnetjes mee naar huis te nemen, maar de meesten voelden zich niet op hun gemak in Eugenia's kamer, een kamer die vol medische apparatuur stond om haar te helpen adem te halen en met tafels vol pillen. Ik maakte me ongerust dat ze, als ze zagen hoe klein Eugenia was voor haar leeftijd, haar als een soort vreemd gedrocht beschouwden, en ik wist dat Eugenia slim genoeg was om de angst en het onbehagen in hun ogen te zien. Na een tijdje leek het gemakkelijker om alleen maar met verhalen thuis te komen.

Ik zat naast Eugenia's bed, terwijl zij met gesloten ogen en een lieve glimlach stil bleef liggen, en probeerde me tot in de kleinste details te herinneren wat er op school allemaal gebeurd was. Ze wilde altijd weten wat de andere meisjes droegen, hoe ze hun haar droegen, waarover ze praatten en wat ze deden. Behalve dat ze wilde weten wat we die dag geleerd hadden, was ze nieuwsgierig wie in moeilijkheden was geraakt, en hoe en waarom. Als ik vertelde welke rol Emily daarbij gespeeld had, knikte Eugenia alleen maar en zei iets als: 'Ze probeert alleen maar in de gunst te komen.'

'Wees toch niet altijd zo vergevensgezind, Eugenia,' protesteerde ik. 'Emily doet meer dan proberen een wit voetje te halen bij juffrouw Walker of papa en mamma. Ze wil zichzelf een plezier doen. Ze wil niets liever dan een kreng zijn.'

'Hoe kan ze dat nu willen?' zei Eugenia.

'Je weet dat ze het heerlijk vindt om bazig en wreed te zijn, en dat ze mij zelfs op mijn handen heeft geslagen op zondagsschool.'

'De dominee wil dat ze die dingen doet, ja, toch?' vroeg Eugenia dan. Ik wist dat mamma haar die onzin vertelde, omdat ze niet wilde dat Eugenia slecht over haar zusje zou denken. Mamma wilde waarschijnlijk zelf al die dingen geloven die ze Eugenia over Emily vertelde. Op die manier hoefde ze de waarheid niet onder ogen te zien.

'Hij zegt niet tegen haar dat ze het fijn moet vinden,' hield ik vol. 'Je moet eens zien hoe haar ogen dan gaan glanzen. Dan kijkt ze zelfs bijna gelukkig.'

'Zo'n monster kan ze niet zijn, Lillian.'

'O, nee? Ben je Cotton vergeten?' antwoordde ik, misschien harder en killer dan gewenst was. Ik zag hoeveel verdriet het Eugenia deed en had er onmiddellijk spijt van. Maar de verdrietige trek was snel verdwenen en ze glimlachte weer.

'Vertel over Niles, Lillian. Ik wil alles over Niles horen. Alsjeblieft.'

'Goed,' zei ik, en maande mezelf tot kalmte. Ik praatte trouwens graag over Niles Thompson. Tegenover Eugenia kon ik mijn diepste gevoelens blootleggen. 'Zijn haar moet geknipt worden,' zei ik lachend. 'Het valt over zijn ogen en op zijn neus. Altijd als ik in de klas naar hem kijk, is hij bezig zijn haar naar achteren te strijken.'

'Zijn haar is nu gitzwart,' zei Eugenia. Ze herinnerde zich iets dat ik haar een paar dagen geleden verteld had. 'Zo zwart als een kraai.'

'Ja,' zei ik glimlachend. Eugenia deed haar ogen open en glimlachte ook.

'Heeft hij vandaag weer naar je zitten staren? Ja?' vroeg ze opgewonden. Wat konden haar ogen soms stralen. Als ik in haar ogen keek zou ik bijna kunnen vergeten dat ze zo ziek was.

'Ja, tenminste altijd als ik keek,' zei ik bijna fluisterend.

'En het deed je hart steeds sneller kloppen, tot je bijna niet meer kon ademhalen?' Ik knikte. 'Net als ik, maar om een betere reden,' ging ze verder. Toen lachte ze voor ik medelijden met haar kon hebben. 'Wat heeft hij gezegd? Vertel me nog eens wat hij gisteren op weg naar huis gezegd heeft.'

'Hij zei dat ik de liefste glimlach heb van iedereen op school,' antwoordde ik. Ik herinnerde me hoe Niles het eruit gooide. We liepen zoals altijd naast elkaar, een paar passen achter Emily en de tweeling. Hij schopte tegen een steentje en toen keek hij op en flapte het eruit en sloeg toen onmiddellijk zijn ogen weer neer. Even wist ik niet wat ik moest zeggen of hoe ik moest reageren. Ten slotte mompelde ik: 'Dank je.'

'Meer kon ik niet bedenken,' zei ik tegen Eugenia. 'Ik zou een paar van mamma's romannetjes moeten lezen om te weten hoe ik met een jongen moet praten.'

'O, dat hoeft niet. Je hebt het juiste antwoord gegeven,' verzekerde Eugenia me. 'Dat zou ik ook hebben gezegd.'

'Heus?' Ik dacht erover na. 'Hij heeft verder niets gezegd, tot we bij de weg naar hun huis kwamen. Toen zei hij: ''Tot morgen, Lillian,'' en liep hard weg. Ik wist dat hij verlegen was en wilde dat ik wat meer had gezegd.'

'Dat komt nog wel,' verzekerde Eugenia me. 'Volgende keer.'

'Er komt geen volgende keer. Hij vindt me waarschijnlijk een enorme sufferd.'

'O, nee. Dat is onmogelijk. Je bent het slimste meisje op school. Slimmer dan Emily,' zei Eugenia trots.

Dat was waar. Omdat ik zoveel las, wist ik dingen die leerlingen uit veel hogere klassen hoorden te weten. Ik verslond onze geschiedenisboeken, bracht uren en uren door in papa's kantoor en keek zijn verzameling boeken over het oude Griekenland en Rome door. Er waren veel dingen die Emily niet wilde lezen, zelfs al stelde juffrouw Walker het voor, omdat Emily vond dat ze over zondige tijden en zondige mensen gingen. Dientengevolge wist ik veel meer dan zij over mythologie en oude tijden.

En ik was vlugger in vermenigvuldigen en delen dan Emily. Dat maakte haar nog kwader. Ik herinner me dat ik eens langs haar liep toen ze worstelde met een rij getallen. Ik keek over haar schouder en toen ze een totaal opschreef, zei ik dat het fout was.

'Je hebt vergeten de één te onthouden, hier,' zei ik wijzend. Ze draaide zich met een ruk om.

'Hoe durf je mij en mijn werk te bespioneren! Je wilt alleen maar afkijken,' zei ze beschuldigend.

'O, nee, Emily, ik wilde alleen maar helpen,' antwoordde ik.

'Ik wil je hulp niet. Waag het niet mij te vertellen wat goed en fout is. Dat kan alleen juffrouw Walker,' beweerde ze. Ik haalde mijn schouders op en liet haar alleen, maar toen ik omkeek, zag ik dat ze bezig was haar antwoord uit te vlakken.

Het was een feit dat we alledrie in een verschillende wereld opgroeiden, zelfs al woonden we onder hetzelfde dak en hadden we dezelfde twee mensen als ouders. Hoeveel tijd ik ook met Eugenia doorbracht, en hoeveel dingen we samen deden en ik voor haar deed, ik wist dat ik nooit hetzelfde kon voelen als zij of beseffen hoe moeilijk het voor haar was om het grootste deel van de tijd binnen te moeten blijven en alleen maar naar buiten te kunnen kijken. Emily's God maakte me bang: ze deed me rillen van angst als ze me dreigde met Zijn woede en wraak. Hij was onredelijk, dacht ik, en tot pijnlijke dingen in staat, als Hij het goed vond dat iemand die zo lief en bijzonder was als Eugenia zo moest lijden, terwijl Emily pedant rondstapte.

Emily leefde ook in haar eigen wereld. In tegenstelling tot Eugenia, was Emily geen hulpeloze, onvrijwillige gevangene. Het was Emily's eigen keus zichzelf op te sluiten, niet binnen muren van kalk en verf en hout, maar binnen muren van woede en haat. Elke opening metselde ze dicht met een of ander bijbels citaat of verhaal. Vroeger dacht ik dat zelfs de dominee bang voor haar was, bang dat ze een duistere en verborgen zonde zou ontdekken die hij eens had begaan, en het aan God zou vertellen.

En dan was ik er natuurlijk nog, de enige die misschien in de ware zin van het woord in The Meadows leefde, die over de velden holde en stenen gooide in de beken, die naar buiten ging om de bloemen te ruiken en de zoete geur van de tabaksplanten op te snuiven, die tijd doorbracht met de knechten en iedereen die op de plantage werkte bij de voornaam kende. Ik sloot mezelf niet vrijwillig op in een deel van het grote huis om de rest te negeren.

Ja, ondanks de donkere wolk van de waarheid over mijn geboorte, die boven mijn hoofd hing, en ondanks het feit dat ik een zusje had als Emily, genoot ik van mijn jeugd in The Meadows.

The Meadows zal zijn charme nooit verliezen, dacht ik toen. Stormen zouden komen en gaan, maar er zou altijd een warm voorjaar op volgen. Natuurlijk was ik toen nog erg jong, ik kon me in de verste verte geen idee ervan vormen hoe donker het zou worden, hoe koud het kon zijn, hoe eenzaam ik zou worden, bijna zodra mijn puberteit achter de rug was.

Toen ik twaalf was, begon ik veranderingen te constateren in mijn lichaam, die mamma ertoe brachten me te vertellen dat ik een mooie jonge vrouw zou worden, een bloem van het zuiden. Het was leuk om aantrekkelijk te worden gevonden, vooral als mamma's vriendinnen hun bewondering uitspraken over mijn zachte, glanzende haar, mijn mooie teint of prachtige ogen. Plotseling, bijna van de ene dag op de andere leek het me, begonnen mijn kleren op bepaalde plaatsen strakker te zitten, en dat kwam niet omdat ik dikker werd. Integendeel, de kinderlijke molligheid van mijn gezicht begon te verdwijnen, en mijn rechte, jongensachtige lichaam begon ronde vormen te krijgen. Ik was altijd tenger gebouwd, met een smalle romp, al was ik niet zo slungelig als Emily, die zo hard groeide dat het leek of ze op een nacht plotseling was uitgerekt.

Emily's lengte gaf haar een volwassen uiterlijk, maar het was een volwassenheid die alleen in haar gezicht tot uiting kwam. De rest van haar vrouwelijke ontwikkeling was vergeten of genegeerd. Ze had geen zachte, ronde welvingen zoals ik, en toen ik twaalf was wist ik vrijwel zeker dat mijn boezem twee keer zo groot was als de hare. Ik wist het niet zeker, want ik had Emily nooit uitgekleed gezien, zelfs niet in haar onderjurk.

Op een avond toen ik in bad zat, kwam mamma langs en zag dat de ontwikkeling van mijn lichaam was begonnen.

'O, hemeltje!' riep ze glimlachend uit, 'jouw borsten ontwikkelen zich veel sneller dan de mijne vroeger. We zullen wat nieuw ondergoed voor je moeten kopen, Lillian.'

Ik voelde dat ik bloosde, vooral toen mamma aan één stuk door herhaalde dat de jongemannen die naar me keken in vuur en vlam zouden raken over mijn figuur. Ze zouden allemaal naar me kijken met die intense blik 'die de indruk wekt dat ze elk detail van je gezicht en figuur in hun geheugen willen prenten'. Mamma vond het heerlijk de woorden en lessen van haar romans toe te passen op ons dagelijks leven, zodra ze de kans daartoe kreeg.

Nog geen jaar later werd ik voor het eerst ongesteld. Niemand had me verteld wat ik kon verwachten. Emily en ik kwamen op een dag laat in het voorjaar terug uit school. Het was al zo warm als in de zomer, dus Emily en ik droegen alleen een jurk. Gelukkig hadden we net afscheid genomen van de Thompson-tweeling en van Niles, anders zou ik me doodgeschaamd hebben. Zonder enige waarschuwing kreeg ik plotseling een hevige kramp. De pijn was zo intens dat ik mijn buik vastgreep en me vooroverboog.

Emily, die zich ergerde dat ze moest blijven staan, draaide zich met een ruk om en keek vol afkeer naar me, terwijl ik kreunend op het gras neerhurkte. Ze deed een paar stappen naar me toe en zette haar handen op haar benige heupen; haar ellebogen waren zo scherp tegen haar dunne huid gebogen, dat ik dacht dat de botten erdoor zouden prikken.

'Wat mankeert je?' vroeg ze.

'Ik weet het niet, Emily. Het doet zo'n pijn.' Ik voelde weer een hevige kramp en kreunde opnieuw.

'Hou op!' riep Emily uit. 'Je lijkt wel een varken dat gekeeld wordt.'

'Ik kan er niks aan doen,' klaagde ik. De tranen stroomden over mijn wangen. Emily maakte een grimas en toonde geen enkel medelijden.

'Sta op en loop door,' beval ze. Ik probeerde me op te richten, maar het ging niet.

'Ik kan het niet.'

'Ik laat je hier zitten,' dreigde ze. Ze dacht even na. 'Waarschijnlijk is het iets dat je gegeten hebt. Heb je een hap van Niles Thompsons groene appel genomen, zoals je altijd doet?' vroeg ze. Ik had altijd al het gevoel gehad dat Emily mij en Niles in de gaten hield tijdens de lunchpauze.

'Nee, vandaag niet,' zei ik.

'Je zult wel weer liegen, zoals altijd. Nou,' zei ze, en draaide zich om, 'ik kan niet...'

Ik voelde tussen mijn benen, omdat zich daar een vreemd, warm vocht verspreidde, en zag dat mijn vingers bebloed waren. Deze keer kon mijn gebrul gehoord worden door alle knechten van The Meadows, al waren we zeker nog anderhalve kilometer van huis.

'Er gebeurt iets vreselijks met me!' riep ik. Ik draaide mijn palmen om, zodat Emily het bloed kon zien. Ze staarde er even naar, sperde haar ogen open en vertrok haar lange, dunne mond als een elastiekje.

'Je bent ongesteld!' schreeuwde ze, beseffend waar mijn hand was geweest en waarom ik zo'n pijn had. Ze wees beschuldigend naar me. 'Je bent ongesteld!'

Ik schudde mijn hoofd. Ik had geen idee wat ze bedoelde, of waarom ze zo kwaad was.

'Het is veel te vroeg.' Ze deed een stap achteruit of ik roodvonk of de mazelen had. 'Het is veel te vroeg,' herhaalde ze. 'Je bent beslist een dochter van Satan.'

'Nee, dat ben ik niet. Emily, alsjeblieft, hou op...'

Ze schudde vol afkeer haar hoofd en draaide zich om, terwijl ze een van haar gebeden mompelde en doorliep. Ze nam steeds langere en snellere stappen en liet mij doodsbang achter. Ik begon te huilen. Toen ik me weer beheerst had, bloedde ik nog steeds. Ik kon het langs de binnenkant van mijn been zien druipen. Ik huilde van angst. De pijn in mijn buik was nog even erg, maar het zien van het bloed leidde me lang genoeg af om op te kunnen staan. Hysterisch snikkend en over mijn hele lichaam bevend, deed ik een stap naar voren en toen nog een en toen nog een. Ik keek niet naar mijn been, al voelde ik het bloed in mijn kous sijpelen. Ik liep verder, terwijl ik mijn buik vasthield. Pas toen ik bijna thuis was herinnerde ik me dat ik al mijn boeken en schriften op het gras had laten liggen. Ik begon nog harder te huilen.

Emily had niemand op de hoogte gesteld. Zoals gewoonlijk was ze het huis binnengemarcheerd en de trap opgelopen naar haar kamer. Het drong niet eens tot mamma door dat ik niet achter haar liep. Ze luisterde naar de muziek op haar koffergrammofoon en las haar nieuwste roman, toen ik jammerend door de voordeur binnenkwam. Het duurde even voor ze me hoorde en toen kwam ze naar buiten gesneld.

'Wat is er nu weer?' riep ze. 'Ik zat net in een spannend verhaal en...'

'Mamma,' riep ik klaaglijk, 'er is iets verschrikkelijks met me gebeurd! Onderweg. Ik kreeg vreselijke kramp en toen begon ik te bloeden, maar Emily liep weg en liet me daar achter. En ik heb al mijn boeken ook daar laten liggen!' kreunde ik.

Mamma kwam dichterbij en zag het bloed langs mijn been druppelen.

'O, hemel,' zei ze, met haar palm tegen haar wang. 'Je bent nu al ongesteld geworden.'

Ik keek geschrokken en met bonzend hart naar haar op.

'Dat zei Emily ook,' zei ik. Ik wreef de tranen van mijn wangen. 'Wat betekent dat?'

'Dat betekent,' zei mamma met een zucht, 'dat je eerder een vrouw wordt dan ik verwacht had. Kom mee, lieverd,' ging ze verder, en stak haar hand uit, 'dan zullen we je wassen en verzorgen.'

'Maar ik heb mijn boeken laten liggen, mamma.'

'Ik zal Henry zeggen dat hij ze moet halen. Maak je niet ongerust. Laten we eerst voor jou zorgen,' zei ze.

'Ik begrijp het niet. Het gebeurde zo plotseling... ik had buikpijn en toen begon ik te bloeden. Ben ik ziek?'

'Het is een vrouwenziekte, lieve Lillian. Van nu af aan,' zei ze, terwijl ze mijn hand pakte en me iets vertelde dat me met afschuw vervulde, 'zul je eens per maand, elke maand, hetzelfde krijgen.'

'Elke maand!' Zelfs Eugenia hoefde niet elke maand dezelfde verschrikkelijke dingen door te maken. 'Waarom, mamma? Wat mankeert me dan?'

'Er mankeert je niets, lieverd. Alle vrouwen hebben dat,' antwoordde ze. 'Laten we er niet op doorgaan,' zei ze zuchtend. 'Het is te onaangenaam. Ik wil er zelfs niet aan denken. Als het gebeurt, doe ik net of het niet waar is,' ging ze verder. 'Ik doe natuurlijk wat ik doen moet, maar ik besteed er niet meer aandacht aan dan noodzakelijk is.'

'Maar het doet zo'n pijn, mamma.'

'Ja, dat weet ik,' zei ze. 'Soms moet ik de eerste paar dagen in bed blijven.'

Mamma bleef inderdaad van tijd tot tijd in bed. Ik had er nooit bij stilgestaan, maar nu realiseerde ik me dat haar gedrag een zekere regelmaat had. Papa leek in die tijd weinig geduld met haar te hebben en bleef meestal weg. Dan had hij altijd wel een of andere belangrijke zakenreis.

Boven in mijn kamer gaf mamma een snelle, korte uitleg waarom de pijn en de bloeding betekenden dat ik nu een vrouw was geworden. De wetenschap dat mijn lichaam zo veranderd was dat ik nu een eigen baby kon krijgen, maakte me nog banger dan ik al was. Ik móest er meer over weten, maar mamma negeerde alle vragen die ik stelde of keek afkerig en smeekte me niet over zulke nare dingen te praten. Mamma vertelde me wat ik moest doen om me tegen de bloedingen te beschermen en maakte toen snel een eind aan de discussie.

Maar mijn nieuwsgierigheid was gewekt. Ik moest meer informatie hebben, meer antwoorden. Ik ging naar beneden, naar papa's bibliotheek, in de hoop iets te vinden in zijn medische boeken. Ik vond inderdaad een kleine verhandeling over de voortplantingsorganen van de vrouw en leerde meer bijzonderheden over de oorzaken van de maandelijkse bloedingen. Het was een hele schok dat dit zomaar gebeurde. Onwillekeurig vroeg ik me af wat voor verrassingen me nog meer te wachten stonden als ik ouder werd en mijn lichaam zich steeds meer ontwikkelde.

Emily stak haar hoofd om de deur van de bibliotheek en zag me op de grond zitten, verdiept in mijn boek. Ik zat zo geconcentreerd te lezen dat ik haar niet hoorde.

'Walgelijk,' zei ze, starend naar de afbeelding van de vrouwelijke voortplantingsorganen. 'Maar het verbaast me niets dat jij ernaar kijkt.'

'Het is niet walgelijk. Het is wetenschappelijke informatie, net als in onze boeken op school.'

'Dat is het niet. Dat soort dingen staat niet in onze schoolboeken,' antwoordde ze zelfverzekerd.

'Nou, ik moest weten wat er met me gebeurde. Jij wilde me niet helpen,' snauwde ik terug. Ze keek woedend op me neer. Vanuit mijn gezichtshoek op de grond leek Emily nog langer en magerder. Haar smalle gezicht was zo scherp gesneden dat het uit een stuk graniet gehouwen leek. 'Weet je niet wat het betekent, waarom het ons overkomt?'

Ik schudde mijn hoofd en ze sloeg haar armen over elkaar en hief haar gezicht op zodat haar ogen op het plafond gericht waren.

'Het is Gods vloek voor wat Eva in het Paradijs heeft gedaan. Vanaf dat moment is alles wat met kinderen krijgen en geboorten te maken heeft pijnlijk en walgelijk geworden.' Ze schudde haar hoofd en keek me weer aan. 'Waarom denk je dat die pijn en dat walgelijke jou zo vroeg overkomen?' vroeg ze, en beantwoordde toen snel haar eigen vraag. 'Omdat jij uitzonderlijk slecht bent, je bent zelf een levende vervloeking.'

'Nee, dat is niet waar,' antwoordde ik zwakjes, terwijl de tranen in mijn ogen sprongen. Ze glimlachte.

'Elke dag komt er weer een nieuw bewijs,' zei ze triomfantelijk. 'Dit is er weer een. Mamma en papa zullen het gaan beseffen en je op een dag wegsturen naar een tehuis voor gevallen meisjes,' dreigde ze.

'Dat zullen ze niet doen,' zei ik zonder veel vertrouwen. Als Emily eens gelijk had? Ze scheen in alle andere dingen ook gelijk te hebben.

'Ja, dat doen ze wel. Ze zullen wel moeten, anders breng je de ene vervloeking na de andere over ons. Je zult het zien.' Ze keek weer naar het boek. 'Misschien komt papa straks binnen en ziet hij dat je die walgelijke dingen leest. Hou het vooral vol,' zei ze. Ze draaide zich om en liep zelfverzekerd de bibliotheek uit. Haar laatste woorden maakten me nog banger. Ik sloeg het boek snel dicht en zette het terug op de plank. Toen ging ik naar mijn kamer om de afschuwelijke dingen te overdenken die Emily tegen me had gezegd. Als ze eens gelijk had? vroeg ik me af. *Als ze eens gelijk had?*

Mijn krampen bleven zo hevig, dat ik niet naar beneden wilde om te eten, maar Tottie kwam met mijn boeken en schriften en zei dat Eugenia naar me had gevraagd. Ze begreep niet waarom ik na school niet bij haar langs was geweest. Het verlangen om haar te zien gaf me nieuwe kracht en ik ging naar haar toe om het uit te leggen. Ze lag met wijdopen ogen te luisteren, even verbijsterd als ik was geweest. Toen ik uitgesproken was, schudde ze haar hoofd en vroeg zich hardop af of het haar ooit zou gebeuren.

'Mamma en de boeken die ik heb gelezen zeggen dat het met ons allemaal gebeurt,' zei ik.

'Met mij niet,' zei ze profetisch. 'Mijn lichaam blijft het lichaam van een klein meisje tot ik doodga.'

'Zeg niet zulke afschuwelijke dingen,' riep ik uit.

'Je lijkt mamma wel,' zei Eugenia glimlachend. Ik moest toegeven dat ze gelijk had, en voor het eerst sinds ik uit school was thuisgekomen, glimlachte ik.

'Nou, dat kan niet anders, als je zulke nare dingen zegt.'

Eugenia haalde haar schouders op.

'Als ik jou hoor, Lillian, lijkt het niet zo verschrikkelijk naar om niet ongesteld te worden,' antwoordde ze. Ik moest lachen.

Echt iets voor Eugenia, dacht ze, om me te helpen mijn pijn te vergeten.

Aan tafel wilde papa weten waarom ik geen honger had en waarom ik er zo bleek en ziekelijk uitzag. Mamma vertelde hem dat ik een vrouw was geworden en hij draaide zich om en keek me op een vreemde manier aan. Het was of hij me voor het eerst zag. Hij kneep zijn donkere ogen samen.

'Ze wordt even mooi als Violet,' zei mamma met een zucht.

'Ja,' zei papa tot mijn verbazing, 'dat wordt ze.'

Ik keek even naar Emily. Haar gezicht was vuurrood geworden. Papa geloofde niet dat ik vervloekingen en rampen bracht over The Meadows, dacht ik blij. Emily besefte het ook. Ze beet op haar lip.

'Mag ik vanavond de bijbeltekst kiezen, papa?' vroeg ze.

'Natuurlijk, ga je gang, Emily,' zei hij, en vouwde zijn grote handen. Emily keek naar mij en sloeg toen het boek open.

'En de Here zeide: wie heeft u te kennen gegeven dat gij naakt zijt? Hebt gij van de boom gegeten waarvan ik u verboden had te eten?

'En de man zeide,' ging Emily verder, terwijl ze haar ogen naar mij opsloeg: 'De vrouw die Gij aan mijn zijde gesteld hebt, die heeft mij van de boom gegeven en toen heb ik gegeten.'

Ze keek weer naar de bijbel en las snel hoe God de slang zou straffen. Toen, met luide, heldere stem las ze voor: 'Tot de vrouw zeide Hij: Ik zal zeer vermeerderen de moeite uwer zwangerschap; met smart zult gij kinderen baren...'

Ze sloeg het boek dicht en leunde met een voldane blik achterover. Mamma noch papa zei iets. Toen schraapte papa zijn keel.

'Ja, eh... heel goed, Emily.' Hij boog zijn hoofd. 'Wij danken U, Heer, voor deze spijzen. Amen.'

Hij begon gretig te eten, hield nu en dan even op om naar mij te kijken, en maakte de vreemdste en verwarrendste dag van mijn leven nog een tikkeltje verwarder.

De veranderingen die zich in me voltrokken waren heel wat subtieler. Mijn boezem bleef beetje bij beetje groter en gevulder worden, tot mamma op een dag opmerkte dat ik een kloof tussen mijn borsten had, een echt decolleté.

'Dat kleine donkere plekje tussen onze borsten,' vertelde ze me fluisterend, 'fascineert de mannen.' Ze vertelde me verder over een figuur uit een van haar romans die met opzet manieren zocht om haar borsten zo mooi mogelijk te laten uitkomen.

'De mannen praatten over haar achter haar rug en noemden haar een flirt,' zei mamma. 'Je moet van nu af aan voorzichtig zijn, Lillian. Je moet oppassen dat je nooit iets doet dat mannen op de gedachte kan brengen dat jij van dat soort bent. Het zijn lichtzinnige vrouwen, die niet het respect verdienen van een fatsoenlijke man.'

Plotseling kregen dingen die zo gewoon en onbelangrijk leken een nieuwe betekenis en vormden een nieuw gevaar. Emily nam een nieuwe verantwoordelijkheid op zich, al wist ik zeker dat niemand het haar gevraagd had. Ze vertelde het me zelf toen we op een ochtend naar school gingen.

'Nu je ongesteld bent geworden,' verklaarde ze, 'weet ik zeker dat je iets zult doen om schande te brengen over onze familie. Ik zal op je letten.'

'Ik breng geen schande over onze familie,' snauwde ik terug. Een andere verandering die zich in me had voltrokken was dat ik meer zelfvertrouwen had. Het was of er een golf van rijpheid over me heen gespoeld was en me jaren ouder had achtergelaten. Emily zou me geen angst meer aanjagen, dacht ik. Maar ze glimlachte slechts op haar zelfverzekerde, arrogante manier.

'O, jawel, dat zul je wèl doen,' voorspelde ze. 'Het kwaad in je zal zich op elke manier, zodra het maar de kans krijgt, uiten.' Ze draaide zich om en liep met haar gebruikelijke zelfingenomen houding weg.

Natuurlijk begreep ik dat ik in de schijnwerpers stond, dat elk woord werd gewogen en beoordeeld. Ik moest ervoor zorgen dat elke knoop van mijn blouse goed dicht was. Als ik te dicht bij een jongen stond, keek Emily belangstellend toe en volgde al mijn gebaren. Ze wachtte op de kans om op me af te springen, een arm te zien die een arm vastpakte, een schouder aanraakte of, God verhoede, mijn boezem die per ongeluk in het voorbijgaan langs het lichaam van een jongen streek. Er ging nauwelijks een dag voorbij zonder dat ze me beschuldigde van flirten. In haar ogen glimlachte ik te veel of draaide te suggestief met mijn schouders.

'Het is een simpele, gemakkelijke stap om van een Jona een Jezebel te worden,' verklaarde ze.

'Dat is het niet,' antwoordde ik, zonder dat ik precies wist wat ze bedoelde. Maar die avond opende ze de bijbel voor we gingen eten en koos haar tekst uit 1 Koningen. Met haar ogen strak en kwaad op mij gericht, zoals haar gewoonte was, las ze: 'Het minst erge was dat hij wandelde in de zonden van Jerobeam, de zoon van Nebat, maar hij nam tot vrouw Jezebel, de dochter van Ethbaäl, de koning der Sidoniërs, en ging de Baäl dienen en zich voor hem neerbuigen.'

Toen ze uitgelezen was, zag ik dat papa weer op een vreemde manier naar me keek, alleen leek het deze keer of hij geloofde dat Emily gelijk kon hebben, dat ik de dochter van het kwaad zou kunnen zijn. Ik voelde me verlegen worden en wendde snel mijn blik af.

Nu Emily me in het oog hield als een havik die op het punt staat op zijn prooi af te duiken, voelde ik me verscheurd tussen de gevoelens die groeiden en zich ontwikkelden, gevoelens die maakten dat ik in het gezelschap van jongens wilde zijn, vooral dat van Niles, en mijn schuldgevoelens. Niles had vroeger al van mijn glimlach gehouden, maar nu leek het of hij gehypnotiseerd was door me. Ik geloof niet dat ik me ooit in de klas omdraaide zonder dat ik zijn donkere ogen vol belangstelling op me gericht zag.

Ik voelde me blozen, een tinteling onder mijn borsten die omlaagkronkelde door mijn buik naar mijn dijen. Ik dacht dat iedereen mijn gevoelens op mijn gezicht zou kunnen lezen, en sloeg snel mijn ogen neer, na eerst even gecontroleerd te hebben of Emily het niet zag. Wat ze bijna altijd deed.

Als we nu uit school naar huis gingen, treuzelde Emily, zodat ze achter Niles en mij liep, en niet voor ons uit. Natuurlijk voelde Niles Emily's ogen ook in zijn rug prikken, en hij begreep dat we een ruime afstand moesten bewaren. Als we boeken of papieren uitwisselden, moesten we oppassen dat onze vingers elkaar niet raakten als Emily erbij was. Op een keer vroeg juffrouw Walker haar na school te blijven en haar met een en ander te helpen. Emily hield van de extra verantwoordelijkheid en het gevoel van macht en overwicht dat het haar gaf, dus stemde ze onmiddellijk toe.

'Denk eraan dat je meteen naar huis gaat,' waarschuwde ze bij de deur. Ze keek naar Niles en de tweeling die op me stonden te wachten. 'En zorg ervoor dat je niets doet dat schande kan brengen over de Booths.'

'Ik ben ook een Booth,' snauwde ik terug. Ze meesmuilde en draaide zich om.

Het grootste deel van de weg naar huis was ik woedend. De tweeling liep met hun gebruikelijke haast harder dan Niles en ik. Het duurde niet lang of ze waren uit het gezicht verdwenen. Hij en ik hadden onze Latijnse les gerepeteerd, om de beurt vervoegingen opzeggend, toen hij plotseling bleef staan en naar een pad keek dat naar rechts boog. We waren heel dicht bij de afslag naar zijn huis.

'Daar is een grote vijver,' zei hij, 'met een kleine waterval, en het water is zo helder dat je de vissen in scholen kunt zien zwemmen. Wil je hem zien? Het is niet ver,' en hij voegde eraan toe: 'Het is mijn geheime plekje. Toen ik klein was, dacht ik altijd dat het een magische plek was. Dat denk ik nóg steeds,' bekende hij, en wendde verlegen zijn ogen af.

Onwillekeurig moest ik glimlachen. Niles wilde een geheim met me delen. Ik wist zeker dat hij niemand, zelfs zijn zusters niet, ooit over die vijver verteld had. Ik voelde me gevleid en opgewonden door zijn vertrouwen in me.

'Als het echt maar niet te ver is,' zei ik. 'Ik moet naar huis.'

'Heus niet,' beloofde hij. 'Kom mee.' Stoutmoedig pakte hij mijn hand. Toen holde hij de weg af, mij snel met zich mee trekkend. Ik lachte en protesteerde, maar hij bleef doorhollen tot we plotseling, net zoals hij had beloofd, bij een kleine vijver kwamen, die verborgen in het bos lag. We staarden over het water naar de waterval. Een kraai dook omlaag uit een boom en zweefde boven de vijver. De struiken en het gras eromheen zagen er groener, weliger uit dan overal elders, en het water was ongelooflijk helder. Ik kon de scholen visjes zien die zo synchroon rondzwommen dat het leek of ze een onderwaterballet hadden ingestudeerd. Een grote kikker op een half onder water liggend stuk hout staarde ons aan en kwaakte.

'O, Niles,' zei ik. 'Je had gelijk. Dit is een magische plek.'

'Ik dacht wel dat je het mooi zou vinden,' zei hij glimlachend. Hij hield nog steeds mijn hand vast. 'Ik ga hier altijd naartoe als ik me bedroefd voel en dan gaat het onmiddellijk een stuk beter. En, weet je,' ging hij verder, 'als je een wens wilt doen, hoef je maar te knielen, de toppen van je vingers in het water te dopen, je ogen dicht te doen en te wensen.'

'Echt waar?'

'Toe maar,' drong hij aan. 'Probeer het maar.'

Ik haalde diep adem. Ik wilde iets prettigs en opwindends wensen. Ik wenste dat Niles en ik elkaar een zoen zouden geven. Ik kon er niets aan doen, want toen ik mijn ogen sloot, zag ik het ons doen. Ik doopte mijn vingers in het water, stond weer op en deed mijn ogen open.

'Je kunt me je wens vertellen als je wilt,' zei hij. 'Dat betekent niet dat hij niet uitkomt.'

'Dat kan ik niet,' zei ik. Ik weet niet of ik bloosde of dat hij mijn wens in mijn ogen kon zien, maar hij keek of hij het begreep.

'Weet je wat ik gisteren heb gedaan?' zei hij. 'Ik ben hier naartoe gegaan en heb gewenst dat ik op een of andere manier jou hierheen zou kunnen krijgen om je de vijver te laten zien. En nou ben je er,' zei hij, zijn armen naar me uitstrekkend. 'Je bent hier. Wil je me nu jouw wens vertellen?' Ik schudde mijn hoofd. 'Ik heb nog iets anders gewenst,' zei hij. Er kwam een zachte uitdrukking in zijn ogen en hij keek me strak aan. 'Ik wenste dat jij het eerste meisje zou zijn dat ik ooit zou kussen.'

Toen hij dat zei had ik het gevoel of mijn hart stilstond. Toen begon het hevig te bonzen. Hoe kon hij hetzelfde hebben gewenst en op deze zelfde plek? Was het echt een magische vijver? Ik keek weer naar het water en toen naar hem. Ik zag zijn donkere ogen verlangend wachten, en ik sloot de mijne. Met bonzend hart boog ik me naar hem toe en voelde de zachte, warme aanraking van zijn lippen op de mijne. Het was een snelle kus, bijna te snel om echt gebeurd te kunnen zijn, maar het was gebeurd. Toen ik mijn ogen opendeed stond hij nog steeds heel dicht bij me, zijn lippen konden me elk moment weer aanraken. Hij opende zijn ogen en deed een stap achteruit.

'Niet kwaad zijn,' zei hij gauw. 'Ik kon het niet helpen.'

'Ik ben niet kwaad.'

'Echt niet?'

'Nee.' Ik beet op mijn lippen en bekende het. 'Ik heb hetzelfde gewenst.' Ik draaide me snel om en holde over het pad terug naar de weg, die ik hijgend bereikte. Mijn haar was losgeraakt en viel over mijn voorhoofd en wangen. Even was ik zo opgewonden dat ik haar niet zag. Maar toen ik me omdraaide en in de richting van school keek, zag ik Emily lopen. Ze bleef midden op de weg staan. Even later kwam Niles ook uit het bos tevoorschijn.

En mijn hart, dat zo licht als een veertje was geworden, veranderde in een brok lood. Zonder aarzelen holde ik de hele weg naar huis, achtervolgd door Emily's beschuldigende blikken. Ik kon haar horen gillen: 'Jezebel!', ook toen ik de deur al achter me gesloten had.

5 EERSTE LIEFDE

Rillend van angst zat ik op mijn bed in mijn kamer. Ik had mamma niet gezien toen ik binnenkwam, maar toen ik langs papa's kantoor kwam zag ik dat de deur openstond en ik ving een glimp van hem op terwijl hij aan zijn bureau zat te werken. Een rookspiraaltje kronkelde omhoog van de grote sigaar in de asbak, zijn glas bourbon met mint stond ernaast. Hij keek niet op. Haastig liep ik de trap op en kamde mijn haar, maar hoe hard ik ook over mijn wangen wreef, de rode kleur verdween niet. Ik zou me de rest van mijn leven schuldig en beschaamd voelen, dacht ik. En waarom? Wat had ik voor verschrikkelijks gedaan?

Het was juist zo fantastisch geweest. Ik had een jongen gezoend... vol op de lippen, en voor het eerst! Het was niet zoals in mamma's romans. Niles had niet zijn armen om me heengeslagen en me naar zich toegetrokken, me stormenderhand veroverd. Maar voor mij was het even opwindend als die lange, beroemde kussen die de vrouwen in mamma's boeken altijd kregen, terwijl hun haren wapperden in de wind. Of hun schouders waren zo bloot dat de lippen van een man eroverheen gleden naar hun hals. De gedachte dat hij dat deed maakte me tegelijk bang en opgewonden. Zou ik flauwvallen? Zou ik slap in zijn armen liggen, hulpeloos, zoals de vrouwen in mamma's romans?

Ik ging op bed liggen om erover te dromen, te dromen over Niles en mij en...

Plotseling hoorde ik zware voetstappen op de gang, maar niet die van Emily en niet die van mamma. Het geklik van de hakken van zijn laarzen op de houten vloer was onmiskenbaar. Snel ging ik overeind zitten en hield mijn adem in. Ik verwachtte dat hij voorbij mijn kamer zou lopen, maar hij bleef bij mijn deur staan, en een ogenblik later deed hij hem open en kwam binnen, terwijl hij de deur zachtjes achter zich dichtdeed.

Papa kwam zelden in mijn kamer. Ik dacht dat ik de keren op mijn vingers kon tellen. Eén keer had mamma hem mee naar binnen genomen om hem te laten zien hoe ze mijn kasten wilde laten veranderen; ze vond dat ze groter moesten worden. Toen ik de mazelen had gehad was hij op de drempel blijven staan, maar hij vond het verschrikkelijk om in de buurt van zieke kinderen te zijn, en hij kwam bij Eugenia niet vaker op bezoek dan bij mij. Als hij in mijn kamer kwam, besefte ik altijd weer hoe groot hij was en hoe klein mijn spulletjes bij hem vergeleken waren. Het was net Gulliver in Lilliput, dacht ik, denkend aan het verhaal dat ik onlangs had gelezen.

Maar papa leek altijd anders in andere kamers. Hij voelde zich het slechtst op zijn gemak in de zitkamer, met alle sierlijke meubeltjes en ditjes en datjes. Het leek of hij dacht dat hij, als hij mamma's dure vazen en beeldjes maar even aanraakte met zijn grote handen en dikke vingers, ze zou verbrijzelen. Hij leek zich slecht op zijn gemak te voelen op de zijden chaise longue of op de broze stoel met de hoge rug. Hij hield van stevige, zware meubels, en hij gaf luidkeels zijn ongenoegen te kennen als mamma klaagde over de manier waarop hij neerplofte in een van haar kostbare Franse Provençaalse stoelen.

Hij verhief nooit zijn stem in Eugenia's kamer. Hij liep er eerbiedig in rond. Ik wist dat hij net zo bang was om Eugenia aan te raken als mamma's kostbaarheden. Maar hij was de man er niet naar om veel genegenheid te tonen. Als hij Eugenia of mij kuste toen we nog klein waren, was het altijd een snel zoentje op de wang, waarbij zijn lippen onze huid nauwelijks beroerden. En dan, alsof hij stikte als hij zoiets deed, moest hij altijd zijn keel schrapen. Ik had hem Emily nooit een zoen zien geven. Hij gedroeg zich net zo jegens mamma, hij hield haar nooit in zijn armen of kuste of omhelsde haar als wij erbij waren. Maar ze scheen het niet erg te vinden, dus dachten Eugenia en ik, als we het er weleens over hadden, dat dit soort dingen tussen man en vrouw hoorden te blijven, zoals we ook in de boeken lazen. Toch vroeg ik me weleens af of dat misschien de reden was waarom mamma zoveel van haar romans hield – het was de enige manier waarop ze wat romantiek vond.

Aan tafel leek papa altijd het afstandelijkst; tijdens het voorlezen uit de bijbel en het bidden leek hij een hoge geestelijke die op bezoek was. Daarna raakte hij verdiept in zijn maaltijd en zijn eigen gedachten, tenzij iets dat mamma zei hem deed opkijken. Zijn stem was meestal dieper, harder. Als hij iets moest zeggen of antwoord geven op een vraag, deed hij dat gewoonlijk heel snel. Hij gaf me het gevoel dat hij het liefst alleen zou eten, zonder te worden afgeleid door zijn gezin.

In zijn kantoor was hij altijd de kapitein. In militaire houding zat hij achter zijn bureau of bewoog zich door het vertrek – schouders recht naar achteren, hoofd omhoog, borst vooruit. Onder het portret van zijn vader in het legeruniform van de Confederatie, met zijn in het zonlicht glinsterende sabel, deelde papa bevelen uit aan de bedienden, en vooral aan Henry, die vaak maar een paar centimeter over de drempel kwam en met de hoed in de hand stond te wachten. Iedereen was bang hem te storen als hij in zijn kantoor zat. Zelfs mamma kreunde: 'O, hemeltje, ik moet het aan de kapitein gaan vertellen,' alsof ze door vuur of over gloeiende kolen moest lopen. Als kind was ik als de dood om zijn kantoor binnen te gaan als hij daar was. Als ik enigszins kon, vermeed ik het zelfs om langs de deur ervan te lopen.

En als hij weg was en ik naar binnen kon om zijn boeken en persoonlijke bezittingen te bekijken, was het of ik een heilig vertrek had betreden, het deel van een kerk waar kostbare ikonen werden bewaard. Ik liep op mijn tenen en haalde de boeken zo voorzichtig mogelijk tevoorschijn, altijd even naar zijn bureau kijkend om zeker te weten dat papa zich niet plotseling gemanifesteerd had. Toen ik ouder werd, nam mijn zelfvertrouwen toe en was ik wat minder bang voor zijn kantoor, maar ik bleef bang om papa tegen te komen en hem kwaad te maken.

Dus toen hij mijn kamer binnenkwam, met een strak gezicht en sombere ogen, stond mijn hart even stil en begon toen hard te bonzen. Hij richtte zich op, met zijn handen op zijn rug, en staarde me heel lang aan, zonder iets te zeggen. Zijn ogen leken bijna te sissen, zo vurig keken ze me aan. Ik strengelde mijn vingers in elkaar en wachtte angstig af.

'Sta op,' beval hij plotseling.

'Wat, papa?' Ik raakte in paniek en kon me even niet bewegen.

'Sta op,' herhaalde hij. 'Ik wil je eens goed bekijken, je op een nieuwe manier bekijken,' zei hij, knikkend. 'Ja. Sta op.'

Ik deed het en streek mijn rok glad.

'Leert die onderwijzeres je niets over een goede houding?' snauwde hij. 'Laat ze je niet met een boek op je hoofd lopen?'

'Nee, papa.'

'Hm,' zei hij, en kwam naar me toe. Hij greep mijn schouders met zijn sterke vingers en duim vast en kneep zo hard dat het pijn deed. 'Trek je schouders naar achteren, Lillian, anders loop je straks net als Emily en ga je er net zo uitzien,' ging hij verder. Ik keek verbaasd op. Hij had nog nooit enige kritiek op haar gehad waar ik bij was. 'Ja, zo is het beter,' zei hij. Hij bekeek me kritisch en liet zijn blik rusten op mijn ontluikende boezem. Hij knikte.

'Je bent van de ene dag op de andere een paar jaar gegroeid,' merkte hij op. 'Ik heb het de laatste tijd zo druk gehad dat ik geen tijd had om te zien wat er vlak voor mijn neus gebeurde.' Hij ging weer rechtop staan. 'Je mamma heeft je verteld over de bloemen en de bijtjes, neem ik aan?'

'De bloemen en de bijtjes, papa?' Ik dacht even na en schudde toen mijn hoofd. Hij schraapte zijn keel.

'Nou ja, ik bedoel het niet letterlijk, Lillian. Het is maar een uitdrukking. Ik bedoel, wat er gebeurt tussen een man en een vrouw. Je bent blijkbaar al een vrouw; je hoort het een en ander te weten.'

'Ze heeft me verteld hoe baby's worden gemaakt,' zei ik.

'Eh-eh. En hoe is dat?'

'Ze heeft me verteld over een paar vrouwen in haar boeken...'

'O, die verdomde boeken van haar!' riep hij uit. Hij wees naar me met zijn dikke wijsvinger. 'Die brengen je sneller dan wat ook in de problemen,' waarschuwde hij.

'Wat, papa?'

'Die stomme verhalen van haar.' Hij richtte zich weer op. 'Emily kwam bij me om over je gedrag te spreken,' zei hij. 'En geen wonder, als je die boeken van je moeder leest.'

'Ik heb niets slechts gedaan, papa. Eerlijk niet, ik...'

Hij hief zijn hand op.

'Ik wil de waarheid horen, en onmiddellijk. Kwam je uit het bos gehold, zoals Emily zei dat ze heeft gezien?'

'Ja, papa.'

'Kwam die jongen van Thompson een ogenblik later achter je aangerend, hijgend en puffend als een hond achter een loopse teef?'

'Hij rende niet echt achter me aan, papa. We...'

'Was je bezig je blouse dicht te knopen toen je uit het bos kwam?' vroeg hij.

'Mijn blouse? O, nee, papa. Emily jokt als ze dat zegt,' protesteerde ik.

'Maak je blouse open,' beval hij.

'Wat, papa?'

'Je hebt me gehoord. Maak je blouse open. Vooruit.'

Ik gehoorzaamde. Hij kwam dichterbij en keek naar me. Zijn blik richtte zich op mijn borsten. Toen hij zo dicht bij me stond, rook ik sterker dan ooit de bourbon en mint.

'Heb je die jongen toegestaan zijn hand daar te leggen?' vroeg hij, met een knikje naar mijn blote borsten. Even kon ik geen antwoord geven. Ik bloosde zo snel en hevig, dat ik bang was dat ik zou flauwvallen. Het leek bijna of papa mijn geheime fantasieën had afgeluisterd. 'Nee, papa.'

'Doe je ogen dicht,' beval hij. Een ogenblik later voelde ik zijn vingers op mijn hals. Ze waren zo heet toen hij me aanraakte, dat ik dacht dat ze mijn huid zouden verbranden. 'Houd je ogen dicht,' beval hij, toen ik ze opende. Ik deed ze weer dicht en zijn vingers gleden omlaag naar mijn boezem in de smalle, maar duidelijke kloof tussen mijn borsten, alsof hij de zwelling van mijn borsten wilde meten. Daar liet hij ze even rusten en toen trok hij ze terug. Ik deed mijn ogen open.

'Heeft hij dat met je gedaan?' vroeg hij hees.

'Nee, papa,' zei ik, met trillende lippen.

'Goed,' zei hij, en schraapte zijn keel. 'Maak nu zo snel je kunt je blouse dicht. Vooruit.' Hij deed een stap achteruit, sloeg zijn armen over elkaar en keek toe.

Ik knoopte mijn blouse dicht, met onhandige vingers.

'Ja,' zei hij op de toon van een detective. 'Zo beweert Emily dat ze je zag frunniken toen je uit het bos kwam.'

'Ze jokt, papa!'

'Nu moet je goed naar me luisteren,' zei hij. 'Je mamma weet hier nog niets van, want Emily is rechtstreeks naar mij toegekomen. We boffen dat het Emily was en geen anderen die je met een jongen uit het bos zagen komen, terwijl je bezig was je blouse dicht te knopen.'

'Maar, papa...'

Hij stak zijn hand op.

'Ik weet hoe het is als een gezonde jonge meid plotseling opgroeit tot een vrouw. Je hoeft maar naar onze dieren te kijken als ze loops zijn, dan begrijp je alles van het vuur in je bloed,' zei papa. 'Ik wil geen verhalen meer horen over jou en jongens die in het donkere bos rondkroelen en goddeloze dingen doen op een geheime plek, begrijp je me, Lillian? Begrijp je me?'

'Ja, papa,' zei ik met gebogen hoofd. Emily had gesproken en haar woorden waren zo goed als het evangelie hier in huis, dacht ik gefrustreerd, zeker in papa's ogen.

'Goed. Je moeder weet hier niets van en hoeft er ook niets van te weten, dus zeg niets over mijn bezoek hier vandaag, begrepen?'

'Ja, papa.'

'Ik zal beter op je letten nu, Lillian, me wat meer om je bekommeren. Het was niet tot me doorgedrongen hoe snel je opgroeit.' Hij kwam weer dichter bij me staan en legde zijn hand met zo'n teder gebaar op mijn haar dat ik verbaasd opkeek. 'Je wordt mooi en ik wil niet dat een op seks beluste jongen je verontreinigt, hoor je me?'

Ik knikte, te geschokt om iets te zeggen. Hij dacht even na en knikte toen.

'Ja,' zei hij. 'Ik zie wel dat ik een grotere rol zal moeten gaan spelen bij je opvoeding. Georgia is verslingerd aan die romantische verhalen van haar, verhalen die niets te maken hebben met de realiteit. Binnenkort zullen jij en ik eens een volwassen discussie hebben over wat er gebeurt tussen mannen en vrouwen en waar je voor op moet passen met jongens.' Hij glimlachte bijna, zijn ogen straalden zo fel dat hij er jonger uitzag. 'Ik kan het weten. Ik ben ook jong geweest.'

De bijna-glimlach was snel van zijn gezicht verdwenen.

'Maar tot het zover is bewandel je het rechte en smalle pad, Lillian. Heb je me gehoord?'

'Ja, papa.'

'Geen zijsprongetjes meer met die jongen van Thompson of welke andere jongen ook. Elke jongen die je op fatsoenlijke wijze het hof wil maken, komt eerst naar mij toe. Maak dat iedereen duidelijk, dan kom je niet in moeilijkheden, Lillian.'

'Ik heb niets slechts gedaan, papa,' zei ik.

'Misschien niet, maar als het de indruk wekt van slechtheid, is het slecht. Zo is het nu eenmaal, vergeet dat niet,' zei hij. 'In mijn tijd, als een jonge vrouw zonder chaperonne een wandeling maakte in het bos met een man, moest hij met haar trouwen, anders werd ze beschouwd als verontreinigd.'

Ik staarde hem even aan. Waarom was de vrouw de enige die verontreinigd was? Waarom de man niet? Waarom kon een man zoiets doen, maar een vrouw niet? vroeg ik me af. En die keer toen ik papa met Darlene Scott had gezien tijdens een van onze barbecues? De herinnering was nog heel levendig, maar ik had er niets over durven zeggen, al was het in mijn geheugen blijven hangen als iets dat niet alleen slecht léék, maar het ook wàs.

'Goed,' zei papa, 'denk eraan, geen woord hierover tegen je moeder. Het blijft een geheim tussen jou en mij.'

'En Emily,' bracht ik hem bitter in herinnering.

'Emily doet wat ik zeg, dat doet ze altijd,' verklaarde hij. Toen draaide hij zich om en liep naar de deur. Hij keek nog één keer om, en op zijn strenge gezicht verscheen een vluchtige glimlach. Even snel had hij zich weer in bedwang en fronste zijn wenkbrauwen, voor hij me alleen liet om na te denken over dat merkwaardige incident dat zojuist tussen ons was voorgevallen. Ik wilde zo gauw mogelijk naar Eugenia om het haar te vertellen.

Eugenia had geen goede dag. De laatste tijd werd ze steeds afhankelijker van haar ademhalingsapparatuur en slikte ze meer medicijnen. Haar middagslaapjes duurden steeds langer, tot het soms leek of ze meer sliep dan wakker was. Ze zag er nog bleker en magerder uit. Zelfs de geringste achteruitgang in haar gezondheid maakte me bang. Altijd als ik haar zo zag begon mijn hart angstig te bonzen. Ik ging haar kamer binnen. Ze lag in bed, en haar hoofd leek zo klein tegen het grote, witte kussen. Het leek of ze in de matras wegzonk, voor mijn ogen verschrompelde, tot ze helemaal zou verdwijnen. Ondanks haar duidelijke vermoeidheid, verhelderden haar ogen zodra ik binnenkwam.

'Hallo, Lillian.'

Ze deed haar best haar ellebogen onder haar romp te leggen en in een zittende positie te komen. Ik liep naar haar toe om haar te helpen. Toen schudde ik haar kussen op en maakte het haar zo gemakkelijk mogelijk. Ze vroeg om water en nam een slokje.

'Ik heb op je gewacht,' zei ze, terwijl ze me het glas overhandigde. 'Hoe was het vandaag op school?'

'Goed. Wat is er? Voel je je niet goed vandaag?' vroeg ik. Ik zat op haar bed en hield haar hand vast, een hand die zo klein en zacht was dat hij wel lucht leek in mijn palm.

'Ik voel me goed,' zei ze snel. 'Vertel over school. Hebben jullie iets nieuws gedaan?'

Ik vertelde haar over de reken- en geschiedenisles en dat Robert Martin de vlecht van Erna Elliot in de inktpot had gestopt.

'Toen ze opstond droop de inkt langs de rug van haar jurk. Juffrouw Walker was woedend. Ze nam Robert mee naar buiten en sloeg hem zo hard met de meetlat dat we hem door de muur heen konden horen gillen. Hij zal een weeklang niet kunnen zitten,' zei ik. Eugenia lachte. Maar haar lach ging over in een vreselijke hoest die haar zo aangreep, dat ik dacht dat ze uit elkaar zou springen. Ik hield haar vast en klopte haar zachtjes op haar rug, tot het hoesten bedaarde. Haar gezicht zag vuurrood en het leek of ze geen adem kon halen.

'Ik zal mamma halen,' riep ik, en wilde opstaan. Maar ze pakte met onverwachte kracht mijn hand vast en schudde haar hoofd.

'Het is al goed,' fluisterde ze. 'Het gebeurt zo vaak. Het komt wel goed.'

Ik beet op mijn lip en slikte mijn tranen in en ging toen weer naast haar zitten.

'Waar ben je geweest?' vroeg ze. 'Waarom heeft het zo lang geduurd voor je kwam?'

Ik haalde diep adem en vertelde haar het hele verhaal. Ze vond het heerlijk om over de magische vijver te horen en toen ik haar vertelde over mijn wens en de wensen van Niles en wat we hadden gedaan, werd ze rood van opwinding. Ze vergat dat ze ziek was en danste op en neer op het bed, me smekend het nog een keer van begin tot eind te vertellen, deze keer met meer details. Ik was nog niet eens aan het afschuwelijke deel van mijn verhaal toegekomen. Weer vertelde ik haar hoe Niles me had gevraagd met hem mee te gaan om zijn speciale plekje te zien. Ik vertelde haar over de vogels en de kikkers, maar dat wilde ze niet horen. Ze wilde precies weten hoe het was om door een jongen op de mond te worden gezoend.

'Het gebeurde zo snel dat ik het me bijna niet kan herinneren,' zei ik. Ze keek zo teleurgesteld dat ik me bedacht en eraan toevoegde: 'Maar ik herinner me wel dat ik stond te rillen.' Eugenia knikte, met opengesperde ogen. 'En na een ogenblik...'

'Ja, na een ogenblik?' vroeg ze.

'Veranderde de rilling in een golf van warmte. Mijn hart begon heel snel te kloppen. Ik was zo dicht bij hem dat ik recht in zijn ogen kon kijken en mijn eigen spiegelbeeld zag in zijn pupillen.'

Eugenia's mond viel open.

'Toen werd ik bang, en ik holde het bos uit, en toen zag Emily me,' zei ik. Ik vertelde haar wat er als gevolg daarvan gebeurd was. Ze luisterde vol belangstelling toen ik haar vertelde dat papa zich had gedragen als een detective, en me opnieuw liet doen wat hij dacht dat er gebeurd was.

'Hij dacht dat Niles zijn hand in je blouse had gestopt?'

'Ja.' Ik schaamde me te veel om haar te vertellen hoe lang papa's vingers op mijn borst hadden gerust. Eugenia was even verbaasd over zijn gedrag als ik, maar ze stond er niet lang bij stil. Ze pakte mijn handen in de hare en probeerde me gerust te stellen.

'Emily is gewoon jaloers, Lillian. Laat je niet door haar voorschrijven wat je moet doen.'

'Ik ben bang,' zei ik. 'Bang voor de verhalen die ze zal verzinnen.'

'Ik wil de magische vijver zien,' verklaarde Eugenia plotseling met verrassende energie. 'Alsjeblieft. Alsjeblieft, neem me er mee naar toe. Laat Niles mij ook meenemen.'

'Mamma zou het niet goedvinden en papa wil niet dat ik zonder chaperonne ergens met een jongen naartoe ga.'

'We vertellen het niet. We gaan gewoon,' zei ze.

Ik leunde glimlachend achterover.

'Maar, Eugenia Booth,' zei ik, Louella imiterend. 'Moet je jezelf nou toch eens horen.'

Ik kon me niet herinneren wanneer Eugenia ooit had voorgesteld iets te doen dat mamma en papa niet goed zouden vinden.

'Als papa er achter komt, zeg ik dat ik je chaperonne was.'

'Je weet dat het een volwassene moet zijn,' zei ik.

'O, alsjeblieft, Lillian, alsjeblieft,' smeekte ze, en trok aan mijn mouw. 'Zeg het tegen Niles,' fluisterde ze. 'Zeg dat hij ons hier ontmoet... aanstaande zaterdag, oké?'

Ik was verbaasd en geamuseerd door Eugenia's verzoek. De laatste tijd interesseerde ze zich voor niets meer en wond ze zich nergens over op – niet over nieuwe kleren, of nieuwe spelletjes, of Louella's belofte haar lievelingskoekjes of cake te bakken. Zelfs toonde ze geen enkel enthousiasme meer als ik haar in de rolstoel door de plantage reed om haar alles te laten zien wat er gebeurde. Dit was voor het eerst in lange tijd dat ze genoeg belangstelling voor iets had om tegen haar ziekte te vechten. Ik kon niet weigeren, wilde het ook niet, ondanks papa's waarschuwingen en dreigementen. Niets was zo opwindend als het vooruitzicht met Niles samen terug te gaan naar de magische vijver.

De volgende dag op weg naar school zag Niles de ijzige blik in Emily's ogen. Ze zei niets tegen hem, maar loerde als een havik op mij. Het enige wat ik tegen hem kon zeggen was 'goeiemorgen', en daarna bleef ik naast Emily lopen. Hij liep samen met zijn zusjes en beiden vermeden we het elkaar aan te kijken. Later, tijdens de lunch, toen Emily bezig was met een karweitje dat juffrouw Walker haar had opgedragen, ging ik snel naar Niles en vertelde hem wat Emily had gedaan.

'Het spijt me dat ik je moeilijkheden heb bezorgd,' zei Niles.

'Het geeft niet,' zei ik. Toen vertelde ik hem over Eugenia's verzoek. Hij sperde verbaasd zijn ogen open en er verscheen een glimlachje om zijn lippen.

'Dat zou je willen doen, zelfs na wat er gebeurd is?' vroeg hij. Er kwam een tedere blik in zijn ogen, en hij bleef me aankijken, terwijl ik weer vertelde hoe belangrijk het was voor Eugenia.

'Het spijt me dat ze zo ziek is. Het is niet eerlijk,' zei hij.

'Natuurlijk wil ik er ook graag weer naartoe,' ging ik snel verder. Hij knikte.

'Goed. Ik wacht zaterdagmiddag bij je huis, en dan nemen we haar mee. Hoe laat?'

'Na de lunch ga ik vaak met haar wandelen. Een uur of twee,' zei ik, en de afspraak was bezegeld. Een paar ogenblikken later kwam Emily terug, en Niles liep snel weg om met een paar jongens te praten. Emily keek me zo strak en woedend aan dat ik mijn ogen neersloeg, maar ik kon haar ogen nog steeds op me gericht voelen. Die middag, en elke middag tot het eind van de week, liep ik met Emily naar huis, en liep Niles tussen zijn zusjes. We spraken zelden tegen elkaar en keken elkaar zelden aan. Emily leek tevreden.

Naarmate de zaterdagmiddag dichterbij kwam, werd Eugenia steeds opgewondener. Ze praatte over niets anders.

'Als het eens regent!' zei ze ongerust. 'O, ik ga dood als het regent en ik nog een week moet wachten.'

'Het regent niet; dat durven ze niet,' zei ik zo vol zelfvertrouwen, dat ze straalde. Zelfs mamma merkte aan tafel op dat Eugenia veel meer kleur had gekregen. Ze zei tegen papa dat een van de nieuwe medicijnen die de artsen hadden voorgeschreven misschien wonderen verrichtte. Papa knikte zwijgend als altijd, maar Emily keek achterdochtig. Natuurlijk voelde ik dat ze me voortdurend in de gaten hield en ik verbeeldde me zelfs dat ze 's avonds laat in mijn kamer keek om te zien of ik sliep.

Vrijdag na schooltijd kwam ze mijn kamer binnen, terwijl ik bezig was me te verkleden. Emily kwam even zelden in mijn kamer als papa. Ik kon me niet herinneren wanneer we ooit samen gespeeld hadden. Toen ik klein was en zij op me moest passen, nam ze me altijd mee naar haar kamer en liet me stilletjes in een hoek zitten kleuren of met een pop spelen terwijl zij zat te lezen. Ik mocht nooit iets van haar aanraken. Niet dat ik daar ooit enige behoefte aan had. Haar kamer was somber en donker, en de gordijnen waren bijna altijd dicht. In plaats van prenten aan de muur hingen er kruisen en lovende certificaten van de dominee voor haar werk op de zondagsschool. Ze had nooit een pop of een spel, en ze had een hekel aan fleurige kleren.

Ik was in de badkamer toen ze binnenkwam. Ik had net mijn rok uitgetrokken en stond in mijn bustehouder en onderbroekje voor de spiegel mijn haar te borstelen. Ik moest het van mamma 's morgens altijd opsteken als ik naar school ging, en het was een prettig gevoel 's avonds mijn haar los te maken en te borstelen tot het golvend over mijn schouders hing. Ik was trots op mijn haar: het hing bijna halverwege mijn rug.

Emily was zo stil mijn kamer binnengekomen, dat ik niet wist dat ze er was tot ze in de deuropening van de badkamer stond. Ik draaide me verschrikt om en zag dat ze naar me staarde. Even dacht ik dat haar ogen groen van jaloezie waren, maar die blik veranderde snel in afkeuring.

'Wat wil je?' vroeg ik. Ze bleef een ogenblik zonder iets te zeggen naar me kijken en nam me van het hoofd tot de voeten op. Ze keek misprijzend.

'Je moet een strakkere bustehouder dragen,' zei ze ten slotte. 'Die kleine borsten van je wippen te veel op en neer als je loopt, en iedereen kan alles zien wat je hebt, net als Shirley Potter,' zei ze meesmuilend.

Het gezin van Shirley Potter was het armste dat we kenden. Shirley moest afleggertjes dragen van anderen, en soms waren die te klein en soms te groot. Ze was twee jaar ouder dan ik, en de manier waarop de jongens hun hoofd omdraaiden om in haar blouse te kijken als ze zich vooroverboog, was een geliefd onderwerp bij Emily en de Thompson-tweeling.

'Mamma heeft hem voor me gekocht,' antwoordde ik. 'Het is mijn maat.'

'Hij is te wijd,' hield ze vol, en toen glimlachte ze bijna. 'Ik weet dat Niles Thompson zijn vingers daarin heeft gestopt toen je met hem in het bos was, hè? En ik durf te wedden dat het niet de eerste keer was.'

'Dat is niet waar, en je had niet tegen papa mogen zeggen dat ik mijn blouse dichtknoopte toen ik uit het bos kwam.'

'Dat deed je wèl!'

'Niet waar.'

Niet in het minst uit het veld geslagen deed ze een stap naar me toe. Al was ze nog zo mager, toch kon Emily intimiderender zijn dan juffrouw Walker en zeker intimiderender dan mamma.

'Weet je wat er soms gebeurt als je je door een jongen daar laat aanraken?' vroeg ze. 'Je krijgt in je hele hals uitslag, en die kan dagenlang blijven. Op een keer gebeurt dat, en dan hoeft papa maar naar je te kijken, en dan ziet hij die vlekken en weet hij het.'

'Dat heeft hij niet gedaan,' protesteerde ik, en kromp ineen. Ik vond het vreselijk als Emily zo woedend keek. Haar gezicht vertrok in een strakke glimlach. Haar lippen waren zo dun samengetrokken, dat ik dacht dat ze elk moment konden knappen.

'Het schiet eruit, weet je, het zaad. Zelfs al komt het op je onderbroek terecht, dan kan het toch naar binnen dringen en je zwanger maken.'

Ik staarde haar aan. Wat bedoelde ze, het schiet eruit? Hoe kon dat? Had ze gelijk?

'Weet je wat ze nog meer doen?' ging ze verder. 'Ze betasten zichzelf en maken dat ze opzwellen tot het zaad in hun handen stroomt en dan... raken ze je hier aan,' zei ze, terwijl ze naar de plek tussen mijn dijen keek. 'En dat kan je ook zwanger maken.'

'Nee, dat is niet waar,' zei ik, niet erg overtuigd. 'Je probeert alleen maar me bang te maken.'

Ze glimlachte.

'Denk je dat het mij wat kan schelen als je zwanger wordt en op jouw leeftijd met een dikke buik rondloopt? Denk je dat het mij wat kan schelen als je gilt van de pijn omdat de baby te groot is om eruit te komen? Toe dan, word maar zwanger,' zei ze uitdagend. 'Misschien gebeurt er met jou hetzelfde als met je moeder, en dan zijn we je eindelijk kwijt.' Ze draaide zich om en liep weg. Maar toen bleef ze staan en keek me weer aan. 'De volgende keer dat hij je betast zou ik me er maar van overtuigen dat hij zichzelf niet eerst heeft aangeraakt,' waarschuwde ze, en liet me verstard van angst achter. Ik huiverde en kleedde me snel aan.

Die avond ging ik na het eten stilletjes naar papa's kantoor. Hij was op zakenreis, dus kon ik naar zijn kamer gaan zonder bang te hoeven zijn dat hij zou zien wat ik deed. Ik wilde lezen in het boek waarin het menselijk lichaam en de voortplantingsorganen werden beschreven, om te zien of er iets in stond dat bevestigde wat Emily me had verteld. Ik kon niets vinden, maar dat stelde me niet gerust. Ik was veel te bang om mamma ernaar te vragen en ik kende niemand anders dan Shirley Potter die iets over seks en jongens wist. Ik dacht dat ik uiteindelijk de moed zou moeten verzamelen om het haar te vragen.

De volgende dag, na de lunch, hielp ik Eugenia, precies zoals we hadden afgesproken, in haar rolstoel en gingen we naar buiten voor onze gebruikelijke middagwandeling. Emily was naar boven naar haar kamer en mamma was gaan lunchen bij Emma Whitehall met haar andere vriendinnen. Papa was nog niet terug van zijn zakenreis naar Richmond.

Eugenia leek veel lichter geworden toen ik haar uit bed tilde en in de stoel hielp. Ik voelde al haar botten. Haar ogen leken dieper weggezonken en haar lippen waren bleker dan een paar dagen geleden. Maar ze was zo enthousiast dat ze zich niet door haar gebrek aan kracht ervan af liet brengen, en wat ze miste aan energie maakte ze goed met enthousiasme.

Ik reed haar langzaam over de oprijlaan, en veinsde belangstelling voor de Cherokee-rozen en wilde viooltjes. De knoppen van de bloeiende wilde appelbomen hadden al een dieproze kleur. In de velden om ons heen weefde de wilde kamperfoelie een wit-met-roze tapijt. De blauwe gaaien en spotvogels leken even opgewonden over het feit dat we ons in hun midden waagden als wij. Ze vlogen van tak tot tak, en volgden ons kwetterend. In de verte zweefde een rij kleine wolkjes in een donzige karavaan door de lucht.

Het was zo heerlijk warm en de lucht was zo blauw – we hadden geen betere voorjaarsdag kunnen uitzoeken voor onze wandeling. Als de natuur ons ooit blij had kunnen maken dat we leefden, dan was dat wel vandaag, dacht ik.

Eugenia scheen er ook zo over te denken. Ze nam alles in zich op, haar hoofd ging van links naar rechts toen ik haar over het grind voortduwde. Ik vond haar eigenlijk een beetje te dik aangekleed, maar met één hand hield ze haar sjaal vast en met de andere de plaid. Toen we aan het eind van de oprijlaan de bocht omgingen, bleef ik even staan. We keken achterom en toen naar elkaar en glimlachten als samenzweerders. Toen reed ik haar de weg op. Ze was nog nooit zover geweest. Ik duwde haar zo snel mogelijk voort. Een paar ogenblikken later kwam Niles Thompson achter een boom tevoorschijn om ons te begroeten.

Mijn hart begon sneller te kloppen. Ik keek weer achterom; ik wilde zeker weten dat niemand onze ontmoeting zag.

'Hoi,' zei Niles. 'Hoe gaat het, Eugenia?'

'Oké,' zei ze snel. Haar ogen straalden toen ze van Niles naar mij en toen weer naar Niles keek.

'Dus je wilt mijn magische vijver zien, hè?' zei hij. Ze knikte.

'Laten we gauw gaan, Niles,' zei ik.

'Ik zal haar wel duwen,' bood hij aan.

'Voorzichtig,' waarschuwde ik, en toen gingen we op weg. Een paar ogenblikken later reden we Eugenia het pad op. Het was op sommige plaatsen eigenlijk niet breed genoeg voor de rolstoel, maar Niles duwde de wielen over lage struiken en wortels, en bleef op een gegeven moment staan om de voorkant van de stoel op te tillen. Ik kon zien dat Eugenia genoot van ons heimelijke uitstapje. En eindelijk waren we bij de vijver.

'O...' riep Eugenia uit, en klapte in haar handen. 'Wat is het hier mooi!'

Alsof de natuur wilde dat dit een bijzonder moment voor haar zou zijn, sprong een vis omhoog uit het water en dook toen weer onder. Voor we zelfs maar de kans kregen om te lachen, vloog een zwerm mussen op; ze verhieven zich zo plotseling en zo tegelijk van de takken dat het leek of de bladeren wegvlogen. Kikkers sprongen in en uit het water of ze een voorstelling voor ons gaven. Toen zei Niles: 'Kijk,' en wees naar de overkant van de vijver, waar een ree stond te drinken. Ze staarde even naar ons en dronk toen onbevreesd verder, waarna ze weer in het bos verdween.

'Dit is echt een magische plek!' riep Eugenia uit. 'Ik voel het.'

'Dat voelde ik ook toen ik de eerste keer hier was,' zei Niles. 'Weet je wat je moet doen? Je moet je vingers in het water dopen.'

'Dat kan ik toch niet?'

Niles keek naar mij.

'Ik kan je naar het water dragen,' zei Niles.

'O, Niles, als je haar laat vallen...'

'Dat doet hij niet,' verklaarde Eugenia vol overtuiging. 'Doen, Niles. Draag me.'

Niles keek weer naar mij en ik knikte, maar ik beefde van angst. Als hij haar liet vallen en ze werd nat, zou papa me dagenlang in de rokerij opsluiten, dacht ik. Maar Niles tilde Eugenia met het grootste gemak uit de stoel. Ze bloosde, omdat hij haar in zijn armen hield. Zonder enige aarzeling liep hij het water in en liet haar zakken tot haar vingers het oppervlak konden raken.

'Sluit je ogen en doe een wens,' zei Niles. Ze deed het, en toen droeg hij haar terug naar de rolstoel. Toen ze weer zat, bedankte ze hem.

'Wil je weten wat ik heb gewenst?' vroeg ze me.

'Als je het vertelt, komt het misschien niet uit,' zei ik, met een blik op Niles.

'Wèl als ze het alleen aan jou vertelt,' legde Niles uit, alsof hij een autoriteit was op het gebied van magische vijvers en wensen.

'Buk je, Lillian. Buk je,' beval Eugenia. Ik deed het en ze bracht haar lippen vlak bij mijn oor.

'Ik heb gewenst dat jij en Niles elkaar weer een zoen zouden geven, hier, vlak voor mijn ogen,' zei ze. Ik bloosde. Maar toen ik weer rechtop stond, glimlachte Eugenia ondeugend. 'Je hebt gezegd dat dit een magische vijver is. Mijn wens moet uitkomen,' plaagde ze.

'Eugenia! Je had iets alleen voor jezelf moeten wensen.'

'Als het alleen voor jezelf is, komt het waarschijnlijk niet uit,' zei Niles.

'Niles, je mag haar niet aanmoedigen.'

'Ik denk dat het niet erg is als je mij nu in mijn oor fluistert wat ze jou heeft verteld. Zolang de kikkers het maar niet horen,' ging hij verder. Hij maakte zijn eigen regels.

'Dat doe ik niet!'

'Vertel het hem, Lillian,' drong Eugenia aan. 'Toe dan. Alsjeblieft, doe het nou.'

'Eugenia.' Ik bloosde nog erger. Ik voelde die vlekken al in mijn hals, zoals Emily had voorspeld, ook al hadden Niles en ik elkaar nog niet aangeraakt. Maar het kon me niet schelen. Ik vond het een heerlijk gevoel.

'Vertel het me maar,' plaagde Niles. 'Anders raakt ze helemaal van streek.'

'Hij heeft gelijk,' dreigde Eugenia. Ze sloeg haar armen over elkaar en deed net of ze ging pruilen.

'Eugenia.' Mijn hart bonsde. Ik keek naar Niles, die het al scheen te weten.

'Nou?' zei hij.

'Ik heb haar verteld wat jij en ik hier de eerste keer hebben gedaan. Ze wil dat we het nog eens doen,' zei ik snel. Niles' ogen begonnen te stralen en hij glimlachte.

'Dat is zo'n mooie wens dat we haar niet mogen teleurstellen,' zei Niles. 'We moeten de reputatie van de magische vijver ophouden.'

Hij liep naar me toe en deze keer legde hij zijn handen om mijn armen om me dichter naar zich toe te trekken. Ik sloot mijn ogen en zijn lippen drukten zich op de mijne. Hij hield ze daar veel langer dan de eerste keer, en toen deed hij een stap naar achteren.

'Tevreden, zusje?' vroeg ik, mijn verlegenheid verbergend. Ze knikte met een opgewonden uitdrukking op haar gezichtje.

'Ik heb ook iets gewenst,' zei Niles. 'Ik heb gewenst dat ik Eugenia kon bedanken dat ze naar mijn vijver wilde komen, haar bedanken met een zoen,' zei hij. Eugenia's mond viel open toen Niles naar haar toeliep en haar snel op de wang zoende. Ze legde haar hand erop alsof hij zijn lippen op haar wang had achtergelaten.

'We moeten terug,' zei ik. 'Voordat ze ons missen.'

'Je hebt gelijk,' zei Niles. Hij draaide Eugenia om en we duwden haar door het bos, terug naar de weg. Niles liep met ons mee tot we bij onze oprijlaan waren.

'Vond je het leuk bij de vijver, Eugenia?' vroeg hij.

'O, ja,' zei ze.

'Ik kom je gauw opzoeken,' beloofde hij. 'Tot ziens, Lillian.'

We keken hem na toen hij wegliep en toen reed ik Eugenia verder.

'Hij is de aardigste jongen die ik ooit heb ontmoet,' zei ze. 'Ik wilde dat jij en Niles zich op een dag gingen verloven en dan trouwen.'

'Heus?'

'Ja. Zou je dat niet willen?' vroeg ze.

Ik dacht even na.

'Ja,' zei ik. 'Ik geloof het wel.'

'Dan heeft Niles misschien gelijk; misschien is het een magische vijver.'

'O, Eugenia, je had iets voor jezelf moeten wensen.'

'Wensen voor jezelf komen niet uit, zei Niles.'

'Ik zal teruggaan en een wens voor jou doen,' beloofde ik. 'Heel gauw.'

'Ik weet dat je dat zult doen,' zei Eugenia en leunde achterover in haar stoel. Ze raakte uitgeput; de vermoeidheid daalde als een donkere, stormachtige wolk op haar neer.

Toen we vlak bij huis waren, werd de voordeur opengerukt en Emily kwam met over elkaar geslagen armen naar buiten. Ze keek met een woedende blik naar ons.

'Waar zijn jullie geweest?' vroeg ze.

'We hebben een fijne wandeling gemaakt,' zei ik.

'Jullie zijn lang weggebleven,' zei ze achterdochtig.

'O, Emily,' zei Eugenia. 'Geef toch niet altijd een koude douche als iemand iets aardigs doet. Misschien ga je volgende keer met ons mee.'

'Je bent veel te lang met haar buiten gebleven,' zei Emily. 'Moet je haar zien. Ze is volkomen uitgeput.'

'Niet waar,' zei Eugenia.

'Mamma zal boos zijn als ze terugkomt,' zei Emily, haar negerend.

'Zeg niets tegen haar, Emily. Wees niet zo'n verklikster. Dat is niet aardig. Je had papa ook niet moeten vertellen over Lillian en Niles. Dat leidt alleen maar tot wrok en moeilijkheden,' zei Eugenia bestraffend. 'En Lillian heeft niets slechts gedaan. Dat weet je best.'

Ik hield mijn adem in. Emily's gezicht werd voor het eerst in lange tijd vuurrood. Ze kon met iedereen argumenteren, volwassenen en kinderen in verlegenheid brengen en tegen hen snauwen als het moest, maar ze kon niet lelijk doen tegen Eugenia. In plaats daarvan keek ze woedend naar mij.

'Net iets voor jou, om haar tegen me op te zetten,' verklaarde Emily en liep naar binnen.

Het feit dat Eugenia voor me was opgekomen, had haar van haar laatste krachten beroofd. Ze liet haar hoofd opzijvallen. Snel riep ik Henry om haar de trap op en naar binnen te dragen. Daar reed ik haar naar haar kamer en stopte haar in bed. Ze was zo slap als een lappen pop. In een oogwenk viel ze in slaap, maar ik geloof dat ze droomde over de vijver, want ondanks haar uitputting sliep ze met een vage glimlach om haar lippen.

Ik liep terug door het huis op weg naar de trap, maar juist toen ik langs papa's kantoor wilde lopen, kwam Emily naar buiten en greep zo plotseling mijn arm beet, dat ik onwillekeurig een kreet slaakte. Ze duwde me tegen de muur.

'Je bent met haar naar die stomme vijver geweest, hè?' zei ze. Ik schudde mijn hoofd. 'Lieg niet tegen me. Ik ben niet achterlijk. Ik zag de takjes en het gras in de wielen van de rolstoel. Papa zal razend zijn,' dreigde ze. Ze bracht haar gezicht vlak bij het mijne. Ik kon het moedervlekje onder haar rechteroog zien. 'Niles was er ook bij, hè?' zei ze beschuldigend, aan mijn arm schuddend.

'Laat me los!' riep ik. 'Je bent afschuwelijk.'

'Je hebt haar tegen me opgezet, hè?' Ze liet me los, maar glimlachte. 'Het geeft niet. Ik had niet anders verwacht van de levende vervloeking. Je plant het zaad van het kwaad overal, in iedereen.

'Maar jouw tijd komt. Mijn gebeden zullen je verstikken,' dreigde ze.

'Laat me met rust!' gilde ik. De tranen stroomden over mijn wangen. 'Ik ben geen vervloeking, dat ben ik niet.'

Ze behield haar kwaadaardige glimlach, een glimlach die me naar boven joeg, maar die onder de deur doordrong en 's nachts zelfs in mijn dromen drong.

Of het nu kwam omdat Eugenia dat tegen haar had gezegd of dat het een gevolg was van de machinaties van haar eigen boosaardige geest, Emily vertelde niets aan mamma of papa over mijn uitstapje met Eugenia. Die avond aan tafel bleef ze rustig zitten, en stelde zich ermee tevreden de dreiging boven mijn hoofd te laten hangen. Ik negeerde haar zoveel mogelijk, maar Emily's ogen konden zo groot en doordringend zijn dat het moeilijk was haar blik te vermijden.

Maar het deed er niets toe; ze had haar eigen wraak al voorbereid, en zoals altijd zou ze die rechtvaardigen met een of andere religieuze tekst. In haar handen werd de bijbel een wapen, dat ze genadeloos gebruikte als ze vond dat het nodig was. Geen straf was te zwaar, geen tranen waren te veel. Hoeveel verdriet ze ons ook deed, ze ging altijd tevreden slapen in het geloof dat ze goddelijk werk had verricht.

Zoals Henry eens zei, terwijl hij Emily strak aankeek: 'De duivel heeft geen betere soldaat dan de man of vrouw die overtuigd is van eigen goedheid en die dat verschrikkelijke wapen hanteert.'

Ik zou de scherpte ervan spoedig ondervinden.

6 GEMENE TRUCS

Van alle mensen de ik ooit in mijn leven zou ontmoeten, mensen die dag in, dag uit normaal hun werk konden doen terwijl ze achter je rug intrigeerden en boze plannen smeedden, spande Emily de kroon. Ze had de beste spionnen kunnen leren hoe ze moesten spioneren; Brutus had haar leerling kunnen zijn toen hij Julius Caesar verried. Ik was ervan overtuigd dat de duivel zelf haar observeerde en dan pas tot actie overging.

In de week die volgde op het uitstapje van Eugenia en mij, zei Emily geen woord meer erover, en ook was ze niet kwader of strijdlustiger dan gewoonlijk. Ze leek op te gaan in haar werk voor de dominee en zijn zondagsschool en voor de gewone school, en was zelfs vaker van huis dan gewoonlijk. Ze gedroeg zich niet veel anders tegenover Eugenia. Ze leek eerder vriendelijker te zijn en bood op een avond zelfs aan Eugenia haar eten te brengen.

Eens per week ging ze naar Eugenia om haar godsdienstles te geven – een bijbels verhaal voor te lezen of haar de leer van de kerk uit te leggen. Meer dan eens viel Eugenia in slaap terwijl Emily voorlas, en dan werd Emily nijdig en weigerde Eugenia's verontschuldigingen te accepteren.

Maar deze keer, toen ze naar haar toe ging en uit Mattheüs voorlas, en Emily in slaap viel, stopte Emily niet met lezen om haar te vertellen hoe belangrijk het was om wakker te blijven en te luisteren als er uit de bijbel werd voorgelezen. Ze sloeg het boek niet zo hard dicht zodat Eugenia verschrikt haar ogen opendeed. In plaats daarvan stond ze stilletjes op en liep op haar tenen, als een van Henry's spoken, de kamer uit. Zelfs Eugenia oordeelde gunstiger over haar.

'Ze heeft spijt van wat ze deed,' meende Eugenia. 'Ze wil dat we van haar houden.'

'Ik geloof niet dat ze wil dat iemand van haar houdt, mamma niet, papa niet, misschien zelfs God niet,' antwoordde ik. Maar ik zag dat het Eugenia verontrustte als ik kwaad was op Emily, dus glimlachte ik en dacht aan iets anders. 'Stel je eens voor dat ze werkelijk zou veranderen,' zei ik. 'Stel je eens voor dat ze haar haar zou laten groeien en er een mooi zijden lint in zou dragen, of een mooie jurk zou aantrekken in plaats van die ouwe grijze zakken van haar, en niet meer op die klompschoenen met dikke hakken zou lopen die haar nog langer laten lijken dan ze al is.'

Eugenia glimlachte alsof ik sprookjes zat te vertellen.

'Waarom niet?' ging ik verder. 'Waarom zou ze niet plotseling, van de ene dag op de andere, bij toverslag kunnen veranderen? Misschien heeft ze een van haar visioenen gehad en werd haar in dat visioen opgedragen om te veranderen.

'Dan zou ze plotseling ook eens naar iets anders luisteren dan die eeuwige kerkmuziek, en zou ze boeken lezen en spelletjes doen...'

'Stel je voor dat ze een vriendje had,' zei Eugenia. 'En besloot lippenstift te gebruiken en rouge op haar wangen te doen...'

Ze giechelde.

'En dan zou ze ook met haar vriendje naar de magische vijver gaan.'

'Wat zou de nieuwe Emily wensen?' vroeg ik me hardop af.

'Een zoen?'

'Nee, geen zoen.' Ik dacht even na, toen keek ik naar Eugenia en begon te lachen.

'Wat?' vroeg ze. 'Vertel op!' Ze danste op haar bed op en neer toen ik aarzelde.

'Borsten,' antwoordde ik. Eugenia sloeg haar hand voor haar mond.

'Wauw!' zei ze. 'Als Emily dat eens hoorde!'

'Kan me niet schelen. Weet je hoe de jongens op school haar achter haar rug noemen?' vroeg ik, terwijl ik op het bed ging zitten.

'Hoe dan?'

'Ze noemen haar De Strijkplank.'

'Dat meen je niet!'

'Het is haar eigen schuld, zoals ze zich kleedt en dat beetje buste dat ze heeft ook nog zoveel mogelijk plat maakt. Ze wil geen vrouw en geen man zijn.'

'Wat dan wel?' vroeg Eugenia, en wachtte geduldig op mijn antwoord.

'Een heilige,' zei ik ten slotte. 'Ze is zo koud en hard als de beelden in de kerk. Maar,' ging ik zuchtend verder, 'in ieder geval heeft ze ons de laatste paar dagen met rust gelaten, en ze was zelfs wat aardiger tegen me op school. Ze heeft me gisteren in de lunchpauze haar appel gegeven.'

'Heb je er twee gegeten?'

'Ik heb er een aan Niles gegeven,' bekende ik.

'Heeft Emily dat gezien?'

'Nee. Ze was binnen om juffrouw Walker te helpen met het corrigeren van het dictee.' Even zwegen we allebei en toen pakte ik Eugenia's hand. 'Raad eens?' zei ik. 'Niles wil zaterdag met ons naar de beek wandelen. Mamma geeft een lunch, dus is ze ons liever kwijt dan rijk. Bid maar dat het mooi weer is,' zei ik.

'Dat zal ik doen. Ik zal twee keer per dag bidden.' Eugenia zag er opgewekter uit dan in tijden het geval was geweest, ook al bleef ze tegenwoordig vaker in bed. 'Ik heb plotseling enorme honger,' zei ze. 'Is het al bijna etenstijd?'

'Ik zal wat te eten voor je vragen aan Louella,' zei ik, en stond op. 'O, Eugenia.' Bij de deur draaide ik me om. 'Ik weet dat Emily aardiger tegen ons is, maar ik geloof dat we ons plannetje voor zaterdag toch beter geheim kunnen houden.'

'Oké,' zei Eugenia. 'Cross my heart and hope to die.'

'Zeg dat niet!' riep ik uit.

'Wat niet?'

'Zeg nooit: "hoop te sterven".'

'Het is maar een gezegde, zoiets als "op mijn woord van eer". Roberta Smith zegt het altijd als ik haar zie op onze barbecues. Altijd als iemand haar iets vraagt, zegt ze erbij, hoop...'

'Eugenia!'

'Oké,' zei ze, en kroop diep onder haar deken. 'Zeg tegen Niles dat ik me erop verheug hem zaterdag te zien.'

'Ik zal het doen. Nu zal ik naar je eten gaan informeren,' zei ik, en liet haar dromen over dingen die mijn vriendinnen en ik vanzelfsprekend vonden.

Ik weet dat Eugenia niets tegen Emily zei over zaterdag. Ze was veel te bang dat er iets tussen zou komen. Maar misschien luisterde Emily aan haar deur als ze bad om mooi weer of misschien stond ze in de schaduw om Eugenia en mij te bespioneren en af te luisteren als we met elkaar praatten. Of misschien had ze het gewoon verwacht. Hoe dan ook, ik weet zeker dat ze elke dag bezig was met haar snode plannen.

Juist omdat we er zo naar uitkeken leek het of het nooit zaterdag zou worden, maar toen het eindelijk zover was scheen de zon stralend door mijn ramen naar binnen toen ik mijn ogen opendeed. Ik zag een zee van blauw van de ene horizon naar de andere. Een zacht briesje woei door de kamperfoelie. De wereld buiten lokte ons.

In de keuken vertelde Louella dat Eugenia voor dag en dauw al op was.

'Ik heb haar 's morgens nog nooit zo hongerig gezien,' merkte ze op. 'Ik moet opschieten met haar ontbijt, voor ze van gedachten verandert. Ze is zo mager geworden, je kunt bijna door haar heenkijken,' ging ze triest verder.

Toen ik Eugenia haar ontbijt bracht zat ze rechtop in bed.

'We hadden een picknick moeten plannen, Lillian,' klaagde ze. 'Het duurt zo lang tot na de lunch.'

'Volgende keer,' beloofde ik. Ik zette het blad op haar bedtafeltje en keek toe terwijl ze at. Hoewel ze meer honger had dan gewoonlijk, prikte ze als een vogeltje rond op haar bord. Bij haar duurde alles twee keer zo lang als bij een gezond meisje van haar leeftijd.

'Het is mooi weer, hè, Lillian?'

'Schitterend.'

'God moet al mijn gebeden hebben gehoord.'

'Vast wel. Hij kreeg niet de kans om iets anders te horen,' zei ik schertsend, en Eugenia lachte. Haar lach klonk me als muziek in de oren, al was het maar een zacht, ijl geluid.

Ik ging terug naar de eetkamer om te ontbijten met Emily en mamma. Papa was al van tafel opgestaan en vroeg vertrokken naar Lynchburg, voor een vergadering van de kleinere tabakstelers, die volgens papa in een strijd op leven en dood verwikkeld waren met de corporaties. Zelfs zonder papa's aanwezigheid baden we voor we gingen eten. Daar zorgde Emily wel voor. De tekst die ze koos en de manier waarop ze die voorlas had me wantrouwend moeten maken, maar ik verheugde me zo op ons avontuur, dat het nauwelijks tot me doordrong.

Ze koos Exodus 9, en las hoe God de Egyptenaren strafte toen de farao weigerde de joden te laten gaan. Emily's stem dreunde zo hard en luid over tafel, dat zelfs mamma ineenkromp en ongerust opkeek.

'En terwijl er vuur door de hagelbuien heenflikkerde, hagelde het zo buitengewoon zwaar als nooit tevoren in het gehele land der Egyptenaren, sinds zij tot volk geworden waren.'

Ze sloeg haar ogen op en keek toornig naar mij, wat bewees dat ze elk woord uit haar hoofd geleerd had en opzei.

'De hagel sloeg in het gehele land Egypte alles neer wat op het veld was, van mens tot dier…'

'Emily, lieverd,' zei mamma zachtjes. Ze durfde nooit in de rede te vallen als papa erbij was. 'Het is een beetje vroeg op de ochtend voor donder en vuur, lieverd. Mijn maag speelt toch al op.'

'Het is nooit te vroeg voor donder en vuur, mamma,' antwoordde Emily, 'maar vaak te laat.' Ze keek naar mij.

'O, hemeltje,' kreunde mamma. 'Laten we alsjeblieft gaan eten. Louella,' riep ze, en Louella bracht de eieren met spek. Met tegenzin deed Emily de bijbel dicht, en onmiddellijk begon mamma met een van haar roddeltjes die ze tijdens haar lunch wilde spuien.

'Martha Atwood is net terug van een reis naar het noorden en ze zegt dat de vrouwen daar in het openbaar sigaretten roken. De kapitein had een nicht…' ging ze verder. Ik luisterde naar haar verhalen, maar Emily was in haar eigen gedachten verdiept. Ze had zich teruggetrokken in haar eigen wereld, welke die ook mocht zijn. Maar toen ik tegen mamma zei dat ik met Eugenia naar buiten wilde, sperde Emily belangstellend haar ogen open.

'Blijf niet te lang weg,' waarschuwde mamma, 'en zorg ervoor dat ze het goed warm heeft.'

'Ik zal ervoor zorgen, mamma.'

Ik ging naar boven om de kleren uit te zoeken die ik wilde aantrekken. Ik ging even bij Eugenia langs om te zien of ze haar middagslaapje wel deed en haar medicijnen nam, zoals ze gezegd had dat ze zou doen. Ik beloofde haar een uur voor we vertrokken wakker te maken, zodat ik haar kon helpen met aankleden en met het borstelen van haar haar. Mamma had een nieuw paar schoenen voor haar gekocht en een blauwe bonnet met brede rand om haar gezicht tegen de zon te beschermen als ze naar buiten ging. Ik ruimde mijn kamer op, las wat, lunchte en kleedde me aan. Toen ik in Eugenia's kamer kwam zat ze al rechtop in bed. Maar in plaats van opgewonden keek ze bezorgd.

'Wat is er, Eugenia?' vroeg ik zodra ik binnenkwam. Ze knikte naar de hoek van haar kamer, waar haar rolstoel altijd stond.

'Ik heb het nu pas gemerkt,' zei ze. 'Hij staat er niet. Ik kan me niet herinneren wanneer ik hem voor het laatst gezien heb. Ik ben helemaal in de war. Heb jij hem soms mee naar buiten genomen?'

Mijn hart zonk in mijn schoenen, want natuurlijk had ik dat niet gedaan, en mamma had ook niets gezegd aan het ontbijt toen ik haar vertelde dat ik met Eugenia ging wandelen.

'Nee, maar maak je niet ongerust,' zei ik, en dwong me te glimlachen. 'Hij moet ergens in huis zijn. Misschien heeft Tottie hem verplaatst toen ze je kamer schoonmaakte.'

'Denk je, Lillian?'

'Vast wel. Ik ga meteen naar haar toe. Intussen,' ik overhandigde haar de borstel, 'mag jij vast beginnen je haar te borstelen.'

'Oké,' zei ze zachtjes. Ik holde de kamer uit, de gangen door, op zoek naar Tottie.

'Tottie,' riep ik. 'Heb jij Eugenia's rolstoel uit haar kamer gehaald?'

'Haar rolstoel?' Ze schudde haar hoofd. 'Nee, juffrouw Lillian, dat doe ik nooit.'

'Heb je hem soms ergens gezien?' vroeg ik wanhopig. Ze schudde haar hoofd.

Als een kip zonder kop holde ik rond in huis, keek in alle kamers, controleerde kasten en keek zelfs in de bijkeukens.

'Wat zoek je toch, kind?' vroeg Louella. Zij serveerde de lunch voor mamma en haar gasten en was bezig flinterdunne sandwiches op een blad te schikken.

'Eugenia's rolstoel is weg,' riep ik. 'Ik heb overal gezocht.'

'Weg? Waar kan die gebleven zijn? Weet je het zeker?'

'Ja, Louella!'

Ze schudde haar hoofd.

'Misschien kun je het aan je moeder vragen,' stelde ze voor. Natuurlijk, dacht ik. Dat had ik meteen moeten doen. Mamma, die opgewonden was over haar zaterdagse lunch, was waarschijnlijk gewoon vergeten te zeggen wat ze ermee gedaan had. Haastig liep ik naar de eetkamer.

Het leek me of ze allemaal tegelijk praatten en niemand naar de ander luisterde. Onwillekeurig moest ik papa gelijk geven toen hij die bijeenkomsten vergeleek met een troep kakelende hennen. Maar ik stormde zo onverhoeds de eetkamer binnen, dat iedereen zweeg en naar me keek.

'Wat wordt ze toch groot,' merkte Amy Grant op.

'Vijftig jaar geleden zou ze al over het middenpad naar het altaar lopen,' zei mevrouw Tiddydale.

'Is er iets, schat?' vroeg mamma, die bleef glimlachen.

'Eugenia's rolstoel, mamma. Ik kan hem niet vinden,' zei ik. Mamma keek naar de andere vrouwen en lachte even.

'Maar, schat, een rolstoel is toch niet zo klein dat je hem niet kunt vinden.'

'Hij staat niet op zijn plaats in haar kamer, en ik heb overal in huis gezocht, en het aan Tottie en Louella gevraagd en...'

'Lillian,' zei mamma, me streng het zwijgen opleggend. 'Als je teruggaat en goed kijkt, zul je ongetwijfeld een rolstoel kunnen vinden. Je doet of het de slag bij Gettysburg is,' voegde ze eraan toe, en lachte tegen de andere vrouwen, die prompt met haar meelachten.

'Ja, mamma,' zei ik.

'En denk eraan wat ik je gezegd heb, lieverd. Niet te lang en zorg dat ze goed ingepakt is.'

'Ja, mamma,' zei ik.

'Je had trouwens eerst weleens even iedereen goedendag kunnen zeggen, Lillian.' Ze keek me met een vriendelijk verwijt aan.

'Het spijt me. Hallo.'

Alle vrouwen knikten glimlachend. Ik draaide me om en liep langzaam de kamer uit. Voor ik bij de deur kwam, babbelden ze weer even hard verder alsof ik er nooit geweest was. Ik liep in de richting van Eugenia's kamer, maar bleef staan toen ik Emily de trap af zag komen.

'We kunnen Eugenia's rolstoel niet vinden,' riep ik. 'Ik heb het aan iedereen gevraagd en overal gezocht.'

Ze richtte zich abrupt op en keek me spottend aan.

'Je had het eerst aan mij moeten vragen. Als papa er niet is, ben ik degene die precies weet wat er in The Meadows gebeurt. Beter dan mamma,' voegde ze eraan toe.

'O, Emily. Jij weet waar hij is! God zij dank. Waar?'

'In de gereedschapsschuur. Henry zag dat er iets mis was met het wiel of de as of zoiets. Hij zal nu wel klaar zijn. Ik denk dat Henry vergeten heeft hem terug te brengen.'

'Zoiets zou Henry nooit vergeten,' dacht ik hardop. Emily werd altijd kwaad als ze werd tegengesproken.

'Goed, dan heeft hij het niet vergeten en staat hij in haar kamer. Ja? Is hij in haar kamer?' vroeg ze.

'Nee,' zei ik zachtjes.

'Je doet net of die oude zwarte man een soort oudtestamentische profeet is. Hij is gewoon de zoon van een vroegere slaaf, onopgevoed, ongeletterd en vol dom bijgeloof,' ging ze verder. 'Nou,' zei ze, sloeg haar armen over elkaar en richtte zich weer op. 'Als je die rolstoel wilt hebben, zul je hem uit de gereedschapsschuur moeten halen.'

'Oké,' zei ik. Ik wilde zo gauw mogelijk weg om de rolstoel te zoeken. Ik wist dat de arme Eugenia op spelden zat. Ik wilde met de rolstoel naar haar toe en haar weer zien lachen. Haastig liep ik de voordeur uit en de trap af. Ik holde om de hoek van het huis naar de schuur, deed de deur open en tuurde naar binnen. Daar stond de rolstoel, precies zoals Emily gezegd had, in een hoek. Hij zag er niet uit of iemand ermee bezig was geweest, alleen de wielen waren een beetje vuil omdat hij over het terrein was gereden.

Dat was niets voor Henry, dacht ik. Maar misschien had Emily wel gelijk. Misschien was Henry de stoel komen halen toen Eugenia sliep en wilde hij haar niet wakker maken om te zeggen dat hij hem zou maken. Papa liet hem zoveel werk doen op de plantage, dat het geen wonder was dat hij nu en dan weleens iets vergat, dacht ik. Ik ging naar binnen en liep naar de stoel toen de deur plotseling achter me werd dichtgeslagen.

Het ging zo snel in zijn werk, en ik was zo verbluft, dat ik even niet besefte wat er gebeurde. Er was me iets achterna gegooid, en dat iets... bewoog. Ik verstarde even. Er viel nauwelijks genoeg licht naar binnen door de spleten in de oude wanden van de schuur, maar voldoende om me te realiseren wat het was dat achter me aan was gegooid... een stinkdier!

Henry had vallen gezet voor konijnen. Hij zette kleine kooien neer waar ze in kropen om aan de sla te knabbelen en dan viel het deurtje dicht. Dan keek hij of het konijn oud en dik genoeg was om te eten. Hij was dol op konijneragoût. Ik wilde er niets van weten, want ik kon me niet voorstellen dat ik konijntjes zou eten. Ze zagen er zo grappig en vrolijk uit als ze aan het gras knabbelden of op het veld ronddartelden. Als ik erover klaagde, zei Henry dat het niet erg was, als je ze maar niet voor de grap doodmaakte.

'Alles leeft van al het andere in deze wereld, kind,' legde hij uit, en wees naar een mus. 'Dat vogeltje daar eet wormen, en vleermuizen eten insekten. Vossen jagen op konijnen, weet je.'

'Ik wil het niet weten, Henry. Vertel het me niet als je een konijn eet. Vertel het me alsjeblieft niet,' riep ik. Hij glimlachte en knikte.

'Oké, juffrouw Lillian. Ik zal je niet op zondag te eten vragen als er konijn op tafel komt.'

Maar een enkele keer ving Henry een stinkdier in een van zijn vallen in plaats van een konijn. Dan haalde hij een zak en gooide die over de kooi. Zolang een stinkdier in het donker zit, spuit hij niet, vertelde hij. Ik denk dat hij het ook aan Emily had verteld. Of misschien had ze het geleerd door te observeren. Van tijd tot tijd bespioneerde ze iedereen op The Meadows, alsof ze opdracht had gekregen om zondige daden te ontdekken.

Dit stinkdier, kennelijk nijdig over hetgeen hem was overkomen, keek wantrouwend om zich heen. Ik probeerde me niet te bewegen, maar ik was zo bang dat ik onwillekeurig een kreet slaakte en mijn voeten verschoof. Het stinkdier zag me en spoot me onder. Ik gilde en holde naar de deur. Die was potdicht. Ik moest er hard op bonken en het stinkdier spoot nog een keer voor hij wegkroop onder een kast. Eindelijk ging de deur open. Er was een stok klem gezet tegen de deur, zodat hij heel moeilijk open te krijgen was. Ik tuimelde naar buiten, stinkend en wel.

Henry kwam aangeheld uit een schuur met een paar andere knechten, maar op drie meter afstand bleven ze vol walging staan. Ik was hysterisch, ik sloeg met mijn armen om me heen alsof ik aangevallen werd door een zwerm bijen in plaats van de stank van een stinkdier. Henry hield zijn adem in en kwam me te hulp. Hij tilde me op in zijn armen en holde naar de achterkant van het huis. Daar zette hij me neer op het trapportaal en ging Louella halen. Ik hoorde hem roepen: 'Het is Lillian! Ze is aangevallen door een stinkdier in de gereedschapsschuur. Ze stinkt verschrikkelijk!'

Ik haatte mezelf. Ik trok mijn vuile jurk uit en schopte mijn schoenen uit. Louella kwam naar buiten gestormd met Henry, wierp één blik op me en snoof, en riep toen: 'God zij me genadig!' Ze wapperde met haar handen door de lucht voor haar en kwam naast me staan.

'Oké, oké. Louella maakt het wel in orde. Maak je maar niet ongerust. Maar je geen zorgen. Henry,' beval ze, 'breng haar naar de kamer naast de bijkeuken, waar de oude tobbe staat. Ik zal al het tomatesap opzoeken dat ik kan vinden,' zei ze. Henry wilde me weer optillen, maar ik zei dat ik kon lopen.

'Jij hoeft er niet ook onder te lijden,' zei ik, en sloeg mijn handen voor mijn gezicht.

In de kamer naast de bijkeuken trok ik al mijn kleren uit. Louella goot alle potten en flessen tomatesap die ze maar kon vinden in de tobbe en stuurde Henry toen weg om nog meer te halen. Ik ging huilend tekeer toen Louella me afwaste met het tomatesap. Later wikkelde ze me in vochtige handdoeken.

'Ga naar boven en neem een geurig bad, lieverd,' zei ze. 'Ik kom zo.'

Ik probeerde haastig door het huis te lopen, maar mijn benen leken samen met mijn hart in steen veranderd. Mamma was met haar gasten naar de muziekkamer gegaan, waar ze naar grammofoonmuziek luisterden en theedronken. Niemand had iets gemerkt van de opschudding buiten. Even wilde ik blijven staan om haar te vertellen wat er gebeurd was, maar ik besloot eerst een bad te nemen. De stank was nog te erg en hing als een smerige wolk om me heen.

Louella kwam bij me in de badkamer en hielp me terwijl ik me waste met de beste zeep die we hadden, maar zelfs daarna was ik de stank nog niet kwijt.

'Het zit ook in je haar, schat,' zei ze bedroefd. 'De shampoo helpt niet tegen die stank.'

'Wat moet ik doen, Louella?'

'Ik heb dit een paar keer zien gebeuren,' zei ze. 'Ik denk dat je je haar maar beter kunt afknippen, lieverd.'

'Mijn haar afknippen!'

Mijn haar was mijn trots. Ik had het mooiste, zachtste haar van alle meisjes op school, dankzij de eiershampoos die Louella en Henry hadden voorgeschreven. Het was dik en vol, en hing tot halverwege mijn rug. Mijn haar afknippen? Ik kon net zo goed mijn hart uit mijn lichaam snijden.

'Je kunt het eeuwig blijven wassen, maar die stank gaat er nooit helemaal uit, lieverd. Elke avond als je je hoofd op je kussen legt, ruik je het, en de kussens gaan er ook naar ruiken.'

'O, Louella, ik kan mijn haar niet afknippen, echt niet,' zei ik koppig. Ze keek somber. 'Ik blijf het de hele dag wassen tot het niet meer stinkt,' hield ik vol.

Ik bleef wassen en spoelen, maar telkens als ik aan mijn lange lokken rook, was de stank er nog. Bijna twee uur later, kwam ik met tegenzin uit het bad en liep naar de spiegel boven de wasbak in mijn toilet. Louella was de trap op en af geheld en had me elke remedie aangeboden die zij of Henry kon bedenken. Niets hielp. Ik staarde naar mijn spiegelbeeld. Mijn tranen waren gedroogd, maar de angst in mijn ogen was gebleven.

'Heb je mamma al verteld wat er gebeurd is?' vroeg ik aan Louella toen ze weer terugkwam.

'Ja,' zei ze.

'Heb je haar verteld dat ik mijn haar misschien zal moeten afknippen?' vroeg ik wanhopig.

'Ja, lieverd.'

'Wat zei ze?'

'Ze zei dat het haar speet. Zodra haar gasten weg zijn komt ze bij je.'

'Kan ze niet eerder komen? Heel even maar?'

'Ik zal het haar vragen,' zei Louella. Even later kwam ze terug – zonder mamma.

'Ze zegt dat ze haar gasten nu niet alleen kan laten. Je zult je erbij neer moeten leggen. Lieverd, dat haar groeit weer aan, en gauwer dan je denkt.'

'Maar tot die tijd, Louella, zal ik mezelf niet uit kunnen staan. En niemand zal me nog knap vinden,' jammerde ik.

'Natuurlijk wel, kindje. Je hebt een mooi en lief gezicht, een van de mooiste gezichtjes hier in de buurt. Niemand zal ooit kunnen beweren dat je lelijk bent.'

'Wel waar,' snikte ik. Ik dacht aan Niles en hoe teleurgesteld hij zou zijn als hij naar me keek, hoe teleurgesteld hij op dit moment zou zijn, wachtend op Eugenia en mij. Maar de stank scheen van mijn hoofd omlaag te stralen en me van top tot teen te omhullen. Met bevende vingers pakte ik een schaar en trok mijn haar recht. Ik bracht de schaar naar de lok haar, maar knipte niet.

'Ik kan het niet, Louella!' riep ik. 'Ik kan het niet.' Ik legde mijn armen op tafel en verborg huilend mijn gezicht erin. Ze kwam naar me toe en legde haar hand op mijn schouder.

'Zal ik het voor je doen, kindje?'

Aarzelend, met een bezwaard hart, knikte ik. Louella pakte een paar van mijn lokken in de ene hand en de schaar in de andere. Ik hoorde haar knippen. Elke knip sneed door mijn hart, mijn hele lichaam deed pijn.

In een hoek van haar donkere kamer zat Emily bij het licht van de olielamp in de bijbel te lezen. Ik kon haar stem door de muren heen horen. Ik wist zeker dat ze het deel van Exodus las dat ze aan het ontbijt had willen voorlezen voordat mamma haar het zwijgen oplegde.

'... ook al het veldgewas sloeg de hagel neer en alle bomen op het veld deed hij afknappen...'

Ik huilde tot ik niet meer kon bij het geluid van de schaar.

Toen Louella klaar was, kroop ik in bed, rolde me op als een bal en verborg mijn gezicht in de deken. Ik wilde niet naar mezelf kijken, wilde niet dat iemand naar me keek, al was het nog zo kort. Louella probeerde me te troosten, maar ik schudde kreunend mijn hoofd.

'Ik wil alleen nog maar mijn ogen sluiten, Louella, en net doen of er niets gebeurd is.'

Ze ging weg en eindelijk, toen de gasten naar huis waren, kwam mamma me opzoeken.

'O, mamma!' riep ik. Ik ging overeind zitten en gooide de deken van me zodra ze de kamer binnenkwam. 'Kijk eens! Kijk eens wat ze heeft gedaan!'

'Wie, Louella? Maar ik dacht...'

'Nee, mamma, niet Louella.' Ik hijgde, slikte en wreef de tranen uit mijn ogen. 'Emily! Emily heeft het gedaan!'

'Emily?' Mamma glimlachte. 'Ik vrees dat ik je niet begrijp, schat. Hoe kan Emily...'

'Ze heeft Eugenia's rolstoel verborgen in de gereedschapsschuur. Ze heeft een stinkdier gevonden in een van Henry's valstrikken en hem onder een deken bewaard. Ze zei dat ik naar de schuur moest gaan. Ze zei dat Henry de stoel daar had neergezet, mamma. Toen ik naar binnenging, gooide ze me het stinkdier achterna en sloot me op. Ze zette de deur klem met een stok. Ze is een monster!'

'Emily? O, nee, ik kan niet geloven...'

'Het is waar, mamma, ze heeft het echt gedaan,' hield ik vol. Ik sloeg met mijn vuisten op mijn benen. Ik sloeg zo hard dat mamma ervan schrok. Ze haalde diep adem, drukte haar hand tegen haar borst en schudde haar hoofd.

'Waarom zou Emily zoiets doen?'

'Omdat ze een loeder is! En ze is jaloers omdat ze geen vriendinnen heeft. En ze zou willen...' Ik zweeg voordat ik te veel zou zeggen.

Mamma staarde me even aan en glimlachte toen.

'Het moet een misverstand zijn, een tragische combinatie van verschillende dingen,' concludeerde mamma. 'Mijn kinderen doen elkaar zoiets niet aan, vooral Emily niet. Ze is zo vroom, ze brengt zelfs de dominee aan het twijfelen over zijn eigen daden,' ging mamma glimlachend verder. 'Dat zegt iedereen.'

'O, ze denkt vast wel dat ze goed handelt als ze mij pijn en verdriet doet. Ze denkt dat ze gelijk heeft. Vraag het haar maar! Toe dan!' schreeuwde ik.

'Kom, Lillian, je moet niet zo gillen. Als de kapitein thuiskomt en je hoort...'

'Kijk dan naar me! Kijk naar mijn haar!' Ik trok aan de ruw geknipte pieken tot het pijn deed.

Mamma's gezicht verzachtte.

'Het spijt me van je haar, lieverd. Heus waar. Maar,' ging ze glimlachend verder, 'je krijgt een mooie bonnet van me en ik zal je een paar van mijn zijden sjaals geven en...'

'Mamma, ik kan niet de hele dag met een sjaal om mijn hoofd lopen, zeker niet op school. Dat vindt de juffrouw niet goed en –'

'Natuurlijk kun je dat wel, lieve. Juffrouw Walker zal het heus wel begrijpen.' Ze glimlachte weer en snoof even. 'Ik ruik niets meer. Louella heeft het goed gedaan. Je zou nooit vermoeden dat er iets ergs is gebeurd.'

'O, nee?' Ik drukte mijn palmen tegen mijn korte haar. 'Hoe kunt u dat zeggen? Kijk eens naar me. Herinnert u zich nog hoe mooi mijn haar was, hoe graag u het altijd voor me borstelde?'

'Het ergste is voorbij, lieverd,' antwoordde mamma. 'Ik zal ervoor zorgen dat je mijn sjaals krijgt. Probeer nu wat te slapen, kind,' zei ze. Ze draaide zich om en wilde weggaan.

'Mamma! U praat er toch zeker over met Emily? U vertelt toch wel aan papa wat ze gedaan heeft?' vroeg ik huilend. Begreep ze dan niet hoe verschrikkelijk dit was? Als het haar eens was gebeurd? Zij was net zo trots op haar haar als ik op het mijne was geweest. Ze bracht uren door met het te borstelen, en ze had mij verteld hoe ik het moest verzorgen. Haar haar leek op gesponnen goud en dat van mij leek nu op de stengels van afgeknipte bloemen, onregelmatige, korte pieken.

'O, waarom zou je het nog erger maken dan het al is, Lillian? Het is gebeurd. Gedane zaken nemen geen keer. Ik weet zeker dat het een van die vervelende ongelukjes was. Het is nu voorbij.'

'Het was geen ongelukje! Emily heeft het met opzet gedaan! Ik haat haar, mamma. Ik haat haar!' Mijn gezicht gloeide van kwaadheid. Mamma staarde me aan en schudde toen haar hoofd.

'Natuurlijk haat je haar niet. Niemand mag een ander haten in dit huis. Dat zou de kapitein niet dulden,' zei mamma, op een toon of ze een roman schreef en de lelijke en droevige dingen gewoon kon herschrijven of wegstrepen. 'Ik zal je vertellen over mijn party.'

Ik boog verslagen mijn hoofd terwijl mamma, alsof er niets aan de hand was, er niets bijzonders gebeurd was, alle verhalen begon te vertellen die zij en haar gasten die middag hadden uitgewisseld. Haar woorden gingen het ene oor in en het andere uit, maar ze scheen het niet te merken of zich erom te bekommeren. Ik liet mijn gezicht op het kussen vallen en trok de deken over me heen. Mamma's stem dreunde verder tot ze geen verhalen meer had en toen liet ze me alleen om een paar sjaals te gaan zoeken.

Ik haalde diep adem en draaide me om in bed. Ik vroeg me af of mamma meer sympathie zou hebben getoond en zich kwader zou hebben gemaakt over het gebeurde als ze mijn echte moeder was geweest. Plotseling voelde ik me voor het eerst een echt weeskind. Ik voelde me nog ellendiger dan die eerste keer toen ik de waarheid had gehoord. Mijn lichaam schokte van het snikken tot ik te moe was om te huilen. Toen dacht ik aan die arme Eugenia, die natuurlijk slechts stukjes en beetjes van het verhaal had gehoord van Louella en Tottie. Als een slaapwandelaarster stond ik op en trok mijn badjas aan. Ik bewoog me als een robot. Ik vermeed het naar mezelf te kijken als ik langs een spiegel kwam. Ik stak mijn voeten in kleine, met linten dichtgebonden slippers, en liep langzaam naar de kamer van Eugenia.

Zodra ik binnen kwam en ze me zag, begon ze te huilen. Ik holde naar haar toe en ze sloeg haar armen om me heen, armen zo broos als van een vogeltje. Ik huilde even uit op haar smalle schouder, voordat ik me van haar losmaakte en haar alle verschrikkelijke details vertelde. Ze luisterde hoofdschuddend en met wijd opengesperde ogen. Ze moest het wel geloven als ze naar mijn kort afgeknipte haar keek.

'Ik ga niet naar school,' zwoer ik. 'Ik ga nergens heen voor mijn haar weer is aangegroeid.'

'O, maar Lillian, dat kan nog zo lang duren. Dan kom je veel te veel achter op school.'

'Ik sterf duizend doden als de andere kinderen naar me kijken, Eugenia.' Ik sloeg mijn ogen neer. 'Vooral Niles.'

'Doe wat mamma zegt. Draag sjaals en een bonnet.'

'Ze zullen me uitlachen. Daar zal Emily wel voor zorgen,' antwoordde ik. Eugenia's gezicht betrok. Ze leek haast te verschrompelen. Ik voelde me ellendig omdat ik niet in staat was haar op te vrolijken. Geen lach, geen grapje, geen afleiding kon mijn verdriet verdrijven of me doen vergeten wat er met me gebeurd was.

Er werd op de deur geklopt en toen we ons omdraaiden zagen we Henry.

'Hallo, juffrouw Lillian, juffrouw Eugenia. Ik kom alleen even zeggen... nou ja, ik kom zeggen dat de rolstoel een paar dagen gelucht zal moeten worden, juffrouw Eugenia. Ik heb hem zo goed mogelijk schoongemaakt en ik zal hem terugbrengen zodra de stank verdwenen is.'

'Dank je, Henry,' zei Eugenia.

'Ik mag een boon zijn als ik snap hoe dat ding in de schuur terecht is gekomen,' zei Henry.

'We weten wel hoe, Henry.' Ik vertelde het hem. Hij knikte. 'Ik heb een van mijn konijnevallen in de buurt van de schuur gevonden,' zei hij. Hij schudde zijn hoofd. 'Gemeen om zoiets te doen. Heel gemeen,' mompelde hij, en ging weg.

'Waar ga je naartoe?' vroeg Eugenia toen ik vermoeid en lusteloos opstond.

'Naar boven. Slapen. Ik ben uitgeput.'

'Kom je na het eten terug?'

'Ik zal het proberen,' zei ik. Ik had een hekel aan mezelf, omdat ik zo vol zelfmedelijden was, en dat waar Eugenia bij was, die heel wat meer reden had om medelijden met zichzelf te hebben. Maar mijn haar was zo mooi geweest. Zo lang en zacht en mooi van kleur dat ik me ouder en vrouwelijker had gevoeld. Ik wist dat de jongens naar me keken. Nu zou niemand meer naar me kijken, behalve om die gek uit te lachen die zich liet besproeien door een stinkdier.

Laat in de middag kwam Tottie langs om te vertellen dat Niles had aangebeld om te informeren naar Eugenia en mij.

'O, Tottie, heb je hem verteld wat er gebeurd is? Nee toch, hè?' riep ik uit.

Tottie haalde haar schouders op. 'Ik wist niet wat ik anders moest zeggen, juffrouw Lillian.'

'Wat heb je gezegd? Wat heb je hem verteld?' vroeg ik snel.

'Dat u in de schuur bent besproeid door een stinkdier en uw haar moest worden afgeknipt.'

'O, nee!'

'Hij is nog beneden,' zei Tottie. 'Mevrouw Booth praat met hem.'

'O, nee,' kreunde ik weer, en liet me languit op bed vallen. Ik voelde me zo verlegen dat ik dacht dat ik hem nooit meer onder ogen zou durven komen.

'Mevrouw Booth zegt dat u beneden moet komen om uw bezoeker te begroeten.'

'Naar beneden komen? Ik denk er niet aan! Ik kom mijn kamer niet uit.

Ik doe het niet, en zeg maar tegen mevrouw Booth dat het Emily's schuld is.'

Tottie ging weg en ik trok de deken weer over me heen. Mamma kwam niet boven om naar me te kijken. Ze zocht haar heil bij haar boeken en haar muziek. De middag ging voorbij en het werd avond. Ik hoorde papa thuiskomen; zijn zware voetstappen dreunden door de gang. Toen hij bij de deur van mijn kamer kwam, hield ik mijn adem in. Ik verwachtte dat hij binnen zou komen om te zien wat ze met me hadden gedaan en me te vragen wat er gebeurd was, maar hij liep voorbij. Of mamma had het hem niet verteld, of ze had net gedaan of het onbelangrijk was, dacht ik terneergeslagen. Later hoorde ik hem voorbijkomen toen hij naar beneden ging om te eten, en weer liep hij door. Tottie werd naar boven gestuurd om me te vertellen dat het eten klaar was, maar ik zei dat ik geen honger had. Nog geen vijf minuten later kwam ze terug, hijgend en puffend van het snelle klimmen, om te zeggen dat papa erop stond dat ik aan tafel kwam.

'De kapitein zegt dat het hem niet interesseert of u eet of niet, maar u moet op uw plaats zitten,' zei Tottie. 'Hij kijkt zo kwaad of hij alle varkens in één klap zou willen slachten,' ging ze verder. 'Ik zou maar beneden komen als ik u was, juffrouw Lillian.'

Onwillig stond ik op. Versuft staarde ik naar mezelf in de spiegel. Ik schudde mijn hoofd, in een poging te ontkennen wat ik zag, maar het beeld wilde niet verdwijnen. Bijna was ik weer in tranen uitgebarsten. Louella had haar uiterste best gedaan natuurlijk, maar ze had mijn haar alleen maar zo kort mogelijk willen knippen. Sommige pieken waren langer dan andere, en mijn haar hing onregelmatig en piekerig rond mijn oren. Ik bond een van mamma's sjaals om mijn hoofd en ging naar beneden.

Emily keek naar me met een sarcastisch glimlachje toen ik ging zitten. Maar toen kreeg ze weer haar gebruikelijke afkeurende blik. Ze zat kaarsrecht, met over elkaar geslagen armen. De bijbel lag geopend voor haar. Ik keek haar vol haat aan, maar het enige resultaat was dat er een zelfvoldane uitdrukking in haar bolle grijze ogen kwam.

Mamma glimlachte. Papa nam me scherp op. Zijn snor bewoog.

'Doe die sjaal af aan tafel,' beval hij.

'Maar, papa,' jammerde ik, 'ik zie er vreselijk uit.'

'IJdelheid is zonde,' zei hij. 'Toen de duivel Eva in het paradijs wilde verleiden, zei hij dat ze zo mooi was als God. Doe af dat ding.' Ik aarzelde, in de hoop dat mamma me te hulp zou komen, maar ze bleef stil zitten, en keek pijnlijk getroffen voor zich uit. 'Doe af, zei ik!' beval papa.

Ik deed het, met neergeslagen ogen. Toen ik opkeek, zag ik Emily's vergenoegde blik.

'Volgende keer let je beter op waar je gaat en wat er om je heen gebeurt,' zei papa.

'Maar, papa...'

Hij stak zijn hand op voor ik verder iets kon zeggen.

'Ik wil verder niets meer over dit incident horen. Ik heb al genoeg gehoord van je moeder. Emily...'

Emily glimlachte, voor zover haar dat mogelijk was, en staarde naar de bijbel.

'De Here is mijn herder,' begon ze. Ik luisterde niet. Ik bleef zitten, met een hart zo koud als steen. De tranen stroomden langs mijn wangen en drupten langs mijn kin, maar ik veegde ze niet weg. Als papa het al zag, trok hij er zich toch niets van aan. Zodra Emily was uitgelezen, begon hij te eten. Mamma vertelde de nieuwtjes die ze tijdens haar lunch had gehoord. Papa leek te luisteren, knikte nu en dan, en lachte op een gegeven moment zelfs. Het leek of wat er met mij gebeurd was, een stokoude geschiedenis was, die ik alleen in mijn herinnering opnieuw beleefde – als enige. Ik probeerde iets te eten, om papa niet kwaad te maken, maar het eten bleef in mijn keel steken, en op een gegeven moment stikte ik bijna en moest ik een glas water drinken.

Eindelijk kwam er een eind aan het diner, en, zoals beloofd, ging ik naar Eugenia's kamer. Ze sliep. Een tijdlang bleef ik naast haar bed zitten en staarde naar haar terwijl ze moeizaam ademhaalde. Eén keer kreunde ze, maar ze deed haar ogen niet open. Ten slotte liet ik haar alleen en ging naar mijn kamer, uitgeput door een van de verschrikkelijkste dagen van mijn leven.

Toen ik mijn kamer binnenkwam, liep ik naar het raam en staarde naar de gazons, maar het was pikdonker. De lucht was bewolkt. In de verte zag ik het bliksemen, en toen vielen de eerste druppels. Ze spatten als dikke tranen tegen het raam. Ik ging op bed liggen. Kort nadat ik mijn lamp had uitgedraaid, hoorde ik mijn deur opengaan. Ik keek op.

Emily stond in de schaduw.

'Bid om vergeving,' zei ze.

'Wat?' Ik ging snel rechtop zitten. 'Jij wilt dat ik om vergeving bid na wat jij hebt gedaan? Je bent een vreselijk mens! Waarom heb je het gedaan? Waarom?'

'Ik heb niets gedaan. God heeft je gestraft voor je zonden. Denk je dat er iets kan gebeuren als God niet wil dat het gebeurt? Ik heb je al gezegd, je bent een levende vervloeking, een rotte appel die alle andere appels kan aansteken. Zolang je geen berouw toont, zul je lijden, en jij zult beslist nooit berouw hebben.'

'Ik ben niet zondig en rot! Dat ben jij!'

Ze deed mijn deur dicht, maar ik bleef gillen.

'Dat ben jij! Dat ben jij!'

Ik verborg mijn gezicht in mijn handen en snikte tot ik geen tranen meer had. Toen liet ik me op mijn kussen vallen. Ik lag in het donker en voelde me op een vreemde manier buiten mezelf staan. Steeds weer hoorde ik

Emily's scherpe, snijdende stem. 'Je bent slecht geboren, je bent door en door slecht, een vervloeking.' Ik probeerde haar buiten te sluiten, maar haar stem galmde door mijn gedachten, haar woorden drongen diep in mijn ziel.

Had ze gelijk? Waarom stond God haar toe me zo'n verdriet te doen? vroeg ik me af. Ze kan geen gelijk hebben. Waarom zou God willen dat iemand die zo goed en liefdevol was als Eugenia zo leed? Nee, hier was de duivel aan het werk, niet God.

Maar waarom stond God toe dat de duivel het deed?

We worden allemaal beproefd, dacht ik. Diep in mijn hart, begraven onder schijn en illusie, lag het besef dat de grootste beproeving nog moest komen. Die was altijd aanwezig, en hing als een donkere wolk boven The Meadows, onverschillig voor wind of gebeden, wachtend tot de tijd gekomen was.

En toen liet de wolk een regen van droefheid op ons neerdalen. De druppels waren zo koud dat ze mijn hart voor eeuwig en altijd zouden verkillen.

7 HET NOODLOT SLAAT TOE

De volgende dag werd ik wakker met verschrikkelijke buikkrampen. Bij al het andere kreeg ik ook nog eens een hevige ongesteldheid. Ik had zo'n pijn deze keer, dat de tranen over mijn wangen rolden. Mamma hoorde me en kwam kijken. Ze was net op weg om te gaan ontbijten, en toen ik haar vertelde wat er aan de hand was, werd ze zenuwachtig. Zoals gewoonlijk stuurde ze Louella naar boven om voor me te zorgen. Louella deed haar best me te helpen met aankleden en me gereed te maken om naar school te gaan, maar ik had te hevige krampen om te kunnen lopen. Ik bleef de hele dag en het grootste deel van de volgende dag in bed.

Vlak voordat ze de volgende ochtend naar school ging, verscheen Emily op de drempel van mijn kamer om me te vertellen dat ik bij mezelf het antwoord moest zoeken waarom mijn maandelijkse periode zo pijnlijk was. Ik deed net of ik haar niet hoorde of zag. Ik keek niet naar haar en gaf geen antwoord, en ze ging weg. Ik vroeg me af waarom zij nooit last had van haar ongesteldheid. Het leek haast of ze die nooit had.

Ondanks de pijn beschouwde ik mijn ongesteldheid in zeker opzicht toch als een zegen, want nu hoefde ik me niet aan de wereld te vertonen met afgeknipt haar. Telkens als ik erover dacht om me aan te kleden en naar buiten te gaan, kreeg ik weer krampen. Het dragen van een bonnet of een sjaal zou slechts uitstel van executie zijn – het onvermijdelijke van de geschokte en verbaasde gezichten van de meisjes en de grijnzende en lachende gezichten van de jongens.

Maar vroeg op de avond van de tweede dag stuurde mamma Louella naar boven om me te halen voor het eten, voornamelijk omdat papa woedend was.

'De kapitein zegt dat je meteen beneden moet komen, lieverd. Hij wacht met eten op je. Ik denk dat hij zelf naar boven komt om je te halen als je niet meegaat,' zei Louella. 'Hij raast en tiert dat hij al één invalide kind in huis heeft, en twee hem te veel is.'

Louella haalde een van mijn jurken uit de kast en liet me opstaan. Toen ik naar beneden ging, zag ik dat mamma gehuild had. Papa's gezicht was vuurrood en hij trok aan de punten van zijn snor, iets dat hij altijd deed als hij zich ergerde.

'Zo is het beter,' zei hij, toen ik ging zitten. 'Laten we beginnen.'

Toen Emily klaar was met lezen, waar deze keer geen eind aan leek te komen, aten we zwijgend. Mamma was kennelijk niet in de stemming om te babbelen over haar vriendinnen. De enige geluiden kwamen van papa die op zijn vlees kauwde, en het geklik van bestek en porselein. Plotseling hield papa op met kauwen en keek naar mij, alsof hij zich zojuist iets had herinnerd. Hij wees naar me met zijn lange wijsvinger en zei: 'Zorg ervoor dat je morgen opstaat en naar school gaat, Lillian. Begrepen? Ik wil niet dat er nòg een kind in huis op haar wenken bediend wordt. Vooral niet een kind dat gezond en sterk is en niets anders heeft dan het maandelijkse vrouwenprobleem. Hoor je me?'

Ik slikte, wilde iets zeggen, stotterde, probeerde mijn ogen af te wenden en knikte ten slotte alleen maar en antwoordde tam: 'Ja, papa.'

'Er wordt al genoeg over dit gezin gepraat. Eén dochter ziek vanaf de eerste dag...' Hij keek naar mamma. 'Als we een zoon hadden...'

Mamma begon te snuffen.

'Hou daarmee op aan tafel,' snauwde papa. Hij begon te eten, maar ratelde toen verder. 'Elk behoorlijk zuidelijk gezin heeft een zoon om de naam en het erfgoed voort te zetten. Allemaal, behalve de Booths. Als ik sterf, sterft de naam van mijn familie ook, met alles waar die voor staat,' klaagde hij. 'Altijd als ik mijn kantoor binnenkom en naar mijn grootvader kijk, schaam ik me.'

De tranen sprongen mamma in de ogen, maar ze wist ze terug te dringen. Op dat ogenblik had ik meer medelijden met haar dan met mijzelf. Het was niet haar schuld dat ze alleen maar dochters had. Ik had genoeg over de menselijke voortplanting gelezen en geleerd om te weten dat papa ook een deel van de schuld droeg. Maar wat nog meer verdriet deed, was het idee dat meisjes niet goed genoeg waren. We waren tweederangs kinderen, troostprijzen.

'Ik ben bereid het nog eens te proberen, Jed,' kreunde mamma. Ik sperde verbaasd mijn ogen open. Zelfs Emily keek nieuwsgierig. Mamma nog een baby, op haar leeftijd? Papa bromde alleen maar iets en at door.

Na het eten ging ik naar Eugenia. Ik moest haar vertellen wat papa en wat mamma gezegd had, maar in de gang kwam ik Louella tegen met Eugenia's diner. Ze had er geen hap van gegeten.

'Ze viel in slaap terwijl ze probeerde te eten,' zei Louella hoofdschuddend. 'Arm kind.'

Haastig liep ik naar Eugenia's kamer en zag dat ze in een diepe slaap lag. Haar ogen waren gesloten, haar borst ging piepend en hijgend op en neer. Ze zag er zo bleek en mager uit dat ik schrok. Ik wachtte naast haar bed, in de hoop dat ze wakker zou worden, maar ze bewoog zich niet. Haar oogleden trilden zelfs niet, en ik ging droevig terug naar mijn kamer.

Die avond probeerde ik verschillende dingen om mijn haar te fatsoeneren. Ik stak er speldjes in. Ik bond er een zijden strik in. Ik borstelde het opzij en naar achteren, maar niets hielp. De uiteinden piekten omhoog. Het zag er vreselijk uit. Ik zag er als een berg tegenop om naar school te gaan, maar toen ik 's ochtends het gedreun van papa's laarzen in de gang hoorde, sprong ik uit bed en kleedde me aan. Emily was een en al glimlach. Ik had haar nog nooit zo tevreden zien kijken. We gingen samen op weg, maar ik liet haar voorgaan, en toen we de Thompson-tweeling en Niles tegenkwamen, liepen zij en de tweeling zeker tien meter voor mij en Niles uit.

Hij lachte naar me toen hij me zag. Ik voelde me zo zwak, dat een stevige wind me weg zou kunnen blazen. Ik hield de rand van mijn bonnet vast en sjokte over de weg, zijn blik vermijdend.

'Goeiemorgen,' zei hij. 'Ik ben blij dat je vandaag komt. Ik heb je gemist. Het spijt me wat er gebeurd is.'

'O, Niles, het was vreselijk, echt ontzettend. Papa heeft me gedwongen naar school te gaan, anders zou ik tot Kerstmis onder de dekens zijn gekropen,' zei ik.

'Dat mag je niet. Het komt allemaal in orde, dat zul je zien,' verzekerde hij me.

'O, nee,' hield ik vol. 'Ik zie er vreselijk uit. Wacht maar tot je me ziet als ik mijn bonnet afzet. Je zult niet naar me kunnen kijken zonder te lachen,' zei ik.

'Lillian, jij kunt er in mijn ogen nooit vreselijk uitzien,' antwoordde hij, 'en ik zou je nooit uitlachen.' Hij wendde snel zijn ogen af en zijn hals en gezicht werden vuurrood na die bekentenis. Zijn woorden waren hartverwarmend en gaven me de kracht om door te gaan. Maar zijn woorden konden de vernedering niet uitwissen die me wachtte op het schoolplein.

Emily had haar werk goed gedaan. Ze had iedereen verteld wat er gebeurd was. Natuurlijk had ze haar eigen rol erbuiten gelaten. Ze deed het voorkomen of ik stom genoeg was geweest tegen een stinkdier op te lopen.

De jongens stonden in een groepje op me te wachten. Ze begonnen al zodra ik op het schoolplein kwam.

Aangevoerd door Robert Martin begonnen ze te zingen: 'Daar komt Stinky.' Toen knepen ze hun neuzen dicht en maakten een grimas of de stank nog steeds in mijn kleren en lichaam zat. Toen ik naar voren liep begonnen ze te gillen en te wijzen. De meisjes lachten mee. Emily stond aan de kant en keek tevreden toe. Ik boog mijn hoofd en liep naar de voordeur, toen Robert Martin plotseling naar voren sprong en de rand van mijn hoed greep. Hij rukte hem af en liet me met ontbloot hoofd staan.

'Moet je dat zien. Ze is kaal!' schreeuwde Samuel Dobbs. Het schoolplein weergalmde van een hysterisch gelach. Zelfs Emily glimlachte, zonder me te hulp te komen. De tranen rolden over mijn wangen toen de jongens bleven zingen: 'Stinky, Stinky Stinky', afgewisseld met 'Kale, Kale, Kale'.

'Geef die bonnet terug,' zei Niles tegen Robert. Robert lachte uitdagend en wees toen naar hem.

'Jij gaat met haar, jij stinkt ook,' jubelde hij, en de jongens wezen naar Niles en lachten hem uit.

Zonder te aarzelen schoot Niles naar voren en tackelde Robert. Een seconde later rolden ze samen over het grind van de oprit. Ze schopten een wolk van stof op, terwijl de jongens schreeuwden en hen aanmoedigden. Robert was groter dan Niles, sterker en langer, maar Niles was zo woedend dat hij erin slaagde Robert van zich af te gooien en toen bovenop hem te gaan zitten. Tussen de bedrijven door werd mijn hoed lelijk geplet.

Eindelijk hoorde juffrouw Walker het lawaai en kwam naar buiten gestormd. Er waren maar één gil en een bevel voor nodig om de twee te scheiden. Alle andere kinderen gingen gehoorzaam achteruit. Ze stond met haar handen op haar heupen, maar zodra Niles en Robert uit elkaar waren, greep ze hen bij hun haren en sleurde hen naar binnen. Er klonk wat onderdrukt gelach, maar niemand durfde juffrouw Walkers woede te riskeren. Billy Simpson raapte mijn hoed op. Ik bedankte hem, maar ik kon de hoed niet meer opzetten. Hij zat onder het stof en de rand was gebroken. Het kon me trouwens toch niet meer schelen of mijn hoofd onbedekt was; ik liep met de andere kinderen mee naar binnen en ging zitten.

Robert en Niles werden gestraft; ze moesten in de hoek blijven zitten, zelfs tijdens de lunchpauze, en ze moesten een uur schoolblijven. Het deed er niet toe wiens schuld het was, verklaarde juffrouw Walker. Vechten was verboden en iedereen die daarop betrapt werd, kreeg straf. Toen ik naar Niles keek, bedankte ik hem met mijn ogen. Over zijn gezicht liep een krab van de kin tot bovenaan zijn linkerwang, en op zijn voorhoofd zat een blauwe plek, maar hij beantwoordde mijn blik met een stralende glimlach.

Juffrouw Walker vroeg me of ik ook wilde blijven na schooltijd om het werk in te halen dat ik gemist had. Terwijl Niles en Robert stilletjes achterin de klas zaten met de handen gevouwen op de lessenaar, kaarsrecht en met opgeheven hoofd, zat ik met juffrouw Walker voorin de klas te werken. Ze probeerde me op te vrolijken door me te vertellen dat mijn haar gauw genoeg weer zou zijn aangegroeid en dat kort haar in sommige plaatsen in de mode was. Vlak voordat we klaar waren, mochten Niles en Robert naar huis, maar niet voordat ze hun een flinke uitbrander had gegeven. Als ze een van hen nog eens betrapte op vechten of hoorde dat ze gevochten hadden, zou ze hun ouders vragen naar school te komen, waarschuwde ze hen. Het was duidelijk aan Roberts gezicht te zien dat hij daar doodsbenauwd voor was. Zodra hij naar huis mocht, holde hij de school uit en rende weg. Niles wachtte onderaan de heuvel op me. Emily was al weg.

'Dat had je niet moeten doen, Niles,' zei ik. 'Je hebt jezelf voor niets in moeilijkheden gebracht.'

'Niet voor niets. Robert is een... een ezel. Het spijt me dat je bonnet kapot is,' zei Niles. Ik droeg hem bovenop mijn boeken.

'Mamma zal het wel erg vinden, denk ik. Het was een van haar lievelingshoeden, maar ik denk niet dat ik nog zal proberen mijn haar te bedekken. Bovendien zegt Louella dat ik het aan de lucht moet blootstellen, want dat het dan harder groeit.'

'Dat klinkt logisch,' zei Niles. 'En ik heb nog een idee,' ging hij verder, met een tinteling in zijn ogen.

'Wat dan?' vroeg ik snel. Hij antwoordde met een grijns. 'Niles Thompson, je vertelt me onmiddellijk wat het is, anders...'

Hij lachte, boog zich naar me toe en fluisterde in mijn oor: 'De magische vijver.'

'Wat? Hoe kan dat nou helpen?'

'Kom maar mee,' zei hij, en pakte mijn hand. Ik had nog nooit hand in hand met een jongen over de openbare weg gelopen. Hij greep mijn hand stevig vast en liep zo snel hij kon. Ik moest bijna hollen om hem bij te kunnen houden. Toen we bij het pad kwamen, renden we net als de eerste keer door het gras, en waren in een oogwenk bij de vijver.

'Allereerst,' zei Niles, terwijl hij aan de rand van het water knielde, zijn handen in het water doopte en weer opstond, 'sprenkelen we het magische water over je haar. Sluit je ogen en doe een wens terwijl ik dat doe,' zei hij. De middagzon scheen door de bomen en deed zijn dikke, donkere haar glanzen. Er lag een tedere blik in zijn ogen toen hij me aankeek. Ik had het gevoel dat we in een mystieke en fantastische omgeving stonden.

'Toe dan, doe je ogen dicht,' drong hij aan. Ik gehoorzaamde glimlachend. Ik had in dagen niet geglimlacht. Ik voelde de druppels door mijn korte haren vallen en mijn schedel raken en toen, heel onverwacht, voelde ik Niles' lippen op de mijne. Ik deed verrast mijn ogen open.

'Dat is een van de regels,' zei hij snel. 'Degene die het water over je heenstort, moet de wens met een kus bezegelen.'

'Niles Thompson, dat verzin je op ditzelfde moment.'

Hij haalde glimlachend zijn schouders op.

'Ik kon er niets aan doen,' bekende hij.

'Je wilde me zoenen, zelfs nu ik er zo uitzie?'

'O, ja. En ik wil je nog een keer zoenen,' bekende hij.

Mijn hart bonsde van geluk. Ik haalde diep adem, en zei: 'Doe het dan.' Was het slecht van me om me nog een keer door hem te laten zoenen? Betekende het dat Emily gelijk had... dat ik zondig was? Het kon me niet schelen. En ik kon ook niet geloven dat ze gelijk had. Niles' lippen op de mijne te voelen was te mooi en zuiver om slecht te kunnen zijn. Ik deed mijn ogen dicht, maar voelde dat hij dichterbij kwam, centimeter voor centimeter. Ik kon hem in al mijn poriën voelen. Mijn huid leek voorzien van een miljard antennes, elke bijna onzichtbare haar trilde.

Hij sloeg zijn armen om me heen en we kusten elkaar inniger en langer dan tevoren. Hij liet me niet los. Toen hij niet langer mijn lippen zoende, zoende hij me op mijn wang en toen weer op mijn lippen, en toen legde hij zijn lippen in mijn hals en ik kreunde zachtjes.

Mijn hele lichaam tintelde van verrukking – op plaatsen waar ik nooit eerder een tinteling had gevoeld. Een golf van warmte ging door me heen, en ik leunde naar voren om zijn lippen weer te voelen.

'Lillian,' fluisterde hij. 'Ik was zo in de war toen jij en Eugenia niet kwamen en ik hoorde wat er gebeurd was. Ik wist hoe ellendig jij je voelde, en ik had zo'n medelijden met je. En toen je niet op school kwam, was ik van plan weer naar je huis te gaan en te proberen je te spreken te krijgen. Ik dacht er zelfs over om 's avonds op het dak te klimmen naar het raam van je slaapkamer.'

'Niles, dat zou je toch niet gedaan hebben? Nee toch?' vroeg ik, tegelijk bang en opgewonden door die mogelijkheid. 'Als ik eens uitgekleed was of in mijn nachthemd?'

'Nog één dag zonder jou en ik had het misschien gedaan,' zei hij dapper.

'Ik dacht dat je me zo lelijk zou vinden dat je niets meer met me te maken wilde hebben. Ik was bang dat –'

Hij legde zijn vinger op mijn lippen.

'Zeg niet zulke malle dingen.' Hij nam zijn vinger weg en verving die door zijn lippen. Toen hij me weer kuste, voelde ik me slap worden in zijn armen. Mijn benen trilden en langzaam zonken we neer op het gras. Daar verkenden we elkaars gezicht met onze vingers, onze lippen, onze ogen.

'Emily zegt dat ik slecht ben, Niles. Misschien ben ik dat wel,' waarschuwde ik hem. Hij begon te lachen. 'Nee, heus. Ze zegt dat ik een Jona ben en de mensen om me heen ongeluk en droefheid breng, de mensen die... van me houden.'

'Mij breng je alleen maar geluk,' zei hij. 'Emily is de Jona. De Strijkplank,' voegde hij eraan toe, en we lachten. De zinspeling op Emily's platte borsten vestigde zijn aandacht op de mijne. Ik zag dat zijn ogen strak op mijn boezem gericht waren, en als ik mijn ogen dichtdeed, zag ik zijn handen op mijn borsten. Zijn rechterhand rustte op mijn zij. Langzaam liet ik mijn hand zakken tot ik zijn pols omklemde en bracht zijn hand omhoog tot zijn vingers mijn borst beroerden. Eerst verzette hij zich. Ik hoorde dat hij diep ademhaalde, maar ik kon niet ophouden. Ik drukte zijn palm tegen mijn borst en legde mijn lippen op de zijne. Zijn vingers bewogen zich tot ze bleven rusten op de tepel. Ik kreunde van genot. We bleven elkaar kussen en liefkozen. De hitte en hartstocht verspreidden zich in mijn lichaam. Het maakte me bang. Ik wilde meer doen, ik wilde dat Niles me overal aanraakte, maar op de achtergrond kon ik de stem van Emily horen: 'Zondig, zondig, zondig.' Eindelijk maakte ik me van hem los.

'Ik moet naar huis,' zei ik. 'Emily weet natuurlijk hoe laat ik uit school kwam en hoe lang ik erover doe om naar huis te gaan.'

'Natuurlijk,' zei Niles, al keek hij teleurgesteld. We stonden allebei op en borstelden onze kleren af. Toen liepen we zonder iets te zeggen haastig over het pad terug naar de grote weg. Bij de afslag van zijn huis bleven we even staan en keken de weg af. Er was niemand te zien, dus waagden we een snelle afscheidskus, een kort en luchtig zoentje. Maar de hele weg naar huis voelde ik zijn lippen op de mijne, en het gevoel verdween pas toen ik het rijtuig van dokter Cory voor de deur zag staan. Mijn hart zonk in mijn schoenen.

Eugenia, dacht ik. O, nee, er is iets met Eugenia. Ik holde naar de deur. Ik haatte mijzelf omdat ik me zo gelukkig had gevoeld terwijl de arme Eugenia een wanhopige strijd voerde om haar leven.

Ik stormde naar binnen en bleef hijgend in de hal staan. Ik was zo in paniek dat ik me niet kon bewegen. Ik kon de gedempte stemmen horen in Eugenia's kamer. De stemmen werden luider, tot dokter Cory verscheen met papa naast hem en mamma met een betraand gezicht en een zakdoek in haar hand geklemd achter hem. Eén blik op dokter Cory was voldoende om te weten dat het deze keer ernstiger was dan ooit.

'Wat is er met Eugenia?' riep ik. Mamma begon nog harder te huilen. Papa zag vuurrood van gêne en woede.

'Hou op, Georgia. Je schiet er niets mee op en je maakt het allemaal erger voor de anderen.'

'Je moet jezelf niet ook nog ziek maken, Georgia,' zei dokter Cory zachtjes. Mamma's hevige huilbui verminderde tot een zacht gesteun. Toen keek ze naar mij en schudde haar hoofd.

'Eugenia gaat dood,' snikte ze. 'Het is niet eerlijk, maar bij al het andere heeft ze nu ook nog pokken gekregen.'

'Pokken!'

'Haar lichaam is zo verzwakt, dat ze weinig kans maakt,' zei dokter Cory. 'Het overviel haar sneller dan bij een normaal gezond mens het geval zou

zijn geweest en ze heeft niet veel kracht over om ertegen te vechten,' zei hij.
'Ze is ongeveer even ver heen als iemand die het al een week heeft.'

Ik begon te huilen. Mijn lichaam schokte zo hevig dat mijn borst pijn deed.
Mamma en ik omhelsden elkaar en verborgen onze tranen tegen elkaars
schouder.

'Ze ligt... nu in... een coma,' zei mamma tussen haar snikken door.
'Dokter Cory zegt dat het een kwestie van uren is en de kapitein wil dat ze
hier sterft, zoals alle Booths.'

'*Nee!*' gilde ik en rukte me los. Ik holde de gang door naar Eugenia's
kamer, waar Louella naast haar bed zat.

'O, Lillian, lieverd,' zei ze, terwijl ze opstond. 'Je moet hier niet komen.
Het is besmettelijk.'

'Dat kan me niet schelen,' riep ik, en ging naar Eugenia toe.

Haar borst ging hijgend op en neer; ze snakte naar adem. Ze had
donkere kringen onder haar gesloten ogen en haar lippen zagen blauw.
Haar huid had al de bleke kleur van een lijk, de zweren staken er scherp
en lelijk tegen af. Ik ging op mijn knieën naast haar liggen en drukte de
achterkant van haar smalle hand tegen mijn lippen, de lippen die zo kort
geleden nog door Niles Thompson waren gekust. Mijn tranen vielen op
Eugenia's pols en hand.

'Ga alsjeblieft niet dood, Eugenia,' mompelde ik. 'Alsjeblieft, ga niet
dood.'

'Ze kan zelf nu niets meer doen,' zei Louella. 'Het is in Gods hand.'

Ik keek naar Louella en toen naar Eugenia, en de angst dat ik mijn
dierbare zusje Eugenia zou verliezen veranderde mijn hart in steen. Ik slikte.
De pijn in mijn borst was zo hevig dat ik dacht dat ik naast Eugenia's bed
zou flauwvallen.

Haar smalle borst ging op en neer, heviger deze keer, en er klonk een
vreemd gerochel in Eugenia's keel.

'Ik zal de dokter halen,' zei Louella, en holde weg.

'Eugenia,' zei ik, terwijl ik opstond en zoals zo vaak naast haar op het bed
ging zitten. 'Laat me alsjeblieft niet alleen. Vecht alsjeblieft. Alsjeblieft.' Ik
drukte haar hand tegen mijn gezicht en schommelde heen en weer op het bed.
Toen lachte ik.

'Ik moet je alles vertellen wat er vandaag met me op school gebeurd is,
en wat Niles Thompson heeft gedaan om me te verdedigen. Dat wil je toch
horen, hè? Ja toch, Eugenia? En raad eens?' fluisterde ik, me over haar
heenbuigend. 'Hij en ik zijn weer bij de magische vijver geweest. Echt waar.
En we hebben elkaar steeds weer gezoend. Je wilt er toch alles over horen,
hè, Eugenia? Ja?'

Haar borst ging omhoog. Ik hoorde papa en dokter Cory binnenkomen.
Haar borst zakte weer omlaag, en ze rochelde opnieuw, alleen viel deze keer
haar mond open. Dokter Cory legde zijn vingers tegen de zijkanten van haar

keel en opende haar oogleden. Ik keek naar hem terwijl hij zich omdraaide naar papa en zijn hoofd schudde.

'Het spijt me, Jed,' zei hij. 'Ze is weg.'

'NEEEE!' gilde ik. 'NEEEE!'

Dokter Cory sloot Eugenia's ogen.

Ik bleef schreeuwen. Louella had haar armen om me heen geslagen en tilde me van het bed, maar ik merkte het nauwelijks. Ik had het gevoel of ik wegzweefde met Eugenia, alsof ik lucht geworden was. Ik keek naar de deuropening of ik mamma zag, maar ze was er niet.

'Waar is mamma?' vroeg ik aan Louella. 'Waar is ze?'

'Ze kon niet terugkomen,' zei ze. 'Ze is naar boven, naar haar kamer.'

Ik schudde ongelovig mijn hoofd. Waarom wilde ze niet hier zijn tijdens Eugenia's laatste ogenblikken? Ik keek verbijsterd naar papa, die naar Eugenia's lichaam staarde. Zijn lippen trilden, maar hij huilde niet. Hij hief zijn schouders op en liet ze weer zakken. Toen draaide hij zich om en liep de kamer uit. Ik keek naar dokter Cory.

'Hoe kon dit zo snel gebeuren?' vroeg ik. 'Het is niet eerlijk.'

'Ze had vaak hoge koorts,' zei hij. 'Ze had vaak influenza. Dit heeft zich heel plotseling geopenbaard. Ze heeft nooit een sterk hart gehad en al die ziekten van haar hebben hun tol geëist.' Hij schudde zijn hoofd. 'Je moet nu sterk zijn, Lillian,' zei hij. 'Je moeder heeft een sterke persoonlijkheid nodig om op te steunen.'

Maar op dat moment maakte ik me geen zorgen over mamma. Mijn verdriet was te groot om ergens anders aan te kunnen denken dan aan mijn dode zusje. Ik keek naar haar, verschrompeld door haar ziekte, zo klein en nietig in het grote, zachte bed, en ik kon alleen maar denken aan haar lach, haar stralende ogen, haar opwinding als ik na school bij haar binnenkwam om haar te vertellen wat er die dag gebeurd was.

Gek, dacht ik, omdat ik dat nooit eerder bedacht had, maar ik had haar bijna net zo hard nodig gehad als zij mij. Toen ik uit haar kamer kwam en door de lange, donkere gangen naar de trap liep, realiseerde ik me hoe wanhopig eenzaam ik voortaan zou zijn. Ik had geen zusje meer om mee te praten, om mijn diepste geheimen te vertellen, niemand om in vertrouwen te nemen en te vertrouwen. Omdat ze alles wat ik deed en voelde had meebeleefd, was Eugenia een deel van me geworden. En zo voelde ik het nu ook – alsof er een deel van me gestorven was. Mijn benen droegen me de trap op, maar ik had niet het gevoel dat ik liep. Het was of ik zweefde.

Toen ik boven was en naar mijn kamer wilde gaan, hief ik mijn hoofd op en zag Emily in de schaduw staan. Ze deed een stap naar voren, zo stram als een standbeeld, en haar handen klemden zich om haar dikke bijbel. Haar vingers zagen krijtwit tegen het donkere leer.

'Ze is begonnen te sterven op de dag waarop jij haar zag,' zei Emily plechtig. 'De donkere schaduw van jouw vervloeking viel over haar ziel en dompelde die in het kwaad dat jij hier in huis hebt gebracht.'

'Nee!' riep ik uit. 'Dat is niet waar. Ik hield van Eugenia; ik hield meer van haar dan jij ooit van iemand zou kunnen houden.' Maar Emily staarde me vernietigend aan.

'Kijk naar het Boek,' zei ze. Haar ogen waren zo strak op me gericht dat het leek of ze zichzelf gehypnotiseerd had. Ze hief de bijbel op en hield hem vlak voor mijn gezicht. 'Hierin staan de woorden die je zullen terugsturen naar de hel, woorden die pijlen, dolken, messen zijn voor je slechte ziel.'

Ik schudde mijn hoofd.

'Laat me met rust, ik ben niet slecht!' schreeuwde ik. Ik rende weg, weg van haar beschuldigende ogen en hatelijke woorden, weg van haar versteende gezicht, haar benige handen en stramme lichaam. Ik holde mijn kamer in en sloeg de deur achter me dicht. Toen liet ik me op bed vallen en huilde tot ik geen tranen meer had.

De schaduw van de dood lag over The Meadows en het huis. Alle knechten en bedienden, Henry en Tottie, iedereen was zwijgzaam en terneergeslagen en zat of stond met gebogen hoofd, verzonken in gebed. Iedereen die Eugenia gekend had huilde. De hele middag hoorde ik mensen komen en gaan. Een overlijden, net als een geboorte, veroorzaakte altijd een golf van activiteit op de plantage. Eindelijk stond ik op en liep naar het raam. Zelfs de vogels leken bedroefd; ze zaten op de takken van de magnolia's en de ceders als schildwachten die een heilige grond bewaken.

Ik stond voor het raam en zag de nacht naderen als een zomerse onweersbui en overal zijn schaduw werpen. Maar er waren sterren, heel veel sterren, waarvan sommige helderder schitterden dan ooit.

'Ze heten Eugenia welkom,' fluisterde ik. 'Het is haar goedheid die ze zo doet stralen. Zorg goed voor mijn kleine zusje,' smeekte ik hen.

Louella klopte op mijn deur.

'De kapitein... de kapitein zit op zijn stoel aan de eettafel,' zei ze. 'Hij wacht om een speciaal gebed te zeggen voor de maaltijd.'

'Wie kan nou iets eten?' riep ik uit. 'Hoe kunnen ze aan eten denken op een moment als dit?' Louella gaf geen antwoord. Ze legde haar hand voor haar mond en draaide zich even om. Toen beheerste ze zich en keek me weer aan. 'Ik zou maar naar beneden gaan, juffrouw Lillian.'

'En Eugenia dan?' vroeg ik, met zo'n ijle stem dat mijn woorden bijna niet te horen waren.

'De kapitein heeft de begrafenisondernemer laten komen en ze kleden haar in haar eigen kamer, waar ze opgebaard zal liggen tot de begrafenis. De dominee komt morgenochtend om een gebedswake te leiden.'

Zonder de moeite te nemen mijn betraande gezicht te wassen, volgde ik Louella de trap af naar de eetkamer, waar mamma, in het zwart gekleed, met een doodsbleek gezicht en gesloten ogen, aan tafel zat en zachtjes heen en weer schommelde op haar stoel. Emily droeg ook een zwarte jurk, maar papa had zich niet verkleed. Ik ging zitten.

Papa boog zijn hoofd, en mamma en Emily deden hetzelfde. Ik ook.

'God, wij danken u voor uw zegeningen en hopen dat u onze dochter die zo vroeg is heengegaan in uw hart zult opnemen. Amen,' zei hij snel, en pakte de schaal met aardappelpuree. Mijn mond viel open.

Was dat alles? We zaten altijd zo'n twintig tot dertig minuten te luisteren naar gebeden en bijbellezen voor we mochten eten. En dat was alles wat er gezegd werd voor Eugenia voordat papa ging eten en wij ook opgediend kregen? Wie kon er nu een hap naar binnen krijgen? Mamma haalde diep adem en glimlachte naar mij.

'Ze heeft nu rust, Lillian,' zei ze. 'Ze heeft eindelijk vrede gevonden. Ze hoeft niet meer te lijden. Wees blij voor haar.'

'Blij? Mamma, ik kan niet blij zijn,' riep ik. 'Ik kan nooit meer blij zijn!'

'Lillian!' snauwde papa. 'Ik wens geen hysterie aan tafel. Eugenia heeft geleden en gestreden en God heeft besloten haar uit haar ellende te helpen en daarmee uit. Eet nu en gedraag je als een Booth, zelfs al –'

'Jed!' riep mamma.

Hij keek naar haar en toen naar mij.

'Eet,' zei hij.

'U wilde zeggen, zelfs al ben ik geen Booth, hè, papa? Dat wilde u toch zeggen?' zei ik beschuldigend, zijn woede riskerend.

'Nou en?' vroeg Emily meesmuilend. 'Je bent toch geen Booth? Hij liegt niet.'

'Ik wil geen Booth zijn als het betekent dat Eugenia zo gauw vergeten wordt,' zei ik uitdagend.

Papa reikte over de tafel en sloeg me zo snel en hard in mijn gezicht dat ik bijna van mijn stoel vloog.

'JED!' schreeuwde mamma.

'Zo is het genoeg!' zei papa, terwijl hij opstond. Hij keek woedend op me neer en leek bijna twee keer zo groot als anders.

'Je mag blij zijn dat je de naam Booth draagt. Het is een trotse, historische naam, een gift die je altijd hoort te waarderen, anders stuur ik je naar een tehuis voor weeskinderen, heb je me gehoord? Heb je me gehoord?' herhaalde papa, die dreigend met zijn vinger schudde.

'Ja, papa,' zei ik toonloos, maar de pijn was nog in mijn ogen te zien en ik wist zeker dat dat alles was wat hij zag.

'Ze moet zeggen dat het haar spijt,' zei Emily.

'Ja, dat moet je,' was papa het met haar eens.

'Het spijt me, papa,' zei ik. 'Maar ik kan niet eten. Mag ik alstublieft opstaan, papa.'

'Wat je wilt,' zei hij, en ging zitten.

'Dank u, papa,' zei ik, en stond snel op.

'Lillian,' riep mamma toen ik van tafel wegliep, 'straks heb je honger.'
'Nee, mamma.'

'Ik eet een klein beetje, alleen om geen honger te hebben,' legde ze uit. Het leek of de tragedie de klok jaren had teruggezet en haar geest nu die van een klein meisje was. Ik kon niet kwaad zijn op haar.

'Goed, mamma. Ik praat later wel met u,' zei ik, en liep haastig weg, dankbaar voor de kans om te ontsnappen.

Toen ik de kamer uit was, liep ik uit macht der gewoonte naar Eugenia's kamer, maar ik ging niet terug. Ik liep door naar haar kamer en keek naar binnen. Het enige licht kwam van een lange kaars die achter en boven Eugenia's hoofd stond. Ik zag dat de begrafenisondernemer haar in een van haar zwarte jurken had gekleed. Haar haar was netjes rond haar gezicht geborsteld, dat zo wit zag als de kaars. Haar handen lagen op haar buik en daarin hield ze een bijbel. Ze zag er vredig uit. Misschien had papa gelijk; misschien moest ik blij zijn dat ze bij God was.

'Welterusten, Eugenia,' fluisterde ik. Toen draaide ik me om en holde naar mijn kamer, vluchtte naar de welkome duisternis en de verlichting van de slaap.

De dominee was de eerste die de volgende ochtend vroeg kwam, maar naarmate de dag verstreek hoorden steeds meer buren dat Eugenia overleden was en kwamen hun deelneming betuigen. Emily stond naast de dominee, bij de deur in Eugenia's kamer, met gebogen hoofd, haar lippen bijna synchroon bewegend met de zijne, terwijl hij gebeden en psalmen reciteerde. Op een gegeven moment hoorde ik zelfs dat ze hem corrigeerde toen hij zich versprak.

De mannen trokken zich zo snel mogelijk terug in papa's studeerkamer voor een glas whisky, en de vrouwen stonden in de zitkamer om mamma heen en troostten haar. Ze lag het grootste deel van de dag met een bleek gezicht op haar chaise longue, haar lange, zwarte jurk over de rand gedrapeerd. Haar vriendinnen kwamen naar haar toe, gaven haar een zoen en omhelsden haar, en ze klampte zich lange tijd vast aan hun handen terwijl ze snufte en snikte.

Louella maakte bladen met eten en drinken gereed, en het huispersoneel bracht ze rond. Op een gegeven moment waren er 's middags zoveel mensen, dat het me deed denken aan een van onze feestelijke party's. De stemmen klonken luider. Hier en daar hoorde ik gelach. Tegen het eind van de middag discussieerden de mannen met papa over politiek en zaken, alsof het een van hun gebruikelijke bijeenkomsten was. Ik kon niet anders dan bewondering hebben voor Emily, die geen ogenblik glimlachte, nauwelijks at en geen seconde haar bijbel losliet. Ze stond als een rots in de branding, een levende herinnering aan de ware reden voor deze middag. De meeste mensen konden het niet verdragen om naar haar te kijken of lang in haar buurt te blijven.

Ik kon aan hun gezicht zien hoe ze hen deprimeerde.

Eugenia zou natuurlijk begraven worden in het familiegraf op The Meadows. Toen de begrafenisondernemer arriveerde met de kist, knikten mijn knieën en beefde ik zo erg dat ik niet kon blijven staan. Alleen al het zien van die donkere eikehouten kist die naar binnen werd gedragen gaf me het gevoel of iemand me een stomp in mijn maag had gegeven. Ik ging naar de badkamer en braakte elk hapje eruit dat ik die dag naar binnen had kunnen krijgen.

Mamma werd gevraagd of ze naar beneden wilde komen om nog een laatste keer naar Eugenia te kijken voordat de kist gesloten werd. Zij kon het niet, maar ik deed het wel. Ik moest de kracht zien te vinden voor een laatste afscheid van Eugenia. Langzaam, met bonzend hart ging ik naar binnen. De dominee begroette me bij de deur.

'Je zuster ziet er mooi uit,' zei hij. 'Ze hebben goed werk gedaan.'

Ik keek verbaasd naar zijn magere, benige gezicht. Hoe kon iemand er nu mooi uitzien in de dood? Eugenia ging niet naar een feest. Ze stond op het punt begraven te worden en voor eeuwig en altijd te worden weggesloten in het donker, en als er een hemel was waar haar ziel naartoe zou gaan, had het uiterlijk van haar lichaam niets te maken met wat ze in alle eeuwigheid zou zijn.

Ik wendde me van hem af en liep naar de kist. Emily stond aan de andere kant, met gesloten ogen, haar hoofd enigszins schuin, terwijl ze de bijbel tegen haar boezem drukte. Ik wilde dat ik gisteravond laat naar Eugenia's kamer was gegaan, toen er niemand was. Wat ik tegen haar wilde zeggen mocht niemand horen, zeker Emily niet. Ik moest het zwijgend zeggen.

'Dag, Eugenia. Ik zal je mijn hele leven blijven missen. Maar altijd als ik lach, weet ik dat ik jou ook zal horen lachen. Als ik huil, weet ik dat ik jou ook zal horen huilen. Ik zal voor ons beiden verliefd worden op een geweldige man, en ik zal twee keer zoveel van hem houden omdat jij bij me zult zijn. Alles wat ik doe, zal ik ook voor jou doen.

'Vaarwel, liefste zusje van me, mijn kleine zusje, die me altijd heeft gekend als haar echte zusje. Vaarwel, Eugenia,' fluisterde ik, en boog me over de kist om mijn lippen op haar koude wang te drukken. Toen ik een stap achteruit deed, gingen Emily's ogen zo plotseling open als de ogen van een pop.

Ze staarde naar me, met een bevreesd gezicht. Het was of ze iets of iemand zag, iets dat haar de doodsangst op het lijf joeg. Zelfs de dominee schrok van haar reactie en deed een stap achteruit, met zijn hand op zijn hart.

'Wat is er, zuster?' vroeg hij.

'*Satan!*' gilde Emily. '*Ik zie Satan!*'

'Nee, zuster,' zei de dominee. 'Nee.'

Maar Emily bleef stokstijf staan. Ze hief haar arm op en wees recht naar mij.

'Ga weg, Satan!' beval ze.

De dominee keek naar mij. Ook op zijn gezicht stond nu angst te lezen. Ik kon zijn gedachten raden toen ik de angstige blik in zijn ogen zag. Als Emily, zijn vroomste volgelinge, de godvruchtigste jonge vrouw die hij ooit had ontmoet, zei dat ze een visioen had van Satan, dan moest dat wel waar zijn.

Ik holde de deur uit naar mijn eigen kamer, waar ik wachtte tot de begrafenis zou beginnen. De minuten leken uren. Eindelijk was het tijd, en ik ging naar mamma en papa. Papa moest mamma stevig vasthouden toen ze de trap afliepen en zich bij de rest van het gezelschap voegden. Henry had het rijtuig voorgereden, vlak achter de lijkwagen. Hij hield zijn hoofd gebogen en toen hij naar me keek, zag ik dat zijn ogen vol tranen stonden. Mamma, papa, Emily, de dominee en ik stapten in het rijtuig. De rouwenden stonden achter ons opgesteld over de hele oprijlaan, onder de laan van donkere ceders. Ik zag de Thompson-tweeling en Niles bij hun ouders staan. Niles' gezicht stond medelevend en verdrietig, en toen ik de warme blik in zijn ogen zag, wilde ik dat hij naast me kon zitten in het rijtuig, mijn hand kon vasthouden, met zijn armen troostend om me heen geslagen.

Het was een perfecte dag voor een begrafenis, somber, met een bedekte lucht, waarin de wolken treurend boven ons leken te hangen. Er stond een zachte bries. Alle bedienden en knechten liepen langzaam achter de stoet aan. Vlak voordat de stoet zich in beweging zette, zag ik een zwerm zwaluwen omhoogvliegen, in de richting van de bossen, alsof ze vluchtten voor zoveel droefheid.

Mamma begon zachtjes te huilen. Papa zat er onbewogen bij, met zijn gezicht naar voren gericht, zijn armen langs zijn zij. Zijn gezicht zag grauw. Ik hield mamma's hand vast. Emily en de dominee zaten tegenover ons, vastgeplakt aan hun bijbels.

Maar pas toen ik zag hoe Eugenia's kist werd opgetild en naar het graf gedragen, drong het goed tot me door dat mijn zusje – mijn liefste vriendin – me voorgoed verlaten had. Ten slotte omhelsde papa mamma en kon ze tegen hem aanleunen en haar hoofd op zijn schouder leggen, toen de dominee de laatste gebeden zei.

Toen ik de woorden hoorde: '... tot stof zult gij wederkeren', begon ik zo hard te huilen dat Louella naar me toekwam en haar arm om me heen sloeg. Toen het voorbij was, verliet het gezelschap de plaats van het graf en liep zwijgend weg. Dokter Cory kwam naar het rijtuig van papa en mamma, en fluisterde mamma een paar woorden van troost in de oren. Ze leek bijna bewusteloos, ze hield haar hoofd achterovergebogen en haar ogen waren gesloten. Het rijtuig bracht ons terug naar huis, waar Louella en Tottie mamma naar binnen hielpen en de trap op naar haar kamer.

De rest van de dag bleven de mensen komen en gaan. Ik stond in de zitkamer om iedereen te begroeten en de condoleanties in ontvangst te nemen. Ik zag dat iedereen die Emily benaderde zich onbehaaglijk voelde. Begrafenissen zijn toch al moeilijk, en Emily deed niet bepaald haar best de mensen op hun gemak te stellen. Ze praatten liever met mij. Iedereen zei hetzelfde – dat ik sterk moest zijn om mijn moeder te helpen, en dat er nu een eind was gekomen aan Eugenia's lijden.

Niles was lief. Hij bracht me iets te eten en te drinken en bleef het grootste deel van de dag dicht bij me. Telkens als hij naar me toekwam, keek Emily met een boosaardige blik naar ons, maar het kon me niet schelen. Eindelijk konden Niles en ik even weg en naar buiten. Langzaam liepen we rond de westkant van het huis.

'Het is niet eerlijk dat iemand die zo aardig is als Eugenia zo jong moet sterven,' zei Niles ten slotte. 'Het kan me niet schelen wat de dominee aan het graf zei.'

'Laat Emily dat maar niet horen, anders laat ze je veroordelen tot de hel,' mompelde ik. Niles lachte. We bleven even staan en keken in de richting van het graf. 'Het zal heel eenzaam voor me zijn zonder mijn kleine zusje,' zei ik. Niles zei niets, maar drukte even mijn hand.

De zon ging onder. Donkere schaduwen verspreidden zich over het land. In de verte braken de wolken en werd de blauwzwarte lucht zichtbaar met de belofte van een sterrenhemel. Niles sloeg zijn arm om me heen. Het leek juist erg goed, of we bij elkaar hoorden. Ik legde mijn hoofd op zijn schouder. Zo bleven we zwijgend staan, uitkijkend over The Meadows, twee jonge mensen, verward en verbijsterd door de mengeling van schoonheid en tragedie, door de macht van het leven en de macht van de dood.

'Ik weet dat je je zusje zult missen,' zei Niles. 'Maar ik zal mijn uiterste best doen te voorkomen dat je je eenzaam voelt.' Hij gaf me een zoen op mijn voorhoofd.

'Net wat ik dacht,' hoorden we Emily zeggen. We draaiden ons om en ik zag dat ze achter ons stond. 'Ik dacht wel dat jullie hier zoiets zouden doen, zelfs op deze dag.'

'We doen niets kwaads, Emily. Laat ons met rust,' snauwde ik, maar ze glimlachte slechts. Ze keek naar Niles.

'Stommeling,' zei ze. 'Ze zal je alleen maar vergiftigen, zoals ze alles en iedereen heeft vergiftigd vanaf de dag van haar geboorte.'

'Jij bent het enige gif hier,' antwoordde Niles. Emily schudde haar hoofd.

'Je verdient wat je krijgt,' snauwde ze. 'Je verdient al het lijden en alle moeilijkheden die ze je zal brengen.'

'Ga weg! Laat ons met rust!' zei ik. 'Ga weg.' Ik bukte me en pakte een steen op. 'Of ik zweer je dat ik je hiermee zal slaan,' en hief mijn arm op.

Emily deed me verbaasd staan door uitdagend naar voren te lopen, zonder een greintje angst in haar gezicht.

'Dacht je dat je mij kwaad kon doen? Ik heb een fort om me heen. Mijn

117

vroomheid heeft sterke muren opgetrokken die je beletten me aan te raken. Maar jij,' zei ze, zich tot Niles richtend, 'jij hebt zo'n fort niet. De vingers van de duivel klemmen zich al om je ziel terwijl we hier staan te praten. God zij je genadig,' besloot ze, en met die woorden liep ze weg.

Ik liet de steen vallen en begon te huilen. Niles omhelsde me.

'Laat je niet bang maken door haar,' zei hij. 'Mij maakt ze niet bang.'

'O, Niles, als ze eens gelijk heeft?' kreunde ik. 'Als ik echt eens een vervloeking ben?'

'Dan ben je de mooiste en liefste vervloeking die ik ken,' antwoordde hij, en veegde mijn tranen weg voordat hij me een zoen op mijn wang gaf.

Ik keek in zijn donkere ogen en glimlachte.

Emily kon geen gelijk hebben; het kòn gewoon niet, dacht ik. Maar toen Niles en ik weer naar binnen gingen, bleef er een schaduw van twijfel. Alles wat er gebeurd was en alles wat nog zou gebeuren, leek deel uit te maken van een duister lot, dat lang voor mijn geboorte was bepaald en dat pas voltrokken zou zijn op de dag van mijn dood. In een wereld waarin de kleine Eugenia een vroege en onverdiende dood was gestorven, leek niets te wreed of te onrechtvaardig.

8 MAMMA DOET VREEMD

In de maanden die volgden op Eugenia's overlijden, werd het leven in huis steeds somberder. Om te beginnen hoorde ik mamma niet meer vroeg opstaan om de dienstmeisjes opdracht te geven de gordijnen open te trekken, en evenmin hoorde ik haar jubelen dat mensen, net als bloemen, zon, zon, en nog eens zon nodig hadden. Ik hoorde haar lach niet meer als ze zei: 'Je houdt mij niet voor de gek, Tottie Fields. Dat lukt geen van mijn dienstmeisjes. Ik weet dat jullie allemaal bang zijn de gordijnen open te schuiven, omdat ik dan de stofjes kan zien dansen in de zon.'

Vóór Eugenia's overlijden zette mamma elke ochtend al het huispersoneel aan het werk om overal de gordijnen open te trekken en het daglicht binnen te laten. Er was gelach, muziek en een gevoel dat de wereld ontwaakte. Natuurlijk waren er delen van het huis die te achteraf of te ver van een raam lagen om door de ochtend- of avondzon, of zelfs onze kroonluchters, te worden verlicht. Maar toen mijn kleine zusje nog leefde, liep ik door die lange, brede gangen zonder de schaduwen te zien, en voelde ik me nooit koud of gedeprimeerd, want ik wist dat ze op me wachtte om me met een stralende glimlach goedemorgen te wensen.

Vlak na de begrafenis werd Eugenia's kamer zoveel mogelijk ontdaan van alles wat aan haar herinnerde. Mamma kon er niet tegen om Eugenia's bezittingen te zien. Ze beval Tottie al Eugenia's kleren in een hutkoffer te pakken, waarna ze de koffer naar de zolder liet brengen, weggestopt in een hoek. Voordat Eugenia's persoonlijke dingen – haar sieradenkistje, haarborstels en kammen, parfum en andere toiletartikelen – werden ingepakt, vroeg mamma of ik iets wilde hebben. Ik wilde wel, maar ik kòn het niet. Deze keer was ik net als mamma, een beetje tenminste. Het zou me te veel verdriet hebben gedaan als ik Eugenia's spulletjes in mijn kamer had zien liggen.

Maar Emily toonde plotseling belangstelling voor shampoo en badzout. Plotseling waren Eugenia's kettingen en armbanden geen waardeloze prullen meer die bestemd waren om de ijdelheid te strelen. Ze streek als een roofvogel in Eugenia's kamer neer en zocht in laden en kasten om van alles op te eisen, wraakgierig, dacht ik. Met een scheve glimlach paradeerde ze langs mamma en mij, haar lange, magere armen beladen met Eugenia's boeken en andere dingen die mijn zusje gekoesterd had. Ik had Emily's glimlach als schors van een boom van haar gezicht willen trekken, zodat ze zich zou tonen zoals ze was – een slecht, gemeen wezen dat zich tegoed deed aan het verdriet en de pijn van anderen. Maar het kon mamma niet schelen dat Emily zich Eugenia's bezittingen toeëigende. Ze opbergen in Emily's kamer was ongeveer hetzelfde als ze opbergen op de vliering, want mamma ging zelden naar Emily's kamer.

Toen Eugenia's bed was afgehaald, haar kasten en laden leeg en haar planken kaal waren, werden de luiken en gordijnen gesloten. De kamer werd als een graftombe op slot gedaan en verzegeld. Ik zag aan de manier waarop mamma een laatste keer naar Eugenia's deur keek, dat ze nooit meer een voet in die kamer zou zetten. Net als al het andere dat ze wilde negeren of ontkennen, bestonden Eugenia's kamer en haar omgeving niet meer voor haar. Mamma wilde wanhopig graag een eind maken aan het verdriet, de tragedie en haar verdriet over het verlies uitwissen. Ik wist dat ze haar herinneringen aan Eugenia zou willen wegsluiten, zoals ze een boek dat ze gelezen had dichtsloeg. Ze ging zelfs zo ver dat ze een paar foto's van Eugenia die in haar leeskamer hingen, van de muur haalde. De kleinste verborg ze in een van haar laden en de grootste liet ze achterin een kast wegzetten. Als ik ooit Eugenia's naam noemde, deed mamma haar ogen dicht en kneep ze zo stevig samen dat het leek of ze aan een hevige migraine leed. Ik wist zeker dat ze haar oren ook dichthield, want ze wachtte tot ik uitgesproken was en ging dan verder met wat ze aan het doen was toen ik haar had gestoord.

Papa noemde zeker Eugenia's naam nooit, behalve misschien een enkele keer in een gebed aan tafel. Hij informeerde niet naar haar spullen, en voorzover ik wist, vroeg hij evenmin aan mamma waarom ze Eugenia's foto's van de muur had gehaald en opgeborgen. Alleen Louella en ik schenen aan Eugenia te denken en nu en dan over haar te praten.

Van tijd tot tijd bezocht ik haar graf. Lange tijd ging ik erheen zodra ik uit school kwam, en babbelde tegen de grafsteen, met tranen in de ogen. Ik vertelde wat er die dag gebeurd was, zoals ik deed toen Eugenia nog leefde en ik uit school regelrecht naar haar kamer ging. Maar langzamerhand begon de stilte daar op me in te werken. Het was niet voldoende om me voor te stellen hoe Eugenia zou glimlachen of hardop lachen. Elke dag werden die glimlach en die lach zwakker. Mijn kleine zusje begon te vervagen. Ik begon te beseffen dat we de mensen van wie we houden niet vergeten, maar dat het licht van hun leven en de warmte van hun aanwezigheid verflauwen als een kaars in het donker; het vlammetje wordt kleiner en kleiner naarmate de tijd ons verder wegvoert van het laatste moment van hun leven.

Ondanks haar pogingen om de tragedie te negeren en te vergeten, was mamma er dieper door getroffen dan ze dacht, meer zelfs dan ik voor mogelijk had gehouden. Het hielp niet om Eugenia's kamer af te sluiten en alles wat aan haar herinnerde weg te stoppen; het hielp niet om haar naam te verzwijgen. Ze had een kind verloren, een kind dat ze had gekoesterd en liefgehad, en langzamerhand, aanvankelijk in heel kleine dingen, verviel ze ongemerkt in een rouw die haar elk wakend moment in beslag nam.

Plotseling kleedde ze zich niet meer zo mooi, en deed ze geen moeite meer om zich netjes te kappen en op te maken. Ze droeg dagenlang dezelfde jurk, alsof ze niet merkte dat hij gekreukt of vuil was. Niet alleen miste ze de kracht om haar haar te borstelen, maar ze bracht zelfs de belangstelling niet op om het aan Louella te vragen. Ze ging niet meer naar de bijeenkomsten van haar vriendinnen en liet maanden voorbijgaan zonder hen zelf uit te nodigen. Het duurde niet lang of de uitnodigingen stopten en er kwam niemand meer op The Meadows.

Ik zag hoe bleek mamma was en hoe haar droevige ogen steeds groter en donkerder werden. Ik liep langs haar leeskamer en zag haar op haar sofa liggen, maar in plaats van een boek te lezen, staarde ze in de ruimte, het boek gesloten op haar schoot. En meestal was er ook geen muziek.

'Gaat het, mamma?' vroeg ik dan, en ze draaide zich naar me om alsof ze niet meer wist wie ik was. Ze staarde me heel lang aan voor ze reageerde.

'Wat? O, ja, ja, Lillian. Ik zat een beetje voor me uit te dromen. Het is niets.' Ze keek naar me met een wezenloze glimlach en probeerde te lezen, maar als ik weer bij haar binnenkeek, zat ze weer net zoals de vorige keer – wanhopig, het boek dicht op haar schoot, met glazige ogen in de verte starend.

Als papa er al iets van merkte, liet hij dat nooit blijken als Emily of ik erbij waren. Hij maakte geen opmerking over haar langdurige zwijgen aan tafel; hij zei niets over haar uiterlijk en evenmin klaagde hij over haar bedroefde ogen en haar periodieke huilbuien. Kort na Eugenia's dood kon mamma zonder enige aanleiding plotseling beginnen te huilen. Als ze dat aan tafel deed, stond ze op en liep de eetkamer uit. Papa knipperde even met zijn ogen, keek haar na en at verder. Op een avond, bijna zes maanden na Eugenia's overlijden, toen mama weer een huilbui kreeg aan tafel, kon ik mijn mond niet houden.

'Het gaat haar steeds slechter, papa,' zei ik, 'niet beter. Ze leest niet meer, luistert niet meer naar haar muziek en bekommert zich niet om het huis. Ze wil zelfs haar vriendinnen niet meer zien en gaat nooit meer ergens theedrinken.'

Papa schraapte zijn keel en veegde het vet van zijn lippen en snor, voor hij antwoordde.

'Ik kan het niet zo erg vinden dat ze niet meer rondhangt met dat stelletje bemoeials,' antwoordde hij. 'Daar gaat niets aan verloren, geloof me. En wat die stomme boeken van haar betreft, ik vervloek de dag waarop ze die in huis heeft gebracht. Mijn moeder las nooit romans of zat de hele dag naar grammofoonmuziek te luisteren, dat kan ik je wèl vertellen.'

'Wat deed ze dan, papa?' vroeg ik.

'Wat ze deed? Nou... nou, ja, ze werkte,' stotterde hij.

'Maar ik dacht dat u zoveel slaven had.'

'Die hadden we ook! Ik heb het niet over werk op het veld of in huis. Ze zorgde voor mijn vader en voor mij. Ze leidde de huishouding, controleerde alles. Ze was als een kapitein op een schip,' zei hij trots, 'en ze zag er altijd uit als de vrouw van een voorname landeigenaar.'

'Maar het is niet alleen dat ze geen boeken leest of haar vriendinnen niet opzoekt, papa. Mamma zorgt niet meer voor zichzelf. Ze is zo bedroefd dat ze zich niet meer om haar kleren bekommert of haar haar of...'

'Ze was toch altijd te veel bezig met zichzelf aantrekkelijk te maken,' zei Emily berispend. 'Als ze wat meer tijd had besteed aan het lezen van de bijbel en het regelmatig naar de kerk gaan, zou ze nu niet zo gedeprimeerd zijn. Wat gebeurd is, is gebeurd. Het was Gods wil en het is voorbij. We moeten het accepteren en dankzeggen.'

'Hoe kun je zoiets zeggen? Haar dochter is gestorven, onze zuster!'

'Mijn zuster, niet de jouwe,' antwoordde Emily kil.

'Het kan me niet schelen wat je zegt. Eugenia was mijn zusje ook, en ik was meer een zusje voor haar dan jij ooit geweest bent,' hield ik vol.

Emily lachte, hard en vreugdeloos. Ik keek naar papa, maar hij kauwde op zijn eten en staarde voor zich uit.

'Mamma is zo bedroefd,' herhaalde ik hoofdschuddend. Ik voelde de tranen in mijn ogen prikken.

'De reden waarom mamma zo gedeprimeerd is ben jij!' zei Emily beschuldigend. 'Jij loopt hier rond met een somber gezicht, met tranen in je ogen. Jij herinnert haar er dag in dag uit aan dat Emily dood is. Je geeft haar geen moment rust,' viel ze uit. Ze strekte haar lange arm en benige vinger over de tafel naar me uit.

'Niet waar!'

'Afgelopen!' zei papa. Hij fronste zijn wenkbrauwen en keek me woedend aan. 'Je moeder zal uit zichzelf berusten in de tragedie, en ik wil niet dat er aan tafel over gediscussieerd wordt. En ik wens ook geen sombere gezichten te zien in aanwezigheid van je moeder,' waarschuwde hij. 'Hoor je me?'

'Ja, papa,' zei ik.

Hij pakte zijn krant en begon te klagen over de prijs van de tabak.

'Ze wurgen de kleine boeren. Het is weer een manier om het Oude Zuiden te vermoorden,' bromde hij.

Waarom vond hij dat belangrijker dan wat er met mamma gebeurde? Waarom was iedereen behalve ik blind voor de vreselijke tijd die ze doormaakte. Zag niemand dan hoe ze was veranderd en het licht in haar ogen was gedoofd? Ik vroeg het aan Louella en toen ze zich ervan overtuigd had dat noch papa, noch Emily binnen gehoorafstand was, zei ze: 'Niemand is zo blind als wie niet wil zien.'

'Maar als ze van haar houden, Louella, en dat moeten ze toch doen, waarom willen ze het dan negeren?'

Louella keek me veelbetekenend aan, een blik die alles zei zonder iets te zeggen. Papa moet toch wel van mamma houden, dacht ik, op zijn eigen speciale manier. Hij is met haar getrouwd, hij wilde kinderen met haar; hij koos haar uit om de meesteres te zijn van zijn plantage en zijn naam te dragen. Ik wist hoeveel dat alles voor hem betekende.

En Emily – ondanks haar gemene, hardvochtige gedrag, haar fanatieke religieuze devotie en haar hardheid – was toch mamma's dochter. Het was haar moeder die op allerlei manieren langzaam maar zeker bezig was af te sterven. Ze móest medelijden met haar hebben, medeleven voelen en haar willen helpen.

Maar helaas, Emily's oplossing was nog meer te bidden, nog langer in de bijbel te lezen en nog meer psalmen te zingen. Altijd als ze las of bad waar mamma bij was, bleef mamma roerloos zitten, haar mooie gezicht versomberd, haar ogen glazig, als iemand die gehypnotiseerd is. Als Emily's religieuze momenten voorbij waren, keek mamma naar mij met een blik van diepe wanhoop en ging naar haar kamer.

Maar al had ze niet behoorlijk meer gegeten sinds Eugenia's dood, toch merkte ik dat haar gezicht boller werd en haar taille dikker. Toen ik dat tegen Louella zei, antwoordde ze: 'Geen wonder.'

'Wat bedoel je, Louella. Waarom, geen wonder?'

'Dat komt door al die mint juleps met de cognac van meneer Booth, en die bonbons. Ze eet ponden bonbons,' zei Louella hoofdschuddend, 'en ze wil niet naar me luisteren. O, nee. Wat ik zeg gaat het ene oor in en het andere zo snel weer uit dat ik mijn eigen echo hoor in die kamer.'

'Cognac! Weet papa dat?'

'Ik denk het wel,' zei Louella. 'Maar het enige wat hij deed was Henry opdracht geven een nieuwe kist boven te brengen.' Ze schudde vol afkeer haar hoofd. 'Dat loopt slecht af,' zei ze. 'Dat loopt slecht af.'

Wat Louella me vertelde bracht me in paniek. Het leven op The Meadows was al triest zonder Eugenia, maar zonder mamma zou het ondraaglijk zijn, want dan zou ik alleen met papa en Emily moeten leven. Haastig ging ik naar mamma en vond haar zittend achter haar toilettafel. Ze was in een van haar zijden nachthemden gekleed met bijpassende peignoir, de donkerrode, en ze borstelde haar haar, maar zo langzaam dat elke streek langer duurde dan vijf of zes normale. Even bleef ik in de deuropening staan en staarde naar haar. Ze zat doodstil, haar ogen strak gericht op haar spiegelbeeld, zonder zichzelf te zien.

'Mamma,' riep ik, en liep haastig naar haar toe om naast haar te gaan zitten, zoals ik zo vaak had gedaan. 'Zal ik het voor je doen?'

Eerst dacht ik dat ze me niet gehoord had, maar toen zuchtte ze en draaide zich naar me om. Ik rook de cognac en mijn hart zonk in mijn schoenen.

'Hallo, Violet,' zei ze, en glimlachte. 'Je ziet er zo knap uit vanavond, maar ja, je ziet er altijd knap uit.'

'Violet? Ik ben Violet niet, mamma. Ik ben Lillian.'

Ze keek naar me, maar ik wist zeker dat ze me niet hoorde. En toen draaide ze zich weer om en keek naar zichzelf in de spiegel.

'Je wilt dat ik je vertel wat je met Aaron moet doen, hè? Je wilt dat ik je vertel of je meer moet doen dan alleen zijn hand vasthouden. Moeder vertelt je niets. Nou,' zei ze, met een brede glimlach en stralende, maar vreemd glinsterende ogen, 'ik weet dat je al meer hebt gedaan dan alleen zijn hand vasthouden, ja, toch? Ik kan het aan je zien, Violet, dus het heeft geen zin het te ontkennen.

'Protesteer maar niet,' ging ze verder, en legde haar vingers op mijn lippen. 'Ik zal je geheim niet verraden. Waar zijn zusters voor als ze elkaars geheimen niet veilig in hun hart kunnen bewaren? De waarheid is,' zei mamma, weer naar zichzelf starend in de spiegel, 'dat ik jaloers ben. Jij hebt iemand die van je houdt, echt van je houdt; jij hebt iemand die met je wil trouwen niet alleen om je naam en je plaats in de society. Jij hebt iemand die het huwelijk niet beschouwt als een zakelijke overeenkomst. Jij hebt iemand die je hart doet zingen.

'O, Violet, ik zou onmiddellijk met je ruilen, als ik kon.'

Ze keek me onderzoekend aan.

'Kijk niet zo naar me. Ik vertel je niets dat je niet al weet. Ik haat mijn huwelijk; ik heb het vanaf het begin gehaat. Die kreten die je uit mijn kamer hoorde komen op de avond voor mijn huwelijk waren kreten van ellende.

Moeder was zo van streek, omdat vader woedend was. Ze was bang dat ik hen te schande zou maken. Wist je dat ik het belangrijker vond hun een plezier te doen door met Jed Booth te trouwen dan mijzelf een plezier te doen? Ik voel me... ik voel me als iemand die is opgeofferd voor de eer van het Zuiden. Echt waar,' zei ze vol overtuiging.

'Kijk niet zo geshockeerd, Violet. Je hoort medelijden met me te hebben. Medelijden, omdat ik nooit de lippen van een man zal voelen die zoveel van me houdt als Aaron van jou. Heb medelijden met me omdat mijn lichaam nooit gelukkig zal zijn in de armen van een man die me liefheeft. Ik zal een half leven leiden tot ik sterf, want dat is het gevolg van een huwelijk met een man van wie je niet houdt en die niet van jou houdt... een onvervuld leven,' zei ze, en keek weer in de spiegel.

Haar arm ging omhoog en langzaam, met diezelfde automatische bewegingen, begon ze haar haar weer te borstelen.

'Mamma,' zei ik, terwijl ik haar schouder aanraakte. Ze hoorde me niet; ze was verdiept in haar eigen gedachten; beleefde opnieuw een moment van jaren geleden met mijn eigen moeder.

Plotseling begon ze een van haar liedjes te neuriën. Ze bleef even zitten en slaakte toen een diepe zucht. Haar boezem ging op en neer, alsof een loodzware sjaal om haar schouders werd gedrapeerd.

'Ik ben zo moe vanavond, Violet. We praten morgenochtend wel verder.' Ze gaf me een zoen op mijn wang. 'Welterusten, lief zusje. Slaap lekker. Ik weet dat je dromen mooier zullen zijn dan de mijne, maar dat geeft niet. Je verdient het; je verdient alles wat mooi en goed is.'

'Mamma,' zei ik met overslaande stem, toen ze opstond. Ik hield mijn adem in en drong mijn tranen terug. Ze liep naar haar bed en deed langzaam haar peignoir uit. Ik wachtte tot ze onder de dekens lag, en ging toen naar haar toe en streek over haar haar. Haar ogen waren gesloten.

'Welterusten, mamma,' zei ik. Ze zag eruit of ze al sliep. Ik draaide de olielamp op haar tafel uit en liet haar alleen in de duisternis van haar verleden en haar heden, en wat ik vreesde dat de afschuwelijke duisternis van de toekomst zou zijn.

In de daaropvolgende maanden kreeg mamma herhaaldelijk van die verwarde dagdromen. Als ik bij haar kwam in haar kamer of tegenkwam in de gang, wist ik pas als ik tegen haar sprak of ze in het heden of het verleden leefde. Emily's reactie was het te negeren en papa's reactie was om steeds intoleranter te worden en steeds meer tijd buitenshuis door te brengen. En als hij terugkwam, had hij meestal bloeddoorlopen ogen, stonk naar bourbon of cognac, en was zo woedend over iets dat hem op zakelijk gebied dwarszat, dat ik geen klacht durfde te uiten.

Als papa weg was kwam mamma soms aan tafel en soms niet. Meestal waren Emily en ik alleen. Ik at zo snel mogelijk en ging weg. Dat wil zeggen, als Emily me excuseerde. Papa liet heel duidelijke instructies achter hoe het in huis moest toegaan als hij er niet was.

'Emily,' verklaarde hij op een avond na het eten, 'is de oudste en verstandigste, misschien zelfs verstandiger dan je moeder tegenwoordig. Als ik weg ben en je moeder voelt zich niet goed, heeft Emily de leiding, en je bent haar evenveel respect en gehoorzaamheid verschuldigd als mij. Is dat duidelijk, Lillian?'

'Ja, papa.'

'Hetzelfde geldt voor de bedienden, en zij weten het. Ik verwacht dat iedereen dezelfde regels volgt en alles net zo in zijn werk gaat als wanneer ik thuis ben. Doe je werk, bid en gedraag je behoorlijk.'

Emily genoot van het gezag en de macht die haar werden verleend. Nu mamma steeds verstrooider werd en papa steeds vaker wegbleef, speelde ze over iedereen de baas. Vaak liet ze de dienstmeisjes hun werk overdoen, omdat het niet naar haar zin was, en ze droeg de arme Henry het ene karwei na het andere op. Op een avond vóór het eten, toen papa weg was en mamma zich in haar kamer had opgesloten, smeekte ik Emily niet zo hardvochtig te zijn.

'Henry is oud, Emily. Hij kan kan niet meer zo veel en zo snel doen als vroeger.'

'Dan moet hij zijn baan opzeggen,' zei ze vastberaden.

'En dan? The Meadows betekent meer voor hem dan alleen een werkkring; het is zijn thuis.'

'Dit is het thuis van de Booths,' bracht ze me in herinnering. 'Het is alleen een thuis voor de familie en voor degenen die geen Booths zijn maar hier wonen omdat wij dat goedvinden. En vergeet niet, Lillian, dat geldt ook voor jou.'

'Je bent in- en ingemeen. Hoe kun je beweren dat je zo godsdienstig en vroom bent, als je zo wreed bent?'

Ze glimlachte kil.

'Jij kunt zoiets beweren en het anderen nog laten geloven ook. Het is Satans manier om de ware gelovigen in diskrediet te brengen. Er is maar één manier om Satan te verslaan en dat is met gebed en devotie. Hier,' zei ze, en stopte de bijbel in mijn handen. Louella bracht het eten binnen, maar Emily verbood haar het op tafel te zetten.

'Neem het weer mee tot Lillian haar pagina's heeft gelezen,' beval ze.

'Maar u hebt al gebeden en alles is klaar, juffrouw Emily,' protesteerde Louella. Ze was trots op haar kookkunst en vond het vreselijk om iets op te dienen dat koud en te gaar was.

'Neem het mee,' snauwde Emily. 'Begin waar ik het heb aangegeven,' beval ze, 'en lees.'

Ik sloeg de bijbel open en begon. Louella schudde haar hoofd en ging terug naar de keuken. Ik las pagina na pagina, tot ik vijftien pagina's had gelezen, maar Emily vond het nog steeds niet genoeg. Toen ik de bijbel wilde neerleggen, beval ze me door te gaan.

'Maar, Emily, ik heb honger en het wordt laat. Ik heb al meer dan vijftien pagina's gelezen!'

'Je leest er nog eens vijftien,' eiste ze.

'Nee, dat doe ik niet,' zei ik uitdagend. Ik smeet de bijbel op tafel. Haar lippen verbleekten en haar woedende blik, vol minachting en haat, was als een klap in mijn gezicht.

'Dan ga je naar je kamer zonder eten. Vooruit,' beval ze. 'En als papa thuiskomt, zal ik het hem vertellen.'

'Dat kan me niet schelen. Hij moet maar eens horen hoe gemeen je tegen iedereen bent als hij er niet is en dat iedereen zo van streek is dat ze erover denken om weg te gaan.'

Ik zette mijn stoel met een klap tegen de tafel en holde de eetkamer uit. Eerst ging ik naar mamma's kamer om te zien of zij iets kon doen, maar ze sliep al. Ze had bijna niets gegeten van het eten dat Louella haar gebracht had. Gefrustreerd liep ik naar mijn kamer. Ik was kwaad en moe en ik had honger. Even later werd er zachtjes op de deur geklopt. Het was Louella. Ze bracht me een blad met eten.

'Als Emily je ziet, zegt ze tegen papa dat je ongehoorzaam bent geweest,' zei ik, aarzelend om het blad aan te nemen en Louella in moeilijkheden te brengen.

'Het doet er niet toe, juffrouw Lillian. Ik ben te oud om me er nog zorgen over te maken, en eerlijk gezegd zijn mijn dagen hier toch geteld. Ik was van plan het deze week tegen de kapitein te zeggen.'

'Wat bedoel je, Louella?'

'Ik ga The Meadows verlaten en bij mijn zuster in Zuid-Carolina wonen. Ze is opgehouden met werken, en het wordt tijd dat ik mijn werk ook neerleg.'

'O, nee, Louella,' riep ik uit. Ze was meer familie voor me dan personeel. Ik kon de keren niet tellen dat ik naar haar toegehold was als ik me in mijn vinger had gesneden of op mijn knie was gevallen. Louella had me tijdens al mijn kinderziekten verpleegd, en al mijn kleren versteld en gezoomd. Toen Eugenia was gestorven, had Louella mij getroost en ik haar.

'Het spijt me, liever,' zei ze, en glimlachte toen. 'Maar maak je niet ongerust. Je bent nu een grote en verstandige meid. Het zal niet lang meer duren of je krijgt je eigen huishouding en gaat hier ook weg.' Ze omhelsde me en liep de kamer uit.

Alleen al de gedachte dat Louella The Meadows zou verlaten, maakte me misselijk. Ik had geen trek meer en staarde nietsziend naar het eten dat ze me had gebracht. Ik prikte lusteloos met mijn vork rond in de aardappels en het vlees. Een paar ogenblikken later ging de deur open en Emily keek naar binnen. Ze knikte.

'Dat had ik wel gedacht,' zei ze. 'Ik heb Louella wel zien rondsluipen. Jullie zullen er allebei spijt van hebben,' dreigde ze.

'Emily, het enige wat me spijt is dat Eugenia is gestorven, en niet jij,' snauwde ik.

Ze werd vuurrood en even was ze sprakeloos. Toen trok ze haar schouders op en draaide zich om. Ik hoorde haar met klikkende hakken door de gang lopen en toen haar deur dichtslaan. Even bleef het doodstil. Ik haalde diep adem en begon weer te eten. Ik wist dat ik al mijn kracht nodig zou hebben voor wat er zou volgen.

Ik hoefde niet lang te wachten. Toen papa die avond terugkwam stond Emily bij de deur om hem te begroeten en hem te vertellen over mijn ongehoorzaamheid aan tafel en wat ze zou karakteriseren als een samenzwering van Louella en mij om haar bevelen in de wind te slaan. Ik was vroeg gaan slapen en werd wakker door het geluid van papa's zware voetstappen in de gang. Zijn laarzen stampten op de vloer, en plotseling vloog de deur van mijn kamer open. In het licht achter hem zag ik zijn silhouet. Hij had een dikke leren riem in zijn hand. Mijn hart begon te bonzen.

'Doe de lamp aan,' beval hij. Haastig gehoorzaamde ik. Hij kwam binnen en deed de deur achter zich dicht. Zijn gezicht zag rood van woede, maar hij was nog niet binnen of ik rook de whisky. Het leek wel of hij er een bad in had genomen. 'Je hebt de bijbel getart,' zei hij. 'Godslasteringen aan mijn eettafel!' Hij tierde niet alleen met zijn stem maar ook met zijn gitzwarte ogen die zo intens op me gericht waren dat ik nauwelijks adem kon halen.

'Nee, papa. Emily vroeg me om te lezen en dat heb ik gedaan. Ik heb meer dan vijftien pagina's gelezen, maar ze wilde me niet laten ophouden en ik had honger.'

'De behoeften van je lichaam vond je belangrijker dan die van je ziel?'

'Nee, papa. Ik had genoeg in de bijbel gelezen.'

'Jij weet niet wat genoeg is en wat niet. Ik heb je gezegd dat je Emily net zo moet gehoorzamen als mij,' zei hij, dichterbij komend.

'Ja, papa. Maar ze was onredelijk en onrechtvaardig en wreed, en niet alleen tegen mij, maar ook tegen Louella en Henry en...'

'Haal die deken weg,' beval hij. '*Haal weg!*'

Ik gehoorzaamde.

'Ga op je buik liggen.'

'Papa, alsjeblieft,' smeekte ik. Ik begon te huilen. Hij pakte me bij mijn schouder en draaide me abrupt om. Toen schoof hij mijn   nachthemd omhoog, zodat mijn billen bloot waren. Even voelde ik alleen de palm van zijn hand erop. Het leek of hij ze zachtjes streelde. Ik wilde omdraaien, maar toen bulderde hij: 'Wend uw gezicht af, Satan!' En vervolgens voelde ik de eerste klap. De riem sneed in mijn vlees. Ik gilde, maar hij sloeg me steeds opnieuw.

Papa had me al eerder geslagen, maar nog nooit zo hard. Na een ogenblik was ik te geschokt om nog te kunnen huilen. Ik snikte gesmoord. Eindelijk vond hij dat ik genoeg gestraft was.

'Weiger nooit een bevel in dit huis op te volgen en smijt nooit de bijbel op tafel alsof het een gewoon boek is,' zei hij.

Ik wilde iets zeggen, maar ik kon geen woord uitbrengen. De pijn was zo hevig dat hij tot in mijn borst doordrong. Mijn hart gloeide zo dat het leek of de riem door mijn lichaam heen was gegaan. Lange tijd bewoog ik me niet. Ik hoorde dat hij zwaar ademend naast me stond. Toen draaide hij zich om en liep mijn kamer uit. Ik bewoog me nog steeds niet; ik drukte mijn gezicht in het kussen tot ik mijn tranen de vrije loop kon laten.

Maar korte tijd daarna hoorde ik weer voetstappen. Ik was doodsbang dat hij terug zou komen. Een tintelend gevoel waarschuwde me dat er iemand naast me stond. Ik draaide me een klein eindje om en zag dat Emily met gebogen hoofd naast me knielde. Ik keek haar vol haat aan. Ze hief haar hoofd op en boog zich met haar puntige ellebogen over mijn ontvelde huid, zodat het scherpe bot me pijn deed. In haar handen klemde ze de dikke, zwarte bijbel. Ik kreunde en protesteerde, maar ze negeerde me en drukte nog harder, zodat ik niet weg kon komen.

'Wie een kuil graaft voor een ander, valt er zelf in,' begon ze. 'En wie door een afrastering heenbreekt, zal gebeten worden door een slang,' begon ze.

'Ga van me af,' zei ik schor. 'Je doet me pijn, Emily.'

'De woorden uit de mond van een wijze zijn genadig,' ging ze verder.

'Ga van me af. Ga weg. Ga weg!' gilde ik, en vond eindelijk de kracht om me om te draaien. Ze stond op, maar bleef bij me staan tot ze klaar was met lezen en sloeg toen de bijbel dicht.

'Zijn wil geschiede,' zei ze, en liet me alleen.

Papa's aframmeling deed zo'n pijn dat ik niet kon zitten. Ik kon alleen maar blijven liggen en wachten tot de pijn minder zou worden.

Even later kwam Louella naar mijn kamer. Ze had een zalf bij zich, die ze op mijn wonden smeerde. Toen zij ze zag slaakte ze een onderdrukte kreet.

'Arm kind,' zei ze. 'M'n arme baby.'

'O, Louella, laat me niet alleen. Alsjeblieft, laat me niet alleen,' smeekte ik.

Ze knikte.

'Ik ga niet meteen weg, kindje, maar mijn zuster heeft me ook nodig, en ik moet gaan.'

Ze omhelsde me en samen wiegden we even heen en weer op het bed. Toen trok ze mijn deken recht en stopte me in. Ze gaf me een zoen op mijn wang en ging weg. Ik had nog steeds veel pijn, maar haar zachte handen hadden me getroost. Gelukkig viel ik in slaap.

Ik wist dat het geen zin had om me bij mamma te beklagen. Ze verscheen de volgende ochtend aan het ontbijt, maar zei geen woord. Telkens als ze naar me keek, leek ze in tranen te zullen uitbarsten. Ze merkte zelfs niet hoe ongelukkig ik me voelde, zittend op mijn pijnlijke achterwerk. Ik wist dat papa woedend zou worden als ik ook maar één klacht liet horen.

Emily las voor uit de bijbel en papa zat aan tafel op zijn gebruikelijke autoritaire manier. Hij keek nauwelijks naar me, terwijl ik heen en weer schoof op mijn stoel om de pijn niet zó erg te voelen. We aten zwijgend. Eindelijk, toen we bijna klaar waren, schraapte papa zijn keel voor een aankondiging.

'Louella heeft me verteld dat ze van plan is haar diensttijd over twee weken te beëindigen. Ik had er al zo'n idee van, en ik heb een echtpaar laten komen om haar te vervangen. Ze heten Slope, Charles en Vera. Vera heeft een zoontje van een jaar, Luther, maar ze heeft me verzekerd dat zijn opvoeding geen nadelige invloed zal hebben op haar werk. Charles zal Henry helpen, en Vera werkt natuurlijk in de keuken en zal doen wat ze kan voor... voor Georgia,' zei hij, met een blik op mamma. Ze zat met een domme grijns op haar gezicht en luisterde als een klein kind. Toen papa uitgesproken was, legde hij zijn servet neer en stond op.

'De komende weken moet ik een paar belangrijke zaken afwikkelen, en zal van tijd tot tijd een dag of twee weg zijn. Ik verwacht dat we geen herhaling zullen beleven van de problemen die we hebben gehad,' zei hij, en keek dreigend naar mij. Ik sloeg mijn ogen neer. Toen draaide hij zich om en liet ons alleen.

Mamma begon plotseling als een schoolmeisje te giechelen. Ze sloeg haar hand voor haar mond en bleef giechelen.

'Mamma? Wat is er?'

'Ze is gek geworden van verdriet,' zei Emily. 'Ik heb het tegen papa gezegd, maar hij wilde niet luisteren.'

'Mamma? Wat is er?' vroeg ik, nog veel angstiger.

Ze trok haar hand los en beet plotseling zo hard op haar lip dat de huid wit werd.

'Ik weet een geheim,' zei ze, en keek steels naar Emily, en toen naar mij.

'Een geheim? Wat voor geheim, mamma?'

Ze boog zich over tafel, keek eerst naar de deur waardoor papa verdwenen was en toen weer naar mij.

'Ik zag papa gisteren uit de gereedschapsschuur komen. Hij was er met Belinda, en hij had haar rok omhoog- en haar broek omlaaggeschoven,' zei ze.

Even kon ik geen woord uitbrengen. Wie was Belinda?

'Wat?'

'Ze praat gewoon onzin,' zei Emily. 'Kom, we moeten weg.'

'Maar, Emily...'

'Laat haar met rust,' beval Emily. 'Louella zorgt wel voor haar. Pak je spullen, anders komen we te laat op school. Lillian!' snauwde ze, toen ik me niet bewoog.

Ik stond met tegenzin op, mijn ogen strak op mamma gericht. Ze zat weer te giechelen met haar hand voor haar mond. Ik huiverde toen ik haar zo zag, maar Emily stond als een gevangenbewaarster met een zweep te wachten tot ik haar bevel zou opvolgen. Het was of er een steen op mijn maag lag. Haastig ging ik mijn boeken halen en volgde Emily naar buiten.

'Wie kan die Belinda zijn?' vroeg ik me hardop af. Emily draaide zich meesmuilend om.

'Een slavin op de plantage van haar vader,' antwoordde ze. 'Ik weet zeker dat ze zich iets herinnert dat echt gebeurd is, iets walgelijks en slechts, iets dat je ongetwijfeld heerlijk vond om te horen.'

'Dat is niet waar! Mamma is erg ziek. Waarom laat papa geen dokter komen?'

'Geen dokter kan genezen wat zij heeft,' zei Emily.

'Wat heeft ze dan?'

'Gewetenswroeging,' antwoordde Emily voldaan. 'Gewetenswroeging omdat ze niet zo vroom is geweest als ze had moeten zijn. Ze weet dat haar zondige gedrag en haar slechtheid de duivel de macht gaven om in ons huis te wonen. Waarschijnlijk in jouw kamer,' ging ze verder. 'Zo heeft hij Eugenia mee kunnen nemen. Nu heeft ze spijt, maar nu is het te laat en is ze gek geworden van gewetenswroeging.

'Het staat allemaal in de bijbel,' voegde ze er met een wrange glimlach aan toe. 'Je kunt het er allemaal in lezen.'

'Je liegt!' schreeuwde ik. Ze glimlachte slechts op haar kille manier en ging vlugger lopen. 'Je bent een gemene leugenaarster! Mamma heeft geen schuld. Er was geen duivel in mijn kamer en hij heeft Eugenia niet meegenomen. Leugenaarster!' riep ik, terwijl de tranen over mijn wangen stroomden. Ze verdween om een bocht. Opgeruimd staat netjes, dacht ik, en volgde langzaam. De tranen rolden nog steeds over mijn wangen toen ik Niles ontmoette, die aan het eind van zijn oprijlaan op me had gewacht.

'Lillian, wat is er?' riep hij, terwijl hij naar me toegerend kwam.

'O, Niles.' Mijn schouders schokten zo hevig dat hij snel zijn boeken neerlegde en zijn armen om me heen sloeg. Tussen mijn snikken door vertelde ik wat er gebeurd was, dat papa me had geslagen en mamma zich steeds vreemder ging gedragen.

'Kom, kom,' zei hij, en zoende me zachtjes op mijn voorhoofd en wangen. 'Het spijt me dat je vader je heeft geslagen. Als ik ouder was zou ik naar hem toegaan en hem eens goed de waarheid zeggen,' verklaarde hij. 'Echt waar.'

Hij zei het zo vol overtuiging dat ik ophield met huilen. Ik veegde mijn tranen weg en keek in zijn ogen. Ik zag dat hij woedend was en besefte toen hoeveel hij van me hield.

'Ik wil graag de pijn van papa's pak slaag verdragen als er iets voor die arme mamma gedaan kon worden.'

'Misschien kan ik mijn moeder overhalen bij haar op bezoek te gaan om te zien hoe het met haar is. Dan kan zij je vader vragen iets te doen.'

'O, Niles, zou je dat willen doen? Dat zou kunnen helpen. Ja, misschien wel. Niemand komt meer bij mamma op bezoek, dus niemand weet hoe slecht ze eraan toe is.'

'Ik zal het er vanavond tijdens het eten over hebben,' beloofde hij. Hij veegde mijn tranen af met de rug van zijn hand. 'We moeten opschieten,' zei hij, 'anders maakt Emily hier ook weer iets zondigs van.'

Ik knikte. Hij had gelijk, dus haastten we ons om op tijd op school te komen.

Een paar dagen later kwam Niles' moeder inderdaad in The Meadows op bezoek. Helaas sliep moeder toen net en was papa op zakenreis. Ze zei tegen Louella dat ze een andere keer langs zou komen, maar toen ik Niles ernaar vroeg, zei hij dat zijn vader zijn moeder had verboden er nog een keer heen te gaan.

'Mijn vader zegt dat het ons niets aangaat en dat we onze neus niet in jullie zaken mogen steken. Ik denk,' zei hij, en boog enigszins beschaamd zijn hoofd, 'dat hij gewoon bang is voor jouw vader en zijn driftbuien. Het spijt me.'

'Misschien ga ik op een dag zelf wel naar dokter Cory,' zei ik. Niles knikte, al wisten we allebei dat ik het waarschijnlijk niet zou doen. Wat hij over papa had gezegd was waar – hij was verschrikkelijk opvliegend en ik was bang voor zijn woedeuitbarstingen. Hij zou waarschijnlijk de dokter beletten om te komen en mij een pak slaag geven omdat ik het gevraagd had.

'Misschien wordt ze uit zichzelf wel beter,' hoopte Niles. 'Mijn moeder zegt dat de tijd alle wonden heelt. Papa zegt dat het bij jouw moeder alleen wat langer duurt, maar dat we geduld moeten hebben.'

'Misschien,' zei ik, zonder veel hoop. 'De enige die oprecht bezorgd is, is Louella, maar je weet dat ze nu gauw weggaat.'

De rest van de tijd die Louella nog bij me was ging veel te vlug voorbij. De ochtend van haar vertrek brak aan. Toen ik wakker werd en het besefte, wilde ik niet opstaan en naar beneden gaan om afscheid te nemen, maar toen bedacht ik hoe erg Louella het zou vinden als ik haar geen vaarwel zou zeggen. Ik kleedde me zo snel mogelijk aan.

Henry zou Louella en haar bagage naar Upland Station brengen, vanwaar ze door zou reizen naar haar zuster in Zuid-Carolina. Hij laadde haar koffers op het rijtuig, terwijl alle knechten en bedienden om haar heen stonden om afscheid te nemen. Iedereen hield van Louella en bijna iedereen had tranen in de ogen. Sommige dienstmeisjes, vooral Tottie, huilden openlijk.

'Nou moeten jullie eens goed luisteren,' verklaarde Louella, die met haar handen op haar heupen op de veranda stond. Ze droeg haar zondagse kleren en haar bonnet. 'Ik ga niet naar mijn graf. Ik ga alleen mijn oudste zuster een handje helpen die met pensioen is gegaan. En zelf ga ik nu ook van mijn oude dag genieten. Sommigen van jullie huilen alleen maar omdat ze jaloers zijn.' Er klonk gelach. Toen liep ze de veranda af en omhelsde en kuste iedereen en stuurde ze toen terug naar hun werk.

Papa had de vorige avond afscheid genomen, toen hij haar bij zich had geroepen in zijn kantoor om haar geld te geven voor haar pensioen. Ik stond bij de deur en hoorde hoe hij haar vormelijk bedankte omdat ze een goede huishoudster was geweest, trouw en eerlijk. Zijn stem klonk kil en officieel, ook al was ze al zo lang op The Meadows dat ze zich hem nog als kleine jongen herinnerde.

'Natuurlijk,' zei hij ten slotte, 'wens ik je veel geluk en een lang en gezond leven.'

'Dank u, meneer Booth.' Even bleef het stil, toen hoorde ik Louella zeggen: 'Als ik één ding zou mogen opmerken, meneer, voor ik wegga.'

'Ja?'

'Mevrouw Booth, meneer. Ze ziet er niet goed uit en ze gedraagt zich niet normaal. Ze kwijnt weg na de dood van haar dochtertje en...'

'Ik ben me heel goed bewust van mevrouw Booths belachelijke gedrag, Louella, dank je. Ik weet zeker dat ze binnenkort weer bij zinnen komt en een moeder zal zijn voor onze andere kinderen, zoals het hoort, en een echtgenote voor mij. Maak je daar geen moment zorgen over.'

'Goed, meneer,' zei Louella teleurgesteld.

'Goedendag dan, en goede reis,' eindigde papa. Haastig liep ik weg, zodat Louella niet zou weten dat ik had staan luisteren.

Toen ik naar haar toeliep om afscheid van haar te nemen, barstte ik in tranen uit.

'Maak Louella nu niet verdrietig, lieverd. Ik heb een lange reis voor de boeg en er wacht me een nieuwe, moeilijke taak. Dacht je soms dat het gemakkelijk was, twee oude vrouwen, die gewend zijn hun eigen gang te gaan, samen in een klein huis? O, nee!'

Ik glimlachte door mijn tranen heen.

'Ik zal je missen, Louella... heel erg.'

'O, ik zal jou ook missen, juffrouw Lillian.' Ze draaide zich om en keek naar het huis. Toen zuchtte ze. 'Ik denk dat ik The Meadows erg zal missen, elk hoekje van elke kast. Er is veel gelachen in dit huis, maar ook veel gehuild.'

Ze draaide zich weer naar me om.

'Wees aardig voor de nieuwe hulp en zorg goed voor je mamma en voor jezelf. Je bent bezig een mooie jonge vrouw te worden. Het zal niet lang meer duren voor een knappe man je komt veroveren, en als dat gebeurt, denk dan aan de oude Louella. Stuur me een briefje en vertel het me. Beloof je dat?'

'Natuurlijk, Louella. Ik zal je vaak schrijven. Zo vaak dat je er schoon genoeg van krijgt.'

Ze lachte. Ze omhelsde me en gaf me een zoen, en toen keek ze nog één keer naar The Meadows, voor ze zich door Henry in het rijtuig liet helpen. Toen pas realiseerde ik me dat Emily niet de moeite had genomen naar beneden te komen om haar goedendag te zeggen, al had ze haar, net als mij, haar leven lang gekend.

'Klaar?' vroeg Henry. Ze knikte en hij gaf de paarden een tikje. Het rijtuig kwam in beweging en reed de lange cederlaan af. Louella keek achterom en zwaaide met haar zakdoek. Ik zwaaide terug, maar ik voelde me zo leeg en hol van binnen dat ik dacht dat ik flauw zou vallen van verdriet. Ik bleef staan en keek het rijtuig na tot het uit het gezicht verdwenen was. Toen draaide ik me om en liep langzaam de trap op en het huis in, dat veel leger was geworden, veel eenzamer, veel minder een thuis.

DEEL TWEE

9 GOEDENACHT, LIEVE PRINS

Charles Slope en zijn vrouw Vera, de vrouw die papa had aangenomen om Louella te vervangen, waren aardig genoeg, en hun kleine Luther was lief, maar ik voelde een enorme leegte. Niemand kon Louella ooit vervangen. Maar Vera kon uitstekend koken en hoewel ze de dingen anders klaarmaakte, smaakte het altijd goed. En Charles was een harde werker, die Henry alle bijstand en verlichting gaf die een oude man als hij nodig had.

Vera was een lange vrouw van achterin de twintig, met donkerbruin haar in zo'n stijve wrong dat het leek of hij op haar hoofd geschilderd was. Er zat nooit een haartje verkeerd. Ze had lichtbruine ogen en een vrij donkere teint. Ze had kleine borsten en een smalle taille en heupen. Ze had lange benen en liep en bewoog zich sierlijk, nooit zo onelegant als Emily en andere lange vrouwen die ik had gezien.

Vera beheerde de keuken efficiënt, wat papa waardeerde in de economisch steeds slechter wordende tijden. Niets werd verspild. Van restjes werd ragoût of een salade gemaakt, zodat de jachthonden zich tekort gedaan voelden en teleurgesteld opkeken als ze de restjes kregen. Vera had in een pension gewerkt en was gewend om met veel minder uit te komen. Ze was een rustige vrouw, veel rustiger dan Louella. Als ik langs de keuken liep, hoorde ik Vera nooit zingen of neuriën, en ze was nogal gesloten over haar verleden, vertelde uit zichzelf nooit iets over haar jeugd. Papa's vormelijke manier van doen scheen haar niet te deren, en ik zag een tevreden blik in zijn ogen als ze hem sir of kapitein Booth noemde.

Natuurlijk was ik nieuwsgierig hoe ze zou reageren op Emily en hoe Emily haar zou behandelen. Hoewel Vera Emily nooit tegensprak en altijd haar bevelen opvolgde, keek ze soms met zo'n scherpe blik naar haar dat ik voelde dat ze haar niet aardig vond maar verstandig genoeg was om haar gevoelens te verbergen onder haar 'Ja, juffrouw' en 'Nee, juffrouw'. Ze trok nooit iets in twijfel of klaagde, en leerde al gauw de juiste rangorde kennen.

Al Vera's tederheid werd bewaard voor haar baby Luther. Ze was een goede moeder, die hem schoonhield en uitstekend voor hem zorgde, hem goed te eten gaf en hem bezighield, ondanks haar werk in de keuken en de extra last om van tijd tot tijd voor mamma te moeten zorgen. Papa moest haar hebben voorbereid op mamma's vreemde, grillige gedrag, want ze keek niet verbaasd toen mamma de eerste keer te moe of te veel in de war was om aan tafel te komen. Ze maakte een blad met eten voor haar klaar en bracht het zonder commentaar bij haar. Feitelijk was ik heel blij met de manier waarop Vera voor mamma zorgde, altijd controleerde of mamma 's morgens was opgestaan en haar hielp zich aan te kleden of zelfs te wassen. Het duurde niet lang of mamma stond haar toe haar haar te borstelen, zoals Louella vaak had gedaan.

Mamma vond het fijn om een baby in huis te hebben. Hoewel Vera goed oppaste dat Luther papa niet stoorde, wist ze mamma zover te krijgen dat ze bijna elke dag de baby opzocht en met hem praatte en zelfs met hem speelde. Meer dan iets anders leek dat mamma uit de put te halen en wat minder neerslachtig te maken, al verviel ze onherroepelijk weer in haar vreemde en melancholieke gedrag.

Luther was een nieuwsgierig kind, dat, zodra er niemand keek, verstrikt raakte in het wasgoed in de wasmand en onbevreesd onder meubels en achter kasten kroop om de boel te verkennen. Hij was groot en sterk voor zijn leeftijd en had donkerbruin haar en mooie, hazelnootbruine ogen. Hij was een flink, stoer jongetje, dat zelden huilde, zelfs niet als hij viel of zich stootte of in zijn vingers sneed of ze brandde. Dan keek hij kwaad of teleurgesteld en ging op zoek naar iets anders dat interessant was. Hij leek meer op zijn vader dan op zijn moeder en had dezelfde korte handen met stompe vingers die Charles had.

Charles Slope was een man met een zachte stem van begin dertig, die ervaring had met auto's en motoren, wat papa erg plezierig vond, omdat hij onlangs een Ford gekocht had – een van de weinige auto's in dit deel van het land. Charles' mechanische kennis leek onbegrensd. Henry vertelde me dat er niets op de plantage was dat Charles niet kon repareren. Hij was vooral briljant als er onderdelen geïmproviseerd moesten worden, wat betekende dat oudere machines en gereedschap bruikbaar bleven, en papa nieuwe investeringen kon uitstellen.

De economische moeilijkheden werden groter, niet alleen voor ons maar ook voor de naburige plantages en boerderijen. Elke keer als papa terugkwam van een van zijn reizen, vertelde hij dat het noodzakelijk was nieuwe bezuinigingen in huis en op het land in te voeren. Hij begon met een paar boerenknechten te ontslaan en toen begon hij te bezuinigen op het huishoudelijke personeel, wat aanvankelijk betekende dat Tottie en Vera extra werk in huis moesten doen. Toen besloot papa grote delen van de plantage te sluiten, wat ik niet erg vond. Maar toen hij besloot Henry te ontslaan, kwam ik in opstand.

Ik kwam thuis uit school en wilde naar boven gaan toen ik achterin het huis iemand zachtjes hoorde snikken. Tottie zat in een hoekje bij het raam in de bibliotheek. Ze had een plumeau in haar hand, maar ze werkte niet. Ze zat ineengedoken in de stoel en staarde uit het raam.

'Wat is er, Tottie?' vroeg ik. De slechte tijden maakten zich elke dag opnieuw zo merkbaar, dat ik niet wist wat ik moest verwachten.

'Henry is weggestuurd,' zei ze. 'Hij is bezig zijn spullen te pakken en dan vertrekt hij.'

'Weggestuurd? Waarheen?'

'Weg van de plantage, juffrouw Lillian. Uw papa zegt dat Henry te oud is om nog van nut te zijn. Hij moet bij zijn familie gaan wonen, maar Henry heeft geen familie die nog leeft.'

'Henry kan niet weg!' riep ik uit. 'Hij is hier zijn leven lang geweest. Hij hoort hier te blijven wonen tot hij doodgaat. Dat heeft hij altijd verwacht.'

Tottie schudde haar hoofd.

'Hij is vóór de avond vertrokken, juffrouw Lillian,' zei ze zo plechtig als de Stem der Verdoemenis. Ze snufte, stond op en begon weer af te stoffen. 'Niets is meer zoals vroeger,' mompelde ze. 'De donkere wolken blijven komen.'

Ik draaide me om, gooide mijn boeken op de tafel in de hal en holde zo hard ik kon naar buiten naar Henry's verblijf en klopte op de deur.

'Hallo, juffrouw Lillian,' zei Henry met een stralende glimlach, alsof er niets aan de hand was. Ik keek langs hem heen en zag dat hij zijn kleren in een bundel bijeen had gebonden en alles wat hij bezat in een oude, gehavende bruinleren koffer had gepakt. In plaats van met riemen was de koffer met touw vastgemaakt.

'Tottie heeft me net verteld wat papa heeft gedaan, Henry. Je kunt niet weg. Ik zal hem smeken je te laten blijven,' klaagde ik. De tranen sprongen in mijn ogen.

'O, nee, juffrouw Lillian. Dat kun je niet doen. Het is een moeilijke tijd en de kapitein heeft niet veel keus,' zei Henry, maar ik zag het verdriet in zijn ogen. Hij hield evenveel van The Meadows als papa. Meer nog, dacht ik, want Henry had zijn bloed en zweet aan de plantage gegeven.

'Wie moet er dan voor ons zorgen en...'

'O, meneer Slope kan al het werk doen, juffrouw Lillian. Maak je maar geen zorgen.'

'Ik maak me geen zorgen over ons, Henry. Ik wil niet dat iemand anders dat werk doet. Je kunt niet weggaan. Eerst gaat Louella met pensioen en nu word jij weggestuurd. Hoe kan papa jou nou ontslaan? Je hoort net zo bij The Meadows als... als hij. Ik laat je niet wegsturen. Ik wil het niet. Je mag verder niets meer inpakken!' riep ik, en holde naar het huis voordat Henry me van gedachten kon laten veranderen.

Papa zat in zijn kantoor, achter zijn bureau, over zijn papieren gebogen. Naast hem stond een glas bourbon. Toen ik binnenkwam, keek hij pas op toen ik voor zijn bureau stond.

'Wat is er nu weer, Lillian?' vroeg hij, alsof ik hem de hele dag lastig viel met vragen. Hij ging rechtop zitten, trok aan zijn snor en bekeek me kritisch.

'Ik wil niets meer horen over je moeder, als het dat is.'

'Nee, papa. Ik...'

'Wat is er dan? Je ziet dat ik me het hoofd breek over die verdomde rekeningen.'

'Het gaat over Henry, papa. We kunnen hem niet wegsturen, het kàn gewoon niet. Henry houdt van The Meadows. Hij hoort hier altijd te blijven,' smeekte ik.

'Altijd.' Papa snauwde het woord of het een vloek was. Hij staarde even uit het raam en boog zich toen naar voren. 'Deze plantage is nog steeds een plaats waar gewerkt wordt, een onderneming die geld moet verdienen, een zaak. Weet je wat dat betekent, Lillian? Dat betekent dat je de kosten en uitgaven aan de ene kant optelt, en de inkomsten aan de andere kant. Kijk maar,' zei hij, en tikte met zijn rechterwijsvinger op zijn papieren. 'En dan trek je periodiek de kosten en uitgaven af van de inkomsten en rekent uit wat je over hebt. En wat we nu over hebben is nog geen kwart van wat we een jaar geleden om deze tijd hadden. Geen kwart!' riep hij uit. Hij sperde zijn ogen open en ging tegen me tekeer of het mijn schuld was.

'Maar, papa, Henry...'

'Henry is een werknemer, zoals alle anderen, en net als alle andere werknemers moet hij zijn geld waard zijn of vertrekken. Henry,' ging papa kalmer verder, 'is lang niet meer in de kracht van zijn leven, hij is al ver voorbij de leeftijd waarop hij gepensioneerd hoort te zijn en ergens op een veranda zijn pijp rookt en aan zijn jeugd terugdenkt,' zei papa, met een zweem van weemoedigheid in zijn stem. 'Ik heb hem zo lang mogelijk in dienst gehouden, maar zelfs zijn lage salaris brengt ons dichter bij de bodem van de schatkist, en ik kan me tegenwoordig niet meer veroorloven ook maar een penny te verspillen.'

'Maar Henry doet zijn werk, papa, dat heeft hij altijd gedaan.'

'Ik heb een nieuwe jongeman om al dat werk te doen, en die kost me meer dan genoeg, maar hij is het waard. Het zou stom zakendoen zijn om Henry een beetje achter Charles aan te laten lopen en te laten toekijken terwijl Charles het werk doet, nietwaar? Je bent verstandig genoeg om dat in te zien, Lillian. Bovendien is er niets dat een man zo levensmoe maakt als de wetenschap dat hij waardeloos is, en zolang Henry hier blijft wordt hij elke dag daarmee geconfronteerd.

'Dus,' zei hij, achteroverleunend, tevreden over zijn logica, 'bewijs ik hem in zekere zin een gunst door hem weg te sturen.'

'Maar waar moet hij naartoe, papa?'

'O, hij heeft een neef die in Richmond woont,' zei papa.

'Henry vindt het vast niet prettig om in een stad te wonen,' mompelde ik.

'Lillian, daar kan ik me nu het hoofd niet over breken. Ik maak me zorgen over The Meadows, en daar zou jij je ook bezorgd over moeten maken. Schiet op nu, verdwijn, en ga doen wat je altijd doet op dit uur van de dag.'

Hij stuurde me met een handgebaar weg en boog zich weer over zijn papieren. Ik bleef nog even staan en liep toen langzaam de deur uit.

Hoewel het buiten helder en zonnig was, leek alles grauw en somber toen ik terugliep naar Henry's verblijf. Hij was klaar met pakken en nam afscheid van de knechten die nog bij ons waren. Ik stond te wachten. Henry gooide zijn bundel over zijn schouder, pakte het geïmproviseerde handvat van zijn koffer en liep naar me toe. Toen bleef hij staan en zette zijn koffer neer.

'Juffrouw Lillian,' zei hij, om zich heen kijkend. 'Het is een mooie middag voor een wandeling, vind je niet?'

'Henry,' snikte ik. 'Het spijt me. Ik heb papa niet kunnen overtuigen.'

'Pieker er maar niet over, juffrouw Lillian. Met de ouwe Henry komt het heus wel in orde.'

'Ik wil niet dat je weggaat, Henry.'

'Juffrouw Lillian, ik ga niet echt weg. Ik geloof niet dat ik The Meadows ooit in de steek kan laten. Ik bewaar het hier,' zei hij, en legde zijn hand op zijn hart, 'en hier,' wijzend naar zijn slaap. 'Al mijn herinneringen aan The Meadows, de tijd die ik hier heb doorgebracht. De meeste mensen hier die ik gekend heb zijn weg. Hopelijk zijn ze nu in een betere wereld. Soms,' ging hij verder, 'is het moeilijker om degene te zijn die achterblijft.

'Maar,' vervolgde hij glimlachend, 'ik ben blij dat ik lang genoeg hier kon blijven om jou te zien opgroeien. Je bent een mooie jonge vrouw geworden. Je zult later een goeie vrouw zijn voor een man en je eigen plantage hebben, of iets dat net zo groot en mooi is.'

'Als dat zo is, Henry, kom je dan bij mij wonen?' vroeg ik, mijn tranen wegvegend.

'Absoluut, juffrouw Lillian. Dat hoef je de ouwe Henry geen twee keer te vragen. Zo,' besloot hij en stak zijn hand naar me uit, 'zorg goed voor jezelf en denk nu en dan eens aan de oude Henry.'

Ik keek naar zijn hand en toen deed ik een stap naar voren en omhelsde hem. Het verraste hem en hij bleef een ogenblik stil staan, terwijl ik me aan hem vastklampte, me vastklampte aan alles wat goed en mooi was in The Meadows, me vastklampte aan de herinneringen aan mijn jeugd, aan de warme zomerse dagen en nachten, aan het geluid van een harmonica in de avond, aan Henry's wijze woorden, aan de manier waarop hij naar me toeholde om me te helpen met Eugenia, of naast me zat in het rijtuig en me naar school bracht. Ik klampte me vast aan zijn liedjes, aan zijn glimlach en aan zijn woorden die me hoop hadden gegeven.

'Ik moet weg, juffrouw Lillian,' fluisterde hij hees. Zijn ogen schitterden van onvergoten tranen. Hij pakte zijn haveloze koffer op en liep de oprijlaan af. Ik holde met hem mee.

'Zul je me schrijven, Henry? Laat je me weten waar je bent?'

'Natuurlijk, juffrouw Lillian. Ik zal wel een paar briefjes krabbelen.'

'Papa had je door Charles ergens naartoe moeten laten brengen,' zei ik.

Ik bleef naast hem lopen.

'Nee, Charles, heeft zijn eigen werk. Ik ben gewend aan lange wandelingen, juffrouw Lillian. Toen ik nog jong was deed het me niets om van de ene horizon naar de andere te lopen.'

'Je bent niet jong meer, Henry.'

'Nee.' Hij trok zijn schouders zoveel mogelijk recht en nam grotere passen. Met elke lange stap raakte hij verder bij me vandaan.

'Dag, Henry,' schreeuwde ik, toen ik achterbleef. Even liep hij door, maar aan het eind van de oprijlaan draaide hij zich om. Voor de laatste keer zag ik Henry's stralende glimlach. Misschien was het magie; misschien was het mijn wanhopige fantasie, maar hij leek jonger; hij zag eruit of hij geen dag ouder was geworden sinds de tijd waarop hij me zingend en lachend op zijn schouders droeg. In mijn gedachten was zijn stem even onverbrekelijk met The Meadows verbonden als het gezang van de vogels.

Een ogenblik later liep hij de bocht om aan het eind van de oprijlaan en was verdwenen. Ik boog mijn hoofd en met moeizame stappen en een bezwaard hart liep ik naar huis. Toen ik opkeek zag ik dat een grote, donkere wolk de zon verduisterde en een grijze sluier wierp over het grote gebouw. Alle ramen leken donker en leeg, op één raam na, het raam van Emily's kamer. Ze stond erachter en keek vol afkeuring op me neer. Misschien had ze gezien dat ik Henry omhelsde, dacht ik. Ze zou van mijn liefdevolle gebaar natuurlijk iets zondigs en smerigs maken. Uitdagend keek ik naar haar op. Ze glimlachte sarcastisch, hief haar handen met de bijbel omhoog en wendde zich af, om te worden opgeslokt door het duister van haar kamer.

Het leven op The Meadows ging verder, soms rustig, soms schokkend. Mamma had haar goede en haar slechte dagen, en ik moest eraan denken dat wat ik haar de ene dag vertelde de volgende dag vergeten kon zijn. In haar Zwitserse-kaasachtige geheugen werden de gebeurtenissen uit haar jeugd vaak verward met gebeurtenissen uit het heden. Ze leek zich meer op haar gemak te voelen met haar oude herinneringen en klampte zich daar hardnekkig aan vast. Haar selectieve geheugen wekte vooral de herinneringen op aan haar gelukkige jeugd, toen ze nog op de plantage van haar eigen familie woonde.

Ze begon weer te lezen, maar vaak herlas ze dezelfde pagina's en hetzelfde boek. Het pijnlijkste was als ze praatte over Eugenia alsof mijn zusje nog leefde. Ze zou 'Eugenia dit brengen' of 'Eugenia dat vertellen'. Ik had het hart niet haar eraan te herinneren dat Eugenia dood was, maar Emily aarzelde nooit. Net als papa had ze weinig geduld met mamma's geheugenverlies en dagdromerij. Ik probeerde haar ertoe te brengen wat meer sympathie te tonen, maar ze was het niet met me eens.

'Als we die stupiditeit aanmoedigen,' zei ze, papa's woord gebruikend, 'wordt het alleen maar erger.'

'Het is geen stupiditeit. De herinnering is gewoon te pijnlijk voor haar om te kunnen verdragen,' legde ik uit. 'Mettertijd...'

'Mettertijd zal het erger worden,' verklaarde Emily op haar superieure, profetische toon. 'Tenzij we haar wat verstand in kunnen praten. Haar vertroetelen helpt niet.'

Ik slikte mijn antwoord in en ging weg. Zoals Henry zou zeggen, dacht ik, was het gemakkelijker een vlieg ervan te overtuigen dat hij een bij was en honing te laten maken, dan Emily van haar standpunt af te brengen. De enige die mijn verdriet begreep en medeleven toonde was Niles. Hij luisterde altijd vol medelijden naar mijn droevige verhalen. Hij trok het zich erg aan van mij en mamma.

Niles was lang en slank geworden. Op zijn dertiende begon hij zich al te scheren. Hij had een zware, donkere baardgroei. Nu hij ouder was, moest hij geregeld op de plantage van zijn familie werken. Net als wij hadden de Thompsons moeite met het nakomen van hun financiële verplichtingen, en net als wij moesten ze sommige knechten ontslaan. Niles viel in en deed het werk van een volwassen man. Hij was er trots op en het veranderde hem, maakte hem harder, volwassener.

Maar we bleven naar onze magische vijver gaan en in de fantasie geloven. Van tijd tot tijd glipten we samen weg en wandelden naar de vijver. Aanvankelijk was het pijnlijk om terug te keren naar de plaats waar we Eugenia heen hadden gebracht en waar ze haar wens had gedaan, maar het was goed om iets te hebben dat alleen van ons was. We kusten en liefkoosden elkaar en bekenden elkaar steeds meer van onze intiemste gedachten, gedachten die we gewoonlijk veilig opgesloten hielden in ons hart.

Niles was de eerste die zei dat hij droomde van ons huwelijk, en toen hij dat eenmaal had toegegeven, bekende ik hem dat ik dezelfde droom had. Uiteindelijk zou hij de plantage van zijn vader erven en we zouden daar wonen en ons gezin grootbrengen. Ik zou altijd dicht bij mamma zijn en als we eenmaal gesetteld waren, zou ik onmiddellijk Henry terughalen. In ieder geval zou hij dan dicht bij The Meadows zijn.

Niles en ik zaten in het zachte licht van de middagzon aan de kant van de vijver en smeedden onze plannen met zoveel zelfvertrouwen dat iemand die ons afluisterde alleen maar zou kunnen geloven dat het onvermijdelijk was. We hadden groot vertrouwen in de macht van de liefde. Daardoor zouden we altijd gelukkig zijn. Het zou als een fort zijn dat om ons heen was opgetrokken en ons beschermde tegen de regen en de kou en de tragedies die anderen overkwamen. Wij zouden het droompaar zijn dat mijn echte vader en moeder hadden moeten zijn.

Toen Louella en Henry The Meadows hadden verlaten, hadden we in die moeilijke tijden weinig om naar uit te kijken, weinig om enthousiast over te worden, behalve mijn afspraakjes met Niles en school. Maar tegen eind mei heerste er grote opwinding over het komende feest voor Niles' zusjes, de Thompson-tweeling, die hun zestiende verjaardag zouden vieren.

Een zestiende verjaardag was al opwindend genoeg, maar een feest ter ere van een tweeling gegeven was dat nog veel meer. Iedereen praatte erover. Uitnodigingen waren zo kostbaar als goud. Op school probeerden alle jongens en meisjes die uitgenodigd wilden worden, bij de tweeling in het gevlij te komen.

Er werden plannen gemaakt om de grote hal van de Thompsons in een balzaal om te toveren. Er werd een binnenhuisarchitect gehuurd om papieren slingers en ballen, lichten en glitters aan te brengen. Elke dag voegde mevrouw Thompson iets nieuws toe aan het fantastische menu, maar behalve dat het het beste feestmaal van het jaar zou worden, zou er ook een echt orkest zijn: beroepsmusici die dansmuziek speelden. Er zouden spelletjes worden gespeeld en wedstrijden gehouden, en het hoogtepunt van de avond zou de grootste verjaardagstaart worden die ooit in Virginia gemaakt was. Per slot was het een taart voor twee meisjes van zestien, niet één.

Een tijdje dacht ik dat mamma er werkelijk heen zou gaan. Elke dag na school holde ik naar haar toe om haar nieuwe bijzonderheden te vertellen die ik over het feest had gehoord, uitweidend over de dingen die Niles me vertelde, en meestal raakte ze dan opgewonden. Op een dag keek ze zelfs haar garderobe na en besloot dat ze wat nieuws nodig had, iets moderners dat ze aan kon trekken, en ze plande zelfs een winkeltocht.

Die middag had ik haar zo enthousiast gekregen dat ze naar haar toilettafel ging en haar haar begon te kammen en zich op te maken. Ze maakte zich erg druk over de nieuwe mode, dus liep ik naar Upland Station en kocht een exemplaar van een van de nieuwste modetijdschriften. Maar toen ik het haar liet zien, leek ze verstrooid. Ik moest haar eraan herinneren waarom we ons zo druk maakten over onze kleren en kapsels.

'O, ja,' zei ze, toen de herinnering weer terugkwam. 'We gaan winkelen om nieuwe jurken en nieuwe schoenen te kopen,' beloofde ze, maar telkens als ik haar in de komende dagen daaraan herinnerde, glimlachte ze alleen maar en zei: 'Morgen. Morgen gaan we.'

Die morgen kwam nooit. Ze vergat het of verviel in een van haar melancholieke stemmingen. En dan raakte ze verschrikkelijk in de war. Telkens als ik het over het feest van de Thompsons had, begon ze over een soortgelijk feest voor Violet.

Twee dagen voor het feest ging ik naar papa, die in zijn kantoor zat, en vertelde hem hoe mamma zich gedroeg. Ik smeekte hem iets te doen.

'Als ze uitgaat en weer mensen ontmoet, papa, zal dat haar goed doen.'

'Een feest?' zei hij.

'De Thompson-tweeling wordt zestien, papa. Iedereen gaat ernaar toe. Weet u dat niet meer?' vroeg ik wanhopig.

Hij schudde zijn hoofd.

'Ik heb op het ogenblik wel iets anders aan mijn hoofd dan een stom verjaardagsfeest. Wanneer zei je dat het was?'

'Zaterdagavond, papa. We hebben de uitnodiging al een tijdje geleden ontvangen.' Ik kreeg een hol gevoel in mijn maag.

'Aanstaande zaterdag? Dan kan ik niet,' verklaarde hij. 'Ik kom zondagmorgen pas terug van mijn zakenreis.'

'Maar papa... wie moet mamma en Emily en mij er dan naartoe brengen?'

'Ik betwijfel of je moeder zal gaan,' zei hij. 'Als Emily gaat, kun je erheen. Op die manier ben je fatsoenlijk gechaperonneerd, maar als zij naar huis gaat, ga jij ook,' zei hij vastbesloten.

'Papa. Dit is het belangrijkste feest van het... van het jaar. Al mijn vriendinnen van school gaan erheen en alle families hier in de buurt zijn er.'

'Het is toch een feest?' zei hij. 'Je bent niet oud genoeg om er alleen heen te gaan. Ik zal er met Emily over spreken en mijn instructies achterlaten.'

'Maar, papa, Emily houdt niet van feesten... ze heeft niet eens een behoorlijke jurk of schoenen en...'

'Dat is mijn schuld niet,' zei hij. 'Je hebt maar één zuster en helaas voelt je moeder zich niet goed de laatste tijd.'

'Waarom gaat u dan weer weg?' snauwde ik, sneller en scherper dan mijn bedoeling was, maar ik was wanhopig, gefrustreerd en kwaad, en de woorden rolden eruit.

Papa's ogen puilden bijna uit zijn hoofd. Zijn gezicht werd vuurrood en hij stond zo woedend op dat ik struikelend achteruitviel tegen een hooggerugde stoel. Hij zag eruit of hij elk moment kon ontploffen.

'Hoe durf je op die manier tegen me te spreken! Hoe durf je zo brutaal te zijn!' bulderde hij en liep om zijn bureau heen.

Ik dook snel ineen, zittend op de stoel. 'Het spijt me, papa. Het was niet mijn bedoeling om brutaal te zijn,' riep ik uit. De tranen rolden over mijn wangen nog voor hij de kans kreeg zijn arm op te heffen. Mijn huilbui bracht hem enigszins tot bedaren, en hij bleef alleen even snuivend van woede staan.

Toen, beheerst, maar nog steeds woedend, wees hij naar de deur en zei: 'Je gaat onmiddellijk naar je kamer en je blijft daar tot ik je toestemming geef om eruit te komen, begrepen? Je gaat zelfs niet naar school tot ik het zeg.'

'Maar, papa –'

'Je komt je kamer niet uit!' beval hij. Ik sloeg snel mijn ogen neer. 'Naar boven!'

Langzaam stond ik op en liep met gebogen hoofd naar de deur. Hij volgde me.

'Vooruit, naar boven, en doe je deur dicht. Ik wil je gezicht niet zien en je stem niet horen!'

Mijn hart bonsde en ik liep met loden voeten de trap op. Papa schreeuwde zo hard dat alle bedienden om de hoek van hun deur keken. Ik zag Vera en Tottie in de deuropening van de eetkamer en bovenaan de trap zag ik Emily staan die woedend naar me keek.

'Die meid krijgt straf,' kondigde papa aan. 'Ze komt haar kamer niet uit voor ik het zeg. Mevrouw Slope, zorg ervoor dat haar maaltijden naar haar kamer worden gebracht.'

'Ja, meneer,' zei Vera.

Emily's hoofd wiebelde op en neer op haar lange, magere hals toen ik langs haar liep. Ze had haar lippen getuit en haar ogen waren samengeknepen. Ik wist dat ze zich gerechtvaardigd en gesteund voelde in haar mening dat ik niet deugde. Het had geen zin een beroep op haar te doen, zelfs niet terwille van mamma. Ik ging naar mijn kamer en deed mijn deur dicht en bad dat papa gauw tot bedaren zou komen en ik naar het feest kon gaan.

Maar dat gebeurde niet en hij verliet The Meadows voor zijn zakenreis zonder me toestemming te geven mijn kamer te verlaten. Ik had mijn tijd doorgebracht met lezen en uit het raam kijken, in de hoop dat papa een zacht plekje in zijn hart zou ontdekken en me mijn brutaliteit zou vergeven. Maar er was niemand om het voor me op te nemen; mamma was in de war en was onbereikbaar in haar eigen wereld, en Emily had alleen maar leedvermaak. Ik smeekte Vera papa te vragen bij me te komen. Toen ze terugkwam om me mijn volgende maaltijd te brengen, zei ze dat hij zijn hoofd had geschud en gezegd: 'Ik heb nu geen tijd voor onzin. Laat haar maar eens een tijdje over haar gedrag nadenken.'

Ik knikte teleurgesteld.

'Ik heb het nog over het feest gehad,' vertelde Vera, en ik keek hoopvol op.

'En?'

'Hij zei dat Emily niet ging, dus dat het geen zin had hem te vragen of jij mocht gaan. Het spijt me,' zei Vera.

'Dank je dat je het geprobeerd hebt, Vera,' antwoordde ik, en ze ging weg.

Ik wist zeker dat Niles op school naar mij informeerde, maar geen bevredigende verklaring kreeg van Emily. Maar op de dag van het feest kwam hij op The Meadows en vroeg mij te spreken. Vera moest hem vertellen dat ik straf had en geen bezoek mocht ontvangen. Ze stuurde hem weg.

'In ieder geval weet hij nu wat er aan de hand is,' mompelde ik, toen Vera me van zijn bezoek op de hoogte bracht. 'Heeft hij verder nog iets gezegd?'

'Nee, maar zijn kin zakte ongeveer op zijn schoenen, en hij trok een gezicht of hij zelf niet naar het feest mocht,' zei Vera.

De middag ging tergend langzaam voorbij. Ik zat voor het raam en zag het zonlicht verflauwen. Op mijn bed had ik mijn beste jurk klaargelegd met mijn mooiste schoenen op de vloer eronder. De schoenen waarop ik gehoopt had te kunnen dansen tot ik niet meer kon. In een van haar heldere ogenblikken had mamma me een smaragden halsketting gegeven, met een bijpassende smaragden armband. Ik had ze naast de jurk gelegd. Van tijd tot tijd keek ik er verlangend naar en droomde dat ik feestelijk aangekleed was.

En toen het donker werd was dat precies wat ik deed. Ik tutte me op zoals ik zou hebben gedaan als papa me toestemming had gegeven om naar het feest te gaan. Ik nam een bad en ging voor mijn toilettafel zitten en borstelde mijn haar. Toen trok ik mijn feestjurk aan en mijn schoenen en deed de juwelen om die mamma me had gegeven. Vera bracht me mijn eten en keek geschokt, maar ook enthousiast.

'Wat zie je er mooi uit, lieverd,' zei ze. 'Het spijt me dat je niet kunt gaan.'

'O, maar ik ga wèl, Vera,' zei ik. 'Ik ga alles fantaseren en net doen alsof.'

Ze lachte en vertelde toen iets over haar eigen jeugd.

'Toen ik zo oud was als jij liep ik naar de plantage van de Pendletons als ze een van hun grote galafeesten gaven. Ik sloop naar het huis en staarde naar al die prachtig geklede vrouwen in witsatijnen en witmousseline baljurken en de mannen in elegante kostuums en cravates. Ik luisterde naar het gelach en de muziek die door de open ramen over de veranda's naar buiten klonk. En ik danste met gesloten ogen en verbeeldde me dat ik een mooie dame was. Natuurlijk was ik dat niet, maar het was toch leuk.'

'Nou ja.' Ze haalde haar schouders op. 'Ik weet zeker dat er nog veel meer feesten voor je zullen komen, andere keren dat je je mooi kunt aankleden en er even mooi zult uitzien als nu. Welterusten, lieverd,' zei ze, en ging weg.

Ik kon niet veel eten. Mijn ogen waren strak op de klok gericht. Ik probeerde me voor te stellen wat er elk uur gebeurde. Nu kwamen de gasten. De muziek speelde. De tweeling begroette iedereen bij de deur. Het speet me voor Niles. Ik wist dat hij zijn plaats bij de familie moest innemen en er blij en opgewonden moest uitzien. Hij dacht vast en zeker aan mij. Een tijdje later stelde ik me voor dat de mensen dansten. Als ik er was geweest, had Niles mij nu ten dans gevraagd. Ik liet me meevoeren door mijn fantasie. Ik begon te neuriën en bewoog me door mijn kleine kamer, verbeeldde me dat Niles' ene hand op mijn middel lag en zijn andere hand de mijne vasthield. Iedereen op het feest keek naar ons. We waren het knapste jonge paar.

Toen de muziek stopte, stelde Niles voor om iets te gaan eten. Ik ging naar het blad dat Vera boven had gebracht en knabbelde op iets. Ik deed net of Niles en ik ons tegoed deden aan rosbief en kalkoen en salade. Toen we gegeten hadden begon de muziek weer en zweefden we weer samen over de dansvloer.

'De da, de da, de, da, da, da,' zong ik, en draaide rond in mijn kamer

147

tot ik op mijn raam hoorde kloppen en met een ruk bleef staan. Ik slaakte een kreet en staarde naar een donkere gestalte die naar binnen keek. Hij tikte weer op het raam. Mijn hart bonsde. Ik hoorde zachtjes mijn naam roepen en holde naar het raam. Het was Niles.

'Wat doe jij hier? Hoe ben je boven gekomen?' vroeg ik toen ik het raam had opengeschoven.

'Geklommen. Langs de regenpijp. Mag ik binnenkomen?'

'O, Niles,' zei ik, naar de deur kijkend. 'Als Emily erachter komt...'

'Dat doet ze niet. We zullen heel zacht praten.'

Ik deed een stap achteruit en hij klom door het raam naar binnen. Hij zag er zo knap uit in zijn mooie pak, ook al waren zijn haren verward en zijn handen zwart van het vuil door het klimmen.

'Je bederft je kleren. Kijk nou eens,' verklaarde ik, terwijl ik een eindje achteruitging. Over zijn linkerwang liep een streep vuil. 'Ga naar mijn badkamer om je te wassen,' beval ik. Ik probeerde verontwaardigd te klinken, maar mijn hart sprong op van vreugde. Hij lachte en liep haastig naar de badkamer. Een paar ogenblikken later kwam hij weer naar buiten en veegde zijn handen af aan de handdoek.

'Waarom heb je dat gedaan?' vroeg ik. Ik zat op mijn bed, met mijn handen in mijn schoot.

'Ik vond aan dat hele feest niets aan als jij er niet was. Ik ben gebleven zolang ik moest blijven en toen ben ik weggeglipt. Niemand zal het merken. Er waren zoveel mensen en mijn zusjes hadden het veel te druk. Hun balboekjes zijn vol voor vanavond.'

'Vertel eens wat over het feest. Is alles goed gegaan? Is de versiering mooi? En de muziek, is de muziek mooi?'

Hij bleef glimlachend naar me staan kijken.

'Rustig,' zei hij. 'Ja, de versiering is geweldig en de muziek is erg goed, maar vraag me niet wat de meisjes dragen. Ik heb niet naar andere meisjes gekeken, ik dacht alleen aan jou.'

'Loop heen, Niles Thompson. Met al die knappe meisjes daar...'

'Ik ben toch hier?' merkte hij op. 'In ieder geval,' ging hij verder, me van het hoofd tot de voeten opnemend, 'zie je er mooi uit voor iemand die kamerarrest heeft.'

'Wat? O,' zei ik blozend. Ik besefte dat hij me midden in mijn fantasie had betrapt. 'Ik...'

'Ik ben blij dat je je zo mooi hebt aangekleed. Het geeft me het gevoel dat je op het feest bent. En, juffrouw Lillian,' zei hij met een diepe buiging, 'mag ik het genoegen hebben met u te dansen of is uw balboekje al vol?'

Ik lachte.

'Juffrouw Lillian?' vroeg hij weer.

Ik stond op.

'Ik heb nog een of twee dansen over,' antwoordde ik.

'Prachtig,' zei hij, en pakte mijn hand. Toen legde hij zijn hand om mijn middel precies zoals ik me had voorgesteld dat hij zou doen, en we dansten op onze eigen muziek.

Even, toen ik ons samen in mijn spiegel zag, geloofde ik dat we op het feest waren. Ik kon de muziek en de stemmen en het gelach van de andere mensen horen. Hij had zijn ogen gesloten en we draaiden rond tot we tegen mijn nachtkastje bonsden en de lamp op de grond viel met het gerinkel van gebroken glas.

Even bleven we doodstil staan en zeiden niets. We luisterden of we voetstappen in de gang hoorden. Ik gebaarde dat we stil moesten zijn en knielde neer om de grootste stukken glas op te rapen. Eén scherf sneed in mijn vinger en ik slaakte een kreet. Niles pakte ogenblikkelijk mijn hand en bracht mijn vinger aan zijn lippen.

'Ga het uitwassen,' zei hij. 'Ik ruim dit verder wel op. Toe maar.'

Ik deed het, maar ik was nog niet in de badkamer of ik hoorde voetstappen in de gang. Ik stak mijn hoofd om de hoek van de deur om Niles te waarschuwen, die snel op zijn buik achter het bed ging liggen, op hetzelfde moment dat Emily mijn deur opengooide.

'Wat is hier aan de hand? Wat is er gebeurd?' vroeg ze.

'Mijn lamp is gevallen en gebroken,' zei ik, uit de badkamer tevoorschijn komend.

'Wat... waarom ben je zo opgetut?'

'Ik wilde weten hoe ik eruit zou zien als ik naar het feest had mogen gaan, zoals alle andere meisjes van mijn leeftijd,' antwoordde ik.

'Belachelijk.' Ze staarde me achterdochtig aan en keek om zich heen in de kamer. Ze verstarde toen ze het open raam zag. 'Waarom staat dat raam zo ver open?'

'Ik had het warm,' zei ik.

'Op die manier komen er allerlei insekten binnen.' Ze liep erheen, maar ik schoot naar voren en was er eerder dan zij. Toen ik omlaagkeek zag ik dat Niles onder mijn bed was gekropen. Emily stond middenin de kamer en keek me onderzoekend aan.

'Papa wilde niet dat je naar het feest ging; hij wilde zeker niet dat je je ervoor zou kleden. Trek die malle kleren uit,' beval ze.

'Het zijn geen malle kleren.'

'Het is mal om ze in je kamer te dragen. Nou?' zei ze, toen ik niet reageerde.

'Misschien,' antwoordde ik.

'Trek ze uit en berg ze weg.' Ze sloeg haar armen over elkaar en trok haar schouders naar achteren. Ik kon zien dat ze niet weg zou gaan voor ik had gedaan wat ze vroeg, dus ging ik naar de spiegel en maakte mijn jurk los. Ik trok hem uit, deed mamma's ketting en armband af en legde ze in de doos op mijn toilettafel. Toen ik mijn jurk had opgehangen, ontspande Emily zich.

'Zo is het beter,' zei ze. 'In plaats van al die idiote dingen te doen, hoorde je te bidden en vergiffenis te vragen voor je daden.'

Ik stond in mijn bustehouder en onderbroekje, in de verwachting dat ze weg zou gaan, maar ze bleef me aanstaren.

'Ik heb over je nagedacht,' zei ze. 'Erover nagedacht dat ik moest doen, wat God wil dat ik doe, en ik ben tot de conclusie gekomen dat Hij wil dat ik je help. Ik zal je de gebeden en de bijbelteksten geven die je steeds weer moet herlezen, en als je doet wat ik vraag, zul je misschien worden gered. Wil je het doen?'

Toegeven leek me de enige manier om haar mijn kamer uit te krijgen.

'Ja, Emily.'

'Goed. Ga op je knieën liggen,' beval ze.

'Nu?'

'Geen beter moment dan nu,' zei ze. 'Op je knieën.' Ze wees naar de grond. Ik knielde naast het bed. Ze haalde een velletje papier uit haar zak en stopte het in mijn handen. 'Lees en bid,' beval ze. Het was Psalm eenenvijftig, een lang gebed. Ik kreunde inwendig, maar begon.

'Wees mij genadig, o God...'

Toen ik klaar was, knikte Emily tevreden.

'Zeg dat elke avond op voor je gaat slapen. Begrepen?'

'Ja, Emily.'

'Goed. Welterusten dan.'

Ik slaakte een zucht van opluchting toen ze eindelijk weg was. Zodra de deur achter haar was dichtgevallen, kwam Niles onder het bed vandaan.

'Lieve hemel,' zei hij. 'Ik heb nooit geweten dat ze zó gek was.'

'Het is nog veel erger dan dit, Niles,' zei ik. En toen realiseerden we ons allebei dat ik in mijn bustehouder en onderbroekje stond. Niles ogen verzachtten. Heel langzaam kwam hij dichterbij. Ik draaide me niet om en pakte niet gauw mijn peignoir. Toen nog slechts een paar centimeter ons scheidden, pakte hij mijn hand vast.

'Je bent zo mooi,' fluisterde hij.

Ik liet me door hem kussen en beantwoordde zijn zoen. De vingertoppen van zijn rechterhand raakten de linkerkant van mijn borst. Niet doen, niet doen, wilde ik gillen. Laten we verder niets doen, niets dat Emily's opvatting dat ik slecht ben kan bevestigen. Maar mijn opwinding won het van mijn geweten en in plaats van te protesteren steunde ik zachtjes van genot. Mijn armen deden het woord voor me, trokken hem dichter naar me toe, zodat ik hem steeds opnieuw kon kussen. Ik voelde zijn handen sneller bewegen, ze streelden me, volgden de lijn van mijn schouders, tot zijn vingertoppen de sluiting vonden. Ik klampte me aan hem vast, met mijn wang tegen zijn bonzende hart. Hij aarzelde, maar ik keek hem diep in de ogen en gaf hem zwijgend toestemming. De sluiting ging open en de beha gleed van mijn borsten. We gingen op mijn bed zitten en Niles sloot zijn lippen om mijn tepels.

150

Alle weerstand ebde weg. Zachtjes duwde hij me achterover. Ik deed mijn ogen dicht en voelde zijn lippen langs mijn borsten gaan, omlaag naar mijn navel. Ik voelde zijn hete adem op mijn buik.

'Lillian,' fluisterde hij. 'Ik hou van je. Ik hou zoveel van je.'

Ik legde mijn handen om zijn gezicht en trok hem omhoog tot zijn lippen mijn mond weer vonden, terwijl zijn handen mijn borsten liefkoosden.

'Niles, we moeten ophouden voor het te laat is.'

'Ja,' beloofde hij, maar hij hield niet op en ik duwde hem niet weg, zelfs niet toen ik zijn harde lid voelde.

'Niles, heb je dit weleens eerder gedaan?' vroeg ik.

'Nee.'

'Hoe weten we dan wanneer we op moeten houden?' vroeg ik. Hij had het zo druk met me te strelen dat hij geen antwoord gaf, maar ik wist dat we beslist te ver zouden gaan als ik hem er niet aan herinnerde. 'Niles, alsjeblieft, hoe weten we wanneer we moeten stoppen?'

'Dat weten we,' beloofde hij en kuste me nog hartstochtelijker. Ik voelde zijn hand over mijn buik bewegen tot hij vlak bij mijn dijen bleef rusten. Zijn tastende vingers brachten zo'n opwinding in me teweeg dat mijn hele lichaam schokte.

'Nee, Niles,' zei ik, terwijl ik hem wegduwde met alle weerstand die ik op kon brengen. 'Als we dat doen, houden we nooit meer op.'

Hij boog zijn hoofd, haalde diep adem en knikte.

'Je hebt gelijk,' zei hij, en draaide zich om op bed. Ik kon de zwelling in zijn broek zien.

'Doet het pijn, Niles?' vroeg ik.

'Wat?' Hij volgde mijn blik en ging snel rechtop zitten.

'O. Nee.' Hij werd vuurrood. 'Niets aan de hand. Maar ik kan nu beter gaan. Ik weet niet of ik me wel kan beheersen als ik nog langer blijf,' bekende hij. Hij stond op en streek zijn haar naar achteren. Hij vermeed mijn blik en liep naar het raam. 'Ik moet trouwens toch terug.'

Ik wikkelde mijn deken om me heen en ging naar hem toe. Ik drukte mijn wang tegen zijn schouder en hij gaf me een zoen op mijn haar.

'Ik ben blij dat je gekomen bent, Niles.'

'Ik ook.'

'Wees voorzichtig als je van het dak klimt. Het is erg hoog.'

'Hé, ik ben een expert in het klimmen, weet je wel?'

'Ja, ik weet het,' zei ik lachend. 'Dat was ongeveer het eerste wat je me vertelde toen we die eerste dag samen van school naar huis liepen. Je schepte op dat je zo goed in bomen kon klimmen.'

'Ik zou de hoogste berg beklimmen, in de hoogste boom, om bij jou te kunnen komen, Lillian,' zei hij. We kusten elkaar en toen klom hij naar buiten. Hij aarzelde even bij mijn raam en verdween toen in de duisternis. Ik hoorde hoe hij over het dak sloop.

'Goedenacht,' fluisterde ik.

'Goedenacht,' hoorde ik hem terugfluisteren, en toen deed ik het raam dicht.

Charles Slope was de eerste die hem de volgende ochtend vond. Hij lag naast het huis, zijn nek gebroken door de val.

10 HET ONGELUK ACHTERVOLGT ME

Ik werd wakker toen ik hoorde gillen. Ik herkende Totties stem en toen hoorde ik Charles Slope bevelen schreeuwen tegen een paar knechten. Snel trok ik mijn peignoir en mijn slippers aan. Het tumult buiten bleef voortduren, dus ik sloeg papa's bevel in de wind en verliet mijn kamer. Haastig liep ik door de gang naar de trap. Iedereen holde door elkaar heen. Ik zag Vera met een deken door de hal lopen. Ik riep haar, maar ze hoorde me niet, dus liep ik de trap af.

'Waar ga jij naar toe?' gilde Emily achter me.

'Er is iets vreselijks gebeurd. Ik moet zien wat het is,' antwoordde ik.

'Papa zegt dat je je kamer niet mag verlaten. Ga terug!' beval ze. Haar lange arm en benige wijsvinger wezen naar mijn deur. Ik negeerde haar en liep verder de trap af. 'Papa heeft je verboden je kamer te verlaten. Ga terug!' schreeuwde ze. Maar ik liep al door de hal naar de voordeur.

Ik wilde dat ik terug was gegaan. Ik wilde dat ik die kamer nooit had verlaten, nooit uit het huis was gegaan, nooit een levende ziel had ontmoet. Ik kreeg een hol gevoel onderin mijn buik nog voordat ik bij de voordeur was. Het was of ik een kippeveer had ingeslikt, die door mijn lichaam zweefde en mijn ingewanden kriebelde. Ik liep naar buiten, de trap van de veranda af en naar de zijkant van het huis, waar ik Charles, Vera, Tottie en twee knechten naar het lichaam zag staren, dat nu onder de deken lag. Toen ik de schoenen herkende die eruitstaken, werden mijn benen zo slap als rubber. Ik keek omhoog en zag de gebroken regenpijp bungelen. Ik gilde en viel op het gras.

Vera was de eerste die bij me was. Ze omhelsde me en wiegde me in haar armen.

'Wat is er gebeurd?' gilde ik.

'Charles zegt dat de regenpijp is gebroken en hij is gevallen. Hij is waarschijnlijk op zijn hoofd terechtgekomen.'

'Gaat het goed met hem?' riep ik. 'Het móet goed met hem gaan.'

'Nee, schat, het gaat níet goed met hem. Het is die jongen van Thompson, hè? Was hij gisteravond in je kamer?' vroeg ze. Ik knikte.

'Maar hij is vroeg weggegaan en hij kan goed klimmen,' zei ik. 'Hij kan in de hoogste bomen klimmen.'

'Hij was het niet, het was de regenpijp,' herhaalde Vera. 'Zijn ouders zullen wel gek van angst zijn en zich afvragen wat er met hem gebeurd is. Charles heeft Clark Jones naar de Thompsons gestuurd.'

'Ik wil hem spreken,' zei ik. Vera hielp me overeind en bracht me naar Niles. Charles keek op en schudde zijn hoofd.

'Die pijp was doorgeroest en kon zijn gewicht niet dragen. Hij had er niet op mogen vertrouwen.'

'Maar hij komt er toch bovenop?' vroeg ik wanhopig.

Charles keek naar Vera en toen naar mij.

'Hij is niet meer in ons midden, juffrouw Lillian. De val... heeft hem gedood. Ik denk dat zijn nek is gebroken.'

'O, nee, alsjeblieft. O, God, alsjeblieft, nee,' kreunde ik, en liet me op mijn knieën naast Niles' lichaam vallen. Langzaam trok ik de deken terug en keek naar hem. Zijn ogen waren gesloten in de dood. De dood die dit huis al eerder had bezocht en Eugenia had meegenomen. Ik schudde ongelovig het hoofd. Dit kon Niles niet zijn. Het gezicht was te bleek, de lippen waren te blauw en te dik. Niets in zijn gezicht leek op Niles. Niles was een knappe jongen met donkere, gevoelige ogen en een zachte glimlach. Nee, dacht ik, het was Niles niet. Ik glimlachte omdat ik me zo had kunnen vergissen.

'Dat is Niles niet,' zei ik opgelucht. 'Ik weet niet wie het is, maar het is niet Niles. Niles is veel knapper.' Ik keek naar Vera, die me vol medelijden opnam. 'Hij is het niet, Vera. Het is iemand anders. Misschien een zwerver. Misschien...'

'Ga mee naar binnen, lieverd,' zei ze. Ze omhelsde me. 'Het is een afschuwelijk gezicht.'

'Maar het is Niles niet. Niles is veilig thuis. Je zult het zien als ze Clark Jones terugsturen,' zei ik, maar ik beefde over mijn hele lichaam en mijn tanden klapperden.

'Oké, lieverd, oké.'

'Niles is gisteravond wel naar mijn raam geklommen om me op te zoeken, omdat ik niet naar het feest mocht. We hebben even samen gepraat en toen is hij door mijn raam weer naar beneden geklommen. Hij is in het donker weggehold en weer teruggegaan naar het feest. Nu ligt hij thuis in bed of misschien staat hij net op om te ontbijten,' legde ik uit, toen we terugliepen naar het huis.

Emily stond met over elkaar geslagen armen op de verandatrap te wachten. 'Wat is er?' vroeg ze. 'Waarom loopt iedereen zo te schreeuwen?'

'Het is de jongen van Thompson,' antwoordde Vera. 'Hij moet gevallen zijn toen hij van het dak klom. De regenpijp is gebroken en...'

'Het dak?' Emily keek me doordringend aan. 'Was hij gisteravond in je kamer? ZONDARES!' gilde ze voor ik iets kon zeggen. 'Hij was in je kamer!'

'Nee.' Ik schudde mijn hoofd. Ik voelde me licht, zwevend, net als de donzige wolken die door de blauwe lucht dreven. 'Nee, ik ben naar het feest gegaan. Ja. Ik was op het feest. Niles en ik hebben de hele nacht gedanst. We hadden een heerlijke tijd. Iedereen keek met jaloerse blikken naar ons. We dansten als twee engelen.'

'Je bent met hem naar bed geweest, hè?' zei ze beschuldigend. 'Je hebt hem verleid, Jezebel!'

Ik glimlachte alleen maar.

'Je bent met hem naar bed geweest en God heeft hem daarvoor gestraft. Hij is dood door jouw schuld. Jouw schuld,' zei ze.

Mijn lippen begonnen weer te trillen. Ik schudde mijn hoofd. Ik ben hier niet; het is niet echt ochtend, dacht ik. Dit gebeurt niet echt. Ik droom; het is een afschuwelijke nachtmerrie. Ik kan elk moment wakker worden in mijn kamer, in mijn bed, veilig en wel.

'Wacht maar tot papa dit hoort. Hij vilt je levend. Je hoort gestenigd te worden, zoals de hoeren uit de oudheid, mee naar buiten genomen en gestenigd,' zei ze met haar hooghartige, arrogante stem.

'Juffrouw Emily, dat is vreselijk wat u daar zegt. Ze is zo van streek dat ze niet weet waar ze is of wat er gebeurt,' zei Vera. Emily keek met felle blik naar onze nieuwe huishoudster.

'Heb geen medelijden met haar. Zo weet ze te bewerkstelligen dat je haar slechtheid niet ziet. Ze is sluw. Ze is een vervloeking, en dat is ze altijd geweest, vanaf de dag waarop ze is geboren en haar moeder bij haar geboorte is gestorven.'

Vera wist niet dat ik niet het kind van mamma en papa was. Het nieuws was een schok voor haar, maar ze deinsde niet achteruit en hield me stevig in haar armen.

'Niemand is een vervloeking, juffrouw Emily. U mag zoiets niet zeggen. Kom mee, lieverd,' zei ze tegen mij. 'Ga naar je kamer om te rusten. Kom mee.'

'Het is Niles niet, hè?' vroeg ik.

'Nee,' zei ze. Ik draaide me om en glimlachte naar Emily.

'Het is Niles niet,' zei ik.

'Jezebel,' mompelde ze, en liep weg om naar het lichaam te gaan kijken.

Vera bracht me naar mijn kamer en legde me in bed. Ze trok de deken op tot aan mijn kin.

'Ik zal je wat warms te drinken brengen en iets te eten. Blijf maar stil liggen,' zei ze, en liet me alleen.

Ik bleef liggen luisteren. Ik hoorde de geluiden, de paarden, het rijtuig, de kreten. Ik herkende de stem van meneer Thompson en ik hoorde de tweeling huilen en toen werd alles doodstil. Vera bracht me een blad.

'Het is voorbij,' zei ze. 'Hij is weggehaald.'

'Wie?'

'De jongeman die van het dak is gevallen,' zei Vera.

'O. Was het iemand die we kenden, Vera?' Ze schudde haar hoofd. 'Maar het is toch verschrikkelijk. En mamma? Heeft ze iets gemerkt van al die opschudding?'

'Nee. Soms is haar toestand een zegen,' zei Vera. 'Ze is vanmorgen niet uit haar kamer gekomen. Ze ligt in bed te lezen.'

'Goed,' zei ik. 'Ik wil niet dat ze nog meer van streek raakt. Is papa al thuis?'

'Nee, nog niet,' zei Vera. Ze schudde haar hoofd. 'Arm kind. Je zult de eerste zijn die het weet als hij komt.' Ze keek naar me terwijl ik mijn thee dronk en een beetje havermout at. Toen ging ze weg.

Ik at zo snel mogelijk en besloot toen om op te staan en me aan te kleden. Ik wist zeker dat papa me vandaag toestemming zou geven mijn kamer te verlaten als hij terugkwam. Mijn straf zou voorbij zijn en ik wilde plannetjes maken voor Niles en mijzelf. Als papa het goed vond dat ik naar buiten ging, zou ik op bezoek gaan bij de Thompsons. Ik wilde zien wat de tweeling allemaal voor moois had gekregen. En als ik daar was, zou ik Niles natuurlijk zien en misschien zou hij me naar huis brengen. We zouden zelfs een omweg kunnen maken naar de magische vijver.

Ik liep naar mijn toilettafel, borstelde mijn haar en bond er een roze lint in. Ik trok een lichtblauwe jurk aan en wachtte geduldig bij het raam. Ik staarde naar de blauwe lucht en fantaseerde wat de wolkjes voorstelden. Eén leek op een kameel omdat hij een bult had in het midden en een leek op een schildpad. Het was een spelletje dat Niles en ik bij de vijver speelden. Hij zei: 'Ik zie een boot,' en dan moest ik de wolk aanwijzen. Ik wed dat hij nu ook voor het raam zit en hetzelfde doet, dacht ik. Vast wel. Zo waren we – we dachten en voelden altijd hetzelfde op hetzelfde moment. We waren voor elkaar bestemd.

Toen papa thuiskwam, liep hij zo stampend de trap op dat het gedreun van zijn laarzen door de gang klonk. Het deed de vloeren van het huis trillen en galmde door de muren. Het leek of een reus thuiskwam, de reus van Jack en de Bonestaak. Papa deed langzaam mijn deur open. Hij vulde de deuropening met zijn brede schouders en staarde me zwijgend aan. Zijn gezicht was vuurrood, zijn ogen waren wijd opengesperd.

'Hallo, papa,' zei ik glimlachend. 'Het is mooi weer, hè? Was uw reis succesvol?'

'Wat heb je gedaan?' vroeg hij met schorre stem. 'Welke nieuwe schande en vernedering heb je over het huis Booth gebracht?'

'Ik ben niet ongehoorzaam geweest, papa. Ik ben gisteravond in mijn kamer gebleven, zoals u bevolen hebt, en het spijt me heel erg dat ik u verdriet heb gedaan. Kunt u me nu niet vergeven? Alstublieft?'

Hij maakte een grimas alsof hij op iets vies kauwde.

'Je vergeven? Ik heb de macht niet je te vergeven. Zelfs de dominee heeft die macht niet. Alleen God kan je vergeven en ik weet zeker dat Hij Zijn redenen heeft om te aarzelen. Ik heb medelijden met je ziel. Die gaat ongetwijfeld naar de hel,' zei hij hoofdschuddend.

'O, nee, papa. Ik zeg de gebeden die Emily me heeft gegeven. Kijk.' Ik stond op om het velletje papier te halen waarop de psalm stond geschreven. Ik liet het hem zien, maar hij keek er niet eens naar. Hij bleef kwaad naar me kijken en schudde nadrukkelijk zijn hoofd.

'Je zult niets meer doen om nog meer schande te brengen over deze familie. Je bent vanaf het begin een last voor me geweest, maar ik heb je opgenomen omdat je een weeskind was. En dit is de dank die ik krijg. In plaats dat de zegeningen op ons neerdalen, krijgen we de ene vervloeking na de andere. Emily heeft gelijk. Je bent een Jona en een Jezebel.' Hij trok zijn schouders recht en sprak zijn vonnis over me uit als een rechter uit de bijbel.

'Vanaf de dag van vandaag, tot ik het anders bepaal, zul je The Meadows niet verlaten. Je schooltijd is voorbij. Je zult je tijd doorbrengen met bidden en mediteren en ik zal persoonlijk toezien op je daden van berouw. En geef me nu eerlijk antwoord,' dreunde hij. 'Heeft die jongen je gekend in bijbelse zin?'

'Welke jongen, papa?'

'Die jongen van Thompson. Heb je met hem gecopuleerd? Heeft hij je gisteravond in dat bed van je onschuld beroofd?' vroeg hij, wijzend naar mijn kussen en deken.

'O, nee, papa. Niles respecteert me. We hebben alleen maar gedanst.'

'Gedanst?' Hij keek verward op. 'Waar heb je het in vredesnaam over?' Hij deed een stap dichterbij en nam me scherp op. 'Wat mankeert je, Lillian? Weet je niet wat voor zondigs je hebt gedaan en wat voor verschrikkelijks er is gebeurd? Hoe kun je daar blijven staan met die dwaze glimlach op je gezicht?'

'Het spijt me, papa,' zei ik. 'Maar ik kan er niets aan doen, ik voel me gelukkig. Het is een mooie dag, hè?'

'Niet voor de Thompsons. Dit is de zwartste dag in William Thompsons leven. De dag waarop hij zijn enige zoon heeft verloren. En ik weet wat het is om geen zoon te hebben die je naam en je land kan erven. Haal die stomme glimlach van je gezicht,' beval papa. Maar ik kon het niet. Hij kwam naar voren en sloeg me zo hard in mijn gezicht, dat mijn hoofd tegen mijn schouder sloeg, maar mijn glimlach bleef. 'Hou op daarmee!' zei hij. Hij sloeg me weer, deze keer zo hard dat ik op de grond viel. Het deed pijn, het brandde. Mijn ogen draaiden rond en ik voelde me duizelig worden, maar ik keek nog steeds glimlachend naar hem op.

'Het is een te mooie dag om ongelukkig te zijn, papa. Mag ik alsjeblieft naar buiten? Ik wil wandelen en naar de vogels luisteren en naar de lucht en de bomen kijken. Ik zal lief en gehoorzaam zijn, ik beloof het.'

'Hoor je niet wat ik zeg?' bulderde hij. Hij torende hoog boven me uit. 'Weet je niet wat je gedaan hebt toen je die jongen naar boven liet klimmen?' Hij strekte zijn arm en wees naar het raam. 'Hij is door dat raam naar buiten geklommen en is omlaag gevallen. Dood. Zijn nek is gebroken. Die jongen is dood. Hij is dood, Lillian! Mijn God. Vertel me niet dat je net zo gek wordt als Georgia. Ik wil het niet hebben!'

Hij greep me bij mijn haar, drukte mijn gezicht tegen de ruit. 'Vooruit, kijk naar buiten. Wie was hier gisteravond? Wie? Spreek op. Vertel het me onmiddellijk of, ik zweer je, Lillian, ik kleed je naakt uit en sla je tot je dood bent of het me verteld hebt. Wie?'

Hij hield mijn hoofd zo stevig vast dat ik mijn blik niet kon afwenden. Even zag ik Niles' gezicht naar me staren, met een brede glimlach en ondeugende ogen.

'Niles,' zei ik. 'Niles is hier geweest.'

'Precies. En toen hij wegging en naar beneden klom, brak de regenpijp en viel hij naar beneden. Je weet wat er met hem gebeurd is, hè? Je hebt het lichaam gezien, Lillian. Vera heeft me verteld dat je het gezien hebt.'

Ik schudde mijn hoofd. 'Nee,' zei ik.

'Ja, ja, ja,' zei papa met dreunende stem. 'Het is de jongen van Thompson die daar de hele nacht dood op de grond heeft gelegen, tot Charles hem vanmorgen vond. De jongen van Thompson. Zeg het, verdomme. Zeg het. Niles Thompson is dood. Zeg het.'

Mijn hart was een wild, wanhopig dier in mijn borst dat tegen mijn ribben bonkte en naar buiten wilde. Ik begon te huilen, eerst zachtjes, alleen maar tranen die over mijn wangen rolden. Toen schokten mijn schouders en ik voelde dat ik ging vallen, maar papa hield me stevig vast.

'Zeg het!' schreeuwde hij in mijn oor. 'Wie is dood? Wie?'

Het woord kwam langzaam uit mijn keel, als een kersepit die ik bijna had ingeslikt en uit moest spuwen.

'Niles,' mompelde ik.

'Wie?'

'Niles. God, nee. Niles.'

Papa liet me los en ik zakte ineen aan zijn voeten. Hij keek op me neer.

'Ik weet zeker dat je ook liegt over wat er er hier tussen jou en hem is gebeurd,' zei hij. 'Ik zal de duivel uit je ziel drijven. Ik beloof het je, ik zal hem uitdrijven. We zullen vandaag met je boetedoening beginnen.' Hij draaide zich om en liep naar de deur. Bij de open deur draaide hij zich om. 'Emily en ik,' verklaarde hij, 'zullen de duivel uitdrijven. Zo helpe mij God.'

Hij liet me snikkend achter.

Ik bleef uren liggen, met mijn oor op de grond, en luisterde naar de geluiden onder me, hoorde de gedempte stemmen, voelde de vibraties. Ik verbeeldde me dat ik een foetus was in de schoot van haar moeder, met haar oor tegen het membraan, de geluiden van de wereld die me wachtte in me opnemend; elk woord, elke tik, elke toon was een wonder. Alleen had ik in tegenstelling tot een foetus mijn herinneringen. Ik wist dat het gerinkel van een bord of een glas betekende dat de tafel werd gedekt, een barse stem betekende dat papa een bevel gaf. Ik herkende bijna ieders voetstappen buiten mijn deur en wist wanneer Emily voorbijkwam, met de bijbel in haar hand, een gebed prevelend. Ik luisterde ingespannen of ik een geluid hoorde dat op mamma wees, maar ik hoorde niets.

Toen Vera bovenkwam lag ik nog steeds op de grond. Ze slaakte een zachte kreet en zette het blad neer.

'Wat doe je daar, juffrouw Lillian? Kom, sta op.' Ze hielp me overeind.

'Je vader heeft bevolen dat je vanavond alleen maar water en brood krijgt, maar ik heb een stukje kaas onder je bord gelegd,' zei ze knipogend.

Ik schudde mijn hoofd.

'Als papa zegt dat ik alleen maar water en brood krijg, dan is dat alles wat ik krijg. Ik moet boete doen,' zei ik tegen Vera. Mijn stem klonk me vreemd in de oren, zelfs mijzelf. Hij leek aan iemand anders toe te behoren, een kleinere Lillian die in een grotere woonde. 'Ik ben een zondares, ik ben een vervloeking.'

'O, nee, kindlief, dat ben je niet.'

'Ik ben een Jona, een Jezebel.' Ik haalde het stukje kaas tevoorschijn en gaf het haar.

'Arm kind,' mompelde ze hoofdschuddend. Ze pakte de kaas aan en liet me alleen.

Ik dronk mijn water en at mijn brood en toen knielde ik en zei de eenenvijftigste psalm op. Ik herhaalde die tot mijn keel pijn deed. Het werd donkerder, dus ging ik liggen en probeerde te slapen, maar na een tijdje ging de deur open en kwam papa binnen. Hij deed de lampen aan. Ik keek naar de deur en zag dat hij gevolgd werd door een oudere vrouw uit Upland Station, die ik herkende als mevrouw Coons. Ze was een vroedvrouw die tientallen baby's ter wereld had gebracht, en dat nog steeds deed, al zeiden sommigen dat ze al bijna negentig was.

Ze had heel dun grijs haar, zo dun dat een groot deel van haar schedel zichtbaar was. Boven haar lippen groeide een donkere streep grijs haar, zo duidelijk als de snor van een man. Ze had een mager gezicht met een lange, smalle neus en ingevallen wangen, maar haar donkere ogen waren nog groot, en leken zelfs nog groter omdat haar wangen waren ingevallen en het bot van haar voorhoofd uitstak tegen haar dunne, gerimpelde en gevlekte bleke huid. Haar lippen waren zo dun als potloden, maar dof roze. Ze was klein, niet veel langer dan een jong meisje, met heel benige armen en handen. Het was moeilijk te geloven dat ze ooit de kracht had gehad een baby op de wereld te helpen, en nog veel moeilijker te geloven dat ze het nog steeds zou kunnen.

'Daar is ze,' zei papa, met een knikje naar mij. 'Ga je gang.'

Ik kromp ineen op mijn bed toen mevrouw Coons dichterbij kwam, met haar benige schouders omlaaggetrokken en haar hoofd naar me toegebogen. Ze kneep haar ogen samen, maar haar blik was doordringend. Ze keek me onderzoekend aan en knikte.

'Misschien,' zei ze. 'Misschien.'

'Je laat je door mevrouw Coons bekijken,' zei papa kortaf.

'Wat bedoelt u, papa?'

'Zij zal me vertellen wat hier gisteravond gebeurd is,' antwoordde hij. Ik sperde mijn ogen open en schudde mijn hoofd.

'Nee, papa. Ik heb niets slechts gedaan. Echt niet.'

'Je denkt toch zeker niet dat we je nu nog geloven, hè, Lillian?' vroeg hij. 'Maak het niet nog moeilijker voor iedereen. Als het moet, hou ik je vast,' voegde hij er dreigend aan toe.

'Wat wilt u doen, papa?' Ik keek naar mevrouw Coons en mijn hart begon te bonzen, want ik wist het antwoord. 'Alsjeblieft, papa,' kreunde ik. De tranen rolden over mijn wangen. 'Alsjeblieft,' smeekte ik.

'Doe wat ze zegt,' beval papa.

'Trek je rok op,' zei mevrouw Coons. Ze had nog maar een paar tanden in haar mond en die waren donkergrijs. Haar tong bewoog ertussen. Hij zag vochtigbruin, als een stuk rottend hout.

'Doe het!' snauwde papa.

Met schokkende schouders trok ik mijn rok tot aan mijn middel.

'U kunt uw hoofd omdraaien,' zei mevrouw Coons tegen papa. Ik voelde haar vingers, vingers die zo koud en hard waren als spijkers. Ze trokken mijn broekje omlaag, en haar nagels krasten over mijn huid. 'Trek je knieën op,' zei ze.

Ik kreeg geen adem meer. Ik snakte naar lucht. Het maakte me duizelig. Haar handen grepen mijn knieën vast, trokken ze omhoog en duwden mijn benen uit elkaar. Ik wendde mijn ogen af, maar niets hielp. Ze ging haar gang en ik voelde me zo vernederd en het deed zo'n pijn dat ik het uitschreeuwde. Ik moet even zijn flauwgevallen, want toen ik mijn ogen weer opendeed stond mevrouw Coons bij de deur met papa en verzekerde hem dat ik mijn onschuld niet had verloren. Toen hij en zij weggingen, bleef ik snikkend liggen tot ik geen tranen meer over had en mijn keel pijn deed.

Toen trok ik mijn broek omhoog en zwaaide mijn voeten over het bed.

Juist toen ik op wilde staan kwam papa terug, gevolgd door Emily. Hij droeg een grote kist en zij had een van haar lelijke zakjurken over haar arm. Hij zette de kist neer en keek me woedend aan.

'De mensen komen uit alle hoeken van het land naar de begrafenis van die jongen,' zei hij. 'Onze naam is op ieders lippen, dankzij jou. Misschien heb ik Satans kind in huis, maar ik hoef haar geen thuis te bieden.' Hij knikte naar Emily die naar mijn kast liep en mijn mooie kleren van de hangertjes rukte. Mijn zijden blouses, mijn mooie rokken en jurken, alles wat mamma met zoveel zorg voor me had laten maken en zelf had gekocht.

'Vanaf vandaag zul je slechts simpele dingen dragen, simpele dingen eten en je tijd doorbrengen met gebed,' zei papa. En hij somde de regels op.

'Houd je lichaam schoon, maar gebruik geen geurige dingen, geen crèmes, geen make-up, geen geparfumeerde zeep.

'Je hoeft je haar niet af te knippen, maar je draagt het in een stijve wrong op je hoofd, en je laat je door niemand, vooral door geen man, met loshangend haar zien.

'Je zet geen voet buiten dit huis of buiten dit terrein zonder mijn uitdrukkelijke toestemming.

'Je dient jezelf op alle mogelijke manieren te vernederen. Beschouw jezelf voortaan als een dienstmeid, en niet als lid van het gezin. Was de voeten van je zuster, maak haar po leeg, en kijk nooit met uitdagende blik naar haar of naar mij of zelfs naar iemand van het personeel.

'Als je werkelijk berouwvol bent en bevrijd van de duivel, kun je in ons gezin terugkeren. Dan zul je worden opgenomen als de verloren zoon.

'Heb je me begrepen, Lillian?'

'Ja, papa,' zei ik.

Zijn gezicht verzachtte iets.

'Ik heb medelijden met je, medelijden om wat er nu in je hart moet omgaan, waarmee je zult moeten leven, maar juist omdat ik medelijden met je heb, ben ik het eens met Emily en de dominee dat we stappen moeten nemen om je te verlossen van de boze.'

Terwijl hij sprak rukte Emily energiek al mijn mooie schoenen uit de kast en smeet ze op de stapel. Ze stopte alles in de kist en liep toen naar mijn ladenkast, haalde mijn mooie ondergoed en sokjes eruit en smeet die erbij. Ze sprong op mijn sieraden af, graaide in mijn snuisterijen en armbanden. Toen ze alle laden leeg had gehaald, bleef ze staan en keek om zich heen.

'De kamer moet zo eenvoudig zijn als een kloostercel,' verklaarde Emily. Papa knikte, en ze liep naar de muren en haalde al mijn mooie prenten en mijn ingelijste eervolle vermeldingen van school eraf. Ze verzamelde mijn knuffeldieren, mijn souvenirs, mijn muziekdoosje. Ze rukte zelfs de gordijnen van de ramen. Alles werd in de kist gepropt. Toen ging ze voor me staan. 'Trek die kleren uit en deze jurk aan,' zei ze, wijzend op de jute zakjurk die ze had meegebracht. Ik keek naar papa. Hij trok aan de punten van zijn snor en knikte.

Ik stond op, knoopte mijn lichtblauwe jurk los en liet hem aan mijn voeten vallen. Ik stapte eruit en legde hem bovenop de stapel in de kist. Bevend, mijn armen om me heengeslagen, bleef ik staan.

'Trek dit aan,' zei Emily, en overhandigde me de zakjurk. Ik liet hem over mijn hoofd glijden. Hij was te groot en te lang, maar noch Emily noch papa trok zich daar iets van aan.

'Na vanavond kun je beneden komen om te eten,' zei papa, 'maar vanaf vandaag zul je niet spreken tenzij je iets gevraagd wordt, en het is je verboden met de bedienden te praten. Ik vind het erg dit te moeten doen, Lillian, maar de schaduw van de boze ligt over dit huis en moet worden weggenomen.'

'Laten we samen bidden,' stelde Emily voor. Papa knikte. 'Op je knieën, zondares,' snauwde ze tegen me. Ik knielde en zij en papa eveneens. 'O, God,' zei Emily. 'Geef ons de kracht deze vervloekte ziel te helpen en de duivel zijn zege te ontnemen,' en toen zei ze het Onze Vader. Toen het voorbij was, droegen zij en papa de kist met al mijn mooie en dierbare wereldse bezittingen naar buiten en lieten me achter met kale muren en lege laden.

Maar ik had geen medelijden met mijzelf. Mijn gedachten waren bij Niles. Als ik niet brutaal was geweest tegen papa, had ik misschien naar het feest mogen gaan, en had Niles niet naar mijn kamer hoeven klimmen om me op te zoeken, en zou hij nog leven.

Die overtuiging werd nog sterker toen Niles twee dagen later begraven werd. Ik kon niet langer ontkennen wat er gebeurd was, niet langer wensen dat het een boze droom was. Papa verbood me de begrafenis en de kerkdienst bij te wonen. Hij zei dat het een schande zou zijn als ik erbij was.

'Alle ogen zouden op ons, Booths, zijn gevestigd,' verklaarde hij, en ging toen verder: 'Vol haat. Het is al erg genoeg dat ik erheen moet en naast de Thompsons moet staan en ze om vergiffenis moet vragen dat ik jou tot dochter heb. Ik zal op Emily vertrouwen.' Hij keek naar haar met meer respect en bewondering dan ik ooit in zijn ogen had gezien. Ze trok haar schouders recht.

'De Here zal ons de kracht geven om onze beproevingen dapper te doorstaan, papa,' zei ze.

'Alleen dankzij jouw vroomheid, Emily,' zei hij. 'Alleen dankzij dat.'

Die ochtend zat ik in mijn kamer en keek in de richting van de plantage van de Thompsons, waar Niles zijn laatste rustplaats zou vinden. Ik kon het snikken en geweeklaag horen alsof ik erbij was. De tranen stroomden over mijn wangen toen ik het Onze Vader zei. Toen stond ik op om bereidwillig de last van mijn nieuwe leven te aanvaarden. Ironisch genoeg vond ik zelfs enige opluchting in zelfvernedering en pijn. Hoe harder Emily tegen me sprak en me behandelde, hoe beter ik me voelde. Ik verfoeide haar niet langer. Ik besefte dat er op deze wereld een plaats was voor de Emily's, en ik holde niet naar mamma om hulp en medelijden te zoeken.

Mamma had trouwens maar een vaag idee van wat er gebeurd was, omdat het nooit tot haar was doorgedrongen hoe intiem Niles en ik waren geworden. Ze hoorde de bijzonderheden van het verschrikkelijke ongeluk en Emily's versie van oorzaak en gevolg, maar net als alle andere dingen die ze onplezierig vond, negeerde ze het al gauw of vergat het. Mamma was als een vat dat al tot aan de rand was gevuld met droefheid en tragedie, en waar geen druppel meer bij kon.

Nu en dan gaf ze commentaar op mijn kleren of mijn haar, en op haar goede dagen vroeg ze zich af waarom ik niet naar school ging, maar zodra ik het begon uit te leggen, trok ze zich in zichzelf terug of veranderde van onderwerp.

Vera en Tottie deden altijd hun best me meer te laten eten of een paar van de leuke dingen te laten doen die ik vroeger deed. Het maakte hen bedroefd – net als de andere bedienden en knechten – dat ik zo gewillig in mijn lot had berust. Maar als ik dacht aan alle mensen van wie ik hield en wat er met hen gebeurd was – van mijn echte vader en moeder tot Eugenia en Niles – kon ik niet anders dan mijn straf accepteren en mijn redding zoeken, zoals Emily en papa hadden voorgeschreven.

Elke ochtend stond ik vroeg op, ging naar Emily's kamer en haalde haar po. Ik waste hem en bracht hem terug nog voordat ze zich bewogen had. Dan ging ze rechtop zitten, en ik bracht een kom met warm water en een doek, en waste haar voeten. Ik knielde naast haar in de hoek van haar kamer en herhaalde de gebeden die ze me voorzei. Dan gingen we ontbijten, en Emily of ik las de bijbeltekst die zij had gekozen. Ik gehoorzaamde papa en zei nooit iets tenzij er tegen me gesproken werd. Meestal betekende dat een simpel ja of geen antwoord.

Op de ochtenden als mamma ons gezelschap hield, was het moeilijker me aan de regels te houden. Mamma haalde vaak vroegere herinneringen op en beschreef ze me zoals ze jaren geleden had gedaan, in de verwachting dat ik op dezelfde manier commentaar zou geven en lachen. Ik keek naar papa om te zien of ik mocht antwoorden. Soms knikte hij en deed ik het, en soms fronste hij zijn wenkbrauwen en zweeg ik.

Ik mocht met mijn bijbel een uur buiten wandelen en bidden. Emily controleerde me op de minuut en riep me terug als mijn uur voorbij was. Ik kreeg geen huishoudelijk werk te doen. Mijn straf was erop gericht mijn ziel te reinigen. Ik denk dat papa en Emily beseften dat de bedienden en knechten het werk toch voor me zouden hebben gedaan. Ik moest natuurlijk mijn eigen kamer schoonhouden en nu en dan iets voor Emily doen, maar het grootste deel van mijn tijd moest ik doorbrengen met godsdienstoefeningen.

Op een middag, weken na Niles' dood, kwam juffrouw Walker naar The

Meadows om naar me te informeren. Tottie, die net bezig was schoon te maken bij de deur van papa's kantoor, luisterde het gesprek af en kwam naar mijn kamer om me te vertellen wat er gezegd was.

'Je lerares was hier om naar je te informeren,' zei ze opgewonden. Ze overtuigde zich ervan of ze veilig in mijn kamer kon komen, en liep toen naar binnen. Ze deed de deur zachtjes achter zich dicht. 'Ze wilde weten waar je al die tijd geweest was, en ze vertelde je papa dat je haar beste leerling was en dat het zonde was dat je niet meer naar school ging.

'De kapitein was woedend. Ik kon het aan zijn stem horen. Je weet wel hoe die dan klinkt, net of er een hoop grind in zit, en hij zei dat je voortaan thuis werd geschoold en dat je religieuze opvoeding op de eerste plaats kwam.

'Maar juffrouw Walker antwoordde dat het verkeerd was en dat ze zich bij de autoriteiten over hem zou beklagen. Toen werd hij razend en zei dat het haar haar baan zou kosten als ze ook maar een kik gaf. Hij zei dat ze hem niet kon bedreigen. Weet u niet wie ik ben? schreeuwde hij. Ik ben Jed Booth. Deze plantage is een van de belangrijkste in het land.

'Maar ze gaf geen krimp. Ze herhaalde dat ze een klacht zou indienen en hij vroeg haar te vertrekken.

'Wat zeg je daarvan?' vroeg Tottie.

Ik schudde bedroefd mijn hoofd en zuchtte. 'Wat is er, juffrouw Lillian? Ben je er niet blij om?'

'Papa zal haar natuurlijk laten ontslaan,' zei ik. 'Juffrouw Walker is weer iemand die het moet ontgelden omdat ze me aardig vindt. Ik wilde dat ik het haar kon beletten.'

'Maar, juffrouw Lillian... iedereen zegt dat je naar school moet en...'

'Ga maar liever, Tottie, voordat Emily je hoort en jou ook ontslaat,' zei ik.

'Ze hoeft me niet te ontslaan,' antwoordde ze. 'Ik ga dit sombere huis verlaten en gauw ook.' De tranen stonden in haar ogen. 'Ik vind het verschrikkelijk als ik je zo zie lijden, en ik weet zeker dat het Louella's en Henry's hart zou breken als ze het wisten.'

'Vertel het ze dan maar niet, Tottie. Ik wil niemand nog meer verdriet berokkenen,' zei ik. 'En doe verder niets meer om het mij gemakkelijker te maken, Tottie. Het leven moet zwaar zijn voor me. Ik moet gestraft worden.'

Ze schudde haar hoofd en liet me alleen.

Arme juffrouw Walker, dacht ik. Ik miste haar, miste de school, miste de opwinding van het leren, maar ik wist ook hoe afschuwelijk het zou zijn om in de klas te zitten en achterom te kijken naar Niles' lege lessenaar. Nee, papa bewees me een gunst door me niet naar school te laten gaan, dacht ik, en ik bad in stilte dat hij er niet voor zou zorgen dat juffrouw Walker haar baan kwijtraakte.

Maar een storm van financiële problemen maakte dat papa alle andere dingen vergat, ook zijn dreigementen tegen juffrouw Walker. Een paar dagen later moest papa voor de rechter komen; een van onze schuldeisers had hem aangeklaagd omdat hij zijn schuld niet had betaald. Voor de eerste keer bestond er een reële mogelijkheid dat The Meadows verloren zou gaan. De crisis was het enige onderwerp van gesprek in en buiten het huis. Iedereen wachtte vol angst en beven op de uitspraak. Het slot van het liedje was dat papa datgene moest doen wat hij het meest gevreesd had: een deel van The Meadows verkopen. En hij moest zelfs een paar landbouwmachines veilen.

Het verlies van een deel van de plantage, ook al was het maar een klein deel, was iets dat papa nauwelijks kon verwerken. Het bracht een dramatische verandering in hem teweeg. Hij liep niet langer zo zelfverzekerd en arrogant rond. Hij boog zijn hoofd als hij zijn kantoor binnenging, alsof hij bang was de portretten van zijn vader en grootvader onder ogen te komen. The Meadows had het ergste overleefd wat een zuidelijke plantage kon overkomen – de Burgeroorlog – maar tegen de economische problemen was ze niet opgewassen.

Papa begon meer te drinken. Ik zag hem bijna nooit meer zonder een glas whisky in de hand of naast hem op het bureau. Hij stonk altijd naar alcohol. Ik hoorde 's avonds zijn zware voetstappen als hij eindelijk klaar was met zijn bureauwerk. Hij liep door de gang, bleef even bij mijn deur staan, soms wel een minuut lang, en liep dan verder. Op een avond liep hij tegen een tafel aan en gooide een lamp om. Ik hoorde de lamp op de grond vallen, maar ik was te bang om mijn deur open te doen en naar buiten te kijken. Ik hoorde hem vloeken en struikelend verderlopen.

Niemand zei iets over papa's drinken, al wist iedereen ervan. Zelfs Emily negeerde of excuseerde het. Op een keer kwam hij zo dronken terug van een zakenreis dat Charles hem naar zijn kamer moest brengen, en op een ochtend vonden Vera en Tottie hem languit op de grond naast zijn bureau, waar hij zijn roes uitsliep. Maar niemand durfde hem te bekritiseren.

Natuurlijk merkte mamma niets, en als ze al iets merkte deed ze of er niets aan de hand was. Drinken maakte papa meestal nog gemener. Het was of de bourbon alle monsters wekte die in zijn geest lagen te slapen en ze tot razernij bracht. Op een avond werd hij wild en brak dingen in zijn kantoor, en een andere avond hoorden we hem schreeuwen en dachten dat hij met iemand vocht. Die iemand bleek het portret van zijn vader te zijn, die hem, zoals we hem hoorden zeggen, ervan had beschuldigd een slecht zakenman te zijn.

Eén afschuwelijke avond, toen papa in zijn kantoor had gedronken terwijl hij zijn boekhouding controleerde, liep hij de trap op, hees zichzelf omhoog aan de leuning tot hij boven was, maar daar aangekomen verslapte zijn greep en verloor hij zijn evenwicht. Hij tuimelde halsoverkop de trap af en kwam met zo'n klap op de grond terecht dat het huis stond te trillen op zijn grondvesten. Iedereen kwam zijn of haar kamer uitgerend, iedereen behalve mamma.

Papa lag languit, luid jammerend op de grond. Zijn rechterbeen lag gedraaid onder hem, alsof het was afgebroken. Charles moest hulp hebben om papa op te tillen, maar zodra ze zijn been aanraakten brulde hij het uit van de pijn, en ze lieten hem liggen tot de dokter kwam.

Papa had zijn been vlak boven de knie gebroken. Het was een lelijke breuk en maakte een wekenlange bedrust noodzakelijk. De dokter legde een gipsverband aan en papa werd de trap opgedragen, maar omdat hij speciale verzorging en extra ruimte nodig had, werd hij in de slaapkamer naast de suite van hem en mamma gelegd.

Ik stond naast mamma, die haar zijden zakdoekje in haar handen ronddraaide en steeds opnieuw kermde: 'O, hemeltje, wat moeten we doen, wat moeten we doen.'

'Hij zal de eerste tijd nogal wat pijn hebben,' zei de dokter tegen ons, 'en hij moet zich kalm houden. Ik zal zo nu en dan langskomen om hem te onderzoeken.'

Mamma trok zich snel in haar suite terug en Emily ging naar papa.

Ik kon me papa niet aan bed gekluisterd voorstellen. En inderdaad, toen hij wakker werd en besefte wat er gebeurd was, bulderde hij van woede. Tottie en Vera durfden nauwelijks naar binnen te gaan als ze hem zijn eten brachten. De eerste keer dat Tottie hem een blad bracht, smeet hij het naar de deur en moest ze de rommel opruimen. Ik wist zeker dat hij en Emily wel een manier zouden vinden om mij de schuld te geven van het ongeluk, dus bleef ik in mijn kamer, bevend bij het vooruitzicht.

Op een middag, twee dagen na het ongeluk, kwam Emily bij me. Ik had geluncht en was naar mijn kamer teruggegaan om de voorgeschreven bijbelteksten te lezen. Emily trok haar schouders op; ze zag eruit of er een metalen staaf langs haar ruggegraat was gestoken. Ze meesmuilde en tuitte haar lippen.

'Papa wil je zien,' zei ze. 'Nu meteen.'

'Papa?' Mijn hart begon sneller te kloppen. Wat voor nieuwe boetedoening zou hij me opleggen als straf voor wat hem was overkomen?

'Ga meteen naar binnen,' beval ze.

Ik stond langzaam op en liep met gebogen hoofd langs haar heen de gang af. Toen ik bij de deur van papa's kamer kwam keek ik achterom en zag dat Emily met een nijdige blik naar me gluurde. Ik klopte aan en wachtte.

'Binnen,' riep hij.

Ik deed de deur open en liep zijn slaapkamer in, die in een ziekenkamer was veranderd. Op de tafel naast het bed lagen zijn ondersteek en urinefles. Het blad met zijn ontbijt stond op het nachtkastje. Hij zat recht overeind, met zijn rug tegen twee grote, donzige kussens. De deken lag over zijn benen en romp, maar het gips stak er aan de onder- en zijkant uit. Naast hem op bed lagen boeken en papieren.

Papa's haar viel slordig over zijn voorhoofd. Hij droeg een nachthemd dat aan de hals openstond. Hij zag er ongeschoren uit, zijn ogen waren met bloed doorlopen, maar toen ik binnenkwam ging hij recht overeind zitten.

'Kom binnen. Blijf daar niet als een kleine idioot staan,' snauwde hij.

Ik liep naar het bed.

'Hoe voelt u zich, papa?' vroeg ik.

'Vreselijk. Hoe dacht je dat ik me zou voelen?'

'Het spijt me, papa.'

'Het spijt iedereen, maar ik ben degene die hier in bed moet blijven liggen met alles wat er gedaan moet worden.' Hij nam me scherp op. Zijn ogen gingen langzaam van mijn benen langs mijn lichaam omhoog. 'Je doet het heel goed met je boetedoening, Lillian. Dat moet zelfs Emily toegeven.'

'Ik doe mijn best, papa.'

'Mooi,' zei hij. 'In ieder geval, dit ongeluk heeft me in een moeilijk parket gebracht, en ik ben omgeven door stuntels en door je mamma, die in tijden als deze geen knip voor de neus waard is. Ze komt niet eens kijken om te zien of ik levend of dood ben.'

'O, ik weet zeker dat ze...'

'Dat interesseert me nu niet, Lillian. Waarschijnlijk ben ik beter af als ze niet komt. Ze zou me alleen maar nog meer van streek maken. Ik heb besloten dat jij voor me zult zorgen en me zult helpen bij mijn werk,' voegde hij er snel aan toe. Ik keek verbaasd op.

'Ik, papa?'

'Ja, jij. Beschouw het maar als een deel van je boetedoening. Weet ik veel... zoals Emily tekeergaat, zou het dat best kunnen zijn. Maar dat doet er nu niet toe. Wat belangrijk is,' zei hij en keek me weer doordringend aan, 'is dat ik goed verzorgd word en iemand heb van wie ik weet dat ze zal doen wat er gedaan moet worden. Emily heeft het te druk met haar religieuze bezigheden, en bovendien,' zei hij zachtjes, 'ben jij altijd beter geweest in rekenen. Ik moet dit allemaal becijferen,' zei hij, een handvol papieren oppakkend, 'en ik heb een hoofd als een zeef. Niets blijft er lang in hangen. Ik wil dat jij alles optelt en mijn boeken bijhoudt, begrepen? Je komt er gauw genoeg achter, denk ik.'

'Ik, papa?' herhaalde ik. Hij sperde zijn ogen open.

'Ja, jij. Over wie denk je verdomme dat ik hier zit te praten? Goed. Jij moet mijn eten bovenbrengen. Ik zal je zeggen wat ik wil hebben en dat geef jij door aan Vera, begrepen? Jij komt elke ochtend hier en maakt mijn steek en zo schoon en ruimt de kamer op.

'En 's avonds,' ging hij op nog zachtere toon verder, 'kom je hier en leest me de krant voor en iets uit de bijbel. Hoor je me, Lillian?'

'Ja, papa,' zei ik snel.

'Mooi. Oké. Breng eerst dat blad naar beneden. Daarna kom je boven en verschoont mijn bed. Ik heb het gevoel dat ik dagenlang in mijn eigen zweet heb geslapen. Ik moet ook een schoon nachthemd hebben. Als dat gebeurd is, ga je aan die tafel daar zitten en controleert de rekeningen en telt de hele boel op. Ik moet weten wat ik deze maand te betalen heb. Vooruit,' zei hij, toen ik me niet bewoog, 'schiet een beetje op, kind.'

'Ja, papa,' zei ik, en nam het ontbijtblad weg.

'O, en ga naar mijn kantoor en haal een stuk of twaalf sigaren.'

'Ja, papa.'

'En Lillian...'

'Ja, papa?'

'Breng me die fles bourbon die in de linkerla van mijn bureau ligt en een glas. Ik heb zo nu en dan een medicijn nodig.'

'Ja, papa,' zei ik. Ik zweeg even en wachtte af of er verder nog iets zou volgen. Hij deed zijn ogen dicht, en ik liep haastig de kamer uit. Het duizelde me. Ik dacht dat papa me haatte en nu vroeg hij me al die belangrijke en persoonlijke dingen voor hem te doen. Hij moest tot de conclusie zijn gekomen dat ik op weg was naar mijn verlossing, dacht ik. Hij bewees me in ieder geval dat hij respect had voor mijn capaciteiten. Voor het eerst sinds maanden weer met een trotse houding, liep ik haastig de gang door naar de trap. Emily stond bij de onderste tree op me te wachten.

'Hij heeft jou niet boven mij verkozen omdat hij jou aardiger vindt,' verzekerde ze me. 'Hij heeft besloten – en dat ben ik volkomen met hem eens – dat je nu een extra last nodig hebt. Doe prompt en efficiënt wat hij je vraagt, maar als je klaar bent, mag je je andere boetedoening niet vergeten,' zei ze.

'Ja, Emily.'

Ze keek naar het lege blad.

'Vooruit,' zei ze. 'Doe wat je gevraagd wordt.'

Ik knikte en liep haastig naar de keuken. Toen ik terugkwam pakte ik alles wat papa wilde hebben en bracht het naar zijn kamer. Toen ging ik naar de linnenkast en haalde schone lakens. Papa's bed opmaken was moeilijk, want ik moest hem helpen zich om te draaien terwijl ik het laken onder hem vandaantrok. Hij kreunde en schreeuwde van pijn, en twee keer hield ik op, in de verwachting dat hij me zou slaan omdat ik hem zoveel ongemak bezorgde. Maar hij hield zijn adem in en zei dat ik door moest gaan. Het lukte me het vuile laken eraf te halen en het schone erop te krijgen. Toen verwisselde ik zijn deken en kussenslopen. Tot slot pakte ik een schoon nachthemd voor hem.

'Je moet me hierbij helpen, Lillian,' zei hij. Hij sloeg de dekens terug en begon zijn nachthemd op te trekken. 'Toe dan,' zei hij. 'Ik denk niet dat je verbaasd zult zijn over wat je te zien krijgt.'

Ik voelde me verlegen. Papa was naakt onder zijn nachthemd. Ik hielp hem het vuile hemd uit te trekken en probeerde niet te kijken, maar behalve op de platen in zijn boeken had ik nog nooit een naakt mannenlichaam gezien en onwillekeurig was ik een beetje nieuwsgierig. Hij zag mijn blik en staarde me even aan.

'Zo heeft de goede God ons geschapen, Lillian,' zei hij met vreemde, zachte stem. Ik voelde mijn hals en gezicht rood worden en wilde me omdraaien om zijn schone nachthemd te pakken, maar hij greep mijn arm zo stevig vast dat ik het bijna uitgilde. 'Kijk maar goed, Lillian. Je zult het vaak genoeg zien, want ik wil dat jij me wast.'

'Ja, papa,' zei ik fluisterend. Papa schonk wat bourbon in een glas. Hij dronk het in één teug leeg en knikte toen naar het schone nachthemd.

'Oké, help me dat aantrekken,' zei hij. Ik deed het. Daarna leunde papa achterover in zijn schone bed en zag er heel wat meer op zijn gemak uit.

'Je kunt nu met die boekhouding beginnen, Lillian,' zei hij. Hij knikte naar het bureau. Ik pakte de papieren op en liep ermee naar de tafel. Ik besefte pas hoe ik beefde toen ik probeerde een paar getallen op te schrijven. Mijn vingers trilden zo hevig dat ik even moest wachten. Toen ik me omdraaide zag ik dat papa naar me keek. Hij had een van zijn sigaren opgestoken en nog wat bourbon ingeschonken.

Een halfuur later viel hij in slaap en begon te snurken. Ik noteerde alle getallen keurig in zijn boeken, en stond toen langzaam op. Op mijn tenen liep ik naar de deur. Ik hoorde hem kreunen en wachtte even, maar hij deed zijn ogen niet open.

Hij sliep nog toen ik hem zijn lunch bracht. Ik wachtte naast zijn bed tot zijn ogen opengingen. Hij keek even verward om zich heen en kwam toen kreunend overeind.

'Als u wilt, papa,' zei ik, 'zal ik u voeren.'

Hij staarde me even aan en knikte toen. Ik voerde hem de hete soep en hij at als een baby. Ik veegde zelfs zijn lippen af met het servet. Toen smeerde ik zijn brood en schonk zijn koffie in. Hij at en dronk zwijgend en keek me al die tijd op een vreemde manier aan.

'Ik heb erover nagedacht,' zei hij. 'Het is veel te lastig om je telkens als ik iets nodig heb te moeten roepen, vooral als dat middenin de nacht is.'

Ik wachtte, zonder het te begrijpen.

'Ik wil dat je bij mij in de kamer komt slapen,' zei hij. 'Tot ik kan opstaan,' ging hij haastig verder.

'Hier slapen, papa?'

'Ja,' zei hij. 'Op die bank daar. Vooruit, schiet op,' beval hij. 'Maak je bed daar op.' Ik stond langzaam en verbaasd op. 'Ik heb je werk nagekeken, Lillian. Goed, heel goed.'

'Dank u, papa.' Ik wilde weglopen; de gedachten tolden door mijn hoofd.

'En, Lillian,' zei papa, toen ik bij de deur was.

'Ja, papa?'

'Vanavond, na het eten, moet je me mijn eerste bad geven,' zei hij. Toen schonk hij nog een glas bourbon in en stak een sigaar op.

Ik ging weg. Ik wist niet goed of ik verheugd moest zijn over de keer die de gebeurtenissen hadden genomen. Ik vertrouwde het lot niet langer en beschouwde het als een duivel die met mijn hart en mijn ziel speelde.

11 PAPA'S VERPLEEGSTER

Na het eten die avond las ik papa de krant voor, terwijl hij zijn sigaar rookte en zijn bourbon dronk. Om de zoveel tijd maakte hij een opmerking over het een of ander, verwenste een senator of een gouverneur, klaagde over een ander land of een andere staat. Hij haatte Wall Street, en ging tekeer over de macht van een kleine groep noordelijke zakenlieden die het land, en vooral de boeren en planters, in een wurggreep hadden. Hoe kwader hij werd, hoe meer bourbon hij dronk.

Toen hij genoeg nieuws had gehoord, verklaarde hij dat het tijd was hem te wassen. Ik vulde een grote bak met warm water, haalde zeep en een spons en kwam terug. Hij had zijn nachthemd al uit weten te trekken.

'Goed, Lillian,' waarschuwde hij. 'Probeer het water niet over het hele bed te spatten.'

'Ja, papa.' Ik wist niet goed hoe ik moest beginnen. Hij ging op zijn kussen liggen, legde zijn armen langs zijn zij en sloot zijn ogen. Hij had de deken tot aan zijn middel opgetrokken. Ik begon met zijn armen en schouders.

'Je kunt rustig wat harder wrijven, Lillian. Ik ben niet van porselein,' zei hij.

'Ja, papa.' Ik waste en spoelde zijn schouders en zijn borst. Toen ik bij zijn maag kwam schoof papa de deken wat omlaag.

'Jij zult de deken verder omlaag moeten trekken, Lillian. Dat is te moeilijk voor mij.'

'Ja, papa,' zei ik. Mijn handen beefden zo erg dat de deken trilde. Ik wilde dat papa een beroepsverpleegster had aangenomen om voor hem te zorgen. Ik waste rond het gips, en probeerde mijn blik strak op zijn been gevestigd te houden. Ik voelde mijn gezicht gloeien en wist dat ik rood zag van verlegenheid. Toen ik naar papa keek, waren zijn ogen wijdopen en nam hij me aandachtig op.

'Weet je,' zei hij, 'je lijkt nu veel op je echte moeder. Ze was een heel knappe jonge vrouw. Toen ik Georgia het hof maakte plaagde ik Violet vaak

169

en zei: ''Ik zal Georgia vergeten en op jou wachten, Violet.'' Ze was heel verlegen en werd vuurrood en verborg haar gezicht achter een boek of holde weg.'

Hij dronk zijn glas in één teug leeg en knikte bij de herinnering.

'Een mooi meisje, een mooi meisje,' mompelde hij, en keek strak naar mij. Mijn hart miste een slag en ik sloeg gauw mijn ogen neer, staarde naar het water in de kom en spoelde de spons uit.

'Ik zal een handdoek halen om u af te drogen, papa,' zei ik.

'Je bent nog niet klaar, Lillian. Je moet me helemaal wassen. Een man moet helemaal schoon zijn, van onder tot boven.' Mijn hart bonsde wild. Er was nog maar één plek over die ik niet had gewassen.

'Toe dan, Lillian,' zei hij. 'Vooruit,' ging hij bevelender verder toen ik aarzelde. Ik bracht de spons naar zijn intieme delen en waste ze snel. Hij deed zijn ogen dicht en kreunde zachtjes. Toen ik hem voelde bewegen sprong ik achteruit, maar hij pakte mijn pols en klemde die zo stevig vast dat ik kreunde van pijn.

'Hoe ver ben je gegaan met die jongen, Lillian? Ben je dichtbij het punt gekomen waarop je je onschuld verloren zou hebben? Word je er hierdoor aan herinnerd? Vertel eens op,' zei hij, en schudde aan mijn arm.

De tranen brandden onder mijn oogleden. 'Nee, papa. Laat me alsjeblieft los. U doet me pijn.' Zijn greep verslapte, maar hij knikte misprijzend. 'Je moeder heeft haar plicht niet gedaan tegenover jou. Je weet niet wat je kunt verwachten, wat je moet weten, voor je de wereld intrekt. Het is niet de taak van een man om het je te leren, maar nu Georgia zo is zal ik het wel van haar over moeten nemen. Maar ik wil dat niemand weet wat er tussen ons gebeurt, Lillian. Dit is privé, begrijp je?'

Wat bedoelde hij met 'het me leren'? Me wat leren en hoe? Ik beefde zo hevig dat mijn knieën knikten, maar ik zag dat hij op een antwoord wachtte, dus knikte ik snel.

'Goed,' zei papa, en liet me los. 'Ga de handdoek halen.'

Ik liep haastig naar de badkamer en kwam terug met de handdoek. Papa had weer een glas bourbon ingeschonken en dronk die terwijl ik zijn schouder droogwreef. Ik voelde dat zijn ogen me volgden als ik me omdraaide of uitrekte. Ik droogde hem zo snel mogelijk af, maar toen ik aan zijn benen begon, probeerde ik niet te kijken.

Plotseling lachte hij vreemd.

'Bang, hè?' zei hij, en lachte weer. Ik was bang dat de whisky de monsters weer had gewekt.

'Nee, papa.'

'O, jawel,' zei hij. 'Een volwassen man jaagt een jong meisje angst aan.' Toen werd hij ernstig, pakte mijn pols vast en trok me zo dicht tegen zich aan, dat ik zijn hete adem op mijn gezicht voelde. 'Als een man opgewonden raakt, Lillian, wordt hij groter, maar een volwassen vrouw vindt dat fijn en

170

is niet bang. Je zult het zien; je zult het begrijpen,' voegde hij er snel aan toe. 'Maak maar af waar je mee bezig bent.'

Ik droogde zijn voeten verder af en vouwde toen de handdoek op en hielp hem in zijn nachthemd. Toen ik de deken had opgetrokken, bracht ik de kom, spons en handdoek naar de badkamer. Mijn hart bonsde nog steeds. Ik wilde zo gauw ik kon de kamer uit. Papa gedroeg zich zo merkwaardig. Zijn blik gleed over me heen alsof ik naakt was en niet hij. Maar toen ik terugkwam uit de badkamer, was hij weer de oude en vroeg hij me hem voor te lezen uit de bijbel.

'Lees tot ik in slaap val en maak dan je bed op, trek je nachthemd aan en ga ook slapen.'

'Ja, papa.'

Ik ging naast het bed zitten en begon te lezen uit Job. Terwijl ik las zag ik papa's oogleden zwaarder worden, tot hij ze niet langer open kon houden en hij in slaap viel. Toen hij begon te snurken deed ik de bijbel zachtjes dicht en ging naar mijn kamer om mijn nachthemd te halen.

Het was stil in huis, stil en donker. Ik vroeg me af wat mamma deed. Ik wilde dat ze goed genoeg was om voor papa te kunnen zorgen. Ik luisterde aan haar deur, maar hoorde niets. Toen ik terugliep naar papa's kamer, zag ik Emily in de deuropening staan.

'Waar ga jij naar toe met dat nachthemd?' vroeg ze.

'Papa wil dat ik op de bank slaap in zijn kamer voor het geval hij 's nachts iets nodig heeft,' antwoordde ik.

Ze gaf geen antwoord, maar deed haar deur met een klap dicht.

Ik ging papa's kamer weer binnen. Hij sliep nog, dus liep ik als een muisje door de kamer. Ik trok mijn nachthemd aan, maakte mijn bed op, fluisterde mijn gebed en ging toen slapen. Uren later maakte papa me wakker.

'Lillian,' riep hij. 'Kom hier. Ik heb het koud.'

'Koud, papa?' Ik vond het niet zo koud. 'Wilt u nog een deken?'

'Nee,' zei hij. 'Kom naast me liggen. Ik heb de warmte van je jonge lichaam nodig.'

'Wat? Wat bedoelt u, papa?'

'Zo ongewoon is dat niet, Lillian. Mijn grootvader had vroeger jonge slavinnetjes om hem warm te houden. Hij noemde ze beddewarmers. Kom,' drong hij aan en tilde zijn deken op. 'Kom tegen me aan liggen.'

Aarzelend, met wild bonzend hart, ging ik op het bed naast hem liggen.

'Schiet op,' riep hij. 'Dat beetje warmte dat er onder de deken is verdwijnt op deze manier.'

Ik strekte mijn benen uit en met mijn rug naar hem toe glipte ik onder de deken. Ogenblikkelijk trok papa me dichter tegen zich aan. Een paar ogenblikken bleven we zo liggen, ik met mijn ogen open, hij zwaar en warm in mijn hals ademend. Ik rook de stank van verschaalde whisky en mijn maag draaide om.

'Ik had op Violet moeten wachten,' fluisterde hij. 'Ze was veel mooier dan Georgia en met een man als ik zou ze niet in moeilijkheden zijn geraakt. Je echte vader was te zacht, te jong en te zwak,' mompelde hij.

Ik verroerde me niet; ik zei geen woord. Plotseling voelde ik papa's hand onder mijn nachthemd; hij bleef rusten op mijn dij. Zijn dikke vingers knepen zachtjes in mijn been en zijn arm ging omhoog, waardoor mijn nachthemd ook omhoogschoof.

'Moet me warm houden,' mompelde papa in mijn oor. 'Blijf stil liggen. Brave meid, goed zo.'

Ik kon nauwelijks ademhalen van angst. Ik legde mijn hand voor mijn mond en smoorde een kreet toen papa's hand zich om mijn borst sloot. Hij kneep er wellustig in en tilde met zijn andere hand mijn nachthemd boven mijn middel. Ik voelde hoe hij zijn knieën onder de mijne drong en toen voelde ik zijn harde lid dat naar voren drong. Ik wilde me losrukken, maar hij legde zijn arm steviger om me heen en trok me steeds dichter tegen zich aan.

'Warm,' herhaalde hij. 'Moet warm blijven, dat is alles.'

Maar dat was niet alles. Ik kneep mijn oogleden zo stijf mogelijk dicht en vertelde mezelf dat het niet gebeurde. Ik voelde niet wat er omhoogkroop tussen mijn benen en ik voelde niet dat papa bij me binnendrong. Hij kreunde en beet in mijn hals, net zacht genoeg om geen bloed te laten vloeien. Ik slaakte een kreet en wilde mezelf losrukken, maar papa kwam met zijn zware lichaam, met gipsbeen en al, bovenop me liggen en drukte me neer tegen de matras. Hij gromde en perste verder.

Mijn kreten waren zwak, mijn tranen waren snel opgenomen door het kussen en de deken. Het leek urenlang door te gaan, terwijl het in werkelijkheid maar een paar minuten duurde. Toen het voorbij was, liet papa me niet los en trok zich niet terug. Hij hield me stevig vast met zijn hoofd tegen het mijne.

'Warm nu,' mompelde hij. Ik wachtte, bang om me te bewegen, bang om te klagen. Na een tijdje hoorde ik hem snurken en begon me heel langzaam en voorzichtig los te maken uit zijn greep en me onder zijn dode gewicht vandaan te werken. Het moet me uren hebben gekost, want ik was als de dood dat ik hem wakker zou maken, maar eindelijk had ik me zover bevrijd dat ik mijn been buiten bed kon zetten en wegglippen. Hij bromde even en begon toen weer te snurken.

Ik bleef bevend in het donker staan en onderdrukte mijn gesnik.

Ik was bang dat mijn tranen anders niet meer te stuiten zouden zijn en ik papa wakker zou maken. Op mijn tenen sloop ik de kamer uit, de vaag verlichte gang in. Ik haalde diep adem en deed de deur zachtjes achter me dicht. Toen liep ik naar rechts, met de bedoeling om naar mamma te gaan. Maar ik aarzelde. Wat kon ik haar zeggen en wat zou ze doen? Zou ze het begrijpen? Het zou papa waarschijnlijk tot razernij brengen. Nee, ik kon niet naar mamma. Ik kon naar Vera en Charles gaan, maar ik schaamde me te veel. Ik kon het zelfs Tottie niet vertellen.

Verward en met kloppend hart bleef ik staan, en liep toen naar de kamer waar alle oude foto's en voorwerpen werden bewaard. Ik zocht de foto van mijn echte moeder, en ging met die foto in mijn armen op de grond zitten. Zachtjes heen en weer wiegend zat ik te huilen tot ik voetstappen hoorde en het zwakke licht van Emily's kaars zag in het donker. Even later stond ze in de deuropening.

Ze hief haar kaars op en liet het licht op me schijnen.

'Wat doe jij hier? Wat heb je daar?'

Ik beet op mijn lip. Ik wilde haar vertellen wat er gebeurd was; ik wilde het uitschreeuwen.

'Wat is er?' vroeg ze. 'Wat hou je daar vast? Laat eens zien.'

Langzaam liet ik het portret van mijn echte moeder zien. Emily keek even verbaasd en nam me toen aandachtig op.

'Sta op,' beval ze. 'Vooruit. Sta op.'

Ik deed het.

Emily kwam dichterbij, hief de kaars op en liep om me heen.

'Moet je dat zien,' zei ze plotseling. 'Je bent ongesteld en je hebt er niets aan gedaan. Schaam je je niet? Heb je dan geen greintje zelfrespect?'

'Ik ben niet ongesteld.'

'Je nachthemd is bebloed,' zei ze.

Ik hield mijn adem in. Dit was het moment om het haar te vertellen, maar de woorden bleven in mijn keel steken.

'Trek een schoon nachthemd aan en doe onmiddellijk een maandverband om,' beval ze. 'Werkelijk,' zei ze hoofdschuddend, 'soms denk ik dat je niet alleen moreel, maar ook geestelijk achterlijk bent.'

'Emily,' begon ik. Ik was zo wanhopig dat ik het iemand moest vertellen, zelfs haar. 'Emily, ik...'

'Ik wil geen minuut langer met je hier in het donker blijven. Leg die foto weg,' beval ze, 'en ga slapen. Je hebt veel te doen voor papa,' voegde ze eraan toe. Ze draaide zich snel om en liet me in het donker achter.

Ik huiverde bij de gedachte dat ik naar papa's slaapkamer terug moest, maar durfde niet anders. Toen ik een schoon nachthemd had aangetrokken, ging ik terug, en bleef aarzelend op de drempel staan om me ervan te overtuigen dat hij nog sliep. Toen kroop ik snel in mijn geïmproviseerde bed en vouwde me dubbel in een foetuspositie. Daar huilde ik mezelf in slaap.

Wat papa met me gedaan had gaf me een onrein gevoel. Het leek of de smet zich door mijn hele lichaam verspreidde tot hij mijn hart bereikte. Geen twintig, geen honderd, geen duizend baden zouden me hiervan kunnen reinigen. Mijn ziel was bevuild en bevlekt. Morgenochtend, als Emily me bij daglicht zag, zou ze weten dat ik ontmaagd was. Dat stigma zou voor eeuwig op mijn gezicht te zien zijn.

Ik hield mezelf voor dat het een deel van mijn straf was. Al het slechts dat me nu overkwam, had een reden. Trouwens, bij wie kon ik me beklagen? De mensen van wie ik hield en die van mij hadden gehouden waren dood of weg of zelf ziek. Ik kon alleen maar om vergiffenis bidden.

Op de een of andere manier, dacht ik, had ik papa ertoe verleid iets slechts te doen. Nu zou er iets verschrikkelijks gebeuren met hem en zou het weer mijn schuld zijn.

Papa was de eerste die 's morgens wakker werd. Hij kreunde en riep me om me wakker te maken.

'Geef me die urinefles,' beval hij. Ik sprong uit bed en gaf hem de fles. Terwijl hij zijn plas deed, trok ik snel mijn badjas en slippers aan. Toen hij klaar was ging ik met de fles naar de badkamer en goot hem leeg. Ik was nog maar net klaar of hij begon te gillen om zijn ontbijt.

'Hete koffie en eieren. Ik rammel van de honger.' Hij sloeg zijn handen ineen en glimlachte. Kon hij vergeten zijn wat hij de vorige avond had gedaan? vroeg ik me af. Hij gaf geen teken van berouw of schuldbesef.

'Ja, papa,' zei ik. Ik vermeed zijn blik en liep naar de deur.

'Lillian,' riep hij. Ik draaide me om, maar hield mijn ogen neergeslagen. Hij was degene die zich met geweld aan me had opgedrongen, maar ik was degene die zich schaamde.

'Kijk me aan als ik tegen je spreek,' beval hij. Langzaam hief ik mijn hoofd op. 'Zo is het beter. Je verzorgt me goed,' ging hij verder. 'Ik weet zeker dat ik op deze manier sneller beter zal worden. En als iemand een goede daad doet zoals jij, maakt ze sommige slechte dingen die ze heeft gedaan weer goed. De Here is genadig. Denk daaraan,' zei hij.

Ik onderdrukte mijn tranen. En gisteravond dan? wilde ik tegen hem schreeuwen. Zal de Here dat ook vergeven?

'Zul je daaraan denken?' vroeg hij. Het had meer de klank van een dreigement dan van een vraag.

'Ja, papa.'

'Goed,' zei hij. 'Goed.' Hij knikte en ik liep haastig naar de keuken om zijn ontbijt te halen. Emily was al op en zat aan tafel te wachten. Ik wist zeker dat ze zodra ze me zag zou weten wat er gebeurd was en zich zou herinneren hoe ze me gisteravond had aangetroffen. Maar ze keek me niet anders aan dan elke ochtend. Dezelfde minachting, dezelfde afkeer.

'Goeiemorgen, Emily,' zei ik, terwijl ik naar de keuken liep. 'Ik kom papa's ontbijt halen.'

'Een ogenblik,' snauwde ze. Ik aarzelde even en probeerde haar blik te vermijden.

'Heb je gisteravond gedaan wat je moest doen om jezelf schoon te houden?'

'Ja, Emily.'

'Je moet de tijd van je ongesteldheid goed in de gaten houden, zodat je er niet door verrast wordt. Vergeet niet waarom je ongesteld wordt – om ons te herinneren aan Eva's zonde in het paradijs.'

'Ik zal het doen, Emily.'

'Waarom heb je zo lang geslapen? Waarom was je vanmorgen niet in mijn kamer om mijn po te legen?' vroeg ze.

'Het spijt me, Emily, maar…' Ik keek haar aan. Misschien, als ik haar uitlegde hoe het gebeurd was… 'Maar papa had het koud gisteravond en…'

'Laat maar,' viel ze me in de rede. 'Ik heb je gezegd dat je je maandelijkse penitentie moet volhouden, ook al moet je daarbij voor papa zorgen. Begrepen?'

'Ja, Emily.'

'Hmmm,' zei ze. Ze tuitte haar lippen en kneep haar ogen achterdochtig samen. Ik besloot haar te vertellen waarom ik de foto van mijn echte moeder was gaan bekijken, als ze het vroeg. Maar ze vroeg het niet. Het interesseerde haar niet waarom ik snikkend in die kamer had gezeten.

'Goed,' zei ze na een ogenblik. 'Als je klaar bent bij papa, ga je naar mijn kamer en giet de po leeg.'

'Ja, Emily.' Ik haalde diep adem en liep verder naar de keuken, waar Vera bezig was thee te zetten voor mamma.

'Ik was vanmorgen bij haar,' legde Vera uit, 'en ze zei dat ze buikpijn had. Ze wilde niets eten.'

'Is mamma ziek?'

'Ik denk dat ze gisteravond te veel chocolaatjes heeft gegeten,' zei Vera. 'Ik geloof dat ze van het ene ogenblik op het andere niet meer weet hoeveel ze er al gegeten heeft. Hoe gaat het met de kapitein vanmorgen?'

'Hij heeft honger,' zei ik, en vertelde haar wat papa wilde hebben. Vera keek me even onderzoekend aan.

'Voel jij je wel goed, Lillian?' vroeg ze zacht. 'Je ziet er zo bleek en moe uit.' Ik wendde snel mijn blik af.

'Ik voel me goed, Vera,' antwoordde ik, en beet op mijn lip om het niet uit te schreeuwen. Vera keek me sceptisch aan, maar maakte snel papa's ontbijt klaar. Ik pakte het blad op en ging weg. Ik wilde even langs mamma voor ik papa's ontbijt bracht, maar Emily volgde me en verbood het.

'Zijn ontbijt wordt koud en dan raakt hij van streek,' waarschuwde ze. 'Later kun je naar mamma. Het is vast niets bijzonders. Je weet hoe ze is.'

Papa keek teleurgesteld toen hij zag dat Emily me volgde. Ik zette zijn blad op zijn bedtafeltje, maar voor hij kon beginnen, ging Emily bidden.

'Hou het kort vanmorgen, Emily,' zei hij. Ze keek geërgerd naar mij alsof het mijn schuld was dat papa zo kortaangebonden was, en hield snel op met lezen.

'Amen,' zei papa zodra ze klaar was en begon aan zijn eieren. Emily keek even naar hem voor ze zich naar mij omdraaide.

'Kleed je aan,' beval ze, 'en kom dan meteen naar beneden om te ontbijten. Je hebt je taak nog in mijn kamer en je moet nog bidden.'

'En kom dan meteen weer boven,' voegde papa eraan toe. 'Je moet een paar brieven schrijven en een paar bestellingen doen.'

'Mamma voelt zich niet goed vandaag, papa,' zei ik. 'Vera heeft het me verteld.'

'Vera zorgt wel voor haar,' zei hij. 'Verspil geen tijd aan die onzin van haar.'

'Ik zal naar binnen gaan om ervoor te zorgen dat ze bidt,' verzekerde Emily ons.

'Mooi,' zei papa. Hij dronk zijn koffie en keek naar mij. Ik wendde snel mijn blik af en ging toen haastig de kamer uit om Emily's po te gaan legen en me aan te kleden voor het ontbijt. Maar eerst sloop ik naar mamma's kamer.

Onder haar deken, alleen in het grote bed met de zware, donkere eikehouten pilaren en het grote hoofd- en voeteneind, en met haar hoofd in het midden van het grote, donzige kussen, leek mamma net een klein meisje. Haar gezicht was zo bleek als een glansloze parel en haar ongeborstelde haar lag verward om haar hoofd. Haar ogen waren gesloten, maar gingen open toen ik binnenkwam. Een tedere glimlach verscheen om haar lippen en haar ogen verhelderden toen ze me zag.

'Goeiemorgen, schat,' zei ze.

'Goeiemorgen, mamma. Ik hoorde dat u zich niet goed voelde vanmorgen.'

'O, ik heb alleen maar een flinke buikpijn. Het is al bijna over,' antwoordde ze, en pakte mijn hand.

Ik klemde de hare gretig vast. Ik wilde haar zo graag vertellen wat er gebeurd was. Ik wilde mijn hoofd begraven in haar schoot, haar omhelzen en me door haar laten troosten. Ik wilde haar horen zeggen dat ik mezelf niet hoefde te haten. Ik had haar geruststelling en haar liefkozingen nodig en haar belofte dat alles in orde zou komen. Ik had moederliefde nodig, warmte en tederheid. Ik verlangde ernaar haar lavendelgeur op te snuiven en de zachtheid van haar haar te voelen. Ik hunkerde naar haar tedere kussen en de rust die over me kwam als ik me veilig in haar armen voelde.

Ik wilde weer een jong meisje zijn; ik wilde weer die leeftijd hebben voordat alle verschrikkelijke waarheden over me werden uitgestort, toen ik nog jong genoeg was om in magie te geloven, toen ik op mamma's schoot zat of naast haar lag met mijn hoofd op haar schoot en naar haar zachte stem luisterde terwijl ze sprookjes voorlas. Waarom moesten we opgroeien voor een wereld vol bedrog en smerigheid? Waarom konden we niet in een goede tijd worden ingevroren en gelukkig blijven?

'Hoe gaat het vanmorgen met Eugenia?' vroeg ze, voordat ik er zelfs maar over kon denken haar iets onaangenaams te vertellen.

176

'Goed, mamma,' antwoordde ik.

'Mooi zo. Ik zal proberen later naar haar toe te gaan. Is het warm en zonnig buiten? Het ziet er helder uit.' Ze keek naar de ramen.

Ik besefte dat ik niet eens naar buiten had gekeken vanmorgen. Vera had mamma's gordijnen opengeschoven, maar ik zag een bedekte lucht met donkere wolken, en niet de blauwe lucht die mamma meende te zien.

'Ja, mamma,' zei ik. 'Het is prachtig weer.'

'Mooi. Misschien kunnen we vandaag samen een wandeling maken. Wil je dat?'

'Graag, mamma.'

'Kom na de lunch, dan gaan we wandelen en wilde bloemen plukken. Ik moet verse bloemen in mijn kamer hebben. Oké?'

'Oké, mamma.'

Ze gaf me een klopje op mijn hand en sloot haar ogen. Een ogenblik later glimlachte ze, maar hield haar ogen dicht.

'Ik ben nog een beetje slaperig, Violet,' zei ze. 'Zeg tegen mamma dat ik nog even blijf slapen.'

O, God, dacht ik, wat gebeurt er met haar? Waarom zweeft ze nog steeds van de ene wereld in de andere en waarom doet niemand er iets aan?

'Mamma, het is Lillian. Ik ben Lillian, niet Violet,' zei ik nadrukkelijk, maar ze scheen het niet te horen of zich er iets van aan te trekken.

'Ik ben zo moe,' mompelde ze. 'Ik ben gisteravond te lang opgebleven om de sterren te tellen.'

Ik bleef nog even langer bij haar staan, hield haar hand vast en staarde naar haar, tot haar ademhaling zacht en regelmatig klonk en ik besefte dat ze weer sliep. Toen liet ik haar hand los en draaide me heel langzaam om. Ik had het gevoel of ik doelloos wegdreef als een ballon in de wind, en het touw uit de hand van een kind was geglipt.

De volgende dagen begon ik me af te vragen of papa niet door de duivel was bezeten toen hij dat met me deed. Hij zei geen woord over het incident, en evenmin deed of zei hij iets om me verlegen of beschaamd te maken. In plaats daarvan overlaadde hij me elke dag met complimentjes, vooral als Emily erbij was.

'Lillian is beter dan een boekhouder,' verklaarde hij. 'Ze heeft die cijfers in een oogwenk onder de knie en ze spoort met het oog van een adelaar de fouten op. Ze heeft zelfs ontdekt dat ik te veel betaalde voor het varkensvoer, nietwaar, Lillian? De mensen proberen altijd een extra dollar uit je te persen, en dat lukt ze nog ook als je niet uit je doppen kijkt. Je hebt goed werk gedaan, Lillian. Machtig goed werk.'

Emily kneep haar ogen samen en tuitte haar lippen, maar ze was gedwongen te knikken en tegen me te zeggen dat ik me nu op het rechte pad bevond.

'Maar wijk er niet van af,' waarschuwde ze.

Aan het eind van de week kwam de dokter papa bezoeken en zei dat hij een rolstoel en krukken moest hebben en naar buiten moest.

'Je hebt frisse lucht nodig, Jed,' verklaarde hij. 'Je been is gebroken, maar de rest van je lichaam heeft beweging nodig. Het lijkt me,' zei de dokter, met een blik op mij, 'dat je verwend wordt door al die knappe vrouwen die je op je wensen bedienen, hè?'

'Nou en?' snauwde papa. 'Je hele leven werk je je uit de naad voor je gezin. Ze mogen ook weleens een keer voor jou zorgen.'

'Natuurlijk,' zei de dokter.

Emily stelde voor Eugenia's oude rolstoel tevoorschijn te halen en aan papa te geven. Charles bracht hem boven na hem te hebben geolied en opgepoetst, tot hij er weer als nieuw uitzag. Die middag werden papa's krukken gebracht en stond hij voor het eerst na zijn ongeluk op uit bed. Maar toen Emily voorstelde dat hij beneden zou komen om zijn intrek te nemen in Eugenia's oude slaapkamer, weigerde papa.

'Ik kan hier boven rondrijden,' zei hij. 'Als ik zover ben dat ik naar beneden kan, zullen we het erover hebben.'

De gedachte dat hij in Eugenia's slaapkamer en in haar bed zou slapen scheen hem te beangstigen. In plaats daarvan beval hij mij hem boven rond te rijden. Ik nam hem mee naar mamma en toen besloot hij me de ronde te laten doen van de bovenverdieping. Hij beschreef de kamers, wie erin had gewoond en waar hij als kleine jongen had gespeeld.

Het feit dat hij uit zijn kamer kwam maakte hem opgewekter en bevorderde zijn eetlust. Later op de middag hielp ik hem met scheren en met het aantrekken van een van zijn mooie overhemden. Ik moest de pijp van een van zijn broeken openknippen, zodat hij hem over zijn gipsverband kon trekken. Hij oefende met zijn krukken en werkte aan zijn bureau. Ik hoopte dat dit alles betekende dat mijn dagen en nachten van verplegen voorbij waren, maar papa stuurde me niet terug naar mijn eigen kamer om daar te slapen.

'Ik kan me nu bewegen, Lillian,' zei hij, 'maar ik heb je hulp nog wat langer nodig. Dat wil je toch wel, hè?' vroeg hij. Ik knikte snel en wendde me af, om mijn teleurstelling te verbergen.

Papa begon vrienden te ontvangen, en op een avond, een paar dagen later, was er een kaartspel aan de gang in zijn kamer. Ik bracht verversingen boven en wachtte beneden, waar ik op de leren bank in papa's kantoor in slaap viel. Ik hoorde hen lachend de trap afkomen en ging haastig naar boven om te vragen of papa nog iets nodig had voor hij ging slapen. Hij was in een heel slechte stemming. Hij had veel gedronken en blijkbaar ook een hoop geld verloren.

'Ik heb pech op het ogenblik,' mompelde hij. 'Help me die dingen uit te trekken,' riep hij een ogenblik later terwijl hij aan zijn overhemd trok. Ik holde naar hem toe en hielp hem zich uit te kleden, trok zijn laarzen en sokken uit en rukte aan zijn broek. Hij werkte niet erg mee, hij lag te woelen en zijn pech te verwensen. Hij bleef naar zijn glas bourbon grijpen en toen het leeg was vroeg hij me het weer te vullen.

'Maar het is al laat, papa,' zei ik. 'Wilt u niet gaan slapen?'

'Schenk mijn whisky in en zeur niet,' snauwde hij. Ik gehoorzaamde, en vouwde zijn kleren op.

Ik ruimde de rommel op die papa's vrienden hadden gemaakt en probeerde de kamer te luchten. Er hing zoveel sigarerook dat zelfs de muren stonken, maar het scheen papa niet te deren. Hij dronk zich in slaap, mopperend op zijn fouten bij het kaartspel.

Uitgeput ging ik eindelijk zelf slapen. Uren later werd ik wakker toen hij met een klap op de grond viel. Naar wat ik ervan begreep was hij zijn gebroken been vergeten en had hij in zijn dronkenschap geprobeerd op te staan en naar de badkamer te gaan. Ik stond snel op en holde naar hem toe om hem te helpen, maar hij was te zwaar om op te tillen. Hij was een dood gewicht en deed niets om me te helpen.

'Papa,' smeekte ik. 'U ligt op de grond. Probeer weer in bed te komen.'

'Wat... wat,' zei hij, en trok me omlaag toen hij probeerde zich aan me op te trekken.

'Papa,' smeekte ik, maar hij hield me tegen zich aan, en ik lag in zo'n onmogelijke houding dat ik me nauwelijks kon draaien, laat staan losrukken. Ik dacht erover om Emily te roepen, maar was bang voor haar beschuldigingen als ze me zo in papa's armen verstrengeld zag. In plaats daarvan smeekte ik hem me te laten gaan. Hij mompelde en kreunde en draaide zich eindelijk zo ver om dat ik me van hem kon losmaken. Weer trachtte ik hem zelf te laten opstaan. Deze keer pakte hij de beddestijl vast en trok zich ver genoeg op om met zijn bovenlijf weer op het bed te komen. Ik tilde en duwde tot ik hem weer op het bed had. Uitgeput stond ik naast hem te hijgen.

Maar plotseling lachte papa en stak zijn hand uit om mijn pols te pakken. Hij trok me naar zich toe.

'Papa, nee,' riep ik. 'Laat me gaan. Alstublieft.'

'Beddewarmer,' mompelde hij. Hij pakte mijn nachthemd vast en rukte het omhoog, terwijl hij me omrolde, onder zich. Neergedrukt door zijn gewicht probeerde ik onder hem uit te kronkelen, maar dat scheen hem te bevallen en moedigde hem nog meer aan. Hij lachte en mompelde namen die ik nog nooit gehoord had. Blijkbaar verwarde hij me met vrouwen die hij had gekend tijdens zijn zakenreizen. Ik begon te gillen, maar hij legde zijn grote hand op mijn mond.

'Sst,' zei hij. 'Je maakt iedereen wakker.'

'Papa, alstublieft, doe dat niet weer. Alstublieft,' smeekte ik.

'Je moet leren,' zei hij. 'Je moet weten wat je kunt verwachten. Ik zal je leren... ik zal je leren. Beter ik dan een vreemde, een of andere smerige vreemde. Ja, ja... ik zal je laten zien...'

Even later was hij weer in me. Ik wendde mijn hoofd af toen hij gromde en zich op me wierp. Ik probeerde mijn ogen te sluiten en net te doen of ik ergens anders was, maar zijn stinkende adem drong mijn gedachten binnen, en zijn lippen bewogen zich snel over mijn haar en voorhoofd, zuigend, likkend, zoenend. Ik voelde zijn hete explosie in me en toen verslapte zijn lichaam. Hij kreunde en draaide me langzaam om.

'Pech,' zei hij. 'Alleen maar pech. Moet me daaruit losbreken.'

Ik bewoog me niet. Mijn hart bonsde zo, dat ik bang was dat het uit elkaar zou barsten. Langzaam kwam ik overeind en stapte uit bed. Papa bewoog zich niet, zei geen woord. Aan zijn ademhaling te horen wist ik zeker dat hij weer in slaap was gevallen. Mijn lichaam schokte van het snikken. Ik pakte mijn spulletjes bijeen en liep de kamer uit. Ik wilde in mijn eigen bed slapen. Ik wilde in mijn eigen bed sterven.

Emily schudde me de volgende ochtend wakker. Ik was in slaap gevallen met mijn kussen tegen me aangeklemd. Toen ik mijn ogen opendeed, zag ik dat ze woedend naar me keek.

'Papa roept je,' zei ze. 'Hoor je hem niet schreeuwen op de gang? Moet ik je wakker maken? Kom onmiddellijk uit bed,' beval ze.

Ik keek naar het kussen en voelde even weer papa's hete, zwetende lichaam bovenop me. Ik hoorde hem prevelen en andere namen noemen. Ik voelde zijn vingers in mijn borsten knijpen en zijn mond op de mijne en ik gilde.

Ik gilde zo luid en onverwacht dat Emily met open mond een stap achteruit deed. Toen begon ik op het kussen te slaan. Ik bleef erop bonken met mijn vuisten. Soms miste ik het en sloeg mijzelf, maar ik hield niet op. Ik trok aan mijn haar en drukte mijn palmen tegen mijn slapen en gilde steeds opnieuw. Ik sprong op en neer op bed, sloeg tegen mijn dijen, op mijn buik en mijn hoofd.

Emily haalde de bijbel uit de zak van haar jurk en begon te lezen. Ze verhief haar stem om mijn gegil te overstemmen. Hoe luider ze las, hoe harder ik schreeuwde. Ten slotte was mijn keel te schor en te droog, en ik zakte ineen op bed, waar ik huiverend en rillend en klappertandend bleef liggen. Emily bleef uit de bijbel voorlezen, sloeg toen weer een kruis en trok zich psalmzingend terug.

Ze bracht papa naar de deur van mijn slaapkamer. Hij bleef op zijn krukken staan en staarde naar me.

'De duivel is gisteravond in haar lichaam gevaren,' zei ze tegen hem. 'Ik ben begonnen aan het uitdrijvingsproces.'

'Hmm,' zei papa. 'Goed.' En keerde snel terug naar zijn eigen kamer. Hij vroeg niet of ik terugkwam. Vera en Tottie kwamen me opzoeken en brachten me iets warms te eten en te drinken, maar ik wilde niets, geen kruimel. Ik dronk alleen wat water 's avonds en 's morgens. Ik bleef de hele dag en de volgende in bed. Nu en dan kwam Emily langs om een paar gebeden te zeggen en een psalm te zingen.

Eindelijk, op de ochtend van de derde dag, stond ik op, nam een warm bad en ging naar beneden. Vera en Tottie waren blij me te zien. Ze vertroetelden me en behandelden me als de meesteres van het huis. Ik zei niet veel. Ik ging naar mamma en zat het grootste deel van de dag bij haar, luisterde naar haar fantasieën en verhalen, keek naar haar als ze sliep en las een van haar romans voor. Ze had vreemde vlagen van energie, stond soms op om haar haar te doen en ging dan weer naar bed. Soms stond ze op en kleedde zich aan, kleedde zich dan snel weer uit en trok een nachthemd en peignoir aan. Haar grillige gedrag, haar waanzin, leken me op de een of andere manier te kalmeren. Ik voelde me zelf zo verloren en verward.

De dagen gingen voorbij. Papa begon steeds meer zelf te doen. Het duurde niet lang of hij liep op zijn krukken de trap af naar zijn kantoor. Als hij me zag, wendde hij snel zijn blik af en hield zich met iets bezig. Ik probeerde hem niet te zien; ik probeerde dwars door hem heen te kijken. Eindelijk mompelde hij iets van hallo of goeiemorgen, en ik mompelde iets terug.

Ik weet niet waarom, maar ook Emily begon me met rust te laten. Ze zei haar gebeden en vroeg me van tijd tot tijd iets uit de bijbel te lezen, maar ze achtervolgde me niet met haar godsdienstige opdrachten zoals ze sinds Niles' dood had gedaan.

Ik bracht een groot deel van mijn tijd door met lezen. Vera leerde me borduren en dat bezorgde me wat afleiding. Ik wandelde en at betrekkelijk zwijgend mijn maaltijden. Ik voelde me op een vreemde manier buiten mezelf staan, als een geest die boven me zweefde, terwijl mijn lichaam met trieste monotonie de dagelijkse taken verrichtte.

Op een dag slaagde ik erin mamma naar buiten te krijgen, maar ze had vaker hoofdpijn en buikpijn dan gewoonlijk en bleef meestal in bed. De enige lange conversatie die ik met papa had ging over haar. Ik vroeg hem de dokter te laten komen.

'Ze verbeeldt het zich niet en ze doet niet alsof, papa,' zei ik. 'Ze heeft echt pijn.'

Hij bromde iets, vermeed zoals gewoonlijk mijn blik, en beloofde iets te doen als hij klaar was met zijn werk. Maar de weken gingen voorbij zonder dat hij iets deed, tot mamma eindelijk op een avond zo'n pijn had dat ze letterlijk gilde van de pijn. Papa was nu zelf bang en stuurde Charles weg om de dokter te halen. Toen hij haar had onderzocht, wilde hij haar naar het ziekenhuis laten brengen, maar papa vond het niet goed.

'Geen enkele Booth is ooit naar een ziekenhuis gegaan, zelfs Eugenia niet. Geef haar maar een tonicum, dan komt het wel in orde,' beweerde hij.

'Ik geloof dat het ernstiger is, Jed. Ik wil een paar andere dokters naar haar laten kijken en een paar proeven doen.'

'Geef haar nou maar gewoon een tonicum,' herhaalde papa. Met tegenzin gaf de dokter mamma iets tegen de pijn en ging weg. Papa zei haar dat ze het tonicum moest nemen zodra ze pijn kreeg. Hij beloofde haar er een kist van te laten komen als ze dat wilde. Ik zei tegen Emily dat hij verkeerd deed en dat ze hem moest overhalen naar de dokter te luisteren.

'God zal voor mamma zorgen,' antwoordde Emily, 'niet een stelletje atheïstische dokters.'

Nog meer tijd verstreek. Mamma werd niet beter, maar het leek ook niet erger te worden. Het tonicum had een verdovende uitwerking en ze sliep veel. Ik had medelijden met haar, want het was inmiddels herfst geworden, de gele en bruine tinten waren mooier dan ooit. Ik wilde met haar wandelen.

Op een ochtend, zodra ik wakker werd, besloot ik dat ik mamma zou aankleden en uit bed halen, maar toen ik op wilde staan voelde ik me plotseling misselijk, en ik liep haastig naar de badkamer, waar ik overgaf tot mijn maag pijn deed. Ik begreep niet hoe het kwam. Duizelig ging ik op de grond zitten en deed mijn ogen dicht.

Toen drong het tot me door. Het was of er een emmer ijswater over me werd uitgestort, maar mijn gezicht gloeide en mijn hart bonsde wild. Het was al bijna twee maanden geleden sinds ik voor het laatst ongesteld was geweest. Snel kwam ik overeind, kleedde me aan en liep regelrecht naar papa's kantoor en zijn medische boeken. Ik sloeg het boek open waarvan ik wist dat het over zwangerschap ging en las het schokkende nieuws dat ik in mijn hart al wist.

Ik zat nog op de grond, met het boek open op schoot, toen papa zijn kantoor binnenkwam. Hij bleef verbaasd staan.

'Wat doe jij hier?' vroeg hij. 'Wat lees je daar?'

'Een van uw medische boeken, papa. Ik wilde het eerst zeker weten,' zei ik. Mijn stem klonk uitdagend en papa keek me even onzeker aan.

'Wat bedoel je? Zeker waarvan?'

'Dat ik zwanger ben,' zei ik. De woorden kwamen als een donderslag bij heldere hemel. Zijn mond viel open. Hij schudde zijn hoofd. 'Ja, papa, het is zo. Ik ben zwanger, en u weet hoe het gebeurd is.'

Plotseling trok hij zijn schouders op en wees naar me.

'Kom niet met wilde beschuldigingen, Lillian. Zeg niets schandaligs, hoor je, anders...'

'Anders wat, papa?'

'Dan laat ik je geselen. Ik weet hoe je zo geworden bent. Het is op die avond gebeurd, met die jongen. Dat is het. Dat is er gebeurd.' Hij knikte overtuigd.

'Dat is een leugen, papa, en dat weet u heel goed. U hebt zelf mevrouw Coons laten komen. U hebt gehoord wat ze zei.'

182

'Ze zei dat ze het niet zeker wist,' loog papa. 'Precies, dat heeft ze gezegd. En nu weten we waarom ze het niet zeker wist. Je bent een slet, een smet op de naam Booth, en ik zal je niet langer toestaan deze familie te schande te maken! Niemand komt het te weten,' zei hij, en knikte opnieuw.

'Wat is er? Wat is er aan de hand, papa?' vroeg Emily, die achter hem kwam staan. 'Waarom schreeuwt u tegen Lillian?'

'Waarom ik schreeuw? Ze is zwanger van die dode jongen. Daarom!'

'Dat is niet waar, Emily. Het was Niles niet,' zei ik.

'Hou je mond,' zei Emily. 'Natuurlijk was het Niles. Hij was in je kamer en jullie hebben die zonde bedreven. Nu moet je eronder lijden.'

'Niemand hoeft het te weten,' zei papa. 'We houden haar verborgen tot het voorbij is.'

'En wat wilt u dan doen, papa? Wat gebeurt er dan met de baby?'

'De baby... de baby...'

'Is mamma's baby,' zei Emily snel.

'Ja,' viel papa haar onmiddellijk bij. 'Natuurlijk. Niemand ziet Georgia tegenwoordig nog. Iedereen zal het geloven. Goed van je, Emily. In ieder geval zullen we de goede naam van de Booths redden.'

'Dat is een afschuwelijk bedrog,' zei ik.

'Stil jij,' zei papa. 'Ga naar boven. Je komt pas weer beneden als... als het geboren is. Vooruit.'

'Doe wat papa zegt,' beval Emily.

'Schiet op!' schreeuwde papa. Hij kwam op me af. 'Anders krijg je het pak slaag dat ik je beloofd heb.'

Ik sloeg het boek dicht en liep haastig het kantoor uit. Papa hoefde me niet te slaan. Ik wilde de schande en de zonde verbergen; ik wilde in een donker hoekje wegkruipen en doodgaan. Dat leek me niet zo erg. Ik ging liever naar mijn verloren zusje Eugenia en de liefde van mijn leven, Niles, dan in deze afgrijselijke wereld te moeten leven, dacht ik, en bad dat mijn hart gewoon zou stilstaan.

12 MIJN BEVALLING

Terwijl ik op mijn bed naar het plafond lag te staren, planden papa en Emily beneden het grote bedrog. Op dat moment kon het me niet schelen wat ze deden of zeiden. Ik geloofde al niet meer dat ik nog enige zeggenschap had over mijn lot. Waarschijnlijk had ik dat nooit gehad. Toen ik jonger was en plannen maakte voor alle mooie dingen die ik in mijn leven zou doen, droomde ik alleen maar, hield mezelf voor de gek, dacht ik. Nu besefte ik dat mensen als ik op deze aarde werden neergezet om als voorbeeld te dienen voor de verschrikkelijke dingen die er konden gebeuren als Gods geboden niet werden gehoorzaamd. Het deed er niet toe wie van je voorouders zich niet aan de geboden had gehouden. De zonden van de vaderen, zoals Emily altijd zo graag zei, kwamen neer op de hoofden van de kinderen, en ik was het levende bewijs daarvan.

Al bleef het verwarrend en angstaanjagend waarom God wèl luisterde naar iemand die zo wreed en gemeen was als Emily, en niet naar iemand die zo zachtmoedig en lief was als Eugenia of mamma, of zo oprecht als ik. Ik had gebeden voor Eugenia, ik had gebeden voor mamma, en ik had gebeden voor mijzelf, maar geen van die gebeden was verhoord.

Om de een of andere geheimzinnige reden was Emily op deze aarde gezet om over ons te oordelen en te heersen. Tot dusver, leek het me, waren al haar voorspellingen, al haar dreigementen uitgekomen. De duivel had bezit genomen van mijn ziel nog voordat ik was geboren en hij was zo doeltreffend te werk gegaan dat ik de dood van mijn moeder had veroorzaakt. Zoals Emily vaak genoeg had gezegd: ik was een Jona. Terwijl ik op bed lag, met mijn hand op mijn buik en besefte dat er een ongewenst kind in groeide, had ik werkelijk het gevoel dat ik door een walvis was opgeslokt en nu binnen de duistere wanden van een andere gevangenis vertoefde.

Want dat zou mijn kamer worden, een gevangenis. Papa en Emily marcheerden naar binnen, gewapend met hun bijbelse woorden van rechtvaardiging, en spraken het vonnis over me uit als de rechters van Salem, Massachusetts, met een blik vol haat op de vrouw die ervan verdacht werd een heks te zijn. Voor ze iets zei, sprak Emily een gebed uit en las een psalm voor. Papa stond met gebogen hoofd naast haar. Toen ze klaar was, hief hij zijn hoofd op en richtte zijn donkere ogen op mij.

'Lillian,' zei hij met dreunende stem, 'je zult in deze kamer blijven, achter slot en grendel, tot de baby is geboren. Tot die tijd zal Emily en alleen Emily je contact met de buitenwereld zijn. Ze zal je voedsel brengen en voor je lichamelijke en geestelijke behoeften zorgen.'

Hij kwam dichterbij, in de verwachting dat ik zou protesteren, maar mijn tong was verlamd.

'Ik wens geen klachten te horen, geen gejammer en gehuil, geen gebons op deuren, geen gegil uit ramen, heb je me gehoord? Als je dat doet, laat ik je naar zolder brengen en aan de muur ketenen tot de baby geboren wordt. Ik meen het,' zei hij vastberaden. 'Begrepen?'

'En mamma dan?' vroeg ik. 'Ik wil haar elke dag zien en zij wil mij zien.'

Papa fronste zijn wenkbrauwen en dacht na. Hij keek even naar Emily voor hij een besluit nam, en toen naar mij.

'Eens per dag, als Emily het goed vindt, zal ze je komen halen en naar Georgia's kamer brengen. Daar blijf je een halfuur en dan ga je terug naar je eigen kamer. Zodra Emily zegt dat het tijd is. Je luistert naar haar, anders... komt ze je niet meer halen,' zei hij met een harde klank in zijn stem.

'Mag ik niet naar buiten om wat zon op mijn gezicht te voelen en frisse lucht in te ademen?' vroeg ik. Zelfs onkruid heeft zon en frisse lucht nodig, dacht ik, maar ik durfde het niet te zeggen, omdat Emily natuurlijk zou zeggen dat onkruid niet zondigt.

'Nee, verdomme,' antwoordde hij met een rood gezicht. 'Begrijp je niet wat we proberen te doen? Dat we proberen de goede naam van de familie te redden? Als iemand je ziet met die dikke buik, komen voor je het weet de praatjes de wereld in en is iedereen ver in de omtrek op de hoogte van je schande. Je gaat maar bij het raam zitten daar, dat is genoeg zon en lucht, hoor je?'

'En Vera en Tottie?' vroeg ik zachtjes. 'Mag ik die ook niet zien?'

'Nee,' antwoordde hij.

'Ze zullen zich afvragen waarom niet,' mompelde ik, zijn woede riskerend.

'Dat regel ik wel. Maak jij je daar maar geen zorgen over.' Hij wees naar me met zijn dikke wijsvinger. 'Je gehoorzaamt je zuster, je luistert naar haar bevelen en je doet wat ik heb gezegd, en als dit voorbij is kun je weer een van ons zijn.' Hij aarzelde en ging op iets zachtere toon verder. 'Je kunt zelfs terug naar school. Maar,' voegde hij er snel aan toe, 'alleen als je jezelf waardig toont.

'En om te voorkomen dat je gek wordt, zal ik je van tijd tot tijd mijn boekhouding laten bijhouden, en je kunt boeken lezen en borduren. Ik kom je opzoeken wanneer ik kan,' eindigde hij en liep naar de deur. Emily bleef nog even op de drempel staan.

'Ik zal je nu je ontbijt brengen,' zei ze hooghartig en arrogant, en volgde papa naar buiten. Ik hoorde de sleutel in het slot omdraaien.

Maar toen hun voetstappen waren weggestorven, begon ik te lachen. Ik kon er niets aan doen. Ik vond het grappig dat Emily plotseling mijn bediende zou worden. Ze zou me mijn maaltijden brengen, met mijn blad de trap op en af lopen, alsof ik iemand was die vertroeteld moest worden. Natuurlijk zag zij het anders; zij zag zichzelf als mijn gevangenbewaarster, mijn meesteres.

Misschien lachte ik niet echt; misschien was het mijn manier van huilen, omdat ik geen tranen meer had. Ik kon een rivier vullen met mijn verdriet, en ik was net veertien. Zelfs lachen was pijnlijk. Mijn hart, mijn ribben deden pijn. Ik hield mijn adem in om me te beheersen en liep naar het raam.

Wat zag de buitenwereld er mooi uit nu hij verboden was. Het bos was een landschap van herfstkleuren met oranje linten en bruine en gele tinten.

De braakliggende velden waren begroeid met lage pijnbomen en bruin en grijs struikgewas. De kleine wolkjes waren witter dan ooit en de lucht was nog nooit zo blauw geweest, en de vogels... de vogels waren overal, demonstreerden hun vrijheid, hun liefde voor het vliegen. Het was een kwelling ze in de verte te zien en hun gezang niet te horen.

Ik zuchtte en liep weg van het raam. Omdat mijn kamer veranderd was in een gevangeniscel, leek hij kleiner. De muren leken dikker, de hoeken donkerder. Zelfs het plafond leek lager. Ik was bang dat de kamer elke dag een beetje kleiner zou worden, tot ik verpletterd zou worden door de steeds dichter om me heen sluitende muren. Ik deed mijn ogen dicht en probeerde er niet aan te denken. Na een tijdje bracht Emily me mijn ontbijt. Ze zette het blad op mijn nachtkastje en bleef toen staan, met opgetrokken schouders, samengeknepen ogen en getuite lippen. Haar bleke, vale kleur maakte me misselijk. Als ik binnen deze vier muren werd opgesloten, dacht ik, zou ik binnenkort diezelfde bleke teint hebben.

'Ik heb geen honger,' zei ik, toen ik naar het eten had gekeken. Vooral de smakeloze warme pap en droge toast stonden me tegen.

'Ik heb Vera dit speciaal voor jou laten klaarmaken,' verklaarde ze, wijzend naar de warme pap. 'Je eet alles op. Ondanks de zonde van je zwangerschap moeten we aan het kind denken en het beschermen. Wat je daarna met je lichaam doet is niet belangrijk, maar wat je er nu mee doet wel, en zolang ik de leiding heb, zul je goed eten. Eet,' beval ze, alsof ik haar hond was.

Maar het was niet onverstandig wat Emily zei. Waarom zou ik het kind straffen dat in me groeide? Dan zou ik hetzelfde doen wat mij werd aangedaan – het kind belasten met de zonden van de ouders. Automatisch at ik, terwijl Emily toekeek, wachtend tot alles op was.

'Ik weet dat jij weet,' zei ik, tussen een paar happen door, 'dat Niles niet de vader is van mijn baby. Ik ben ervan overtuigd dat je weet hoeveel verschrikkelijker dit in werkelijkheid is.'

Ze staarde me heel lang aan zonder iets te zeggen en knikte ten slotte.

'Reden temeer om naar me te luisteren en me te gehoorzamen. Ik weet niet waarom het zo is, maar jij bent een medium waardoor de duivel zijn intrede doet in ons leven. We moeten hem voor eeuwig in je opsluiten en hem geen overwinningen meer toestaan in dit huis. Zeg je gebeden en mediteer over je erbarmelijke toestand,' zei ze. Toen pakte ze mijn blad op en droeg mijn lege schalen de kamer uit, de deur weer achter zich sluitend.

De eerste dag van mijn gevangenisleven was begonnen. Ik kroop weg in mijn kleine kamertje dat maandenlang mijn wereld zou worden. Mettertijd zou ik elke barst in de muren kennen, elke vlek op de grond. Onder Emily's toezicht zou ik elk meubel, elke centimeter schoonmaken en poetsen en dan nog eens schoonmaken en weer poetsen. Zoals hij had beloofd bracht papa me om de paar dagen zijn boekhoudwerk, en Emily bracht me met een onwillig gezicht boeken om te lezen, zoals papa had bevolen. Ik borduurde en maakte een paar mooie dingen om aan mijn kale muren te hangen.

Maar mijn grootste belangstelling gold mijn eigen lichaam. Ik stond in de badkamer voor de spiegel en bestudeerde de veranderingen. Ik zag mijn borsten en tepels zwellen en mijn tepels donkerder worden. Er vormden zich heel fijne nieuwe, blauwachtige bloedvaten in mijn borsten, en als ik met mijn vingers erover streek, voelde ik een vreemde tinteling. Mijn ochtendziekte duurde voort tot in de derde maand en hield toen plotseling op.

Op een ochtend werd ik rammelend van de honger wakker. Ik wachtte vol ongeduld tot Emily mijn blad kwam brengen en toen ze kwam, schrokte ik alles in een paar minuten naar binnen en vroeg om meer.

'Meer?' snauwde ze. 'Denk je dat ik de hele dag de trap op en af ga rennen om aan jouw grillen te voldoen? Je eet wat ik je breng en wanneer ik het breng en niet meer.'

'Maar, Emily, in papa's medische boek staat dat een zwangere vrouw vaak meer honger heeft. Ze moet genoeg eten voor twee. Je zei dat je niet wilde dat de baby onder mijn zonden zou lijden,' bracht ik haar in herinnering. 'Ik vraag het niet voor mezelf; ik vraag het voor het ongeboren kind, dat beslist behoefte heeft aan meer. Hoe kan het ons anders zeggen wat het nodig heeft dan via mij?'

Emily trok een spottend gezicht, maar ik zag dat ze erover nadacht.

'Goed dan,' gaf ze toe. 'Ik zal je nu wat meer brengen en ervoor zorgen dat je voortaan extra porties krijgt, maar als ik zie dat je steeds dikker wordt...'

'Natuurlijk word ik dikker, Emily. Dat is een natuurlijke gang van zaken,' zei ik. 'Kijk maar in het boek, of laat papa het aan mevrouw Coons vragen.' Weer dacht ze na.

'We zullen zien,' zei ze, en ging weg om meer eten te halen. Ik wenste mezelf geluk met het feit dat ik erin geslaagd was Emily iets voor me te laten doen. Misschien was ik wel een beetje sluw geweest, maar ik voelde me vergenoegder dan in maanden het geval was geweest. Ik glimlachte. Natuurlijk deed ik dat niet als Emily erbij was, die voortdurend om me heen hing en achterdochtig naar me keek.

Laat op een middag, lang nadat ze me mijn lunch had gebracht, hoorde ik zachtjes op mijn deur kloppen. Ik liep erheen. Natuurlijk was de deur op slot, zodat ik hem niet open kon doen.

'Wie is daar?' vroeg ik.

'Tottie,' antwoordde Tottie luid fluisterend. 'Vera en ik maken ons ongerust over je, juffrouw Lillian. We willen niet dat je denkt dat we ons er niets van aantrekken. Je papa heeft gezegd dat we niet boven mogen komen om met je te praten en dat we ons geen zorgen over je hoeven te maken, maar dat doen we toch. Gaat alles goed?'

'Ja,' zei ik. 'Weet Emily dat je hier bent?'

'Nee. Zij en de kapitein zijn op het ogenblik niet thuis, dus heb ik het erop gewaagd.'

'Ik zou maar niet te lang blijven, Tottie,' waarschuwde ik.

'Waarom heb je je in je kamer opgesloten? Het is niet wat je papa en Emily zeggen, hè? Dit wil je niet zelf.'

'Er is niets aan te doen, Tottie. Vraag alsjeblieft niets meer. Het is goed.'

Tottie zweeg even. Ik dacht dat ze was weggegaan, maar toen sprak ze weer.

'Je papa vertelt aan iedereen dat je moeder zwanger is. Vera zegt dat ze er niet zwanger uitziet en zich ook niet zo gedraagt. Is het zo, juffrouw Lillian?'

Ik beet op mijn lip. Ik wilde Tottie de waarheid vertellen, maar ik was bang, zowel voor mijzelf als voor haar. Ik had geen idee wat papa zou doen als ze het aan iemand zou vertellen. Bovendien schaamde ik me voor wat er gebeurd was en wilde niet dat het bekend werd.

'Ja, Tottie,' zei ik ten slotte. 'Het is zo.'

'Waarom sluit je je dan in je kamer op?'

'Ik wil er niet over praten, Tottie. Alsjeblieft, ga weer naar beneden. Ik wil niet dat je in moeilijkheden komt,' zei ik, mijn tranen terugdringend.

'Dat is niet belangrijk. Ik kom eigenlijk afscheid nemen. Ik ga weg, zoals ik heb gezegd. Ik ga naar het noorden, naar Boston. Ik ga bij mijn grootmoeder wonen.'

'O, Tottie, ik zal je zo missen,' riep ik. 'Ik zal je verschrikkelijk missen.'

'Ik zou je graag ten afscheid omhelzen, juffrouw Lillian. Wil je je deur niet even openmaken om afscheid van me te nemen?'

'Ik... ik kan het niet, Tottie,' zei ik. Ik huilde nu.

'Kan niet of wil niet?'

'Dag, Tottie,' zei ik. 'Het allerbeste met je.'

'Dag, juffrouw Lillian. Jij en Vera en Charles en hun zoontje Luther zijn de enige mensen van wie ik afscheid wilde nemen. En van je moeder natuurlijk. Ik ben blij dat ik uit dit afschuwelijke huis wegga. Ik weet dat je niet gelukkig bent. Als ik iets voor je kan doen voor ik wegga... wat dan ook.'

'Nee, Tottie,' zei ik met gebroken stem. 'Dank je.'

'Daag,' herhaalde ze, en liep weg.

Ik huilde zo erg dat ik dacht dat ik geen trek zou hebben in mijn avondeten, maar mijn lichaam verraste me. Toen Emily met mijn blad kwam, keek ik even naar het eten en besefte toen dat ik enorme honger had. Die hongergevoelens duurden tot in de vijfde maand.

Met mijn toegenomen honger kreeg ik ook meer energie. Mijn korte wandelingetjes om mamma te bezoeken waren niet voldoende lichaamsbeweging, en als ik bij mamma was, kon ik haar nergens mee naar toe nemen, vooral niet toen ik in de zesde maand was. Mamma lag toen trouwens toch het grootste deel van de tijd in bed, met een bleek gezicht en doffe ogen. Emily en papa hadden mamma verteld dat ze zwanger was, dat de dokter haar had onderzocht en gezegd dat het zo was. Ze was verward en verbijsterd genoeg om de diagnose te accepteren, en naar wat ik uit haar woorden kon opmaken, had ze zelfs tegen Vera gezegd dat ze zwanger was. Natuurlijk verwachtte ik niet dat Vera het zou geloven, maar ik verwachtte wel dat ze discreet zou zijn en zich met haar eigen zaken zou bemoeien.

Mamma's buikpijn werd steeds heviger en ze slikte steeds meer pijnstillers. Papa had woord gehouden. In mamma's kamer, op een rijtje op haar kast en nachtkastje, stonden tientallen flesjes, sommige leeg, sommige halfvol.

Altijd als ik nu bij haar op bezoek kwam lag ze zachtjes kreunend in bed, haar ogen nauwelijks geopend. Ze besefte amper dat ik er was. Soms deed ze een poging er goed uit te zien en zich op te maken, maar tegen de tijd dat ik bij haar kwam, was haar make-up meestal doorgelopen, en onder de rouge en lippenstift zag ze doodsbleek. Haar grote ogen staarden versuft naar me en ze luisterde maar vaag naar wat ik zei.

Emily wilde het niet toegeven, maar mamma was erg mager geworden. Haar armen waren zo dun dat ik het bot van haar ellebogen duidelijk kon zien en haar wangen waren verschrikkelijk ingevallen. Als ik haar schouder aanraakte had ik het gevoel dat het vogelbotjes waren. Het eten op haar blad raakte ze nauwelijks aan. Ik probeerde haar te voeren, maar ze schudde haar hoofd.

'Ik heb geen honger,' klaagde ze. 'Ik heb weer last van mijn maag. Ik moet hem wat rust geven, Violet.'

Ze noemde me nu bijna altijd Violet. Ik was opgehouden met haar te willen verbeteren, al wist ik dat Emily achter me stond en meesmuilend haar hoofd schudde.

'Mamma is heel erg ziek,' zei ik op een middag tegen Emily, aan het begin van mijn zevende maand. 'Je moet tegen papa zeggen dat hij een dokter laat komen. Ze moet naar een ziekenhuis. Ze kwijnt weg.'

Emily negeerde me en bleef door de gang lopen, rammelend met haar bos gevangenissleutels.

'Geef je dan helemaal niets om haar?' riep ik uit. Ik bleef in de gang staan en Emily was gedwongen zich om te draaien. 'Ze is je moeder. Je echte moeder!' schreeuwde ik.

'Praat niet zo hard,' zei Emily, en deed een stap achteruit. 'Natuurlijk geef ik om haar,' antwoordde ze koud. 'Ik bid elke avond en elke ochtend voor haar. Soms ga ik naar haar kamer en houd een uur lang de wacht naast haar bed. Heb je de kaarsen niet gezien?'

'Maar, Emily, ze heeft medische verzorging nodig, en gauw ook,' zei ik dringend. 'We moeten de dokter laten komen.'

'We kunnen de dokter niet laten komen, idioot,' snauwde ze. 'Papa en ik hebben tegen iedereen gezegd dat mamma zwanger is van jouw kind. We kunnen pas een dokter laten komen als de baby er is. En ga nu naar je kamer, voordat al dat gepraat de aandacht trekt. Schiet op.'

'We kunnen dit niet volhouden,' zei ik. 'Mamma's gezondheid is te belangrijk. Ik doe geen stap meer.'

'Wat?'

'Ik wil papa spreken,' zei ik uitdagend. 'Ga naar hem toe en zeg dat hij boven moet komen.'

'Als je niet onmiddellijk naar je kamer gaat, kom ik je morgen niet halen,' dreigde Emily.

'Ga papa halen,' hield ik vol, en sloeg vastberaden mijn armen over elkaar. 'Ik verzet geen stap voor je dat doet.'

Emily keek me kwaad aan, draaide zich om en liep naar beneden. Even later kwam papa de trap op, met verwarde haren en bloeddoorlopen ogen.

'Wat is er?' vroeg hij. 'Wat gebeurt hier?'

'Mamma is heel erg ziek. We kunnen niet langer doen alsof zij zwanger is. U moet meteen de dokter laten komen,' drong ik aan.

'Allemachtig!' zei hij. Zijn gezicht vertrok van woede. Zijn ogen schoten vuur. 'Hoe dùrf je mij te vertellen wat ik moet doen. Ga naar je kamer. Vooruit,' zei hij. Toen ik me niet bewoog gaf hij me een duw. Ik twijfelde er niet aan of hij zou me hebben geslagen als ik nog een seconde langer had geaarzeld.

'Maar mamma is zo ziek,' kreunde ik. 'Alstublieft, papa, alstublieft,' smeekte ik.

'Ik zorg wel voor Georgia. Zorg jij maar voor jezelf,' zei hij. 'Ga nu.' Hij strekte zijn arm uit en wees naar mijn deur. Langzaam liep ik terug, en zodra ik binnen was, smeet Emily de deur dicht en deed hem op slot.

Ze kwam die avond niet terug met mijn diner, en toen ik me ongerust begon te maken en op de gesloten deur trommelde, reageerde ze zo snel dat ik vermoedde dat ze al die tijd voor de deur had gestaan, wachtend tot ik ongeduldig zou worden en honger zou krijgen.

'Papa zegt dat je vanavond zonder eten naar bed moet,' verklaarde ze door de gesloten deur. 'Dat is de straf voor je wangedrag.'

'Wat voor wangedrag? Emily, ik maak me alleen maar ongerust over mamma. Dat is geen wangedrag.'

'Brutaliteit is wangedrag. We moeten je heel zorgvuldig in de gaten houden en niet de minste indiscretie toestaan,' legde Emily uit. 'Als de duivel eenmaal een gaatje ziet, al is het nog zo klein, wurmt hij zich in onze ziel. Nu wordt er een andere ziel in je gevormd en hij zou maar al te graag ook die in zijn klauwen krijgen. Ga slapen,' snauwde ze.

'Maar, Emily... wacht!' riep ik, toen ik haar voetstappen hoorde wegsterven. Ik bonsde op de deur en schudde aan de deurknop, maar ze kwam niet terug. Nu voelde ik me echt een gevangene. Maar het ergste was het besef dat die arme mamma niet de medische verzorging kreeg die ze zo verschrikkelijk hard nodig had. En alweer zou door mijn schuld iemand moeten lijden van wie ik hield.

Toen Emily de volgende ochtend terugkwam met mijn ontbijt, verklaarde ze dat papa en zij een nieuw besluit hadden genomen.

'Tot deze beproeving achter de rug is, lijkt het ons allebei beter dat je niet bij mamma op bezoek gaat,' zei ze, en zette het blad op tafel.

'Wat? Waarom niet? Ik moet mamma zien. Ze wil me zien: het vrolijkt haar op,' riep ik uit.

'Vrolijkt haar op,' zei Emily minachtend. 'Ze weet niet eens meer wie je bent. Ze denkt dat je haar lang geleden overleden zuster bent en ze herinnert zich geen enkel vorig bezoek van je.'

'Maar... ze voelt zich toch beter. Het kan me niet schelen of ze mij voor haar zuster houdt. Ik...'

'Papa zegt dat het beter is als je er niet naartoe gaat voor het kind geboren is, en als ik het goedvind,' verklaarde ze.

'Nee!' riep ik. 'Dat is niet eerlijk. Ik heb alles gedaan wat jij en papa van me verlangden en ik heb me goed gedragen.'

Emily kneep haar ogen samen en perste haar lippen zo stevig op elkaar dat haar mondhoeken wit zagen. Ze zette haar handen op haar benige heupen en boog zich naar me toe. De doffe haarpieken vielen langs haar magere, harde gezicht.

'Dwing ons niet je naar de zolder te brengen en je aan de muur te ketenen. Papa heeft gedreigd het te doen en hij doet het ook!'

'Nee,' zei ik, en schudde mijn hoofd. 'Ik moet mamma zien. Ik moet.' De tranen stroomden over mijn wangen, maar Emily's gezicht behield dezelfde boosaardige uitdrukking.

'Het is besloten,' zei ze. 'En daarmee uit. Eet je ontbijt voor het koud wordt. Hier,' zei ze, en gooide een pak papieren op mijn bed. 'Papa wil dat je al die getallen nauwkeurig controleert.' Ze draaide zich om en liep mijn kamer uit.

Ik had gedacht dat ik geen tranen meer over had, dat ik in mijn korte leven zoveel gehuild had dat het voor mijn hele leven genoeg was, maar afgesloten worden van de enige zachtmoedige, lieve vrouw met wie ik nog enig contact had, was te veel. Het kon me niet schelen dat mamma me verwarde met mijn echte moeder. Ze glimlachte naar me en sprak met zachte stem tegen me. Ze wilde mijn hand vasthouden en over mooie dingen, plezierige, aangename dingen praten. Ze was de enige kleur die was overgebleven in een wereld van donkere, doffe en sombere tinten. Als ik naast haar zat, zelfs als ze sliep, voelde ik me gesust en getroost en het hielp me de rest van mijn afschuwelijke dag door te komen.

Ik at mijn ontbijt en huilde. Nu zou de tijd veel langzamer gaan. Elke minuut zou een uur, elk uur een dag lijken. Ik wilde geen woord meer lezen, geen steek meer borduren, en ik keek zelfs niet naar papa's boekhouding. Ik zat alleen maar voor mijn raam en staarde naar buiten.

Hoe sterk was mijn kleine zusje Eugenia geweest, dacht ik. Op deze manier had zij het grootste deel van haar korte leven doorgebracht, en toch had ze nog enig geluk en hoop weten te behouden. Alleen mijn herinneringen aan haar en haar enthousiasme over alles wat ik deed en vertelde, hielpen me de volgende paar dagen en weken door te komen.

In de laatste week van de zevende maand werd ik dikker en kwam ik het meest aan. Soms had ik moeite met ademen. Ik kon de baby voelen duwen. Het kostte me meer moeite elke ochtend op te staan en door mijn kleine kamer te lopen. Schoonmaken en zelfs lange tijden achtereen zitten, vermoeiden me te veel. Op een middag kwam Emily het lunchblad halen en bekritiseerde me omdat ik te lui en te dik werd.

'Het is niet meer de baby die extra porties verlangt, maar jij. Kijk eens naar je gezicht. Kijk naar je armen!'

'Wat verwacht je dan?' snauwde ik terug. 'Jij en papa willen me niet naar buiten laten gaan. Jullie gunnen me geen enkele behoorlijke lichaamsbeweging.'

'Zo is het en niet anders,' verklaarde Emily. Maar toen ze weg was besloot ik eindelijk dat het zo niet hoefde te zijn. Ik was vastbesloten naar buiten te gaan, al was het maar even.

Ik liep naar de deur en bestudeerde het slot. Toen ging ik een nagelvijl halen en kwam terug. Langzaam probeerde ik het zover terug te draaien dat de deur open zou gaan als ik eraan trok. Ik was er bijna een uur mee bezig. Zeker tien keer had ik het bijna voor elkaar en mislukte het weer op het laatste moment. Maar eindelijk trok ik aan de deur en voelde hem opengaan.

Een ogenblik wist ik niet wat ik met mijn pas hervonden vrijheid moest beginnen. Ik stond in de deuropening en staarde de gang in. Voor ik naar buiten ging keek ik naar rechts en naar links, om te zien of de weg vrij was. Eenmaal buiten mijn kamer, zonder Emily om me te begeleiden en me in een bepaalde richting te dwingen, voelde ik me duizelig. Elke stap, elke hoek van het huis, elk oud schilderij, elk raam leek nieuw en opwindend. Ik liep rechtstreeks naar de trap en staarde omlaag naar de hal en de voordeur, die de afgelopen maanden niet meer dan een herinnering waren geweest.

Het was opvallend stil in huis, dacht ik. Ik hoorde alleen het tikken van de staande klok. Toen herinnerde ik me dat zoveel van onze bedienden weg waren, ook Tottie. Zat papa beneden in zijn kantoor te werken? Waar was Emily? Ik was bang dat ze uit een donkere hoek tevoorschijn zou schieten. Even dacht ik erover terug te gaan naar mijn kamer, maar mijn verzet en woede namen toe en gaven me de moed om verder te gaan. Voorzichtig liep ik de trap af, bleef na elk zacht gekraak staan om zeker te weten dat niemand het gehoord had.

Onderaan de trap bleef ik weer staan en wachtte. Ik meende geluiden te horen in de keuken, maar behalve dat en de tikkende klok bleef het stil. Ik zag dat er geen licht brandde in papa's kantoor. De meeste kamers beneden waren erg donker. Op mijn tenen sloop ik naar de voordeur.

Toen ik mijn hand op de knop legde, voelde ik een golf van opwinding door me heengaan. Over een paar ogenblikken zou ik buiten in het volle daglicht zijn. Ik zou de warme voorjaarszon op mijn huid voelen. Ik wist dat ik het risico liep in mijn zwangere toestand te worden ontdekt, maar ik bekommerde me niet langer om mijn schande en deed langzaam de deur open. Hij kraakte zo luid dat ik zeker wist dat papa en Emily tevoorschijn zouden komen, maar er kwam niemand en ik liep de deur uit.

Het was heerlijk in de zon. De bloemen geurden verrukkelijk, het gras was nog nooit zo groen en de magnolia's waren nog nooit zo wit geweest. Ik zwoer dat ik nooit meer iets als vanzelfsprekend zou aannemen, hoe klein en onbelangrijk het ook mocht lijken. Ik hield van alles – het geluid van het grind dat knarste onder mijn voeten, de duikvlucht van de zwaluwen, het geblaf van de honden, de schaduwen die het zonlicht wierp, de geur van de dieren op de boerderij, en de open velden met het hoge gras dat wuifde in de wind. Niets was zo kostbaar als vrijheid.

Ik liep verder, genoot van alles wat ik zag. Gelukkig was er niemand. Alle knechten waren nog op het veld en Charles was waarschijnlijk in de schuur. Ik besefte pas hoe ver ik had gelopen toen ik me omdraaide en achteromkeek naar het huis. Maar ik ging niet terug. Ik liep door, volgde een oud pad dat ik als jong meisje zo vaak gevolgd was. Het leidde naar het bos, waar ik genoot van de koele schaduw en de pittige geur van de pijnbomen. Spotvogels en gaaien vlogen overal rond. Ze schenen even opgewonden als ikzelf over mijn komst in hun heiligdom.

Terwijl ik over het koele, donkere pad liep, kwamen de herinneringen op me afgestormd. Ik herinnerde me hoe ik met Henry het bos inging om goed hout te vinden dat hij kon bewerken. Ik herinnerde me dat ik een eekhoorn volgde en zag hoe hij zijn eikels verzamelde. Ik herinnerde me de eerste keer dat ik hier met Eugenia was gaan wandelen en natuurlijk herinnerde ik me onze fantastische wandeling naar de magische vijver. Met die herinnering kwam het besef dat ik bijna driekwart van de weg naar de plantage van de Thompsons had afgelegd. Het dichtbegroeide pad was een kortere weg die de Thompson-tweeling, Niles, Emily en ik vaak hadden genomen.

Mijn hart begon te bonzen. Over dit pad had die arme Niles ongetwijfeld gelopen toen hij me die fatale avond kwam bezoeken. Terwijl ik verderliep zag ik zijn gezicht en zijn glimlach voor me, ik hoorde zijn stem en zijn lieve lach. Ik zag zijn ogen die me zijn liefde verklaarden en voelde zijn lippen op de mijne. Het benam me de adem, maar ik liep door, ondanks mijn vermoeidheid. Niet alleen had ik meer gewicht te torsen en viel het lopen me moeilijker door mijn dikke buik, maar ook had ik in maanden geen lichaamsbeweging gehad. Mijn enkels deden pijn en ik moest blijven staan om op adem te komen. Bovendien was ik aan het eind van het pad gekomen en staarde nu naar het land van de Thompsons. Ik keek naar hun huis, de schuren en de rokerij. Ik zag hun rijtuigen en tractors, maar toen ik me naar rechts draaide, maakte mijn hart rare sprongen en viel ik bijna flauw. Hier, aan de achterkant van een van hun akkers, bevond zich het familiegraf van de Thompsons. Niles' grafsteen stond maar tien meter verderop. Had het lot me hierheen gebracht? Was ik op een of andere manier aangetrokken door de geest van Niles? Ik aarzelde. Ik was niet bang voor iets bovennatuurlijks; ik was bang voor mijn eigen emoties, bang voor de tranen die in me loskwamen en dreigden me te verdrinken in een zee van verdriet. Maar nu ik zover was, kon ik niet terug voor ik Niles' graf had gezien. Langzaam, soms bijna struikelend, liep ik naar Niles' graf. Het zag er nog vers uit. Iemand had er onlangs bloemen neergelegd. Ik hield mijn adem in en las het opschrift:

NILES RICHARD THOMPSON
HEENGEGAAN MAAR NIET VERGETEN

Ik staarde naar de data en las steeds opnieuw zijn naam. Toen kwam ik dicht genoeg bij om mijn hand op de steen te leggen. Die had de hele middag in de zon gestaan, en het graniet was warm. Ik sloot mijn ogen en dacht aan zijn warme wang tegen de mijne, zijn warme hand die de mijne vasthield.

'O, Niles,' kreunde ik. 'Vergeef me. Vergeef me dat ik ook jouw vervloeking ben geweest. Was je maar niet naar mijn kamer gekomen... hadden we maar nooit zo vol genegenheid naar elkaar gekeken... had ik je hart maar niet geraakt... vergeef me dat ik van je gehouden heb, lieve Niles. Ik mis je meer dan je je ooit zou kunnen voorstellen.'

De tranen rolden over mijn wangen en op zijn graf. Mijn lichaam beefde en mijn knieën knikten. Ik knielde snikkend neer, tot ik het zo benauwd kreeg dat ik schrok. Ik snakte naar adem; ik zou hier dood kunnen gaan, dacht ik, en mijn baby zou hier ook doodgaan. Ik raakte in paniek. Ik hield me vast aan Niles' grafsteen en hees me omhoog, zo onhandig dat ik een ogenblik onzeker stond te wankelen. Toen wendde ik me af van het graf en liep haastig terug naar het pad.

Ik had een vreselijke fout gemaakt. Ik was te ver gegaan. Angst en ongerustheid maakten elke stap die ik deed tot een marteling. Mijn buik werd twee keer zo zwaar en mijn ademhaling ging steeds sneller en oppervlakkiger. Mijn rug deed pijn. Ik werd duizelig. Plotseling bleef ik met mijn voet onder een boomwortel haken. Ik viel naar voren en hield me schreeuwend vast aan een struik, die langs mijn armen en hals schaafde. Ik sloeg met een klap op de grond. De klap drong van mijn schouders door mijn borst naar mijn buik. Ik kreunde en draaide me op mijn rug. Daar bleef ik een paar minuten liggen, hield mijn buik vast en wachtte tot de pijn zou bedaren.

Het was stil geworden in het bos. De vogels waren ook geschrokken, dacht ik. Wat als een prettige, mooie wandeling was begonnen, veranderde in iets duisters en angstaanjagends. De schaduwen die koel en uitnodigend hadden geleken, waren nu donker en onheilspellend, en het aanlokkelijke pad was veranderd in een weg vol gevaren.

Zachtjes kreunend ging ik overeind zitten. Alleen al het idee om op te staan leek een bijna onoverkomelijke taak. Ik haalde twee keer adem en kwam moeizaam overeind, als een vrouw van negentig. Ik moest mijn ogen sluiten, want het bos draaide om me heen. Ik wachtte, haalde snel adem en legde mijn rechterpalm tegen mijn hart, alsof ik zeker wilde weten dat het er niet uit zou springen. Eindelijk kwam ik een beetje tot rust en deed mijn ogen open.

De middagzon was sneller gezakt dan ik had beseft. De schaduwen werden langer, het bos was kouder. Ik liep weer terug over het pad, probeerde snel vooruit te komen en tegelijkertijd een tweede, onaangename val te vermijden. De uitwerking van de eerste was nog niet verdwenen. Ik had nog steeds een verschrikkelijke pijn in mijn buik. De doffe, maar niet aflatende pijn zakte steeds lager, tot ik naalden in mijn lies voelde prikken en elke stap een beproeving werd.

Ik dacht dat ik al heel lang had gelopen, maar ik herkende de omgeving en wist dat ik pas halverwege was. Opnieuw werd ik bevangen door angst en kreeg daarbij zulke hartkloppingen dat ik bijna geen adem meer kreeg. Ik moest stoppen en me vasthouden aan een jong boompje en wachten tot de aanval over zou gaan. De pijn werd minder, maar verdween niet. Ik wist dat ik verder moest, en wel zo snel mogelijk, want er gebeurde iets vreemds en nieuws in mijn lichaam. Er was beweging waar nog nooit beweging was geweest. Het probleem was dat elke stap die ik naar voren deed de pijn en beroering vergrootte.

O, nee, dacht ik. Ik kan niet terug. Ik haal het niet. Ik begon te schreeuwen, eerst zachte kreten, toen krachtiger en wanhopiger, naarmate de pijn heviger werd. Mijn benen rebelleerden ook. Ze wilden niet naar voren, en mijn rug... het leek of iemand er spijkers in sloeg, telkens als ik een stap naar voren deed. Na een tijdje drong het tot me door dat ik niet meer dan twaalf meter was opgeschoten. Ik gilde weer en deze keer was de inspanning zo groot dat ik duizelig werd en mijn ogen naar achteren rolden. Ik slaakte een kreet en viel op de grond. Alles werd zwart om me heen.

Toen ik weer bijkwam dacht ik eerst dat ik in mijn kamer in mijn bed lag te dromen, maar de kleine mieren en andere insekten die over mijn benen onder mijn rok kropen, brachten me snel terug in de werkelijkheid. Ik borstelde me af en voelde toen het warme vocht langs mijn dijen sijpelen. Er viel net voldoende daglicht door de bomen en bladeren om te zien dat het bloed was.

Ik raakte opnieuw in paniek en voelde me ijskoud worden. Mijn tanden klapperden. Ik draaide me om en kwam met moeite in een zittende houding. Toen stond ik op met behulp van een jong boompje naast me. Ik was me niet langer bewust van de pijn. Te verdoofd van angst om te beseffen dat ik werd gekrabd en geschaafd door struiken en takken, ploeterde ik voort. Het ging heel moeizaam, maar ik hield vol. Zodra ik het huis van de plantage in het oog kreeg, schreeuwde ik weer, deze keer uit alle macht. Gelukkig bracht Charles juist wat gereedschap terug naar de schuur en hoorde me.

Het moet een schokkend gezicht zijn geweest: een zwanger jong meisje dat uit het bos kwam, met verwarde haren en een gezicht dat bevuild was door tranen en modder. Hij staarde alleen maar. Ik had de kracht niet om nog een keer te schreeuwen. Ik hief mijn hand op en zwaaide, en toen begaven mijn knieën het en viel ik met een smak op de grond. Ik bleef liggen, te uitgeput om zelfs maar te proberen me te bewegen. Ik deed mijn ogen dicht.

Het kan me niet meer schelen, dacht ik. Laat het zo maar eindigen. Het is voor ons allebei beter, voor mijn baby en voor mij. Laat er maar een eind aan komen. Mijn gebed weergalmde door de lange, lege gang van mijn versufte geest. Ik hoorde niet dat er iemand kwam; ik hoorde papa niet schreeuwen; ik voelde niet dat ik opgetild werd. Ik hield mijn ogen gesloten en trok me terug in mijn eigen behaaglijke wereld, een wereld die ver verwijderd was van alle pijn en haat en moeilijkheden. Dagen later vertelde Vera me dat Charles had verteld dat ik de hele weg naar huis had geglimlacht.

13 KLEINE CHARLOTTE, LIEVE CHARLOTTE

'Hoe dùrf je, nadat papa en ik zo ons best hebben gedaan de schande geheim te houden!' krijste Emily. Met de grootste moeite deed ik mijn ogen open en keek naar haar vertrokken, kwade gezicht. Haar wijdopengesperde ogen schoten vuur. Haar mondhoeken waren opgetrokken, haar onderlip stak zo ver omlaag dat haar grauwe tanden te zien waren boven het bleke tandvlees. Haar doffe haar viel langs haar gezicht; de droge uiteinden waren gespleten. Ze snoof als een kwaaie stier.

Een hevige pijn schoot door mijn buik naar mijn lies en weer omhoog. Ik had het gevoel of ik in een bad vol keukenmessen was gelegd. Ik kreunde en probeerde overeind te komen, maar mijn hoofd leek van lood en ik kon het geen centimeter van het kussen tillen. Even was ik zo in de war dat ik me niets meer kon herinneren. Had ik de kamer verlaten, was ik echt naar buiten geslopen en gaan wandelen in het bos of was het maar een droom? Nee, het kon geen droom zijn geweest, dacht ik. Emily zou niet staan gillen en schreeuwen als het een droom was.

Waar was papa? Waar waren Charles en Vera en wie me verder nog naar huis had geholpen? Hoorde mamma al dat tumult en vroeg ze zich af wat er met me gebeurd was?

'Waar was je? Wat voerde je in je schild?' vroeg Emily. Toen ik geen antwoord gaf, greep ze mijn arm en schudde me tot ik mijn ogen weer opendeed. 'Nou?'

De pijn benam me de adem, maar ik gaf hijgend antwoord.

'Ik wilde... naar buiten, Emily. Ik... wilde alleen maar wandelen en... bloemen en bomen zien en... de zon op mijn gezicht voelen,' zei ik.

'Idioot! Idioot die je bent!' zei ze. 'Ik weet zeker dat het de duivel in eigen persoon was die je deur heeft opengemaakt en je heeft aangespoord om naar buiten te gaan.'

De pijn was zo hevig dat ik het uit wilde schreeuwen, maar ik negeerde de pijn en snauwde tegen Emily.

'Nee, Emily. Ik heb het zelf gedaan omdat jij en papa me wanhopig hebben gemaakt!'

'Je moet ons niet de schuld geven. Waag het niet papa of mij de schuld te geven. We hebben gedaan wat we moesten doen om de rechtschapenheid in huis te herstellen,' antwoordde ze.

'Waar is papa?' vroeg ik, weer om me heen kijkend. Ik verwachtte dat hij nog razender zou zijn en een stroom van vervloekingen en dreigementen over me zou uitstorten.

'Hij is mevrouw Coons gaan halen.' Ze spuwde de woorden eruit. 'Dankzij jou.'

'Mevrouw Coons?'

'Weet je niet wat je hebt gedaan? Je hebt een bloeding. Er is iets gebeurd met die baby in je en het is allemaal jouw schuld. Waarschijnlijk heb je het kind gedood,' zei ze beschuldigend. Ze deed een stap achteruit en knikte, met haar benige armen over elkaar geslagen. Haar huid zag spierwit bij de puntige ellebogen.

'O, nee,' zei ik. Daarom had ik waarschijnlijk zo'n pijn. 'O, nee.'

'Ja. Nu kun je ook nog moordenares toevoegen aan je lijst van zonden. Is er iets of iemand met wie je hebt verkeerd en die je niet vernietigd of gekwetst hebt, iemand behalve mij?' vroeg ze, en beantwoordde toen haar eigen vraag. 'Natuurlijk niet. Waarom papa verwachtte dat het anders zou zijn, weet ik niet. Ik heb het hem gezegd; ik heb hem gewaarschuwd, maar hij dacht dat hij het weer recht kon zetten.'

'Weet mamma wat er met me gebeurd is?' vroeg ik. Niets van wat Emily zei kon ik nog belangrijk vinden. Ik besloot haar te negeren.

'Mamma? Natuurlijk niet. Ze weet niet eens wat er met haarzelf gebeurt,' antwoordde Emily, 'laat staan met een ander.' Ze draaide zich om en wilde weggaan.

'Waar ga je naartoe?' Ik deed mijn best om mijn hoofd op te tillen. 'Wat ga je doen?' riep ik.

'Blijf liggen en hou je mond,' mompelde ze, en ging weg, de deur achter zich sluitend. Ik liet mijn hoofd weer op het kussen vallen. Ik was bang om me te bewegen. De kleinste schok deed een brandende pijn door mijn lichaam gaan. Ik gloeide zo erg dat ik het gevoel had of mijn hart in een borst vol kokend water ronddreef. Ik kreunde harder. Het werd erger.

'Emily!' riep ik. 'Ga hulp halen. Ik heb zo'n vreselijke pijn. Emily!'

Er gebeurde iets in mijn buik. Ik voelde iets rommelen en toen spande mijn buik zich, wat een ondraaglijke pijn veroorzaakte. Ik gilde zo hard ik kon. Het knijpen ging door en werd toen gelukkig iets minder. Ik kreeg geen adem meer en hijgde en kuchte. Mijn hart bonsde wild. Mijn lichaam schokte zo hevig dat het hele bed kraakte.

'O, God,' bad ik. 'Het spijt me. Het spijt me dat ik zo'n Jona ben, een vervloeking, zelfs voor een ongeboren kind. Alstublieft, heb medelijden. Neem me bij U op en maak een eind aan mijn ellende.'

Ik ging achteroverliggen, hijgend, biddend, wachtend.

Eindelijk ging de deur open en papa kwam langzaam binnen, gevolgd door mevrouw Coons en Emily, die de deur achter zich dichtdeed. Mevrouw Coons kwam naar me toe en keek naar me. Zweetdruppels parelden op mijn voorhoofd en wangen. Ik had het gevoel dat mijn ogen, neus, mijn mond uiteengescheurd werden. Mevrouw Coons legde haar magere vingers en ruwe palm op mijn voorhoofd en drukte toen haar hand op mijn hart. Toen ik in haar doffe, grijze ogen keek, had ik het gevoel dat ik was gestorven en me in het land der doden bevond. Haar hete adem rook naar uien. Mijn maag draaide om en een golf van misselijkheid steeg naar mijn keel.

'En?' vroeg papa ongeduldig.

'Hou je gemak, Jed Booth,' kakelde mevrouw Coons. Toen legde ze haar handen op mijn buik en wachtte. De krampen kwamen weer terug, harder en sneller dan tevoren. Ik haalde snel en oppervlakkig adem en begon te kreunen en te gillen toen mijn buik steeds harder werd tot hij als een compacte steen aanvoelde. Mevrouw Coons knikte en richtte zich op. Een ogenblik keek ze me strak aan met haar priemende ogen.

'Ze heeft het verhaast,' verklaarde ze. 'Nou, Emily, je wilde leren hoe je dit moest doen. Je krijgt nu je eerste les. Breng handdoeken en een kom heet water, hoe heter hoe beter,' zei ze.

Emily knikte opgewonden. Het was de eerste keer dat ik Emily enige belangstelling zag tonen voor iets anders dan haar studie van de bijbel en de godsdienst.

Mevrouw Coons draaide zich om naar papa, die er bleek en verward bij stond. Hij bewoog zich naar rechts en naar links. Zijn ogen gingen heen en weer en zijn tong likte langs zijn lippen alsof hij iets lekkers had gegeten. Ten slotte trok hij aan de punten van zijn snor en richtte zijn blik op mevrouw Coons.

'Wil je helpen, Jed Booth?' vroeg mevrouw Coons. Zijn ogen puilden uit zijn hoofd.

'God, nee!' riep hij en holde de kamer uit. Mevrouw Coons lachte schor als een heks en keek hem na.

'Nog nooit een man gezien die het lef had erbij te blijven,' zei ze, in haar skeletachtige handen wrijvend. De aderen op de rug staken paars en blauw af tegen de vlekkerige huid.

'Wat gebeurt er met me, mevrouw Coons?' vroeg ik.

'Wat er met je gebeurt? Er gebeurt niets met je. Het gebeurt met die baby in je. Je hebt het kind eruit geschud, en nu drijft het verward rond. De natuur zegt het dat het moet wachten, dat het nog geen tijd is, maar je lichaam zegt dat het op weg is.

'Als het tenminste nog leeft,' ging ze verder. 'Maar trek eerst je kleren uit. Vooruit. Je bent niet zo hulpeloos als je denkt.'

Ik deed wat ze vroeg, maar toen de pijn terugkwam, kon ik alleen maar blijven liggen en wachten tot de pijn weer wegtrok.

'Haal diep adem, diep adem,' adviseerde mevrouw Coons. 'Het zal nog een stuk erger worden voor het beter wordt.' Ze liet weer een kakelende lach horen. 'Het genot lijkt deze narigheid niet waard, hè?'

'Ik heb geen genot gehad, mevrouw Coons.'

Ze glimlachte. Haar bijna tandeloze mond was een gapend donker gat in haar gezicht, met een klakkende tong.

'Momenten als deze maken het moeilijk je dat te herinneren,' zei ze. Ik had niet de kracht om tegen te spreken. De pijn kwam steeds sneller achter elkaar. Ik zag dat mevrouw Coons onder de indruk was. 'Het zal niet al te lang meer duren,' voorspelde ze met de zelfverzekerdheid van een grote ervaring.

Emily kwam met het water en handdoeken en stond naast de oude heks die zich onderaan het bed had geïnstalleerd, nadat ze me had gezegd mijn knieën op te trekken.

'De eerste is altijd het moeilijkst,' zei ze tegen Emily. 'Vooral als de moeder nog zo jong is. Ze is nog niet genoeg gegroeid en gerekt. We zullen de baby een handje moeten helpen.'

Mevrouw Coons had gelijk. De pijn die ik tot dusver had gevoeld was niet de ergste. Toen het ergste kwam gilde ik zo hard dat ik zeker wist dat iedereen in huis en zelfs mensen op meer dan een kilometer afstand het konden horen. Ik hijgde en rukte aan de lakens. Eén keer greep ik naar Emily's hand, alleen voor het troostende gevoel me aan een ander menselijk wezen te kunnen vastklampen, maar Emily weigerde me een hand te geven. Ze trok hem terug zodra onze vingers elkaar raakten. Misschien was ze bang dat ik haar zou besmetten of zelfs verbranden met mijn pijn.

'Persen,' beval mevrouw Coons. 'Harder persen. Pers!' schreeuwde ze. 'Ik pers!'

'Het komt niet gemakkelijk,' mompelde ze, en legde haar koude handen op mijn buik. Ik voelde haar vingers in mijn huid persen, op mijn buik drukken. Ik hoorde haar een paar bevelen mompelen tegen Emily, maar de pijn was zo allesoverheersend dat ik niet kon luisteren, niets kon zien. De kamer was gehuld in een rode nevel. Alle geluiden stierven weg. Zelfs mijn eigen geschreeuw leek van iemand anders in het vertrek te komen.

Het duurde uren. De pijn was meedogenloos, de inspanning uitputtend. Elke keer als ik probeerde me te ontspannen, schreeuwde mevrouw Coons in mijn oor dat ik harder moest persen. Middenin een van de hevigste weeën, knielde Emily naast het bed en fluisterde in mijn oor.

'Zie je... zie je nu hoe je moet boeten voor de zonden van het genot? Zie je hoe we lijden voor het kwaad dat we doen? Vervloek de duivel, vervloek hem. Drijf hem uit. Zeg het. Ga terug naar de hel, satan! Zeg het!'

Ik was tot alles bereid om een eind te maken aan de pijn, alles om het aanhoudende gefluister van Emily te doen stoppen.

'Ga terug naar de hel, satan!' riep ik.

'Goed. Nog eens.'

'Ga terug naar de hel, satan. Ga naar de hel, satan.'

Ze deed met me mee, en toen, tot mijn verbazing, mengde zelfs mevrouw Coons zich in het koor. Het was waanzinnig – alle drie psalmodieerden we: 'Ga terug naar de hel, satan. Ga terug naar de hel, satan.'

Op de een of andere manier, misschien omdat ik zo werd afgeleid, leek de pijn iets te verminderen. Had Emily gelijk? Was ik bezig de duivel te verdrijven uit mij en uit deze kamer?

'Pers!' gilde mevrouw Coons. 'Het komt eindelijk. Persen nu. Harder. Pers!'

Ik kreunde. Ik wist zeker dat de inspanning mijn dood zou betekenen en ik begreep nu hoe het mogelijk was dat mijn echte moeder tijdens de bevalling was gestorven. Maar het kon me niet schelen. Ik had me nooit dichter bij de dood gevoeld dan nu. Hij doemde voor me op als een opluchting. De verleiding werd groot om mijn ogen te sluiten en in mijn eigen graf weg te zinken. Ik bad er zelfs om.

Ik voelde een schok, een hevige beweging. Mevrouw Coons mompelde zo snel bevelen en lessen tegen Emily dat het leek op het geprevel van een heks. En toen, plotseling, schokte mijn onderlichaam en het gebeurde... de baby kwam eruit. Mevrouw Coons slaakte een kreet. Ik zag de blik van verbazing op Emily's gezicht en toen zag ik dat mevrouw Coons de pasgeboren baby in haar bebloede handen hield. Nog verbonden aan de navelstreng natuurlijk, maar de baby zag eruit als een volmaakt kindje.

'Het is een meisje!' verklaarde mevrouw Coons. Ze legde haar mond op het bebloede gezichtje van de baby en zoog, en toen gaf de baby een kreet. Haar eerste klacht, dacht ik. 'Ze leeft!' riep mevrouw Coons uit.

Emily sloeg snel een kruis.

'Let nu goed op en leer hoe je de navelstreng moet doorknippen en vastbinden,' vertelde mevrouw Coons haar.

Ik sloot mijn ogen en voelde me enorm opgelucht. Een meisje, dacht ik. Het is een meisje. En ze is niet dood geboren. Ik ben geen moordenares. Misschien was ik niet langer een vervloeking voor degenen die ik aanraakte en die mij aanraakten. Misschien werd ik herboren met de geboorte van mijn kind.

Papa stond op de drempel te wachten.

'Het is een meisje,' kondigde Emily aan toen hij binnenkwam. 'En ze leeft.'

'Een meisje?'

Ik zag zijn teleurstelling. Hij had gehoopt op de zoon die hij niet had.

'Weer een meisje.' Hij schudde zijn hoofd en keek naar mevrouw Coons alsof het haar schuld was.

'Ik maak ze niet. Ik help ze alleen maar op de wereld,' zei ze. Hij boog zijn hoofd.

'Schiet op,' beval hij, en gaf Emily een samenzweerderige blik. Ze begreep het.

Toen de baby was schoongemaakt en in een deken gehuld, begonnen ze aan de tweede fase van het grote bedrog. Ze brachten het kind naar de kamer van mamma.

Het was voorbij, dacht ik. Maar voor ik in slaap viel, besefte ik dat het tevens op het punt stond te beginnen.

Twee dagen en twee nachten bleef ik in bed. Emily liet me onmiddellijk weten dat ze niet langer voor me zou zorgen.

'Vera zal je eten boven brengen en je met alles helpen,' zei ze. 'Maar papa wil dat je zo gauw mogelijk opstaat en voor jezelf zorgt. Vera heeft genoeg te doen zonder ook nog eens op iemand als jij te moeten passen.

'Je praat niet over de geboorte van de baby met Vera. Niemand hier in huis mag er zelfs maar op zinspelen. Papa heeft dat volstrekt duidelijk gemaakt, dus iedereen is op de hoogte.'

'Hoe gaat het met mijn baby?' vroeg ik, en ze stoof op.

'Je mag nooit, nooit, nooit over haar praten als jouw baby. Ze is mamma's baby. Van mamma,' bulderde ze.

Ik sloot mijn ogen, slikte, en vroeg het toen nog eens.

'Hoe gaat het met mamma's baby?'

'Charlotte maakt het goed.'

'Charlotte? Heet ze zo?'

'Ja. Papa dacht dat mamma zou willen dat ze Charlotte genoemd werd. Charlotte was de naam van mamma's grootmoeder,' zei ze. 'Iedereen zal het begrijpen en het zal helpen het kind als dat van mamma te beschouwen.'

'En hoe gaat het met mamma?' vroeg ik.

Haar ogen versomberden.

'Met mamma gaat het niet zo goed,' zei ze. 'We moeten bidden, Lillian. We moeten zoveel en zo lang mogelijk bidden.'

Haar ernstige stem maakte me bang.

'Waarom laat papa nu de dokter niet komen? Hij heeft nu geen reden meer om het niet te doen. De baby is geboren,' riep ik uit.

'Dat zal hij nu ook wel doen... binnenkort,' zei ze. 'Dus je ziet... er liggen genoeg ernstige en moeilijke dingen in het verschiet zonder dat jij als een verwende invalide in bed ligt.'

'Ik ben geen verwende invalide. Ik doe dit niet met opzet, Emily. Ik heb een vreselijke tijd doorgemaakt. Zelfs mevrouw Coons zei dat. Jij was erbij, je hebt het gezien. Hoe kun je zo ongevoelig, zo zonder een greintje medeleven zijn, en net doen alsof je zo religieus bent?' snauwde ik.

'Net doen alsof?' hijgde ze. 'Van alle mensen durf jíj me te beschuldigen van huichelarij?'

'Ergens in die bijbel van je staan woorden over liefde en zorg en hulp aan behoeftigen,' antwoordde ik vastberaden. Al die jaren van gedwongen bijbelse studie waren niet voor niets geweest. Ik wist waar ik het over had. Maar Emily wist het ook.

'En ergens staan woorden over kwaad in ons hart en de zonden van de mens en wat we moeten doen om onze zwakheden te overwinnen. Alleen als de duivel wordt uitgedreven kunnen we genieten van de liefde voor elkaar,' zei ze. Dat was haar filosofie, dat was haar credo, en ik had medelijden met haar. Ik schudde mijn hoofd.

'Je zult altijd alleen zijn, Emily. Je zult nooit iemand anders hebben dan jezelf.'

Met een ruk gooide ze haar hoofd in haar nek en richtte zich in haar volle lengte op.

'Ik ben niet alleen. Ik wandel met de engel Michael, die het zwaard van de vergelding in de hand heeft,' schepte ze op. Ik schudde slechts mijn hoofd. Nu mijn beproeving voorbij was, had ik alleen nog maar medelijden met haar. Ze voelde het en kon mijn medelijdende blik niet verdragen. Ze draaide zich snel om en liep de kamer uit.

De eerste keer dat Vera mijn eten bracht, vroeg ik haar hoe het met mamma ging.

'Ik weet het niet, Lillian. De kapitein en Emily hebben de laatste paar dagen voor haar gezorgd.'

'Papa en Emily? Maar waarom?'

'De kapitein wil het,' antwoordde Vera, maar ik kon zien dat het haar verontrustte.

Ik maakte me zo bezorgd over mamma dat ik sneller uit bed kwam dan ik had verwacht. Op de ochtend van de derde dag na Charlottes geboorte, stond ik op. Eerst liep ik rond als een oude vrouw, even stram en gebogen als mevrouw Coons, maar toen ik een tijdje had rondgelopen, haalde ik diep adem en richtte me op. Daarna ging ik naar mamma.

'Mamma?' zei ik, toen ik zachtjes op de deur had geklopt. Ik kreeg geen antwoord, maar ze zag er niet uit of ze sliep. Toen ik de deur achter me dicht had gedaan draaide ik me om en zag dat ze met open ogen in bed lag. 'Mamma,' zei ik, naar haar toelopend. 'Ik ben het, Lillian. Hoe gaat het nu met je?' Bij haar bed bleef ik staan. Mamma leek nog minstens tien kilo te zijn afgevallen sinds ik haar het laatst had gezien. Haar vroeger roomblanke huid zag nu ziekelijk geel. Haar mooie blonde haar was in dagen, misschien wel weken, niet gewassen of geborsteld, onverzorgd, droog en dof. De ouderdom, op de hielen van haar ziekte, had zich meester gemaakt van haar lichaam, en zelfs de huid van haar vingers was gerimpeld. Haar wang en kaak staken naar voren onder haar droge, geschilferde huid. Hoewel ze rijkelijk besproeid was met haar lavendelparfum, zodat de hele kamer ernaar rook, leek mamma ongewassen, onverzorgd, verlaten en verwaarloosd als een arme vrouw die in een armenhuis wordt achtergelaten om dood te gaan.

Maar wat me het meest beangstigde was de manier waarop mamma haar glazige ogen op het plafond gericht hield. Haar ogen bewogen niet; haar oogleden trilden zelfs niet.

'Mamma?'

Ik stond naast het bed en beet op mijn lip om te voorkomen dat ik hardop begon te snikken. Ze lag zo stil. Ik kon haar ademhaling niet zien. Haar boezem ging niet op en neer onder de deken.

'Mamma,' fluisterde ik. 'Mamma, ik ben het... Lillian. Mamma?' Ik raakte haar schouder aan. Ze was zo koud dat ik geschrokken mijn hand terugtrok en een paar keer slikte. Toen, heel langzaam, bracht ik mijn hand naar haar gezicht en raakte haar wang aan. Die was al even koud.

'Mamma!' riep ik luid. Haar oogleden bewogen niet. Zachtjes, maar ferm, schudde ik aan haar schouder. Haar hoofd bewoog zachtjes heen en weer, maar haar ogen bleven star en bewegingloos. Deze keer gilde ik.

'MAMMA!'

Ik schudde haar nog eens en nog eens, maar ze keek niet naar me en bewoog zich niet. In paniek bleef ik als aan de grond genageld staan. Ik snikte hardop, mijn schouders schokten. Hoe lang geleden was het dat er iemand bij haar was geweest? vroeg ik me af. Ik keek om me heen of ik een ontbijtblad zag, maar ik zag niets. Zelfs geen glas water op haar nachtkastje. Met mijn hand tegen mijn maag gedrukt, draaide ik me snikkend om en liep naar de deur. Daar bleef ik staan en keek achterom naar haar verschrompelde gestalte onder de zware deken en op het zijden kussen waar ze zoveel van hield. Ik deed de deur open en wilde gillend de gang inlopen, maar botste tegen papa op. Hij greep me bij mijn schouders.

'Papa,' riep ik. 'Mamma haalt geen adem. Mamma is...'

'Georgia is heengegaan. Ze is in haar slaap gestorven,' zei papa droogjes. Er stonden geen tranen in zijn ogen, ik hoorde geen droefheid in zijn stem. Hij stond recht en stram als altijd, zijn schouders naar achteren getrokken, zijn hoofd opgeheven met die trots van de Booths die ik had leren haten.

'Wat is er met haar gebeurd, papa?'

Hij liet mijn schouders los en deed een stap achteruit.

'Maanden geleden vertelde de dokter me dat hij dacht dat Georgia maagkanker had. Hij had niet veel hoop, en zei dat het enige wat we konden doen was het haar zo gemakkelijk mogelijk maken en te zorgen dat ze zo min mogelijk pijn had.'

'Maar waarom heeft niemand me dat verteld?' vroeg ik, ongelovig mijn hoofd schuddend. 'Waarom reageerde u niet als ik zei dat ze zo ziek was?'

'We moesten eerst die situatie oplossen,' antwoordde hij. 'Zodra Georgia een helder moment had, vertelde ik haar wat we deden, en ze beloofde dat ze zichzelf in leven zou houden tot we ons doel bereikt hadden.'

'Maar, papa, hoe kon u dat bedrog belangrijker vinden dan mamma? Hoe kon u?' vroeg ik.

'Dat heb ik je gezegd,' antwoordde hij met een harde blik in zijn ogen. 'We konden niets voor haar doen. Het had geen zin ons plan te laten mislukken alleen om haar naar een ziekenhuis te sturen om daar dood te gaan, wel? In ieder geval sterven alle Booths in hun eigen huis.'

Ik onderdrukte een gil en beheerste me. 'Hoe lang is ze... dood, papa? Wanneer is het gebeurd?'

'Vlak nadat jij bent weggelopen. Dus je ziet,' zei hij met een krankzinnige glimlach, 'Emily's gebeden zijn verhoord. God heeft gewacht met Georgia tot zich te nemen en toen Hij niet langer kon wachten, liet Hij jou doen wat je hebt gedaan, en heeft het allemaal mogelijk gemaakt. Je ziet hoe krachtig een gebed is, vooral van iemand die zo vroom is als Emily.'

'U hebt haar dood dagenlang verborgen gehouden?' vroeg ik ongelovig.

'Ik had eerst willen zeggen dat ze tijdens de bevalling gestorven was, maar Emily en ik waren het erover eens dat we beter een dag of twee konden wachten en zeggen dat haar verzwakte toestand, samen met de enorme inspanning van de geboorte, een eind heeft gemaakt aan haar leven, maar dat ze dagenlang dapper had gestreden. Zoals een vrouw van mij zou doen,' voegde hij eraan toe, weer met die vervloekte trots van hem.

'Arme mamma,' fluisterde ik. 'Arme, arme mamma.'

'Ze heeft ons een grote dienst bewezen, zelfs nog aan het eind van haar leven,' verklaarde papa.

'En wij? Wat voor grote dienst hebben we háár bewezen door haar ziek en met pijn te laten liggen?' Papa kromp even ineen, maar beheerste zich snel.

'Dat heb ik je al gezegd. We konden niets anders doen en het had geen zin om de kans voorbij te laten gaan om de naam Booth te beschermen.'

'De naam Booth! De naam Booth, de naam Booth zij vervloekt.'

Papa sloeg me om de oren.

'Waar blijft nu de eer van uw familie, papa? Was dit alles in de grootse traditie van het nobele zuiden die u zo aan het hart heet te liggen? Bent u nu trots op uzelf, papa? Denkt u dat uw vader en grootvader trots op u zouden zijn om wat u met mij hebt gedaan en met uw vrouw? Vindt u uzelf een echte gentleman van het zuiden?'

'Ga terug naar je kamer,' bulderde hij, met een vuurrood gezicht. 'Schiet op!'

'Ik laat me niet meer opsluiten, papa,' zei ik uitdagend.

'Je doet wat ik je zeg, onmiddellijk, begrepen?'

'Waar is mijn baby? Ik wil mijn baby zien.' Hij deed een stap naar me toe en hief zijn hand weer op. 'U kunt me slaan zoveel u wilt, papa, maar ik verzet geen stap tot ik mijn baby heb gezien. En als de mensen op mamma's begrafenis mijn blauwe plekken zien, zullen ze heel wat te roddelen hebben over de Booths,' voegde ik eraan toe.

Zijn hand verstarde in de lucht. Hij was razend, maar hij sloeg me niet.

'Ik dacht,' zei hij, terwijl hij zijn hand langzaam liet zakken, 'dat je door dit alles wat nederigheid zou hebben geleerd, maar ik zie dat je nog steeds opstandig bent.'

'Ik ben moe, papa, moe van alle leugens en bedrog, moe van haat en woede, moe van het horen over de duivel en zonde, terwijl de enige zonde waaraan ik schuldig ben is dat ik geboren ben en in dit afgrijselijke gezin ben opgenomen. Waar is baby Charlotte?' vroeg ik weer.

Hij staarde me even aan.

'Je mag niet over haar praten als over jouw baby,' beval hij.

'Dat weet ik.'

'Ik heb een kinderkamer laten maken in Eugenia's oude kamer en ik heb iemand aangenomen om voor haar te zorgen. Ze heet mevrouw Clark. Zeg niets tegen haar dat ertoe zou kunnen leiden dat ze iets anders gaat geloven dan wat wij haar verteld hebben,' waarschuwde hij snel. 'Hoor je?' Ik knikte. 'Goed dan,' zei hij, en deed een stap achteruit. 'Je kunt naar haar toegaan, maar denk aan wat ik gezegd heb, Lillian.'

'Wanneer is mamma's begrafenis?' vroeg ik.

'Over twee dagen. Ik laat nu de dokter komen en dan de begrafenisondernemer om haar gereed te laten maken.'

Ik sloot mijn ogen en slikte moeilijk. Toen, zonder hem nog een keer aan te kijken, liep ik langs hem heen naar de trap. Ik leek door de gang te zweven naar wat vroeger de wereld van Eugenia was.

Mevrouw Clark leek een vrouw van achter in de vijftig, met lichtbruin haar en zachte, kastanjebruine ogen. Ze was een kleine vrouw met een grootmoederlijke glimlach en een aangename stem. Ik vroeg me af hoe papa erin geslaagd was iemand te vinden die zo geschikt was, zo vriendelijk en perfect voor de baan. En blijkbaar heel professioneel, want ze droeg een wit uniform.

Ik keek verbaasd op toen ik zag hoe grondig Eugenia's kamer veranderd was. Een wieg met bijpassende commode en ladenkast namen de plaats in van Eugenia's oude meubels, en het behang was licht, in overeenstemming met de nieuwe, fleurige gordijnen. Iedereen die het kind kwam bezoeken, en vooral de nieuwe nanny, mevrouw Clark, zou geloven dat papa van zijn nieuwe baby hield.

Maar het verbaasde me niet dat hij de baby beneden wilde hebben, ver weg van zijn slaapkamer en die van Emily en mij. Charlotte was per ongeluk op de wereld gekomen, en zeker in Emily's ogen was ze een kind van de zonde. Papa wilde de werkelijkheid van wat hij had gedaan niet onder ogen zien, en telkens als baby Charlotte huilde, zou hij eraan herinnerd worden. Op deze manier kon hij haar zoveel mogelijk ontlopen.

Toen ik binnenkwam stond mevrouw Clark op van haar stoel naast de wieg.

'Hallo,' zei ik. 'Ik ben Lillian.'

'Ja, lieve. Je zuster Emily heeft me alles over je verteld. Het spijt me dat je je niet goed hebt gevoeld. Je hebt zelfs je nieuwe zusje nog niet gezien, hè?' zei ze met een stralende glimlach naar mijn baby in de wieg.

'Nee,' jokte ik.

'Het schatje slaapt, maar je kunt hier komen en naar haar kijken,' zei mevrouw Clark.

Ik liep naar de wieg en keek naar Charlotte. Ze was zo klein, haar hoofdje was niet groter dan een appel. Haar kleine vuistjes waren gebald in haar slaap, de vingertjes waren roze en lelieblank. Ik wilde mijn armen naar haar uitstrekken en haar in mijn armen nemen, haar tegen mijn borst drukken en haar gezichtje overladen met zoenen. Het was moeilijk te geloven dat iemand die zo mooi en lief was, uit zoveel pijn en verdriet was voortgekomen. Ik had zelfs gedacht dat ik weerzin tegen haar zou voelen als ik haar de eerste keer zag, maar op het moment dat ik dat kleine neusje en mondje zag, dat kinnetje en dat poppelijfje, voelde ik alleen maar een intense liefde en warmte.

'Ze heeft nu blauwe ogen, maar de ogen van baby's veranderen vaak van kleur als ze groter worden,' zei mevrouw Clark. 'En zoals je ziet, heeft ze lichtbruin haar met een hoop gesponnen goud erin – net als dat van jou. Maar dat is niet ongewoon. Zusjes hebben vaak dezelfde kleur haar, ook al schelen ze zoveel in leeftijd. Wat voor kleur heeft het haar van je moeder?' vroeg ze onschuldig. Ik huiverde, eerst heel weinig en toen steeds heftiger. De tranen rolden over mijn wangen. 'Wat is er, lieve?' zei mevrouw Clark, terwijl ze een stap achteruit deed. 'Is er iets mis?'

'Ja, mevrouw Clark... Mijn moeder... mijn moeder is gestorven. De geboorte van de baby en haar verzwakte toestand waren te veel voor haar,' mompelde ik. Ik had het gevoel dat papa een buikspreker was en ik zijn pop. Mevrouw Clarks mond viel open en toen omhelsde ze me snel.

'Arme lieverd.' Ze keek naar baby Charlotte. 'Arme, arme schat,' zei ze. 'Om na zoveel geluk getroffen te worden door zoveel verdriet.'

Ik had die vrouw pas leren kennen en ik wist bijna niets over haar, maar haar armen troostten me en haar schouder was zacht. Ik verborg mijn gezicht erin en snikte het uit. Baby Charlotte werd wakker. Snel veegde ik mijn gezicht af en keek toe terwijl mevrouw Clark haar uit de wieg haalde.

'Wil je haar vasthouden?' vroeg ze.

'O, ja,' zei ik. 'Heel graag.'

Ik hield haar in mijn armen en wiegde haar zachtjes, kuste haar kleine wangetje en voorhoofd. Na een paar ogenblikken bedaarde ze en viel weer in slaap.

'Dat heb je goed gedaan,' zei mevrouw Clark. 'Je wordt nog eens een goede moeder, dat weet ik zeker.'

Ik kon geen woord uitbrengen en gaf baby Charlotte terug aan mevrouw Clark. Toen vluchtte ik de kinderkamer uit.

Die middag kwamen de mensen van de begrafenisonderneming om mamma te verzorgen. Papa liet me tenminste de jurk uitzoeken waarin ze begraven zou worden. Hij zei dat ik beter dan Emily wist welke jurk mamma zou hebben gewild. Ik koos iets vrolijks, iets heel moois, een jurk die haar echt het gevoel gaf meesteres te zijn van een grote plantage in het zuiden, een jurk van witte satijn met borduursel langs de zoom van de rok. Emily klaagde natuurlijk en beweerde dat de jurk te feestelijk was om in begraven te worden.

Maar ik wist dat er mensen bij de geopende kist zouden komen om mamma de laatste eer te bewijzen, en ik wist dat mamma er niet morbide en droefgeestig uit zou willen zien.

'Het graf,' verklaarde Emily op haar karakteristieke profetische manier, 'is de enige plaats waar je je ijdelheid niet kunt meenemen.' Maar ik gaf niet toe.

'Mamma heeft genoeg geleden toen ze hier in huis leefde,' zei ik vastbesloten. 'Het is het minste wat we nu voor haar kunnen doen.'

'Belachelijk,' mompelde Emily, maar papa moest haar hebben gezegd dat ze tijdens de periode van rouw alle ruzie en onaangenaamheden moest vermijden. Er waren te veel bezoekers en er werd al te veel over ons gefluisterd in hoeken en achter deuren. Ze draaide zich om en liet me achter bij de begrafenisondernemers. Ik legde mamma's garderobe voor hen klaar, inclusief haar schoenen en haar lievelingsarmbanden en ketting. Ik vroeg hen haar haar te borstelen en gaf hun haar geurige poeder.

De kist werd in mamma's leeskamer geplaatst, waar ze zoveel tijd had doorgebracht. Emily en de dominee zetten kaarsen neer en legden een zwarte doek op de grond onder de kist. Zij en de dominee stonden bij de deur en begroetten de mensen die afscheid kwamen nemen.

Emily deed me verbaasd staan in die dagen van rouw. Om te beginnen ging ze geen moment de kamer uit, behalve om naar het toilet te gaan, en verder begon ze streng te vasten en bevochtigde alleen haar lippen met water. Ze bracht eindeloze uren door op haar knieën, biddend naast mamma's kist. Ze bad zelfs tot diep in de nacht. Ik wist het omdat ik naar beneden ging toen ik niet kon slapen, en haar daar met gebogen hoofd zag knielen, terwijl de kaarsen flakkerden in de verder donkere kamer.

Ze keek zelfs niet op toen ik binnenkwam en naar de kist liep. Ik staarde naar mamma's bleke gezicht, en verbeeldde me een vage, lieve glimlach om haar lippen te zien. Ik wilde graag geloven dat haar ziel tevreden was en het prettig vond wat ik voor haar had gedaan. Ze had het altijd erg belangrijk gevonden hoe ze eruitzag in bijzijn van anderen, vooral van andere vrouwen.

De begrafenis was een van de grootste in onze gemeenschap. Zelfs de Thompsons kwamen en konden de Booths voldoende vergeven voor de dood van Niles om met ons mee te rouwen tijdens de dienst en aan het graf. Papa droeg zijn mooiste donkere pak en Emily haar mooiste donkere jurk. Ik droeg ook een donkere jurk, maar met de bedelarmband om die mamma me twee jaar geleden op mijn verjaardag had gegeven. Charles en Vera hadden hun beste zondagse kleren aan en hadden de kleine Luther zijn enige lange broek en mooie hemd aangetrokken. Hij keek verward en ernstig, terwijl hij de hand van zijn moeder stevig vasthield. De dood is iets heel verwarrends voor een kind, dat elke dag wakker wordt met de gedachte dat alles wat hij doet en ziet onsterfelijk is, vooral zijn ouders en de ouders van andere jonge mensen.

Maar ik keek die dag niet echt naar de rouwdragers. Toen de dominee de dienst begon, waren mijn ogen strak gericht op mamma's kist, die nu gesloten was. Ik huilde pas toen we aan het graf stonden en mamma omlaag werd gelaten om voor eeuwig naast Eugenia in het familiegraf te liggen. Ik hoopte en bad dat ze weer bij elkaar zouden zijn. Ze zouden ongetwijfeld een troost zijn voor elkaar.

Papa veegde zijn ogen af met zijn zakdoek voor we ons afwendden van het graf, maar Emily vergoot geen traan. Als ze al huilde, huilde ze inwendig. Ik zag hoe sommige mensen naar haar keken en fluisterden, en hun hoofd schudden. Maar Emily trok er zich niets van aan hoe de mensen over haar dachten. Ze geloofde dat niets op deze wereld, niets wat mensen deden of zeiden, niets wat er gebeurde, zo belangrijk was als wat er na dit leven kwam. Al haar aandacht was gevestigd op het hiernamaals en de voorbereidingen voor de tocht over het pad van de glorie.

Maar ik haatte haar niet meer om haar gedrag. Er was iets in me veranderd door de geboorte van Charlotte en de dood van mamma. Woede en intolerantie waren vervangen door medelijden en geduld. Ik was eindelijk gaan beseffen dat Emily het meelijwekkendst was van ons drieën. Zelfs de arme en zieke Eugenia was beter af geweest, want zij had iets van deze wereld kunnen genieten, iets van de schoonheid en warmte ervan, terwijl Emily alleen maar ongeluk en verdriet kende. Zij hoorde thuis op een kerkhof. Ze had rondgelopen als een begrafenisondernemer sinds de dag waarop ze had leren lopen. Ze hulde zich in schaduwen en vond veiligheid en troost in haar eentje, omgeven door haar bijbelse verhalen en citaten, die thuishoorden onder een grauwe lucht.

De begrafenis en de receptie erna gaven papa weer een excuus om whisky te drinken. Hij zat met zijn kaartspelende vrienden en dronk het ene glas bourbon na het andere, tot hij in slaap viel op zijn stoel. De komende paar dagen ondergingen papa's gewoonten en gedrag een dramatische verandering. Om te beginnen stond hij 's morgens niet vroeg meer op en zat hij niet meer aan de ontbijttafel als ik beneden kwam. Hij begon steeds later te komen. Op een ochtend kwam hij helemaal niet, en ik vroeg Emily waar hij was. Ze keek me alleen maar aan en schudde haar hoofd. Toen mompelde ze een van haar gebeden.

'Wat is er, Emily?' vroeg ik.

'Hij geeft zich over aan de duivel, elke dag iets meer,' verklaarde ze.

Ik moest er bijna om lachen. Zag Emily dan werkelijk niet dat papa al een tijdlang met satan verkeerde? Hoe kon ze een excuus vinden voor zijn drinken en gokken en zijn onwaardige activiteiten als hij op een zogenaamde zakenreis was? Werd ze werkelijk verblind door de huichelachtige religieuze schijn die hij ophield als hij thuis was? Ze wist wat hij met mij had gedaan en toch probeerde ze dat te verontschuldigen door alle schuld aan mij en de duivel te geven. En zijn verantwoordelijkheid dan?

Wat Emily ten slotte stoorde was dat papa zelfs zijn hypocrisie had laten varen. Hij zat niet aan de ontbijttafel om het ochtendgebed te zeggen en hij las niet in zijn bijbel. Hij dronk zichzelf elke avond in slaap en als hij opstond kleedde hij zich niet netjes aan. Hij schoor zich niet; hij zag er zelfs niet schoon meer uit. Zodra hij kon verliet hij het huis en ging naar zijn gebruikelijke adressen, waar hij de hele nacht in rokerige vertrekken zat te kaarten. We wisten dat er ook vrouwen van slechte reputatie bij waren, vrouwen wier enige doel was mannen te amuseren en genot te verschaffen.

Het drinken, feesten en gokken leidden papa's aandacht af van het beheer van The Meadows. Weken gingen voorbij, terwijl de arbeiders klaagden dat ze hun loon niet ontvingen. Charles probeerde het oude gereedschap te repareren, maar hij was als de jongen die probeerde de dijk in stand te houden door zijn vinger in het lek te steken. Telkens als hij een nieuwe klacht of slecht nieuws aan papa overbracht, begon papa te tieren en te schreeuwen en gaf hij de schuld aan de noorderlingen of de buitenlanders. Het eindigde er gewoonlijk mee dat hij zich bewusteloos dronk, zonder dat er iets werd gedaan en er geen probleem werd opgelost.

Langzamerhand begon The Meadows eruit te zien als de verwaarloosde oude plantages die tijdens de Burgeroorlog in de steek waren gelaten of verwoest. Er was geen geld om de schuren en omheiningen te schilderen, en steeds minder werknemers waren bereid papa's woedeaanvallen te verdragen, terwijl hij de uitbetaling van het loon waar ze recht op hadden steeds langer uitstelde. En zo zakte The Meadows steeds verder weg in het moeras, tot er nauwelijks meer een inkomen was om het weinige dat we nog hadden in stand te houden.

In plaats van openlijk kritiek uit te oefenen op papa, besloot Emily op alle manieren te bezuinigen. Ze gaf Vera opdracht steeds goedkopere maaltijden te serveren. De meeste delen van het huis bleven donker en koud, en werden zelfs niet meer afgestoft. Er viel een lijkwade over wat vroeger een trots en mooi huis was geweest. Herinneringen aan mamma's barbecues, de uitgebreide diners, het geluid van gelach en muziek – alles verdween, trok zich terug in de schaduwen en sloot zich op tussen de omslag van een fotoalbum. De piano was niet gestemd, de gordijnen hingen er stoffig en vuil bij, het vroeger zo mooie landschap van bloemen en struikgewas viel ten prooi aan het onkruid.

Alles wat ik interessant en mooi vond was verdwenen, maar ik had baby Charlotte en ik hielp mevrouw Clark om voor haar te zorgen. Samen zagen we haar ontwikkeling tot ze de eerste stap nam en haar eerste woord zei. Het was niet mamma of papa. Het was Lil... Lil.

'Ik vind het heel mooi en terecht dat jouw naam het eerste duidelijke woord is dat ze uitspreekt,' zei mevrouw Clark. Natuurlijk wist ze niet hoe mooi en terecht het in werkelijkheid was, al dacht ik weleens dat ze meer wist dan ze liet blijken. Hoe kon ze mijn gezicht zien als ik Charlotte in mijn armen hield of met haar speelde of haar voerde, zonder te beseffen dat Charlotte mijn kind was en niet mijn zusje? En hoe kon ze zien dat papa het kind vermeed zonder het vreemd te vinden?

O, hij deed een paar van de essentiële dingen. Hij kwam soms langs om naar Charlotte te kijken als ze mooi aangekleed was of als ze haar eerste stappen deed. Hij liet zelfs een fotograaf komen om een foto te maken van zijn 'drie' kinderen, maar meestal behandelde hij Charlotte alsof ze een pupil was die hem was toegewezen.

Een maand of zo na mamma's overlijden ging ik weer naar school. Juffrouw Walker gaf daar nog steeds les, en ze was heel verbaasd dat ik mijn lessen zo goed had bijgehouden. Na een paar maanden al mocht ik met haar samenwerken, de jongere kinderen lesgeven en haar assisteren. Emily ging niet meer naar school en had geen belangstelling voor de dingen die ik daar deed, en papa evenmin.

Maar aan dat alles kwam plotseling een eind toen Charlotte twee jaar was geworden. Papa zei aan tafel dat hij mevrouw Clark zou moeten ontslaan.

'We kunnen het ons niet langer permitteren,' verklaarde hij. 'Lillian, jij en Emily en Vera moeten voortaan voor de baby zorgen.'

'Maar mijn school dan, papa? Ik wil zelf onderwijzeres worden.'

'Dat zal moeten wachten,' zei hij, 'tot betere tijden.'

Maar ik wist dat die nooit zouden komen. Papa had zijn belangstelling voor zaken verloren en bracht het grootste deel van zijn tijd door met gokken en drinken. Hij was in maanden jaren ouder geworden. Grijze strepen liepen door zijn haar; zijn wangen en kin waren uitgezakt en hij had donkere kringen en wallen onder zijn ogen.

Langzamerhand begon hij het meeste van de rijke landerijen te verkopen. Het land dat hij niet verkocht verpachtte hij en hij stelde zich tevreden met het minimale inkomen dat dat opleverde. Maar zodra hij wat geld in handen had, haastte hij zich weg om het met een of ander kaartspel te vergokken. Emily en ik wisten niet hoe wanhopig we ervoor stonden tot hij een keer 's avonds laat thuiskwam nadat hij had gedronken en gekaart, en naar zijn studeerkamer ging. Emily en ik werden wakker door het geluid van een pistoolschot dat door het huis galmde. Ik voelde het bloed uit mijn gezicht wegtrekken. Mijn hart begon te bonzen. Snel kwam ik overeind en luisterde, maar ik hoorde alleen een doodse stilte. Ik trok mijn peignoir en slippers aan en holde mijn kamer uit. Ik kwam Emily in de gang tegen.

'Wat was dat?' vroeg ik.

'Het kwam van beneden,' zei ze. Toen keek ze naar me met een sombere, onheilspellende blik, en we liepen samen de gang door. Emily had een kaars in de hand, want we hadden de gewoonte aangenomen beneden alles donker te houden als we naar bed gingen.

Een flakkerend licht scheen door de open deur. Mijn hart bonsde. Ik liep een paar passen achter Emily en ging met haar naar binnen. Daar vonden we papa ineengezakt op de bank, zijn rokende pistool in de hand. Hij was niet dood en niet gewond. Hij had geprobeerd een eind aan zijn leven te maken, maar had op het laatste moment de loop van het pistool afgewend en de kogel in de muur geschoten.

'Wat is er? Wat is er gebeurd, papa?' vroeg Emily. 'Waarom zit u daar met dat pistool?'

'Ik kan maar beter dood zijn,' zei hij. 'Zodra ik de kracht ertoe heb, probeer ik het weer,' jammerde hij met een stem die zo weinig op de zijne leek, dat ik nog eens goed moest kijken.

'O, nee, dat doet u niet,' snauwde Emily. Ze rukte het pistool uit zijn hand. 'Zelfmoord is zonde. Gij zult niet doden.'

Hij hief zijn hoofd op. Er lag een pathetische blik in zijn ogen. Ik had hem nog nooit zo zwak en verslagen gezien.

'Je weet niet wat ik gedaan heb, Emily. Je hebt geen idee.'

'Vertel het me dan,' zei ze scherp.

'Ik heb The Meadows vergokt in een kaartspel. Ik heb mijn erfgoed verspeeld. Aan een zekere Cutler. En hij is niet eens een planter. Hij heeft een hotel aan de kust,' zei hij minachtend.

Hij keek naar mij, en ondanks alles wat hij mij en mamma had aangedaan, had ik medelijden met hem.

'Ik heb het verspeeld, Lillian,' zei hij. 'De man kan ons op straat zetten wanneer hij maar wil.'

Emily's enige reactie was een van haar gebeden te prevelen.

'Dat is belachelijk,' zei ik. 'Iets dat zo groot en belangrijk is als The Meadows kun je niet vergokken in een kaartspel. Dat kan gewoon niet.' Papa sperde verbaasd zijn ogen open. 'Ik weet zeker dat we een manier zullen vinden om het te voorkomen,' verklaarde ik met zoveel overtuiging, dat ik er zelf verbaasd over stond. 'Ga nu slapen, papa. Morgenochtend, als je weer helder kunt denken, zul je een oplossing weten te vinden.'

Toen draaide ik me om en liet hem met open mond achter. Ik wist zelf niet waarom ik het plotseling zo belangrijk vond deze vervallen, oude plantage te beschermen, die niet alleen een thuis, maar ook een gevangenis voor me was geweest. Eén ding wist ik zeker – het was niet belangrijk omdat het het erfgoed van de Booths was.

Misschien was het belangrijk omdat het Henry's thuis was geweest, en dat van Louella en Eugenia en mamma. Misschien was het belangrijk om het huis zelf, om de voorjaarsochtenden vol kwetterende spotvogels en gaaien, de magnoliabloesem in de tuin en de blauweregen die langs de oude veranda's viel. Misschien verdiende het niet wat ermee gebeurde.

Maar ik had geen idee hoe ik het kon redden. Ik had geen idee hoe ik mijzelf kon redden.

14 HET VERLEDEN IS VERLOREN EN DE TOEKOMST WORDT GEVONDEN

In de daaropvolgende dagen zei papa niets meer over het feit dat hij The Meadows in een enkel kaartspel had verloren. Ik dacht dat hij misschien had nagedacht en een manier had gevonden om het probleem op te lossen. Maar op een ochtend aan tafel schraapte hij zijn keel, trok aan zijn snor en verklaarde: 'Bill Cutler komt vanmiddag langs om het huis en de landerijen te bekijken.'

'Bill Cutler?' vroeg Emily, terwijl ze haar wenkbrauwen optrok. Ze hield niet van bezoekers, vooral niet als het vreemden waren.

'De man die de plantage van me heeft gewonnen,' antwoordde papa, zich bijna verslikkend in zijn woorden. Hij schudde met zijn vuist. 'Als ik maar een inzet bij elkaar kon krijgen, zou ik aan een nieuw pokerspel kunnen meedoen en het weer even snel terugwinnen als ik het heb verloren.'

'Spelen is zondig,' verkondigde Emily met een zuur gezicht.

'Ik weet wat zondig is en wat niet. Het is zondig om de plantage van mijn familie te verliezen, dat is zondig,' bulderde papa, maar Emily vertrok geen spier van haar gezicht. Ze week geen duimbreed en veranderde niets aan haar neerbuigende houding. Als het erom ging wie het eerst de ogen neersloeg, was Emily niet te verslaan. Papa wendde zijn ogen af en kauwde kwaad op zijn eten.

'Als die man in Virginia Beach woont, papa, waarom zou hij dan hier een plantage willen hebben?' vroeg ik.

'Om te verkopen, idioot,' snauwde hij. Misschien was het Emily's voorbeeld, die zo vastberaden bleef zitten, of misschien was het mijn eigen groeiende zelfvertrouwen. Wat het ook was, ik hield voet bij stuk.

'De markt voor tabak is slecht, vooral voor de kleine planters; onze gebouwen moeten dringend worden gerestaureerd. Het meeste gereedschap is oud en verroest. Charles klaagt tegenwoordig voortdurend dat alles kapotgaat. We hebben niet half zoveel koeien en kippen als vroeger. De tuin en de fonteinen en alle heggen zijn maandenlang verwaarloosd. Zelfs het huis ziet er niet meer uit. Het zal hem niet meevallen om een koper te vinden voor een oude, armoedige plantage,' merkte ik op.

'Dat kan allemaal wel waar zijn,' gaf papa toe. 'Het zal hem zeker geen fortuin opleveren, maar alles is meegenomen, nietwaar? Bovendien, als je hem leert kennen, zul je zien dat hij precies het type is dat graag speelt met andermans leven en bezit. Hij heeft het geld niet nodig,' mompelde papa.

'Hij klinkt als een vreselijk mens,' zei ik.

Papa lachte kort. 'Ja, maar erger hem niet als hij komt. Ik wil met de man kunnen onderhandelen, begrepen?'

'Wat mij betreft, hoef ik hem helemaal niet te zien,' zei ik, en ik was ook vast van plan een ontmoeting te vermijden. Ik zou hem ook zijn ontlopen als papa hem niet had meegenomen naar Charlottes kinderkamer toen ik met de baby aan het spelen was. We zaten allebei op de grond. Charlotte was gefascineerd door een van mamma's haarborstels met paarlemoeren handvat, waarmee ik haar haar had geborsteld. Altijd als ik bij haar was, vergat ik alles en iedereen, zo werd ik beheerst door het gevoel dat ik een kind aanraakte en kuste dat uit mij geboren was. Ik hoorde de voetstappen niet op de gang en besefte niet dat er iemand naar me stond te kijken.

'Wie mag dat wel zijn?' hoorde ik een stem. Ik keek naar de deuropening, waar papa met een lange, gebruinde vreemdeling stond. Hij keek naar me met donkere, spottende ogen, een sarcastisch glimlachje om zijn lippen. Hij was slank en breedgeschouderd, met lange armen en sierlijke handen, handen die geen teken vertoonden van hard werk, maar gemanicuurd en verzorgd waren als een vrouwenhand. Later zou ik ontdekken dat al het eelt dat hij had, eeltplekken waren van het zeilen, wat ook zijn gebruinde huid verklaarde.

'Dit zijn mijn andere twee dochters,' zei papa. 'De baby heet Charlotte, en dat is Lillian.' Papa hief zijn ogen naar het plafond om me te bevelen op te staan en de vreemdeling te begroeten. Met tegenzin stond ik op, trok mijn rok recht en liep naar voren.

'Hallo, Lillian. Ik ben Bill Cutler,' zei hij, zijn hand uitstekend. Ik gaf hem een hand, maar hij liet de mijne niet onmiddellijk los. Hij glimlachte stralend en nam me aandachtig op. Zijn blik gleed van mijn voeten langzaam omhoog naar mijn borsten en gezicht.

'Hallo,' zei ik. Vriendelijk maar vastberaden trok ik mijn hand los.

'Jouw beurt om op de baby te passen, hè?' vroeg hij. Ik keek naar papa, die stijf bleef staan, zijn ogen strak op mij gericht, terwijl hij zenuwachtig aan zijn snor trok.

'Ik deel die taak met onze huishoudster Vera en mijn zuster Emily,' antwoordde ik snel, maar voor ik me kon afwenden sprak hij opnieuw.

'Ik durf te wedden dat de baby het liefst bij jou is,' zei hij.

'Ik vind het prettig om bij haar te zijn.'

'Dat is het. Dat is het. En een baby voelt dat. Ik heb het gezien bij sommige families die in mijn hotel komen. Ik heb een heel mooi hotel aan zee,' schepte hij op.

'Fijn,' zei ik met al het gebrek aan belangstelling dat ik kon opbrengen. Maar hij liet zich niet van de wijs brengen. Ik tilde Charlotte op in mijn armen.

Ze staarde geïnteresseerd naar Bill Cutler, maar zijn aandacht was uitsluitend op mij gericht.

'Ik wed dat je vader jullie nooit meeneemt voor een autoritje naar het strand, hè?'

'We hebben geen tijd voor plezierritjes,' zei papa snel.

'Nee, dat zal wel, als ik reken hoe je bij het kaarten verliest,' zei Bill Cutler. Papa werd vuurrood. Zijn neusgaten trilden en zijn lippen verstrakten, maar hij onderdrukte zijn verontwaardiging. 'Natuurlijk is dat jammer voor jou en je zusters, Lillian,' zei Bill Cutler weer tegen mij. 'Jonge vrouwen moeten naar het strand, vooral mooie jonge vrouwen,' ging hij verder, met een ondeugende schittering in zijn ogen.

'Papa heeft gelijk,' zei ik. 'We hebben hier veel te doen sinds de plantage zo te lijden heeft onder de depressie. We hebben het onderhoud niet kunnen bekostigen en we moeten zien uit te komen met wat we hebben.'

Papa sperde zijn ogen open, maar ik vond dat ik mijn best moest doen The Meadows meer een last dan een lust te laten lijken.

'Het lijkt wel of er elke dag weer iets anders kapotgaat of misloopt. Niet, papa?-'

'Wat?' Hij schraapte zijn keel. 'Ja.'

'Je hebt een heel slimme jongedame in huis, Jed,' zei hij met een grijns. 'Je hebt haar diep geheimgehouden... diep geheim. Wat zou je ervan zeggen als je haar een tijdje aan mij uitleende?'

'Ze moet op de baby passen,' zei papa.

'O, kom nou, Jed. Je kunt haar best een uurtje missen. Het zou me heel gelukkig maken,' ging hij verder, zijn donkere ogen strak op papa gericht. Papa leek niet op zijn gemak. Hij vond het vreselijk om onder druk te worden gezet en tot iets gedwongen te worden, maar hij kon slechts knikken.

'Goed. Lillian, leid meneer Cutler rond. Laat hem alles zien wat hij wil. Ik zal Vera hierheen sturen om op Charlotte te passen,' zei papa. Woedend liep hij weg om Vera te gaan halen.

'Mijn vader weet meer over de plantage dan ik,' merkte ik op, terwijl ik de baby in de box zette.

'Misschien. Misschien niet. Ik ben geen idioot. Iedereen kan zien dat hij niet voor de plantage gezorgd heeft zoals hij had moeten doen.' Hij kwam dichter bij me staan, zo dicht dat ik zijn adem in mijn hals kon voelen. 'Ik denk dat jij hier veel doet, niet?'

'Ik doe mijn werk,' zei ik, en bukte me om de baby een stukje speelgoed te geven. Ik wilde niet naar Bill Cutler kijken. Ik voelde me onbehaaglijk onder die onderzoekende mannelijke blikken. Als Bill Cutler naar me keek, keek hij naar alles van me. Zijn blik ging op en neer langs mijn lichaam. Ik voelde me zoals de jonge slavinnetjes zich op het veilingpodium moesten hebben gevoeld.

'En wat is dat voor werk? Behalve op je kleine zusje passen?'

'Ik help papa met de boekhouding,' zei ik. Bill Cutler lachte.

'Ik dacht wel dat je zoiets zou doen. Je lijkt me een heel pientere

215

jongedame, Lillian. Ik wed dat je al zijn debet- en creditposten kent.'

'Ik weet alleen wat papa wil dat ik weet,' zei ik snel. Hij haalde zijn schouders op.

'Ik heb nog nooit een vrouw ontmoet die zich door een man laat voorschrijven wat ze mag weten of doen als ze haar zinnen ergens op gezet heeft,' plaagde hij. Hij had een manier om met zijn ogen te rollen en zijn lippen op elkaar te knijpen, die maakte dat alles wat hij zei iets dubbelzinnigs leek te hebben. Ik was blij toen Vera op de drempel verscheen.

'De kapitein heeft me gestuurd,' zei ze.

'De kapitein?' herhaalde Bill Cutler, en hij begon te lachen. 'Wie is de kapitein?'

'Meneer Booth,' antwoordde ze.

'Kapitein waarvan? Een zinkend schip?' Hij lachte weer. Toen hield hij me zijn arm voor. 'Juffrouw Booth?'

Ik wierp even een blik op Vera, die verward en geërgerd keek, gaf toen met tegenzin Bill Cutler een arm en liet me wegleiden.

'Zullen we eerst het land verkennen?' vroeg hij, toen we bij de voordeur stonden.

'Wat u wilt, meneer Cutler,' zei ik.

'O, alsjeblieft, noem me Bill. Ik ben William Cutler de Tweede, maar ik word liever Bill genoemd. Het is... informeler en ik ben graag informeel met mooie vrouwen.'

'Dat geloof ik graag,' antwoordde ik, en hij bulderde van het lachen.

Toen we op de veranda kwamen, bleef hij staan en staarde om zich heen. Mijn hart deed pijn toen ik zag hoe verwaarloosd de bloemperken waren, hoe verroest de ijzeren banken en hoe vuil de natte fonteinen.

'Dit moet vroeger een verdomd mooie plantage zijn geweest,' zei Bill Cutler. 'Toen ik over die oprijlaan reed, moest ik onwillekeurig eraan denken hoe mooi het hier geweest moet zijn in haar hoogtijdagen.'

'Dat was het,' zei ik triest.

'Dat is het probleem met het Oude Zuiden. Het weigert het Nieuwe Zuiden te worden. Die ouwe dinosaurussen weigeren toe te geven dat ze de Burgeroorlog verloren hebben. Een zakenman moet nieuwe, modernere manieren zoeken om de dingen te doen, en als er goede ideeën uit het noorden komen, hoort hij die te gebruiken. Neem mij bijvoorbeeld,' zei hij. 'Ik heb het pension van mijn vader overgenomen en er een mooi hotel van gemaakt. Ik heb een paar heel voorname cliënten die daar komen logeren. Het is een eersterangs hotel aan zee. Mettertijd... mettertijd, Lillian, word ik een heel rijk man.' Hij zweeg even. 'Niet dat ik nu niet welvarend ben.'

'Dat moet wel als u al uw tijd doorbrengt met kaarten en huizen en bezit van andere, onfortuinlijkere mensen wint,' snauwde ik. Hij begon weer luid te lachen.

'Ik mag die spirit van je, Lillian. Hoe oud ben je?'

'Net zeventien,' zei ik.

'Een mooie leeftijd... onbedorven en toch heb je een zekere wereldwijsheid, distinctie, Lillian. Heb je veel vriendjes gehad?'

'Dat gaat u niets aan. U wilt een rondleiding door de plantage, niet door mijn verleden,' antwoordde ik. Hij lachte weer. Het scheen dat niets wat ik zei of deed hem van zijn stuk kon brengen. Hoe koppiger en onvriendelijker ik was, hoe aardiger hij me vond. Gefrustreerd liep ik met hem de trap af om de schuren te bekijken, de rokerij, het prieel en de loodsen vol oud en en verroest gereedschap. Ik stelde hem voor aan Charles, die uitlegde in wat voor slechte conditie alles verkeerde en hoeveel machinerieën vervangen moesten worden. Hij luisterde, maar ik merkte dat wat ik hem ook liet zien en aan wie ik hem ook voorstelde, zijn blik voortdurend op mij gericht bleef.

Het deed mijn hart sneller kloppen, maar niet op een prettige manier. Hij keek niet naar me met een zachte, vriendelijke blik, zoals Niles vroeger; hij keek naar me met onverbloemde wellust. Als ik tegen hem sprak en de plantage beschreef, luisterde hij, maar hij hoorde geen woord. In plaats daarvan bleef hij staan met zijn sarcastische glimlach en ogen vol begeerte.

Ten slotte vertelde ik hem dat de rondleiding beëindigd was.

'Nu al?' klaagde hij. 'Ik begon me net te amuseren.'

'Dit is alles wat er is,' zei ik. Ik wilde niet te ver van huis gaan met hem – ik voelde me niet veilig bij Bill Cutler. 'Dus u ziet, u hebt een flinke kopzorg gewonnen,' ging ik verder. 'Het enige wat The Meadows zal doen is uw portefeuille leegmaken.'

Hij lachte.

'Heeft je vader je dat allemaal voorgekauwd?' vroeg hij.

'Meneer Cutler...'

'Bill. Tutoyeer me.'

'Bill. Heb je dan helemaal niets gezien of gehoord in het afgelopen uur? Je beweert dat je een van de nieuwe, verstandigere, moderne zakenlieden bent. Of wil je soms zeggen dat ik overdrijf?'

Even keek hij peinzend voor zich uit, en toen keek hij om zich heen alsof de toestand waarin The Meadows verkeerde nu pas tot hem doordrong. Toen knikte hij.

'Er zit iets in...' zei hij glimlachend. 'Maar ik heb geen penny hoeven neertellen om dit te krijgen en ik zou het gewoon allemaal kunnen veilen, stukje bij beetje, als ik dat wilde.'

'Wil je dat?' vroeg ik, met bonzend hart.

Hij keek me met een wellustige blik aan. 'Misschien. Misschien niet. Hangt ervan af.'

'Waarvan?' vroeg ik.

'Het hangt er gewoon van af,' zei hij, en ik begreep waarom papa had gezegd dat deze man het leuk vond om met andermans leven en bezit te spelen. Ik liep voor hem uit naar huis, maar hij haalde me snel in.

'Kan ik je overhalen vanavond met me te gaan eten in mijn hotel?' vroeg hij. 'Het is wel geen erg chic hotel, maar –'

'Nee, dank je,' zei ik. 'Ik kan niet.'

'Waarom niet? Heb je het te druk met het bijhouden van je vaders lege boeken?' antwoordde hij. Hij was kennelijk niet gewend aan een weigering.

Ik draaide me naar hem toe.

'Waarom zeggen we niet gewoon dat ik het druk heb,' zei ik, 'en laten het daarbij.'

'Hm, trots, hè?' mompelde hij. 'Dat geeft niet, ik hou van een vrouw met pit in haar lijf. Die is heel wat interessanter in bed,' voegde hij eraan toe.

Ik bloosde en draaide me met een ruk om.

'Dat is onhebbelijk en onbehoorlijk, meneer Cutler,' snauwde ik. 'Een zuidelijke gentleman mag dan een dinosaurus zijn in uw ogen, maar ze weten tenminste hoe ze tegen een dame moeten spreken.' Weer bulderde hij van het lachen. Ik liep haastig weg en liet hem lachend achter.

Maar helaas verscheen hij nog geen halfuur later in de deuropening van Charlottes kinderkamer om aan te kondigen dat hij te eten was gevraagd.

'Ik kwam alleen even langs om je te vertellen dat ik de uitnodiging van je vader heb geaccepteerd, omdat jij de mijne niet wilde accepteren,' zei hij met een vrolijke schittering in zijn ogen.

'Papa heeft je uitgenodigd?' vroeg ik ongelovig.

'Nou ja,' zei hij met een knipoog, 'laten we gewoon zeggen dat ik hem er een afgetroggeld heb. Ik verheug me er op je vanavond te zien,' zei hij plagend, en nam zijn hoed af.

Ik voelde me doodongelukkig dat zo'n ongemanierde, arrogante man zich bij ons kon binnendringen en ons manipuleren. En allemaal door dat idiote gegok van papa. Deze keer was ik het volledig met Emily eens – gokken was slecht; het was een ziekte, bijna net zo erg als papa's drinken. Hoeveel narigheid het hem ook bezorgde of hoe pijnlijk het ook was, hij bleef steeds opnieuw ernaar verlangen. Alleen moesten wij er nu ook onder lijden.

Ik knuffelde baby Charlotte en gaf haar honderd zoentjes op haar wangetjes. Ze giechelde en strengelde mijn haarlokken om haar kleine vingers.

'In wat voor wereld zul jij opgroeien, Charlotte? Ik hoop en bid dat het voor jou beter zal zijn dan voor mij,' zei ik.

Ze staarde naar me met grote, belangstellende ogen, verrast door de vreemde klank in mijn stem en de dikke, babyachtige tranen die over mijn wangen rolden.

Ondanks onze benarde financiële toestand gaf papa Vera opdracht een maaltijd klaar te maken die heel wat copieuzer was dan we tegenwoordig gewend waren. Zijn zuidelijke trots nam met niets minder genoegen, en ook al had hij een hekel aan Bill Cutler en minachtte hij hem omdat hij The

Meadows met kaarten had gewonnen, toch kon hij niet tegenover hem zitten aan een tafel waar eenvoudig voedsel op eenvoudige schalen werd geserveerd. Vera moest ons mooiste porselein en kristal tevoorschijn halen. Lange witte kaarsen in zilveren kandelaars en een sneeuwwit linnen tafellaken, dat al jaren niet meer gebruikt werd, sierden de eettafel.

Papa had nog maar een paar flessen van zijn dure wijn over, maar er werden twee op tafel gezet, om bij de eend te worden gedronken. Bill Cutler stond erop naast mij te zitten. Hij was heel elegant en formeel gekleed en, dat moest ik eerlijk toegeven, hij zag er knap uit. Maar zijn oneerbiedige houding, zijn spottende grijns en zijn flirtende manieren bleven me ergeren. Ik zag dat Emily hem verachtte, maar hoe woedender ze naar hem keek, hoe meer hij zich scheen te amuseren.

Hij barstte bijna in lachen uit toen Emily begon met haar bijbellezen en gebeden.

'Doen jullie dat elke avond?' vroeg hij sceptisch.

'Natuurlijk,' antwoordde papa. 'We zijn godvrezende mensen.'

'Jij, Jed? Godvrezend?' Hij bulderde van het lachen. Zijn gezicht zag rood van de drie glazen wijn die hij had gedronken. Papa keek even naar Emily en naar mij en werd toen ook vuurrood, maar van ingehouden woede. Bill Cutler was zo verstandig snel van onderwerp te veranderen. Hij was enthousiast over het diner, en prees Vera. Hij overlaadde haar zo met complimentjes dat ze bloosde. Tijdens het hele diner gluurde Emily vol afkeer en walging naar hem, zodat ik een glimlach moest smoren in mijn servet. Het eindigde ermee dat Bill Cutler het vermeed naar haar te kijken en zich concentreerde op papa en mij.

Hij beschreef zijn hotel, zijn leven aan de kust, zijn reizen en een paar van zijn toekomstplannen. Toen raakten hij en papa in een levendige discussie gewikkeld over de economie en wat de regering wel en niet hoorde te doen. Na het eten trokken ze zich terug in papa's kantoor om sigaren te roken en cognac te drinken. Ik hielp Vera afruimen en Emily ging naar Charlotte.

Ondanks alles wat er gebeurd was en wat ze wist, nam Emily de rol van zusje op zich tegenover Charlotte, meer dan ze ooit ten opzichte van mij had gedaan. Ik voelde dat ze een soort voogdijschap op zich had genomen over mijn baby en toen ik er op een dag iets over zei, antwoordde ze met haar gebruikelijke vurig religieuze overtuiging en voorspellingen.

'Dit kind is het kwetsbaarst voor satan, omdat ze verwekt is uit pure wellust. Ik zal haar omgeven met een kring van heilig vuur dat zo heet is dat satan zelf zich zal afwenden. De eerste zinnen die ze zegt zullen gebeden zijn,' beloofde ze.

'Geef haar geen ellendig gevoel over zichzelf,' smeekte ik. 'Laat haar opgroeien als een normaal kind.'

'Normaal?' snauwde ze. 'Zoals jij?'

'Nee. Beter dan ik.'

'Dat is precies wat ik van plan ben,' zei ze.

Omdat Emily raadselachtig vriendelijk en zelfs liefdevol was tegen Charlotte, probeerde ik niet tussen hen te komen, en Charlotte keek naar haar zoals een kind naar een ouder kijkt. Eén woord van Emily bracht Charlotte ervan af met de verkeerde dingen te spelen. Als Emily keek, was ze kalm en gehoorzaam als ze moest worden aangekleed, en als Emily haar naar bed bracht, protesteerde ze niet.

Emily fascineerde haar meestal met haar bijbelse lectuur. Ze glimlachte, klapte speels in haar handen, in afwachting van luchthartigere, vrolijkere ogenblikken. Maar dat vond Emily ongepast na haar godsdienstoefening.

'Het wordt tijd om te gaan slapen,' verklaarde ze. Ik mocht helpen de baby naar bed te brengen en haar een nachtzoen geven. Maar voor ik wegging, wilde Emily me iets laten zien, het succes bewijzen dat ze bij Charlotte had behaald.

'Laten we bidden,' zei Emily, en drukte haar palmen tegen elkaar. De baby keek naar mij en toen naar Emily, die haar woorden en bewegingen herhaalde. Toen drukte Charlotte haar handjes tegen elkaar en hield ze zo terwijl Emily het Onze Vader bad.

'Ze doet me na als een aapje,' zei Emily, 'maar mettertijd zal ze het begrijpen en het zal haar ziel redden.'

En wie redt de mijne? vroeg ik me af, en ging naar mijn kamer om me gereed te maken voor de nacht. Terwijl ik de trap opliep, hoorde ik Bill Cutler lachen in papa's kantoor. Haastig liep ik door, om afstand te scheppen tussen mijzelf en die arrogante man.

Maar dat was gemakkelijker gezegd dan gedaan. De rest van de week kwam Bill Cutler elke dag op bezoek. Hij leek altijd als ik me omdraaide achter me te staan, of door een raam naar me te kijken als ik met Charlotte buiten was. Soms kaartte hij met papa, soms at hij bij ons, en soms kwam hij met het excuus dat hij zijn nieuwe bezit wilde bekijken om te beslissen wat hij ermee zou doen. Hij hing om ons heen als een donkere wolk, alsof hij ons eraan wilde herinneren wat ons te wachten stond als hij het in zijn hoofd zou halen tot daden over te gaan. En zo beheerste hij ons huis en ons leven, althans het mijne.

Laat op een middag toen ik Charlotte in de kinderkamer had achtergelaten en naar boven was gegaan om me te kleden voor het diner, meende ik voetstappen voor mijn deur te horen, en ik stak mijn hoofd om de deur van de badkamer om te zien of Bill Cutler soms binnenkwam. Ik had mijn jurk uitgetrokken om me te wassen en droeg alleen mijn onderjurk over mijn bustehouder en onderbroekje.

'O,' zei hij, toen hij me zag. 'Is dit jouw kamer?'

Alsof hij dat niet wist, dacht ik. 'Ja, en ik vind het niet erg netjes om binnen te komen zonder kloppen.'

'Ik heb geklopt,' jokte hij. 'Waarschijnlijk heb je me niet gehoord door het stromende water.' Hij keek om zich heen. 'Heel aardig... eenvoudig, simpel,' zei hij, blijkbaar een beetje verbaasd door de kale muren en ramen.

'Ik maak me gereed voor het eten,' zei ik. 'Als je geen bezwaar hebt?'

'O, nee, geen bezwaar. Geen enkel. Ga gerust je gang,' zei hij opgewekt. Ik had nog nooit zo'n ergerlijke man meegemaakt. Hij bleef met een wellustige grijns staan en staarde naar me. Ik hield mijn armen over elkaar geslagen.

'Ik kan je haar borstelen, als je wilt.'

'Dat wil ik niet. Ga weg alsjeblieft,' drong ik aan, maar hij lachte en deed een paar stappen naar me toe. 'Als je niet onmiddellijk weggaat, zal ik...'

'Gillen? Dat zou niet erg aardig zijn. En,' hij staarde om zich heen, 'over jouw kamer gesproken... nou ja' – hij glimlachte – 'je weet dat het eigenlijk mijn kamer is.'

'Niet voordat je hem in bezit neemt,' antwoordde ik.

'Dat is zo,' zei hij, dichterbij komend. 'Bezit is negentiende van de wet, vooral in het zuiden. Weet je, je bent een heel knappe en heel interessante jongedame. Ik hou van het vuur in je ogen. De meeste vrouwen die ik ontmoet heb, hebben maar één ding in hun ogen,' zei hij met een brede glimlach.

'Ik geloof graag dat dat opgaat voor de meeste vrouwen die *jij* ontmoet,' snauwde ik. Hij lachte.

'Kom nou, Lillian. Zo'n hekel heb je toch niet aan me? Je moet me toch een beetje aantrekkelijk vinden? Ik heb nog nooit een vrouw gekend die dat niet deed,' voegde hij er openhartig aan toe.

'Dan heb je nu de eerste gevonden,' zei ik. Hij was nu zo dichtbij dat ik een stap achteruit moest doen.

'Dat komt omdat je me niet goed genoeg kent. Mettertijd...' Hij legde zijn handen op mijn schouders en ik wilde me losrukken, maar hij hield me stevig vast.

'Laat me los,' zei ik.

'Wat een vuur in die ogen,' zei hij. 'Dat moet ik doven, anders verbrand je,' ging hij verder, en legde zo snel zijn lippen op de mijne, dat ik nauwelijks tijd had mijn hoofd af te wenden. Ik verzette me, maar hij sloeg zijn armen om me heen en kuste me nog hartstochtelijker. Toen hij zich terugtrok veegde ik zijn kus met mijn hand van mijn lippen.

'Ik wist dat je opwindend zou zijn. Je bent een ongetemd wild paard, maar als je getemd bent, wed ik dat je zult galopperen als weinig anderen,' zei hij. Zijn ogen gingen van mijn blozende gezicht naar mijn borsten.

'Ga mijn kamer uit! Eruit!' riep ik, wijzend naar de deur. Hij stak zijn handen op.

'Goed, goed. Maak je niet van streek. Het was maar een vriendschappelij-ke kus. Je vond het niet onprettig, hè?'

'Ik haatte het!'

Hij lachte. 'Ik weet zeker dat je er vannacht van zult dromen.'

'In een nachtmerrie,' antwoordde ik. Hij lachte nog harder.

'Lillian, ik vind je echt aardig. Eerlijk gezegd is dat de enige reden waarom ik me nog steeds amuseer met dit vervallen, pathetische specimen van zuidelijke glorie. Dat, en je vader steeds weer verslaan met kaarten.' Met die woorden draaide hij zich om en liet me hijgend van verontwaardiging en woede achter.

Die avond aan tafel weigerde ik naar hem te kijken en beantwoordde elke vraag die hij stelde met een simpel ja of nee. Papa scheen het niet te merken of zich te bekommeren om mijn gevoelens ten opzichte van Bill Cutler, en Emily nam aan dat ik dezelfde opvatting over hem had als zij. Nu en dan raakte hij me onder tafel aan met de punt van zijn laars of met zijn vingers, en ik moest het negeren of net doen of het niet gebeurde. Ik zag dat hij genoot van mijn onbehagen. Ik was blij toen de maaltijd was afgelopen en ik kon ontsnappen aan zijn geplaag.

Iets meer dan een uur later hoorde ik papa's voetstappen in de gang. Ik zat in bed te lezen en keek op toen hij de deur van mijn slaapkamer opende. Sinds de geboorte van Charlotte had hij het vermeden in mijn kamer te komen. Ik wist dat hij zich verlegen voelde als hij het deed. In feite was hij tegenwoordig zelden of nooit met mij alleen in een kamer.

'Weer aan het lezen, hè?' zei hij. 'Ik durf te wedden dat je nog meer leest dan Georgia vroeger. Natuurlijk lees jij betere boeken,' voegde hij eraan toe. De klank van zijn stem, de manier waarop hij zijn ogen afwendde als hij sprak, en zijn aarzelende optreden maakten me nieuwsgierig. Ik legde mijn boek weg en wachtte. Even keek hij me verward aan.

'We moeten deze kamer weer wat opknappen,' zei hij. 'Laten schilderen of zo. De gordijnen weer ophangen... maar... misschien is het ook wel zonde van de tijd of het geld.' Hij zweeg en keek me aan. 'Je bent geen klein meisje meer, Lillian. Je bent een jongedame en bovendien,' zei hij, zijn keel schrapend, 'moet je verdergaan met je leven.'

'Verdergaan, papa?'

'Dat wordt verwacht van een meisje als ze zo oud is als jij. Behalve van een meisje als Emily natuurlijk. Emily is anders. Emily heeft een andere bestemming, een ander doel. Ze is niet zoals andere meisjes van haar leeftijd; dat is ze nooit geweest. dat heb ik altijd geweten en geaccepteerd, maar jij, jij bent...'

Ik zag dat hij zocht naar woorden om het verschil tussen mij en Emily te beschrijven.

'Normaal?' opperde ik.

'Ja, dat is het. Jij bent een gewone, jonge zuidelijke dame. In ieder geval,' ging hij verder, terwijl hij zich oprichtte en met zijn handen op zijn rug voor mijn bed heen en weer liep, 'toen ik je zo'n zeventien jaar geleden in ons huis en ons gezin accepteerde, heb ik ook de verantwoordelijkheid geaccepteerd van een vader. En als een vader moet ik zorgen voor je toekomst,' verkondigde hij. 'Als een meisje jouw leeftijd bereikt, wordt het tijd dat ze aan een huwelijk gaat denken.'

'Een huwelijk?'

'Precies, een huwelijk,' zei hij op besliste toon. 'Je bent toch zeker niet van plan hier te blijven rondhangen tot je een ouwe vrijster bent, hè? Lezen, borduren, je tijd verdoen in dat schooltje met het ene lokaal.'

'Maar ik heb nog niemand ontmoet met wie ik wil trouwen, papa,' riep ik uit. Ik wilde erbij zeggen: Sinds Niles is gestorven heb ik elke gedachte aan liefde en romantiek uit mijn gedachten gebannen, maar ik zweeg.

'Dat is het nou juist, Lillian. Dat heb je niet en dat zul je ook niet. Niet zoals de zaken nu staan. Op deze manier zul je nooit een behoorlijke man ontmoeten, iemand die goed voor je kan zorgen. Je moeder... dat wil zeggen... Georgia, zou hebben gewild dat ik een acceptabele jongeman voor je zoek, een man in goeden doen en met een positie. Daar zou ze trots op zijn.'

'Een man voor me zoeken?'

'Zo gaan die dingen in hun werk,' verklaarde hij. Zijn gezicht werd rood van zijn pogingen om te zeggen wat hij op zijn hart had. 'Die onzin over romantiek en liefde is de ondergang van het zuiden, ruïneert het zuidelijke gezinsleven. Een jong meisje weet niet wat goed voor haar is. Ze moet steunen op veel oudere, wijzere geesten. Dat werkte vroeger en dat werkt nu nog.'

'Wat bedoelt u, papa? Wilt u een echtgenoot voor me zoeken?' vroeg ik verbijsterd. Hij had nooit belangstelling voor me getoond, en hij had het nooit over een huwelijk gehad. Een soort verlamming maakte zich van me meester toen ik begon te vermoeden wat hij zou gaan zeggen.

'Natuurlijk,' antwoordde hij. 'En ik heb er een gevonden. Over twee weken trouw je met Bill Cutler. We hoeven er geen uitgebreide bruiloft van te maken. Dat is verspilling van tijd en geld,' ging hij verder.

'Bill Cutler! Die afgrijselijke man!' riep ik uit.

'Hij is een heer, hij komt uit een goede en rijke familie. Zijn hotel zal in de loop van de tijd heel wat waard worden en...'

'Ik ga nog liever dood,' verklaarde ik.

'Als je dat wilt!' antwoordde papa, en schudde met zijn gebalde vuist. 'Dan zal ik die eer voor mezelf opeisen.'

'Papa, die man is verschrikkelijk. U ziet zelf hoe arrogant hij is, zonder enig respect voor anderen. Hij komt hier elke dag, alleen om u te kwellen, ons allemaal te kwellen. Hij is onfatsoenlijk; hij is geen gentleman.'

'Zo is het genoeg, Lillian,' zei papa.

'Nee, het is niet genoeg! Dat is het niet. In ieder geval, waarom wilt u dat ik trouw met de man die de plantage van uw familie in een kaartspel heeft gewonnen en u daarmee plaagt?' Papa's gezicht gaf het antwoord. 'U hebt een overeenkomst met hem gesloten,' zei ik vol afkeer. 'U ruilt mij voor The Meadows.'

Papa kromp even ineen en deed toen verontwaardigd een stap naar voren. 'Nou, en als dat zo is? Heb ik het recht daar niet toe? Toen jij niets bezat, geen vader en geen moeder had, heb ik je toen niet in mijn gezin opgenomen? Heb ik niet jarenlang voor je gezorgd, je gekleed en gevoed? Net als elke dochter sta je bij me in de schuld. Je hebt een schuld te vereffenen,' eindigde hij.

'En hoe staat het met uw schuld aan mij, papa?' antwoordde ik. 'Wat u mij hebt aangedaan? Kunt u dat ooit goedmaken?'

'Waag het niet ooit zoiets te zeggen,' beval hij. Hij torende boven me uit. 'Ga geen kletspraatjes rondstrooien, Lillian. Dat duld ik niet.'

'Daar hoeft u zich niet ongerust over te maken,' zei ik zachtjes. 'Ik schaam me er méér voor dan u. Maar, papa.' Ik probeerde een beroep op hem te doen, op het beetje goeds dat misschien nog in hem was achtergebleven. 'Alstublieft, alstublieft, dwing me niet met die man te trouwen. Ik zou nooit van hem kunnen houden.'

'Je hoeft niet van hem te houden. Dacht je dat alle getrouwde mensen van elkaar hielden?' Hij glimlachte sarcastisch. 'Dat staat in die stomme boeken die je moeder las. Het huwelijk is van begin tot eind een zakelijke overeenkomst. De vrouw geeft iets aan de man en de man zorgt voor de vrouw, en de twee families profiteren ervan. Als het tenminste een goed gearrangeerd huwelijk is.

'Waarom zou het zo slecht voor je zijn?' ging hij verder. 'Je wordt meesteres van een mooi huis en ik denk dat je in een mum van tijd meer geld zult hebben dan ik ooit heb gehad. Ik bewijs je een dienst, Lillian, dus verwacht ik wat meer waardering van je.'

'U wilt uw plantage redden, papa. U bewijst me geen dienst,' zei ik beschuldigend. Ik kneep mijn ogen samen van woede. Even legde het hem het zwijgen op.

'Niettemin,' ging hij verder, zich weer oprichtend, 'morgen over twee weken trouw je met Bill Cutler. Bereid je er maar op voor. Ik wil geen woord van tegenspraak horen,' zei hij, zo koud of zijn hart uit zijn lichaam was gesneden. Hij keek me even woedend aan. Ik zei niets; ik wendde slechts mijn hoofd af, en toen draaide hij zich om en ging weg.

Ik liet me op mijn bed vallen. Het was begonnen te regenen, en mijn kamer was plotseling vochtig en kil. De druppels spetterden tegen mijn raam en kletterden op het dak. De wereld kon niet somberder en onvriendelijker zijn. Een huiveringwekkende gedachte kwam bij me op toen de wind de regen tegen mijn raam joeg: zelfmoord.

Voor het eerst in mijn leven nam ik die mogelijkheid in overweging. Ik kon op het dak klimmen en me dood laten vallen, zoals Niles dood was gevallen. Ik kon op dezelfde plaats sterven als hij. Zelfs de dood leek aantrekkelijker dan trouwen met een man als Bill Cutler. Alleen al bij de gedachte draaide mijn maag in mijn lichaam om. De waarheid was dat als papa niet met kaarten had verloren, ik niet als een fiche over de speeltafel zou worden gegooid. Het was niet eerlijk. Opnieuw speelde een demonisch lot met mijn bestemming, met mijn leven. Was dit een deel van mijn vervloeking? Misschien kon ik er inderdaad maar beter een eind aan maken.

Mijn gedachten gingen uit naar Charlotte. Wat dit voorgestelde huwelijk nog afgrijselijker maakte was het besef dat ik haar niet vaak meer zou zien, want ik zou Charlotte niet mee kunnen nemen. Ik kon haar niet opeisen als mijn kind. Ik zou mijn baby moeten achterlaten. Mijn hart verkilde bij de gedachte dat ik na verloop van tijd een vreemde zou worden voor mijn eigen kind. Net als ik zou Charlotte haar echte moeder verliezen en zou Emily meer en meer de verantwoordelijkheid overnemen. Emily zou de meeste invloed op haar leven uitoefenen. Wat triest. Dat lieve, engelachtige gezichtje zou alle opgewektheid verliezen onder een voortdurend grauwe lucht in een wereld vol verdoemenis.

Natuurlijk zou ik aan die sombere wereld ontsnappen als ik met Bill Cutler trouwde, dacht ik. Als ik maar een manier kon vinden om Charlotte mee te nemen, zou ik het misschien kunnen verdragen met die man samen te leven. Misschien kon ik papa overtuigen. Misschien... zouden Charlotte en ik beiden worden bevrijd van Emily en papa en alle ellende van deze stervende plantage, van een huis vol tragische herinneringen en donkere schaduwen. Dan zou een huwelijk met Bill Cutler het op een of andere manier waard zijn, redeneerde ik. Wat moest ik anders?

Ik stond op en ging naar beneden. Bill Cutler was vertrokken, en papa was bezig een paar dingen op te ruimen. Hij keek scherp op toen ik binnenkwam, in de verwachting van verdere discussies.

'Lillian, ik wens er niet meer over te praten. Zoals ik je boven al gezegd heb –'

'Ik wil er niet over discussiëren, papa. Ik wilde u alleen één ding vragen, en dan ben ik bereid met Bill Cutler te trouwen en The Meadows voor u te redden.' Hij leek onder de indruk en leunde achterover.

'Ga door. Wat wil je?'

'Ik wil Charlotte. Ik wil haar kunnen meenemen als ik wegga,' zei ik.

'Charlotte? De baby meenemen?' Hij dacht even na en staarde naar de beregende ruiten. Een seconde lang overwoog hij het zowaar. Ik begon weer hoop te krijgen. Papa hield niet echt van Charlotte. Als hij haar ook kwijt kon... toen schudde hij zijn hoofd en keek weer naar mij. 'Dat kan ik niet doen, Lillian. Ze is mijn kind. Ik kan mijn kind niet opgeven. Wat zouden de mensen wel denken?' Hij sperde zijn ogen open. 'Ik zal je zeggen wat ze zouden denken. Ze zouden denken dat jij haar moeder was. O, nee, ik kan Charlotte niet laten gaan.

'Maar,' ging hij verder, voor ik iets kon zeggen, 'misschien zou Charlotte later meer tijd met jou kunnen doorbrengen. Misschien,' zei hij, maar ik geloofde het niet. Ik zag echter in dat ik niets beters kon verwachten.

'Waar wordt het huwelijk voltrokken?' vroeg ik verslagen.

'Hier op The Meadows. Een eenvoudige plechtigheid... alleen een paar van mijn beste vrienden, een paar neven...'

'Mag ik juffrouw Walker uitnodigen?'

'Als dat moet,' zei hij onwillig.

'En mag ik mamma's trouwjurk voor me laten vermaken? Dat kan Vera doen,' zei ik.

'Ja,' zei papa. 'Dat is een goed idee, dat is zuinig. Nu denk je verstandig, Lillian.'

'Het is niet uit zuinigheid. Het is uit liefde,' zei ik.

Papa keek me even onderzoekend aan.

'Het is beter zo, Lillian. Het is voor ons allebei beter dat je vertrekt,' zei hij bitter.

'Voor één keer ben ik het volledig met u eens, papa,' zei ik. Toen draaide ik me met een ruk om en liep zijn kantoor uit.

15 VAARWEL

Met een olielamp in de hand gingen Vera en ik naar de zolder om mamma's trouwjurk te halen die in een van de oude zwarte hutkoffers rechts in de hoek was opgeborgen. We stoften af en haalden de spinnewebben weg. Toen zochten we tot we hem gevonden hadden. In de mottenballen lagen behalve de jurk, sluier en schoenen ook een paar van mamma's souvenirs van het huwelijk: haar gedroogde en vervaalde corsage tussen de pagina's van de in wit leer gebonden bijbel die hun dominee had gebruikt, een kopie van de uitnodiging voor het huwelijk met een kilometerlange lijst van de gasten, het nu zwart aangeslagen zilveren mes waarmee de bruidstaart was aangesneden, en de gegraveerde zilveren wijnbekers van haar en papa.

Toen ik alles tevoorschijn haalde, vroeg ik me onwillekeurig af hoe mamma zich vlak voor haar huwelijk had gevoeld. Opgewonden en gelukkig? Geloofde ze dat trouwen met papa en wonen op The Meadows iets geweldigs zou zijn? Hield ze van hem, al was het maar een heel klein beetje, en deed hij net genoeg zijn best om de schijn te wekken dat hij van haar hield, dat ze het geloofde?

226

Ik had natuurlijk een paar van hun trouwfoto's gezien, en daarop zag mamma er jong en mooi, stralend en hoopvol uit. Ze leek zo trots op haar trouwjurk en zo tevreden over alle opwinding om haar heen. Hoe anders zou mijn eigen bruiloft zijn. Die van haar was een groot feest dat in de hele streek de nodige opwinding had veroorzaakt. Die van mij zou eenvoudig en snel voorbij zijn, alsof het iets was dat pas op het laatste moment was opgekomen. Ik zou het vreselijk vinden om de huwelijksgelofte uit te spreken en naar de bruidegom te kijken. Ik zou mijn blik afwenden als ik 'Ja' zei. Elke glimlach van mij zou een valse glimlach zijn, een masker dat papa me dwong op te zetten. Niets zou reëel zijn. Om de plechtigheid te kunnen verdragen, zou ik net doen of ik met Niles trouwde. Die illusie hielp me door de volgende twee weken heen en gaf me de kracht om de dingen te doen die gedaan moesten worden.

Vera en ik namen de trouwjurk mee naar beneden en Vera maakte hem korter en nauwer, zodat hij me goed paste en ik er mooi in uitzag. Terwijl Vera aan het werk was, kroop de kleine Charlotte tussen mijn benen en om ons heen, en keek belangstellend naar ons. Zonder dat ze het wist, zouden deze festiviteiten en deze plechtigheid me van haar vandaan halen, en net als ik zou ze haar echte moeder verliezen. Ik probeerde er niet aan te denken.

'Hoe was jouw huwelijk, Vera?' vroeg ik. Ze keek op van de zoom die ze bezig was in de rok te naaien.

'Mijn huwelijk?' Ze glimlachte en hield haar hoofd schuin. 'Snel en eenvoudig. We trouwden in het huis van de dominee, in zijn salon. Zijn vrouw, mijn ouders en Charles' ouders waren erbij. Geen van Charles' broers was gekomen. Ze moesten werken, en mijn zuster had een baan als huishoudster en kon niet weg.'

'In ieder geval hield je van de man met wie je trouwde,' zei ik triest.

Vera leunde met een vage glimlach achterover.

'Of ik van hem hield?' zei ze. 'Waarschijnlijk wel. Op dat moment leek dat minder belangrijk dan vooruitkomen en ons eigen leven leiden. Het huwelijk was een belofte, een manier om een team te vormen en naar betere dingen te streven. Tenminste,' ging ze met een zucht verder, 'zo zagen we het toen. We waren nog jong en dachten dat alles gemakkelijk zou zijn.'

'Was Charles je enige vriendje?'

'De enige, al droomde ik ervan ontdekt te worden en meegevoerd door mijn eigen knappe prins,' bekende ze met een glimlach. Toen hief ze met een zucht haar schouders op. 'Maar het werd tijd om met beide benen op de grond te staan, en ik accepteerde Charles' aanzoek. Charles is misschien niet de knapste man ter wereld, maar hij is een goed en vriendelijk mens en een harde werker. Soms,' ging ze verder, met een snelle blik op mij, 'is dat het beste waarop een jong meisje kan hopen, het beste wat ze kan krijgen. Liefde, zoals je daar op het ogenblik aan denkt... dat is een luxe die alleen de rijken zich kunnen permitteren.'

'Ik haat de man met wie ik ga trouwen, ook al is hij rijk,' antwoordde ik. Vera hoefde me dat niet te horen zeggen; ze knikte begrijpend.

'Misschien,' zei ze, terwijl ze de naald en draad weer oppakte, 'kun je hem veranderen, kun je iemand van hem maken die je kunt verdragen.' Ze zweeg even. 'Je bent volwassen geworden de laatste jaren, Lillian. Jij bent ongetwijfeld de sterkste van de Booths en de verstandigste. Jij hebt de ruggegraat die je nodig zult hebben. Dat weet ik zeker. Hou voet bij stuk. Meneer Cutler lijkt me te veel belangstelling te hebben voor zijn eigen pleziertjes om veel herrie te willen maken als er een conflict ontstaat.'

Ik knikte en toen omhelsde ik Vera en bedankte haar. De tranen sprongen in haar ogen. De kleine Charlotte was jaloers op dat vertoon van genegenheid en wilde opgepakt worden. Ik nam haar in mijn armen en gaf haar een zoen op haar wang.

'Let alsjeblieft zoveel mogelijk op Charlotte, Vera. Ik vind het zo verschrikkelijk om haar achter te moeten laten.'

'Dat hoef je niet te vragen. Ik hou net zoveel van haar als van mijn eigen Luther. Die twee zullen naast elkaar opgroeien en over elkaar waken, daar ben ik van overtuigd,' zei Vera. 'En nu moeten we zien dat die jurk afkomt. Het wordt misschien niet zo'n dure bruiloft, maar je zult er zo stralend uitzien of het de schitterendste bruiloft is die ooit in Virginia is gevierd. Miss Georgia zou niet anders willen.'

Ik lachte en was het met haar eens. Als mamma nog zou leven, zou ze door het hele huis hollen en ervoor zorgen dat alles glom en glansde. Overal zouden bloemen staan. Het zou net zo zijn als wanneer ze een van haar beroemde barbecues gaf. Ik kon haar voor me zien, steeds mooier en stralender naarmate de datum van het feest dichterbij kwam. Toen mamma jong en mooi was, genoot ze van die opwinding en activiteit. Ze zoog het op zoals een bloem de zon opzuigt.

Die levensvreugde had Emily niet van haar geërfd. Ze toonde weinig belangstelling voor de voorbereidingen, behalve voor de religieuze aspecten van de plechtigheid, die ze besprak met de dominee, met wie ze ook de gebeden en psalmen uitkoos. En papa bekommerde zich alleen maar om de kosten, die hij probeerde zo laag mogelijk te houden. Toen Bill Cutler dat hoorde, zei hij dat papa zich geen zorgen hoefde te maken over de onkosten; hij zou de receptie na de huwelijksvoltrekking betalen. Hij wilde dat het een mooi feest zou worden, ook al zou het bescheiden van omvang zijn.

'Er komen een paar goeie vrienden van me. Zorg voor muziek,' beval hij. 'En voldoende goede whisky. Geen zuidelijke rommel.' Papa voelde zich verlegen, hij aarzelde die aalmoes van zijn toekomstige schoonzoon aan te nemen, maar hij gaf toe, huurde een orkest en een paar bedienden om Vera te helpen met serveren en het klaarmaken van een kostelijk buffet.

Elke dag die me dichter bij het huwelijk bracht maakte me ongeruster. Soms hield ik middenin een karweitje op, met trillende vingers, bevende benen en een misselijk, leeg gevoel in mijn maag. Alsof hij wist dat ik van gedachten zou kunnen veranderen als ik hem zag, bleef Bill Cutler uit de buurt tot de huwelijksdag was aangebroken. Hij zei tegen papa dat hij terug moest naar Cutler's Cove, om voor het hotel te zorgen. Zijn eigen vader was dood en zijn moeder te oud en te zwak om te reizen. Hij was enig kind en zou terugkomen met alleen een paar intieme vrienden, zonder familie.

Er kwamen een paar neven en nichten van papa en mamma. Juffrouw Walker beantwoordde mijn uitnodiging en beloofde te zullen komen. Papa beperkte zijn uitnodigingen tot een stuk of zes families die in de buurt woonden, zonder de Thompsons. In totaal waren er niet meer dan een stuk of zesendertig gasten, heel wat anders dan de horden mensen die altijd kwamen in de hoogtijdagen van The Meadows.

De avond vóór mijn huwelijk at ik nauwelijks iets aan tafel. Mijn maag protesteerde. Ik had het gevoel of ik veroordeeld was tot een ploeg geketende dwangarbeiders. Papa wierp één blik op me en kreeg een van zijn woedeaanvallen.

'Je komt morgen niet met zo'n zuur gezicht de trap af, Lillian. Ik wil niet dat de mensen denken dat ik je de dood instuur. Ik geef alles uit wat ik kan en nog meer om er een mooi feest van te maken,' zei hij, en deed net of hij niets van Bill Cutler had aangenomen.

'Het spijt me, papa,' riep ik uit. 'Ik probeer het, maar ik kan het niet helpen dat ik me ellendig voel.'

'Je hoort je gezegend te voelen,' kwam Emily tussenbeide. 'Je neemt deel aan een van de heiligste sacramenten – het huwelijk – en alleen op die manier hoor je eraan te denken.'

'Ik kan mijn huwelijk niet beschouwen als een sacrament; het is meer een vloek,' antwoordde ik. 'Ik word niet beter behandeld dan de slaven vóór de Burgeroorlog, verhandeld als een paard of een koe.'

'Verdomme!' schreeuwde papa, en sloeg met zijn vuist op tafel, zodat de borden rammelden. 'Als je me morgen in verlegenheid brengt...'

'Wees maar niet bang, papa,' zei ik met een zucht. 'Ik zal over dat middenpad lopen en met Bill Cutler trouwen. Ik zal de woorden uitspreken, maar dat zal alles zijn. Ik zal geen enkele gelofte menen.'

'Als je je hand op de bijbel legt met een leugen –' dreigde Emily.

'Hou op, Emily. Denk je heus dat God blind en doof is? Denk je heus dat hij onze gedachten niet kan lezen, ons hart niet kent? Wat heeft het voor zin om te zeggen dat ik de woorden zal geloven van de huwelijksgelofte die ik afleg, als ik dat in mijn hart niet doe? Op een dag, Emily, zul je misschien eens inzien dat God te maken heeft met liefde en oprechtheid, en niet alleen met straf en vergelding, en zul je beseffen hoeveel je gemist hebt door in de duisternis te blijven.' Ik stond op voor ze kon antwoorden en liet haar en papa met hun lelijke gedachten alleen.

Ik kon niet slapen. Ik zat voor mijn raam en zag steeds meer sterren aan de hemel verschijnen. Tegen de ochtend kwamen er wolken aan de horizon die de kleine, glinsterende diamanten verhulden. Ik sloot mijn ogen en viel even in slaap, en toen ik wakker werd, zag ik dat het een sombere, grauwe dag zou worden, met dreigende regen. Het maakte mijn stemming nog somberder. Ik ging niet naar beneden om te ontbijten. Vera had dat al verwacht en kwam boven met hete thee en havermout.

'Je moet wat eten,' zei ze, 'anders val je nog flauw voor het altaar.'

'Misschien zou dat beter zijn, Vera,' antwoordde ik, maar ik volgde haar raad op en at zoveel ik naar binnen kon krijgen. Ik hoorde de mensen arriveren die waren aangenomen om te helpen; er werd een begin gemaakt met de versiering van de balzaal. Even later kwamen een paar neven en nichten van mamma en papa. Sommigen woonden op een afstand van meer dan honderdvijftig kilometer. De musici kwamen, en zodra ze hun instrumenten hadden gestemd, begon de muziek. Het duurde niet lang of de plantage zag er feestelijk uit. De geur van heerlijke gerechten hing in de gangen, en het donkere oude huis was vol licht en lawaai en opgewonden stemmen. Ondanks alles was ik blij met die veranderingen.

Charlotte en Luther waren enthousiast over de aankomst van alle gasten en bedienden. Sommige familieleden van papa en mamma hadden Charlotte nog nooit gezien en waren verzot op haar. Later bracht Vera haar naar mijn kamer. Ze had een mooi jurkje voor Charlotte gemaakt, en ze zag er schattig uit. Ze wilde zo gauw mogelijk weer naar beneden, naar Luther. Ze wilde niets missen.

'In ieder geval zijn de kinderen blij,' mompelde ik. Mijn oog viel op de klok. Met elke tik kwamen de wijzers dichter bij het uur en zou ik uit mijn kamer tevoorschijn moeten komen en de trap afdalen op de tonen van de Bruiloftsmars. Ik had meer het gevoel dat ik op weg ging naar mijn executie.

Vera kneep even in mijn hand en glimlachte.

'Je ziet er beeldschoon uit, lieverd,' zei ze. 'Je moeder zou trots op je zijn.'

'Dank je, Vera. Ik wou dat Tottie en Henry hier nog waren.'

Ze knikte, pakte Charlottes handje en liet me wachten tot de klok het uur sloeg. Nog niet zoveel jaar geleden, toen mamma nog leefde en gezond was, droomde ik ervan hoe zij en ik mijn huwelijksdag zouden doorbrengen. We zouden uren aan haar toilettafel zitten en ons kapsel plannen. Dan zouden we experimenteren met rouge en lippenstift. Ik zou mijn eigen trouwjurk hebben gecreëerd met bijpassende schoenen en sluier. Mamma zou in haar juwelenkistje hebben gezocht naar de kostbaarste en mooiste ketting en armband voor me.

Als alles wat ik zou dragen en alle voorbereidingen besproken waren, zouden we uren samen babbelen. Ik zou luisteren naar haar herinneringen aan haar eigen bruiloft, en mamma zou me advies geven hoe ik me de eerste avond met mijn nieuwe echtgenoot moest gedragen. En als ik dan de trap afkwam zou ze trots en vol liefde naar me opkijken. We zouden naar elkaar glimlachen als twee samenzweerders, die elk verrukkelijk moment hadden beraamd. Ze zou even mijn hand vastpakken voor ik naar het altaar liep, en als alles voorbij was, zou zij de eerste zijn om me te omhelzen en te kussen en me alle geluk ter wereld te wensen. Ik zou een paar tranen plengen en een beetje ongerust zijn als ik eindelijk op huwelijksreis ging, maar mamma's glimlach zou me geruststellen en ik zou sterk genoeg zijn om mijn eigen veelbelovende huwelijksleven te beginnen.

In plaats van dat alles zat ik eenzaam in mijn sombere kamer en luisterde naar het afschuwelijke tik-tak van de klok, met alleen mijn eigen trieste gedachten als gezelschap.

Ik veegde de onvermijdelijke tranen af en hield mijn adem in toen de muziek luider begon te spelen en ik papa's voetstappen in de gang hoorde. Hij kwam me halen om me te begeleiden naar het altaar. Hij kwam me weggeven, me inruilen om zijn blunders goed te maken. Ik stond op en begroette hem met een strak gezicht toen hij de deur opendeed.

'Klaar?' vroeg hij.

'Voorzover ik dat ooit zal zijn,' antwoordde ik. Hij meesmuilde, trok aan zijn snor en gaf me een arm.

Ik nam hem aan en ging op weg. Op de drempel bleef ik even staan en keek achterom naar mijn kamer, een kamer die op een gegeven moment een gevangenis was geweest. Maar ik meende Niles' gezicht achter het raam te zien; hij keek naar binnen en glimlachte. Ik glimlachte terug, sloot mijn ogen, deed net of hij het was die beneden op me wachtte en liep met papa de trap af.

Ik liep heel langzaam en voorzichtig, bang dat mijn benen als glas zouden verbrijzelen en ik halsoverkop omlaag zou tuimelen, aan de voeten van de glimlachende gasten, die zaten te wachten. Ik concentreerde me op juffrouw Walker, die glimlachend naar me keek, en vatte moed. Papa knikte naar een paar vrienden. Ik zag de gezichten van de vrienden van mijn toekomstige echtgenoot, vreemden die me aandachtig opnamen om te zien wie het hart van Bill Cutler had veroverd. Enkelen glimlachten met dezelfde wellustige grijns; anderen keken belangstellend, nieuwsgierig.

Onderaan de trap bleven we staan. Het gezelschap applaudisseerde. Voor ons wachtte de dominee met Bill Cutler. Hij draaide zich met zijn arrogante glimlach naar me om, terwijl ik als een lam naar de slachtbank werd geleid. Hij zag er knap uit in zijn smoking en zijn keurig geborstelde zwarte haar. Ik zag Emily vooraan zitten met Charlotte, die keurig rechtop zat en met grote ogen naar iedereen keek. Ze sperde haar ogen nog wijder open toen ze mij zag. Papa leidde me naar voren en deed toen een paar stappen achteruit. De muziek stopte. Iemand kuchte. Ik hoorde een licht gelach van Bills vrienden, en toen sloeg de dominee zijn ogen naar het plafond en begon.

Hij zei twee gebeden, het ene gebed nog langer dan het andere. Toen knikte hij naar Emily en zij zette een psalm in. De gasten begonnen onrustig te worden, maar noch hij noch Emily trok zich daar iets van aan. Toen de dienst eindelijk was afgelopen vestigde de dominee zijn trieste ogen op mij en begon de huwelijksgelofte te reciteren. Toen hij vroeg: 'Wie geeft deze vrouw weg?' sprong papa naar voren en zei op pocherige toon: 'Ik.' Bill Cutler glimlachte, maar ik luisterde met neergeslagen ogen toen de dominee verderging, beschreef hoe heilig en serieus het huwelijk was, voor hij me eindelijk vroeg of ik deze man tot mijn wettige echtgenoot nam.

Langzaam liet ik mijn blik glijden over het gezicht van mijn toekomstige echtgenoot, en het wonder waarom ik gebeden had voltrok zich. Ik zag niet Bill Cutler; ik zag Niles, lief en knap, glimlachend zoals bij de magische vijver.

'Ja,' zei ik. Ik hoorde Bill Cutlers antwoord niet, maar toen de dominee ons tot man en vrouw verklaarde, tilde hij mijn sluier op en drukte zijn lippen gretig op mijn mond. Hij kuste me zo intiem en lang dat ik hier en daar een gemompel hoorde. Mijn ogen gingen open en ik staarde naar het gezicht van Bill Cutler, dat glom van begeerte. Er klonk een gejuich, en de gasten stonden op om ons te feliciteren. Alle vrienden van mijn echtgenoot gaven me een zoen en wensten me knipogend geluk. Eén jongeman zei: 'Je zult het hard nodig hebben, nu je getrouwd bent met die schurk.' Eindelijk kon ik weg om een paar woorden te wisselen met juffrouw Walker.

'Ik wens je alle geluk en gezondheid die het leven te bieden heeft, Lillian,' zei ze, terwijl ze me omhelsde.

'En ik wou dat ik nog bij u in de klas zat, juffrouw Walker. Ik wou dat het jaren geleden was en ik weer een klein meisje was, dat niets liever wilde dan leren en opgewonden raakte bij alle nieuwe kennis die ze opdeed.'

Ze keek me stralend aan.

'Ik zal je missen,' zei ze. 'Je was de beste en intelligentste leerling die ik ooit heb gehad. Ik had gehoopt dat je zelf les zou gaan geven, maar ik besef dat je heel wat meer verantwoordelijkheid zult hebben als meesteres van een groot hotel.'

'Ik zou liever onderwijzeres zijn geworden,' zei ik. Ze glimlachte, alsof ik iets onmogelijks wenste.

'Schrijf me eens,' zei ze, en ik beloofde dat ik het zou doen.

Zodra de plechtigheid voorbij was begon het feest. Ik had geen trek, ondanks al het heerlijks dat werd geserveerd. Ik bracht wat tijd door met een paar familieleden van mamma en papa, zorgde ervoor dat Charlotte wat te eten en drinken kreeg, en sloop weg zodra ik de kans kreeg. Het was zachtjes gaan regenen, maar ik lette er niet op. Ik tilde mijn rok op en liep haastig naar de achterkant van het huis en naar het pad dat naar de noordelijke akker leidde. Ik ging naar het familiegraf, om afscheid te nemen van mamma en Eugenia, die naast elkaar lagen.

Regendruppels vermengden zich met mijn tranen. Lange tijd kon ik geen woord uitbrengen. Ik kon alleen maar snikkend blijven staan, met schokkende schouders en zo'n zwaar hart dat het als een steen in mijn borst lag. Ik herinnerde me die zonnige dagen, jaren geleden, toen Eugenia nog niet zo ziek was als later. Zij, mamma en ik zaten in het prieel. We dronken frisse limonade en mamma vertelde over haar jeugd. Ik hield het handje van mijn zusje vast en we luisterden naar mamma, die ons de mooiste dagen uit haar jeugd liet meebeleven. 'O, het zuiden was toen zo mooi, kinderen. Er werden party's en bals gegeven. Er hing zo'n feestelijke atmosfeer; de mannen waren altijd beleefd en attent, en de jonge vrouwen altijd op de rand van een of andere verliefdheid. Elke dag werden we op een ander verliefd, we gaven onze emoties vrij spel. Het was een sprookjeswereld, die elke ochtend begon met de woorden: Er was eens...

'Ik hoop, lieverds, dat het voor jullie net zo zal worden. Kom, dan krijg je een knuffel,' zei ze, en strekte haar armen naar ons uit. We kropen dicht tegen haar aan en voelden ons gelukkig. In die dagen leek het of niets lelijks of gemeens ons kon bedreigen.

'Vaarwel, mamma,' zei ik ten slotte. 'Vaarwel, Eugenia. Ik zal jullie altijd blijven missen en altijd van jullie blijven houden.'

De wind woei door mijn haar en het begon harder te regenen. Ik moest terug naar huis. Het feest was in volle gang. Al Bills vrienden waren even luidruchtig en zwaaiden hun danspartners wild in het rond.

'Waar was je?' vroeg Bill, toen hij me in de deuropening zag staan.

'Ik heb afscheid genomen van mamma en Eugenia.'

'Wie is Eugenia?'

'Mijn kleine zusje dat is gestorven.'

'Nog een klein zusje? Hm, hoe kun je afscheid van haar nemen als ze dood is?' vroeg hij. Hij had flink gedronken en stond te zwaaien op zijn benen.

'Ik ben naar het kerkhof geweest,' zei ik droogjes.

'Een kerkhof is geen plaats voor een nieuwe bruid,' mompelde hij. 'Kom, we zullen die mensen eens laten zien hoe ze moeten dansen.' Voor ik kon weigeren pakte hij me beet en trok me mee naar de dansvloer. De dansende paren stopten om ons meer ruimte te geven. Bill zwaaide me onhandig rond. Ik probeerde zo elegant mogelijk te dansen, maar hij struikelde over zijn eigen benen en viel. Hij trok mij met zich mee, zodat ik bovenop hem viel. Zijn vrienden vonden het prachtig, maar ik voelde me dodelijk verlegen. Zodra ik kon opstaan, holde ik weg naar mijn kamer. Ik trok mijn trouwjurk uit en reiskleren aan. Al mijn bezittingen waren ingepakt en de koffers stonden klaar bij de deur.

Ongeveer een uur later kwam Charles boven en klopte aan.

'Meneer Cutler zei dat ik je bagage naar zijn auto moest brengen, juffrouw Lillian,' zei hij op verontschuldigende toon. 'Ik moest van hem zeggen dat je beneden moest komen.' Ik knikte, hield mijn adem in en liep naar buiten.

De meeste gasten waren er nog en stonden te wachten om goedendag te zeggen en ons geluk te wensen. Bill was neergeploft op een bank, hij had zijn das afgedaan en zijn hemd stond open. Zijn gezicht zag vuurrood, maar hij stond op toen ik kwam.

'Daar is ze!' kondigde hij aan. 'Mijn nieuwe bruid. En nu gaan we op huwelijksreis. Ik weet dat sommigen van jullie wel mee zouden willen,' ging hij verder, en zijn vrienden lachten. 'Maar er is maar plaats voor twee in ons bed.'

'Wacht maar af!' gilde iemand. Nog meer gelach. Al zijn vrienden kwamen om hem heen staan om hem op de rug te kloppen en een hand te geven.

Papa, die veel te veel gedronken had, zat onderuitgezakt in een stoel; zijn hoofd was opzij gevallen.

'Klaar?' vroeg Bill.

'Nee, maar ik kom,' zei ik. Hij lachte en wilde me een arm geven toen hij zich plotseling bedacht.

'Wacht even,' zei hij en haalde papa's eigendomsbewijs van The Meadows tevoorschijn, het document dat Bill met kaarten had gewonnen.

'Wa... wat?' zei papa, terwijl zijn ogen trillend opengingen.

'Alsjeblieft, pappie,' zei Bill en stopte het document in papa's handen. Papa staarde er even versuft naar en keek toen naar mij. Ik wendde mijn blik af en staarde naar Emily, die met een paar familieleden stond te praten en thee te drinken. Haar ogen ontmoetten de mijne en heel even dacht ik een uitdrukking van medelijden en medeleven op haar gezicht te zien.

'Laten we gaan, mevrouw Cutler,' zei Bill. De menigte volgde ons naar de deur, waar Vera met Charlotte in haar armen en Luther naast zich stond te wachten. Ik bleef staan om Charlotte nog een laatste keer in mijn armen te nemen en een zoen op de wangen te geven. Ze keek met een vreemde blik naar me op, alsof ze nu pas begon te beseffen hoe definitief dit afscheid was. Haar oogjes werden klein en ongerust en haar lippen begonnen te trillen.

'Lil,' zei ze, toen ik haar teruggaf aan Vera. 'Lil...'

'Dag, Vera.'

'God zegen je,' zei Vera, haar tranen terugdringend. Ik streek over Luthers haar en kuste hem op het voorhoofd, en toen volgde ik mijn nieuwe echtgenoot naar buiten. Charles had alles in de auto geladen en Bills rumoerige vrienden stonden juichend achter ons in de deuropening.

'Dag, juffrouw Lillian. Veel geluk,' zei Charles.

'Ze heeft geen geluk meer nodig,' zei Bill. 'Ze heeft mij nu.'

'We hebben allemaal wat geluk nodig,' hield Charles vol. Hij hielp me instappen en deed het portier dicht toen Bill achter het stuur zat. Bill startte de motor en reed weg over de hobbelige oprijlaan.

Ik keek achterom. Vera stond op de drempel, nog steeds met Charlotte in haar armen en Luther naast zich, die zich aan haar rok vastklampte. Ze wuifde.

Vaarwel, mimede ik. Ik nam afscheid van een ander huis, een ander Meadows, dat ik me herinnerde en in mijn hart koesterde. The Meadows waarvan ik afscheid nam, was een plantage vol licht en leven. Ik zei vaarwel tegen het gezang van de vogels, de vluchten van de boerenzwaluwen, het gekwetter van blauwe gaaien en spotvogels, de blijdschap als ik ze van tak tot tak zag vliegen. Ik zei vaarwel tegen een schoon, fleurig huis met ramen die glinsterden en pilaren die hoog en trots in de zuidelijke zon omhoogrezen, een huis met een erfenis en een geschiedenis, waarin nog de echo hing van de stemmen van tientallen bedienden. Ik zei vaarwel tegen de witbloemige jonge magnoliabomen, de blauweregens over de veranda's, de witte muren en roze mirtestruiken, de golvende groene gazons met glinsterende fonteinen waarin de vogels zich baadden. Ik zei vaarwel tegen een oprijlaan vol hoge, dikke eikebomen. Ik zei vaarwel tegen Henry die zong onder zijn werk, tegen Louella die de geurige was ophing, tegen Eugenia die zwaaide uit haar raam, tegen mamma die met blozend gezicht opkeek van een van haar romans.

En ik zei vaarwel tegen een klein meisje dat opgewonden over de oprijlaan holde, een vel papier van school tegen haar boezem gedrukt.

'Waarom huil je?' vroeg Bill.

'Niets,' zei ik snel.

'Dit hoort de gelukkigste dag van je leven te zijn, Lillian. Je bent getrouwd met een knappe, jonge gentleman die het gaat maken. Ik red je. Zo is het,' zei hij snoevend.

Ik veegde mijn wangen af en draaide me om, terwijl we hotsend over de oprijlaan reden.

'Waarom? Lillian,' zei hij, 'je bent de eerste vrouw die ik heb ontmoet die ik wilde, maar die ik niet zover kon krijgen dat ze mij ook wilde. Ik wist van meet af aan dat je iets bijzonders was en Bill Cutler is er niet de man naar om iets bijzonders aan zijn neus voorbij te laten gaan. Bovendien heeft iedereen aan mijn hoofd gezeurd dat het tijd werd dat ik ging trouwen. Cutler's Cove is een familiehotel. Binnenkort zul je erbij horen.'

'Je weet dat ik niet van je hou,' zei ik. 'Je weet waarom ik met je getrouwd ben.'

Hij haalde zijn schouders op.

'Niet belangrijk. Je gaat wel van me houden zodra ik met je begin te vrijen,' beloofde hij. 'Dan zul je wel merken wat een bofferd je bent.

'Trouwens,' ging hij verder, toen we The Meadows achter ons lieten, 'ik ben van plan onderweg te stoppen en je niet langer te laten wachten dan nodig is. In plaats van onze huwelijksnacht in Cutler's Cove door te brengen, gaan we naar een hotel dat ik ken. Ongeveer anderhalf uur rijden. Hoe vind je dat?'

'Afgrijselijk,' mompelde ik.

Hij bulderde van het lachen. 'Het is net als het temmen van een wild paard,' verklaarde hij. 'Ik zal ervan genieten.'

We reden verder. Ik keek nog slechts één keer achterom toen we bij het pad kwamen waarover ik vroeger met Niles naar de magische vijver liep. Ik wilde niets liever dan stoppen en mijn handen in het water steken en wensen dat ik ergens anders was.

Maar magie is alleen mogelijk als je met mensen bent van wie je houdt, dacht ik. Het zou heel lang duren voor ik het ooit weer zou zien of voelen, en dat maakte dat ik me intens eenzaam en verlaten voelde.

Als ik getrouwd was met een man van wie ik hield en die van mij hield, zou ik de Dew Drop Inn – het pittoreske hotel dat Bill had uitgezocht voor onze huwelijksnacht – verrukkelijk en romantisch hebben gevonden. Het was een gebouw van twee verdiepingen met blauwe luiken en roomwitte houten planken, dat even van de hoofdweg af lag temidden van eiken en notebomen. Het gebouw had erkerramen en smalle pilaren langs de veranda. Onze kamer op de bovenverdieping lag aan een overloop die een weids uitzicht bood op het landschap aan de overkant van de weg. Beneden was een grote salon met goed onderhouden koloniale meubels en olieverflandschappen boven de open haard en aan de muren in de hal en de eetzaal.

De Dobbs, de eigenaars, waren een bejaard echtpaar, dat Bill blijkbaar had leren kennen toen hij onderweg was naar The Meadows en zijn route plande. Ze wisten dat hij terug zou komen met zijn nieuwe bruid. Dobbs was een lange, magere man met hier en daar plukjes grijs, grof haar aan de zijkanten van zijn glanzende kale schedel, die bezaaid was met levervlekken. Hij had kleine, lichtbruine ogen en een lange, smalle neus die over zijn dunne lippen heenstak. Door zijn lange, magere lichaam en zijn scherpe gelaatstrekken deed hij me denken aan een vogelverschrikker. Hij had grote handen met lange vingers, en wreef voortdurend nerveus zijn palmen tegen elkaar als hij sprak. Zijn vrouw, ook lang, maar breedgebouwd, met schouders als een houthakker en een zware, hard-uitziende boezem, stond naast hem en knikte bij alles wat haar man zei.

'We hopen dat u het warm en gezellig zult vinden en dat u een heerlijke tijd bij ons zult hebben,' zei meneer Dobbs. 'En Marion hier zal een verrukkelijk ontbijt voor u beiden maken, nietwaar, Marion?'

'Ik maak elke dag een goed ontbijt,' zei ze vastberaden, en toen glimlachte ze. 'Maar morgen wordt het iets heel bijzonders, want het is een bijzondere gelegenheid.'

'En ik denk dat u wel honger zult hebben,' voegde meneer Dobbs eraan toe, met een knipoog en een glimlach naar Bill, die, eveneens glimlachend, zijn schouders optrok.

'Ik denk van wel,' antwoordde hij.

'Alles is gereed, precies zoals u het wilde,' zei meneer Dobbs. 'Zal ik u nog een keer rondleiden?'

'Dat hoeft niet,' zei Bill. 'Eerst zal ik mijn nieuwe bruid de kamer laten zien en dan kom ik terug om een paar van onze spullen te halen.'

'O, zal ik u daarbij helpen?' vroeg Dobbs.

'Niet nodig,' zei Bill. 'Ik heb een hoop energie vanavond.' Hij pakte mijn hand en liep naar de trap.

'Slaap lekker. En moge uw slaap vrij zijn van zandvlooien,' riep Dobbs ons achterna.

'We hebben geen vlooien, Horace Dobbs,' zei zijn vrouw streng. 'Die hebben we nooit gehad.'

'Ik maak maar gekheid, moeder,' mompelde hij, en liep haastig weg.

'Gefeliciteerd,' riep mevrouw Dobbs voor ze haar man volgde. Bill knikte en liep verder met me de trap op.

Het was een prettige kamer. Er stond een koperen bed met bewerkte stijlen en hoofdombouw, een brede matras met een gebloemde gestikte deken en twee enorme bijpassende kussens. Voor de ramen hingen heldere blauw met witte katoenen gordijnen. De parketvloer zag eruit of hij steeds opnieuw gewreven was om de natuurlijke glans te doen uitkomen. Onder het bed lag een zacht, crèmekleurig wollen tapijt. Op beide nachtkastjes stond een koperen olielamp.

'Het toneel van de verleiding,' zei Bill opgewekt. 'Hoe vind je het?'

'Heel mooi,' moest ik toegeven. Waarom zou ik mijn verdriet botvieren op het echtpaar Dobbs of dit gezellige huis?

'Ik heb oog voor die dingen,' schepte hij op. 'Ik ben een geboren hoteleigenaar. Op een keer dacht ik onder het rijden aan onze eerste nacht, en zodra ik dit huis zag, trapte ik op de rem en reserveerde. Meestal sloof ik me niet zo uit om het een vrouw naar de zin te maken, weet je.'

'Volgens de dominee ben ik niet zomaar een vrouw meer voor je. Hij noemde de woorden echtgenoot en echtgenote,' zei ik droogjes. Bill lachte en liet me de badkamer zien, die aan de gang lag.

'Ik ga naar beneden om de koffers te halen, dan kun jij het je intussen gemakkelijk maken.' Hij knikte naar het bed, 'en je voorbereidingen treffen.' Hij likte even langs zijn lippen, draaide zich toen om en holde de trap af.

Ik ging op het bed zitten en vouwde mijn handen in mijn schoot. Mijn hart begon te bonzen bij het vooruitzicht. Straks zou ik me moeten geven aan een man die ik nauwelijks kende. Hij zou de intiemste delen van mijn lichaam leren kennen. Ik had mezelf voortdurend wijsgemaakt dat ik het zou kunnen verdragen door mijn ogen dicht te doen en net te doen of Bill Cutler Niles was. Maar nu ik hier was en het nog maar een paar ogenblikken zou duren voor het begon, besefte ik dat het onmogelijk zou zijn de realiteit buiten te sluiten en te vervangen door een droom. Bill Cutler was niet het soort man dat zich liet afwijzen.

Ik keek omlaag en zag dat mijn vingers beefden. Mijn knieën knikten; tranen sprongen in mijn ogen. Het kleine meisje in me wilde smeken om genade, huilen om mammie. Wat moest ik doen? Moest ik mijn nieuwe echtgenoot smeken vriendelijk en zachtmoedig te zijn en me meer tijd te geven? Moest ik alle verschrikkingen van mijn leven bekennen en zijn medeleven zoeken?

Een ander deel van me schreeuwde luid en duidelijk, *Nee!* Bill Cutler was niet de man ernaar om begrip of medeleven te tonen; hij was nu eenmaal geen gentleman uit het Zuiden. De wijze woorden van de oude Henry kwamen bij me terug: 'Een tak die niet meebuigt met de wind, breekt.' Ik hield mijn adem in en beheerste me. Bill Cutler zou geen angst en geen tranen zien. Ja, de wind joeg me van de ene plaats naar de andere, daar was blijkbaar niets aan te doen, maar dat wilde niet zeggen dat ik moest klagen en jammeren. Ik zou sneller bewegen dan de wind. Ik zou dieper buigen. Ik zou de duivelse wind te slim af zijn, en mijn lot in eigen hand nemen.

Toen Bill terugkwam met onze koffers, was ik uitgekleed en lag ik onder de deken. Verbaasd bleef hij in de deuropening staan. Ik wist dat hij tegenstand had verwacht, er misschien zelfs op gehoopt had, zodat hij me kon overheersen.

'Wel, wel,' zei hij, de koffers neerzettend. 'Wel, wel.' Hij sloop om me heen, als een kat die zijn prooi beloert, gereed om toe te springen. 'Je ziet er heel aanlokkelijk uit.'

Ik wilde zeggen: laten we het alsjeblieft zo gauw mogelijk achter de rug hebben, maar ik zweeg en volgde hem met mijn ogen. Hij deed zijn das af en rukte ongeduldig aan knopen en ritssluitingen. Ik moest toegeven dat hij er goed uitzag, slank en gespierd. De manier waarop ik hem opnam maakte hem een beetje onrustig, en hij wachtte even voor hij zijn broek omlaagschoof.

'Je lijkt niet op een maagd,' zei hij. 'Je bent een beetje té verstandig, té kalm.'

'Ik heb nooit gezegd dat ik een maagd was,' antwoordde ik. Zijn mond viel open en hij keek me met grote ogen aan.

'Wat?'

'Jij hebt ook nooit gezegd dat je een maagd was, wel?' vroeg ik nadrukkelijk.

'Hoor eens, je vader zei –'

'Wat zei hij?' vroeg ik geïnteresseerd.

'Hij zei... hij zei...' Hij stotterde. 'Dat je nooit een vriendje hebt gehad, dat je... onberoerd was. We hebben een overeenkomst gesloten. We...'

'Papa was niet zo goed op de hoogte van wat er zich op The Meadows afspeelde. Hij was meestal weg om te kaarten en zich op andere manieren te amuseren,' zei ik. 'Waarom? Wil je me nu terugbrengen?'

'Hè?' Even was hij met stomheid geslagen.

'Ik krijg slaap van al die opwinding,' zei ik. 'Ik denk dat ik even ga slapen.' Ik draaide me om, met mijn rug naar hem toe.

'Wat?' zei hij. Ik glimlachte bij mezelf en wachtte. 'Nou moet je eens even goed naar me luisteren,' zei hij ten slotte. 'Dit is onze huwelijksnacht. Ik ben niet van plan die slapend door te brengen.'

Ik gaf geen antwoord. Ik wachtte. Hij mompelde iets en even later kwam hij naast me liggen. Een tijdje bleven we zo liggen, Bill starend naar het plafond, ik vlak naast hem. Eindelijk voelde ik zijn hand op mijn dij.

'Luister goed,' zei hij. 'Wat er ook gebeurd is, we zijn man en vrouw. Jij bent mevrouw William Cutler de Tweede en ik eis mijn huwelijksrechten op.' Hij drukte harder, zodat ik me naar hem toe moest draaien. Zodra ik dat deed, gleden zijn tastende handen over mijn lichaam en drukte hij zijn lippen op de mijne. Mijn lippen weken vaneen onder zijn langdurige, hartstochtelijke kus. Ik slaakte een zachte kreet toen zijn tong de mijne raakte. Hij lachte en hief zijn hoofd op.

'Zo ervaren ben je blijkbaar toch niet, he?'

'Niet zoals de vrouwen die jij kent,' zei ik.

Hij lachte weer. 'Je bent een trotse meid, Lillian. Ik weet zeker dat je een goede meesteres zult zijn voor Cutler's Cove. Zo slecht heb ik het niet uitgezocht,' zei hij, en herhaalde het, meer voor zichzelf dan voor mij.

Hij bracht zijn gezicht vlak bij het mijne en bewoog zijn lippen over mijn ogen, mijn wangen, mijn kin en mijn hals. Toen kuste hij mijn borsten, zoog zachtjes aan mijn tepels, en kreunde. Hij verborg zijn gezicht tussen mijn borsten en ademde mijn geur in. Ondanks mijn tegenzin en verdriet, was mijn nieuwsgierigheid gewekt en voelde ik een tintelende gewaarwording door me heengaan. Het was een sensatie die ik niet had verwacht. Ik kreunde hardop toe hij verder omlaagging over mijn buik tot mijn lies.

'Wat je ook zegt,' mompelde hij, 'voor mij blijf je een maagd.'

Hoe anders was seks als je het verwachtte. Wat papa had gedaan hield ik weggesloten in de duisterste hoeken van mijn geheugen, samen met de ergste nachtmerries en angsten uit mijn jeugd. Maar dit was anders. Mijn lichaam reageerde op zijn liefkozingen, en wat mijn verstand ook zei, de tinteling werd steeds heftiger, tot Bill eindelijk bij me binnenkwam en ons gearrangeerde huwelijk met dierlijke hartstocht consumeerde. Mijn lichaam schokte op en neer, ging van angst naar genot, en toen het voorbij was, toen hij krampachtig in me klaarkwam, dacht ik dat mijn hart zou springen en ik in mijn huwelijksbed zou sterven. Een hete gloed bedekte mijn wangen en hals en gaf me het gevoel dat ik in brand stond.

'Goed,' zei hij. 'Goed.' Hij ging op zijn rug liggen; hij moest zelf ook op adem komen. 'Ik weet niet wie je minnaar was, maar hij moet ook nog maagd zijn geweest.' Toen lachte hij.

Ik wilde hem de waarheid vertellen. Ik wilde die zelfvoldane, verwaande grijns van zijn gezicht vegen, maar ik schaamde me te veel.

'In ieder geval,' ging hij verder, 'nu weet je waarom je een gelukkige vrouw bent. Je bent mevrouw Cutler.' Hij sloot zijn ogen. 'Ik denk dat je gelijk hebt. Slapen is nu aan de orde. Het is me het dagje wel geweest.'

Even later lag hij te snurken. Ik lag nog uren wakker. De bedekte lucht begon te verhelderen. Door het raam zag ik een ster tevoorschijn komen tussen de kleine wolkjes die achter de dikke, donkere wolken kwamen.

Ik had deze beproeving overleefd, dacht ik. Ik voelde me zelfs sterker nu. Misschien had Vera gelijk; misschien kon ik mijn leven in eigen hand nemen en Bill Cutler voldoende veranderen om mijn nieuwe bestaan te kunnen verdragen. Ik was nu mevrouw Cutler op weg naar mijn nieuwe huis, en afgaande op wat ik erover gehoord had, een indrukwekkend en interessant huis.

Wat voor logica, wat voor reden had het lot om me de oprechte, intense liefde die Niles en ik zouden hebben gekend, te ontzeggen, en me met die vreemde te laten leven die nu naast me lag als mijn echtgenoot, na een huwelijk dat was ingezegend door de kerk? De dominee had ons niet gevraagd of we van elkaar hielden; hij eiste alleen dat we zouden zweren onze gelofte na te komen. Wat is een huwelijk zonder liefde, vroeg ik me af, zelfs al wordt de plechtigheid door een dominee voltrokken?

Twee spotvogels, die elkaar vonden via hun gezang, hadden meer reden om bij elkaar te blijven, dacht ik.

In The Meadows zou Vera Charlotte nu naar bed brengen. Charles maakte het karweitje af waar hij mee bezig was. De kleine Luther was hoogstwaarschijnlijk bij hem. Emily had zich opgesloten in haar kamer en lag op haar knieën te bidden, en papa sliep zijn roes uit, het eigendomsbewijs van de plantage in zijn hand geklemd.

En ik, ik wachtte op de ochtend en de reis die voor ons lag, een reis naar het onbekende, vol verrassingen, want de enige belofte die ik nog had was de belofte van morgen.

16 CUTLER'S COVE

De rest van de reis ging snel voorbij. Na een heerlijk ontbijt in de Dew Drop Inn, pakten Bill en ik snel onze spullen bij elkaar en gingen op weg. Horace en Marion Dobbs wensten ons zo vaak geluk dat ik ervan overtuigd was dat ze iets aan me hadden gemerkt. De regen was voorbij en het was een mooie, heldere dag. Of hij alleen maar vermoeid was van het huwelijk en ons vrijen, of dat hij gewoon wat tot zichzelf kwam, wist ik niet, maar Bill was een stuk rustiger tijdens de rest van onze autotocht en veel aardiger tegen me. Als hij iets zei, ging het over Cutler's Cove en over zijn familie.

'Mijn vader had het waanzinnige idee dat hij een landbouwbedrijf kon opzetten aan zee. Hij kocht een groot stuk land, zonder te beseffen of zonder zich erom te bekommeren dat daar een strand bij was. Hij bouwde een mooie boerderij en een schuur en kocht wat vee, maar het duurde niet lang voor het weer en het land hem op ondubbelzinnige wijze duidelijk maakten dat hij zich op de verkeerde weg bevond.

'Maar mijn moeder was een slimme vrouw en begon pensiongasten op te nemen, in het begin om wat extra geld te verdienen.

'Op een dag zaten zij en mijn vader te praten en besloten toen het huis te verbouwen tot een echt hotel. Toen ze dat besluit eenmaal genomen hadden, ging alles van een leien dakje. Paps liet een steiger bouwen, zodat de mensen die wilden vissen er met hun boot op uit konden. Hij werkte aan het terrein, legde tuinen en mooie gazons aan, paden voor wandelingen in de natuur, een vijver met banken, priëlen, fonteinen. Hij was geen boer, maar een verdomd goeie tuinman.

'En mijn moeder kon fantastisch koken. De combinatie bleek een succes, en het duurde niet lang of ze lieten een nieuwe vleugel aan het oude huis bouwen. Het hotel, Cutler's Cove, is sinds die tijd bijna altijd volledig bezet geweest. De mensen uit het noorden maakten mond-tot-mondreclame voor ons, en we krijgen nu gasten uit New York, Massachusetts, zelfs helemaal uit Maine en Canada. En iedereen is enthousiast over onze keuken.'

'Wie kookt er nu?' vroeg ik.

'Ik heb een paar koks in dienst gehad sinds ma er te oud voor is geworden. Vlak voor het huwelijk heb ik een Hongaar aangenomen die me werd aanbevolen door een vriend. Hij heet Nussbaum en is een voortreffelijke kok, al klaagt het keukenpersoneel over zijn opvliegende karakter.

'Je zult wel merken hoe het is,' zei Bill glimlachend. 'Het grootste deel van de tijd hol ik rond om te proberen de vrede te bewaren onder het personeel.'

Ik knikte en leunde achterover om naar het landschap te kijken. Ik wilde niet laten blijken dat ik nog nooit de zee had gezien, maar toen hij plotseling aan de horizon verscheen, kon ik een kreet van bewondering niet onderdrukken. Ik had er natuurlijk over gelezen en foto's ervan gezien, maar toen ik dat eindeloze wateroppervlak zo dichtbij zag, was ik diep onder de indruk. Ik staarde als een schoolmeisje naar de zee en de zeil- en vissersboten. Toen een groot schip aan de horizon verscheen, slaakte ik weer een kreet.

'Hé,' zei Bill lachend. 'Ik weet dat je me vertelde dat je vader je niet vaak mee naar het strand nam, maar je bent er nog nooit geweest, hè?'

'Nee,' bekende ik.

'Nee? Wel heb je ooit...' Hij schudde zijn hoofd. 'Ik heb wel een maagdelijk bruidje, hè?' Hij lachte. Ik keek hem woedend aan. Hij kon me soms zo verschrikkelijk ergeren met zijn arrogantie. Ik besloot een volgende keer niet meer zo eerlijk te zijn.

Even later namen we een grote bocht en zag ik een bord met Cutler's Cove.

'De autoriteiten hebben dit deel van de kust en de smalle winkelstraat hernoemd naar onze familie, omdat het hotel zo'n succes is,' zei hij trots.

Hij praatte verder, schepte op over alle fantastische dingen die hij zou gaan doen, maar ik luisterde niet. Ik staarde naar het landschap. De kustlijn boog hier naar binnen, en ik zag een prachtig, lang stuk wit strand dat glansde alsof het schoongekamd was door een leger arbeiders, gewapend met harken die tanden hadden zo fijn als een haarkam. Zelfs de golven spoelden zacht en bijna teder op het strand, doordrenkten het en trokken zich weer terug.

'Kijk,' wees Bill. Er stond een bord: GERESERVEERD VOOR GASTEN VAN HET CUTLER'S COVE HOTEL. 'We hebben een privé-strand, exclusief voor onze gasten.' Hij wees naar links. Ik keek langs de helling omhoog en zag het Cutler's Cove Hotel, mijn nieuwe thuis.

Het was een groot lichtblauw gebouw van drie verdiepingen met roomwitte luiken en een veranda rond het hele huis. Een trap van gebleekt hout voerde naar de veranda. De fundering was van gepolijste steen. We reden de oprit op, langs twee stenen pilaren met ronde lantaarns erop. Hier en daar wandelden een paar gasten in het park, waarin twee kleine priëlen, houten en stenen banken en tafels stonden. Er waren ook fonteinen, sommige in de vorm van een grote vis, sommige gewone kommen met een spuit in het midden. Aan de voorkant van het huis was een mooie rotstuin.

'Wel wat beter dan The Meadows, vind je niet?' merkte Bill arrogant op.

'Lang zo mooi niet als de plantage in zijn glorietijd,' zei ik. 'Toen werd die de parel van het zuiden genoemd.'

'Mooie parel,' merkte Bill op. 'Wij hebben in ieder geval geen slaven gebruikt om dit hotel te bouwen. Ik moet altijd lachen als die zuidelijke aristocraten zoals je vader opscheppen over de prestaties van hun familie. Huichelaars en snobs, het hele stel. En gemakkelijke slachtoffers bij het kaarten,' eindigde hij met een knipoog.

Ik negeerde zijn sarcasme toen we om het gebouw heen naar een zijingang reden.

'Zo komen we sneller bij onze kamers,' legde hij uit toen hij de auto parkeerde. 'Welkom thuis,' ging hij verder. 'Moet ik je over de drempel dragen?'

'Nee,' zei ik snel.

Hij lachte. 'Ik meende het niet serieus,' zei hij. 'Laat alles maar in de auto. Ik zal onze bagage straks laten halen. Eerst de belangrijke dingen.'

We stapten uit en liepen het huis in. Een korte gang leidde naar wat Bill noemde de familievleugel. De eerste kamer was een zitkamer met een stenen open haard en gezellig-uitziende antieke meubels – zachte fauteuils met houten armleuningen, waarvan de zitting nu bedekt was met een witkatoenen laken en een diepe bank met zachte kussens en bijzettafels van pijnhout. Op de parketvloer lag een ovaal, gebroken wit kleed.

'Dat is het portret van mijn vader en dat is mijn moeder,' zei Bill, wijzend. De twee schilderijen hingen naast elkaar aan de linkermuur. 'Iedereen zegt dat ik meer op paps lijk.'

Ik knikte. Het was waar.

'Alle slaapkamers van de familie bevinden zich op de eerste verdieping. Ik heb een kleine slaapkamer naast de keuken hier beneden voor mevrouw Oaks. Zij zorgt voor mijn moeder, die nu het grootste deel van haar tijd in haar kamer doorbrengt. Nu en dan wordt ze door mevrouw Oaks gelucht,' schertste hij. Ik kon me niet voorstellen dat iemand zo spottend over zijn zieke, oude moeder kon praten. 'Ik zou je wel aan haar voorstellen, maar ze kan zich niet meer herinneren wie ik ben, laat staan dat ze zou weten waar ik het over had als ik jou bij haar bracht. Waarschijnlijk zou ze denken dat je iemand van het personeel was. Kom mee,' drong hij aan, en bracht me naar de trap.

Onze slaapkamer was heel groot, even groot als de kamers in The Meadows, en had twee brede ramen, die uitkeken op zee. Het bed was groot met dikke, donkere eikehouten stijlen en een met de hand bewerkte hoofdombouw, waarin twee dolfijnen gegraveerd waren. Verder stonden er een bijpassende ladenkast, nachtkastjes en een grote klerenkast. Tegen de rechtermuur stond een toilettafel met een ovalen spiegel.

'Ik denk dat je wel wat veranderingen zult willen aanbrengen nu je hier je intrek neemt,' zei Bill. 'Ik weet dat de kamers wel wat lichter en fleuriger kunnen zijn. Nou, doe maar wat je wilt. Die dingen hebben me nooit geïnteresseerd. Je kunt vast wat rondkijken terwijl ik onze bagage laat halen.'

Ik knikte en liep naar de ramen. Het uitzicht was adembenemend. Ik had maar een klein deel van het hotel gezien, maar ik kreeg onmiddellijk een warm gevoel, het gevoel dat ik hier thuishoorde, zodra Bill weg was en ik op mijn gemak de omgeving kon bekijken. Misschien had het lot me toch niet zo achteloos en slecht behandeld, dacht ik. Ik ging weg om de rest van de eerste verdieping te verkennen.

Zodra ik uit de grote slaapkamer kwam, ging de deur van een andere kamer aan de overkant van de gang open en een kleine, gezette vrouw met donker haar en donkere ogen kwam tevoorschijn. Ze droeg een wit uniform dat meer op het uniform van een serveerster leek dan van een verpleegster. Ze bleef staan toen ze me zag en glimlachte. Ze had een warme, vriendelijke glimlach die haar wangen deed opbollen.

'O, hallo, ik ben mevrouw Oaks.'

'Ik ben Lillian,' zei ik, en strekte mijn hand uit.

'De bruid van meneer Cutler. Ik ben blij u te leren kennen. U bent even mooi als ze zeiden.'

'Dank u.'

'Ik zorg voor mevrouw Cutler,' zei ze.

'Ik weet het. Kan ik haar zien?'

'Natuurlijk. Maar ik moet u waarschuwen dat ze dement is.' Ze deed een stap achteruit en ik keek de slaapkamer in. Bills moeder zat in een stoel, met een plaid over haar schoot. Ze was een kleine vrouw, nog verder gekrompen door haar leeftijd, maar ze had grote, bruine ogen, die me snel opnamen.

'Mevrouw Cutler,' zei mevrouw Oaks. 'Dit is uw schoondochter, Bills vrouw. Ze heet Lillian. Ze komt u goedendag zeggen.'

De oude dame staarde me aandachtig aan. Ik had het idee dat mijn verschijning misschien weer wat werkelijkheidszin bij haar had wakker geroepen, maar plotseling keek ze me fronsend aan.

'Waar is mijn thee? Wanneer breng je mijn thee?' vroeg ze.

'Ze denkt dat u iemand van het keukenpersoneel bent,' fluisterde mevrouw Oaks.

'O, die komt eraan, mevrouw Cutler. Hij moet nog even warm worden.'

'Ik wil hem niet te heet.'

'Nee, hij is afgekoeld tegen de tijd dat ik hem bij u breng.'

'Ze heeft bijna geen helder moment meer,' zei mevrouw Oaks, hoofdschuddend. 'Ouderdom. Het is de enige ziekte waarvan je niet wilt dat er een eind aan komt, maar toch...'

'Ik begrijp het.'

'In ieder geval, welkom in uw nieuwe huis, mevrouw Cutler,' zei mevrouw Oaks.

'Dank u. Ik kom terug, moeder Cutler,' zei ik tegen de verschrompelde oude vrouw, die bijna een geest van zichzelf was. Ze schudde haar hoofd.

'Stuur iemand naar boven om stof af te nemen,' beval ze.

'Onmiddellijk,' zei ik, en liep naar buiten. Ik verkende de rest van de gang en was net terug in onze kamer toen Bill terugkwam, gevolgd door twee knechten die onze bagage boven brachten.

'Voor je alles gaat uitpakken, zal ik je het hotel laten zien en je aan iedereen voorstellen,' zei Bill. Hij pakte mijn hand en bracht me naar beneden. We liepen de lange gang door, die uitkwam bij de keuken. De geuren van Nussbaums kokkerellen drongen in mijn neus. De kok keek op toen we binnenkwamen.

'Dit is de nieuwe mevrouw Cutler, Nussbaum,' zei Bill. 'Ze is een gourmet kokkin uit een rijke zuidelijke plantage, dus pas maar op.'

Nussbaum, een man met een donkere huid, blauwe ogen en donkerbruin haar, keek me argwanend aan. Hij was maar twee of drie centimeter langer dan ik, maar hij maakte een krachtige en zelfverzekerde indruk.

'Ik ben geen kokkin, meneer Nussbaum, en alles wat u maakt ruikt verrukkelijk,' zei ik snel. Zijn glimlach begon in zijn ogen en gleed langzaam naar zijn lippen.

'Hier, proef mijn aardappelsoep maar eens,' zei hij, en bood me een lepel ervan aan.

244

'Heerlijk,' zei ik, en Nussbaum straalde. Bill lachte, maar toen we de keuken uit waren, nam ik hem onderhanden.

'Als je wilt dat ik met iedereen goed kan opschieten, laat me dan niet zo verwaand en arrogant voorkomen als jij zelf bent,' snauwde ik.

'Goed, goed,' zei hij, en stak zijn handen in de lucht. Hij probeerde er een grapje van te maken, maar daarna gedroeg hij zich keurig en behandelde hij me met respect tegenover de andere employés. Ik leerde ook een paar van de gasten kennen, en sprak toen met de gerant in de eetzaal.

In de weken en maanden die volgden, vond ik mijn eigen plaats, schiep mijn eigen verantwoordelijkheden, en bleef me vastklampen aan mijn overtuiging dat ik mee moest buigen met de wind om niet te breken. Ik hield mezelf voor dat als ik hier moest wonen als de vrouw van een hoteleigenaar, ik de beste hotelvrouw zou zijn van de hele kust van Virginia. Ik legde me er volledig op toe.

Ik ontdekte dat de gasten het op prijs schenen te stellen als Bill en ik met hen in de eetzaal aten en hen persoonlijk begroetten. Soms was Bill er niet bij; hij ging nu en dan weg voor zakelijke besprekingen in Virginia Beach of Richmond. Maar de gasten stelden het op prijs als ze aan het diner werden begroet. Ik deed het nu ook bij het onbijt; de meeste gasten waren verbaasd en verheugd als ik in de deuropening stond om hen te verwelkomen en ik hun naam had onthouden. Ik hield ook speciale gelegenheden bij: verjaardagen, doopfeesten en huwelijksdagen. Ik noteerde ze in mijn agenda en stuurde hun een kaart. Ik stuurde ook briefjes aan onze gasten om te bedanken voor hun bezoek.

In de loop van de tijd ontdekte ik veel kleine dingen die verbetering behoefden: dingen die de service sneller en efficiënter maakten. Ik was ook niet tevreden over de manier waarop het hotel werd schoongemaakt en bracht enkele veranderingen aan, waarvan de belangrijkste was dat ik iemand aanstelde om het onderhoud te controleren.

Mijn leven in Cutler's Cove bleek prettiger, opwindender en interessanter dan ik ooit had kunnen denken. Het leek dat ik echt mijn plaats, een reden van bestaan had gevonden. Vera's raadgevingen vlak voor mijn huwelijk met Bill Cutler bleken profetisch. Ik kon Bill genoeg veranderen om ons huwelijk draaglijk te maken. Hij maakte geen misbruik van me en maakte me niet belachelijk. Hij was tevreden over de manier waarop ik het hotel succesvoller maakte. Ik wist dat hij soms andere vrouwen opzocht, maar dat kon me niet schelen. Voorkomen dat ik me ongelukkig voelde hield in dat ik van mijn kant compromissen trof, maar het waren compromissen waartoe ik bereid was, want na een tijd verloor ik inderdaad mijn hart – niet aan Bill, maar aan Cutler's Cove.

Bill verzette zich tegen geen enkel voorstel van mijn kant, zelfs al betekende dat soms dat er meer geld geïnvesteerd moest worden. Naarmate de maanden verstreken en ik steeds meer plichten en verantwoordelijkheden van hem overnam, leek hij steeds voldaner. Je hoefde geen genie te zijn om door te hebben dat zijn belangstelling voor het hotel minder intens was dan hij het deed voorkomen. Zodra hij een excuus kon vinden voor een van zijn zogenaamde zakenreizen, nam hij de benen en kwam hij soms dagenlang niet terug. Langzamerhand begon het personeel steeds meer op mij te vertrouwen voor het nemen van beslissingen en het oplossen van problemen. Vóór het eind van mijn eerste jaar als nieuwe meesteres van Cutler's Cove, waren de eerste woorden van iemand van het personeel die antwoord moest hebben op een vraag: 'Vraag maar aan mevrouw Cutler.'

Iets langer dan een jaar na mijn komst liet ik een eigen kantoor inrichten. Bill vond dat alles amusant en was onder de indruk, maar zes maanden later, toen ik voorstelde het hotel uit te breiden en er een nieuwe vleugel aan te bouwen, protesteerde hij.

'Zorgen dat het linnengoed en de borden schoon zijn, is tot daar aan toe, Lillian. Ik kan zelfs begrijpen dat je iemand daar verantwoordelijk voor stelt en meer salaris geeft per week, maar nog eens vijfentwintig kamers erbij bouwen, de eetzaal uitbreiden en een zwembad aanleggen? Geen sprake van. Ik weet niet wat voor indruk je hebt gekregen toen we trouwden, maar zoveel geld heb ik niet, zelfs niet al heb ik succes met kaarten.'

'We hoeven niet ineens zoveel geld te hebben, Bill. Ik heb gesproken met de banken hier. Er is één bank die ons graag een hypotheek wil geven.'

'Een hypotheek?' Hij begon te lachen. 'Wat weet jij van hypotheken af?'

'Ik heb altijd goed kunnen rekenen. Je hebt gezien hoe ik onze boeken bijhoud. Dat heb ik vroeger voor papa ook gedaan. Ik schijn aanleg te hebben voor administratief werk. Al zullen we binnenkort ook een zakelijk manager moeten hebben.'

'Een zakelijk manager?' Hij schudde zijn hoofd.

'Maar eerst de belangrijkste dingen. We hebben die hypotheek nodig,' zei ik.

'Ik weet niet. Een hypotheek nemen op het hotel om uit te breiden... ik weet niet.'

'Kijk eens naar al die brieven van vroegere gasten en potentiële nieuwe gasten. Ze willen allemaal reserveren,' zei ik, en pakte een stapeltje van mijn bureau. 'We kunnen nog niet de helft ervan onderbrengen. Zie je niet hoeveel gasten we mislopen?' Hij keek een aantal brieven door.

'Hmm,' zei hij. 'Ik weet het niet.'

'Ik dacht dat je er zo prat op ging dat je een goeie gokker was. Dit is niet zo'n riskante gok, vind je wel?'

Hij lachte.

'Je verbaast me, Lillian. Ik nam een klein meisje mee naar dit hotel, of tenminste iemand van wie ik dacht dat ze een klein meisje was, maar je hebt heel snel wortel geschoten. Ik weet dat het personeel nu al meer respect heeft voor jou dan voor mij,' merkte hij klaaglijk op.

'Dat is je eigen schuld. Jij bent er niet als ze je nodig hebben. Ik wel,' zei ik scherp.

Hij knikte. Hij had niet zoveel belangstelling voor het hotel als ik, maar hij wist genoeg om een goede kans niet voorbij te laten gaan.

'Oké. Maak een afspraak met de bankiers en laten we rond de tafel gaan zitten.' Hij stond op en keek naar me terwijl ik achter mijn bureau zat. 'Ik weet soms niet of ik trots op je moet zijn of bang voor je. Sommige vrienden plagen me nu al en zeggen dat jij in huis de broek aan hebt. Ik weet niet zeker of ik dat wel zo prettig vind.'

'Je weet heel goed dat jij de broek aan hebt, Bill,' zei ik koket. Hij glimlachte. Ik had al gauw geleerd hoe gemakkelijk ik mijn zin kon doordrijven door hem te vleien.

'Ja, zolang jij het ook maar weet,' zei hij.

Ik keek onderdanig, zodat hij zich wat minder bedreigd voelde. Zodra hij de deur uit was, belde ik een jonge advocaat, Updike, die me was aanbevolen door een van de zakenlieden in Cutler's Cove. Ik had een heel goede indruk van hem en nam hem aan om ons in al onze zakelijke onderhandelingen te vertegenwoordigen. Hij hielp ons snel de hypotheek te krijgen, en we begonnen aan een uitbreiding die met onderbrekingen de komende tien jaar zou voortduren.

Mijn werk en verantwoordelijkheden in het hotel maakten het me moeilijk meer dan twee keer per jaar naar The Meadows te gaan. De eerste keer ging Bill met me mee. Telkens als ik er kwam leek de oude plantage meer verwaarloosd en vervallen. Charles had allang de moed opgegeven en deed alleen nog maar zijn best om in ieder geval voor de eerste levensbehoeften te zorgen. Papa klaagde over de belasting en de vaste lasten, net als altijd, maar Vera vertelde me dat hij de plantage steeds minder verliet en steeds vaker gokte.

'Waarschijnlijk omdat hij niet veel meer te verliezen heeft,' zei ik. Vera was het met me eens.

Meestal besteedde papa weinig aandacht aan mij en ik niet aan hem. Ik wist dat hij nieuwsgierig was naar mijn nieuwe leven en onder de indruk van mijn kleren en mijn nieuwe auto. Meer dan eens dacht ik zelfs dat hij me om geld zou vragen. Maar zijn zuidelijke trots en arrogantie beletten hem het te vragen – niet dat ik het hem gegeven zou hebben. Het zou alleen maar aan de kaarttafel of aan whisky zijn opgegaan. Maar ik nam altijd iets moois mee voor Luther en Charlotte.

Naarmate de jaren verstreken kreeg Charlotte steeds meer het fysieke uiterlijk van papa. Ze was lang en breedgebouwd, en had lange vingers en grote handen voor een meisje. De lange periodes waarin ik van haar gescheiden was hadden in de loop der jaren hun tol geëist. Toen ze vijf was scheen ze me zich nog maar vaag te herinneren als ik kwam. Als ik met haar sprak of speelde, merkte ik dat ze er langer over deed om dingen te begrijpen dan nodig was en dat ze zich maar heel kort kon concentreren. Ze kon gefascineerd raken door iets glanzends en dat uren ronddraaien in haar handen, maar ze had geen geduld voor cijfers of letters. Zodra Charlotte oud genoeg was, nam Luther haar zo vaak hij kon mee naar school, maar ze raakte al gauw jaren achter bij wat ze hoorde te kennen.

'Je moet eens zien hoe goed Luther voor haar zorgt,' zei Vera me tijdens een van mijn bezoeken. 'Hij laat haar niet zonder sjaal naar buiten gaan als het te koud is, en zodra het begint te regenen stuurt hij haar naar binnen.'

'Hij is een heel serieuze en rijpe jongen voor zijn leeftijd,' zei ik. Dat was hij ook. Ik had nog nooit een jongen gezien die zich zo intens op iets kon concentreren, en zo zelden glimlachte of lachte. Hij gedroeg zich als een volwassen man, en volgens Charles hielp hij al heel goed op de plantage.

'Ik zweer je dat die jongen net zoveel over motoren en machines weet als ik,' zei Charles.

Altijd als ik de plantage bezocht, ging ik naar het familiegraf. Net als al het andere had het liefdevolle zorg nodig. Ik wiedde het onkruid en plantte bloemen en ruimde het zo goed mogelijk op, maar de natuur scheen The Meadows op te eisen en te overmeesteren met struiken en jonge boompjes. Soms als ik wegging, keek ik achterom en wenste dat het huis zelf zou instorten en de wind de brokstukken zou verspreiden. Het kon beter verdwijnen, dacht ik, dan vegeteren zoals Bills moeder, een verwaarloosde, afgeleefde schim van zichzelf.

Wat Emily betrof, maakte het allemaal geen verschil. Ze had nooit veel plezier beleefd aan de plantage toen die nog mooi en levendig was. Er konden bloemen, gesnoeide heggen, witte magnolia's en verse wisteria zijn, of niet, het was haar om het even. Ze keek met die grijze ogen van haar naar de wereld en zag geen enkele kleur. Ze leefde in een zwart-wit universum, waarin haar religie het enige licht was en de duivel voortdurend probeerde alles in duisternis te hullen.

Emily werd hoogstens nog langer en magerder, maar zag er sterker en harder uit dan ooit. Ze klampte zich resoluut vast aan al haar overtuigingen en angsten. Eén keer, na een van mijn bezoeken, volgde ze me naar de auto, de bijbel nog steeds in haar klauwachtige vingers geklemd.

'Al onze gebeden en goede werken zijn beloond,' zei ze, toen ik me omdraaide om afscheid te nemen. 'De duivel woont hier niet langer.'

'Hij vindt het hier waarschijnlijk te koud en te donker,' zei ik. Ze richtte zich met een afkeurend gezicht op.

'Als de duivel ziet dat hij geen kans heeft op een overwinning, gaat hij snel naar graziger weiden. Zorg ervoor dat hij je niet volgt naar Cutler's Cove en zijn intrek neemt in je godverlaten hol van losbandigheid en genot. Je moet regelmatig godsdienstoefeningen houden, een kapel bouwen, in alle kamers een bijbel leggen...'

'Emily,' zei ik, 'als ik ooit het kwaad uit mijn leven moet verdrijven, roep ik jou.'

'Dat zul je doen,' zei ze, en deed zelfverzekerd een stap achteruit. 'Je maakt er nu grapjes over, maar op een dag zul je het doen.'

Haar zelfverzekerdheid deed de rillingen over mijn rug lopen. Ik verlangde terug naar Cutler's Cove, en ging pas een jaar later weer naar The Meadows, toen ik bericht kreeg dat papa was gestorven.

Er waren maar weinig mensen op de begrafenis. Zelfs Bill ging niet mee, onder het mom van een belangrijke zakenreis, die geen uitstel duldde. Papa had weinig of geen vrienden over. Al zijn kaartvrienden waren dood of verhuisd en de meeste plantagebezitters hadden het onderspit gedolven en hun land stukje bij beetje moeten verkopen. Geen van papa's familieleden voelde er iets voor de reis te ondernemen.

Papa was gestorven als een eenzaam mens, die zichzelf elke avond in slaap had gedronken. Op een ochtend was hij gewoon niet meer wakker geworden. Emily vergoot geen traan, althans niet waar ik bij was. Ze vond dat God hem tot Zich had genomen omdat het zijn tijd was.

Het was een heel simpele begrafenis, waarna Emily alleen wat thee en koekjes gaf. Zelfs de dominee bleef niet.

Ik dacht erover Charlotte met me mee terug te nemen, maar Vera en Charles praatten het me uit mijn hoofd.

'Ze voelt zich hier thuis bij Luther,' zei Vera. 'Het zou hun hart breken als je ze zou scheiden.'

Ik zag dat Vera eigenlijk bedoelde dat het háár hart zou breken, want ze was als een moeder geworden voor Charlotte. En voor zover ik het kon beoordelen voelde Charlotte hetzelfde ten opzichte van Vera. Natuurlijk was Emily ertegen dat ik Charlotte mee zou nemen naar dat 'zondige Sodom en Gomorra aan het strand'. Ten slotte besloot ik dat het beter was haar achter te laten, zelfs bij Emily, want Charlotte leek niet onder de indruk en zeker niet verontrust door Emily's godsdienstwaanzin. Natuurlijk had ik Bill nooit de waarheid over Charlottes geboorte verteld en ik was niet van plan het iemand ooit te vertellen. Ze zou mijn zusje blijven en niet mijn dochter.

'Misschien kunnen jij en Charles een keer met Luther en Charlotte naar Cutler's Cove komen,' zei ik tegen Vera, 'en een tijdje bij ons komen logeren.'

Ze knikte, maar een dergelijke reis leek haar even onuitvoerbaar als een reis naar de maan.

'Denk je dat je het hier nu kunt redden, Vera?' vroeg ik nog een laatste keer voor ik wegging.

'O, ja,' zei ze. 'Meneer Booth maakte allang geen verschil meer. Hij had geen enkele invloed meer op de gang van zaken hier. Zijn dood heeft geen enkel effect op wat we hebben of doen. Charles doet de karweitjes hier en

Luther, dat moet ik zeggen, wordt een goede en efficiënte hulp. Charles zal de eerste zijn om dat toe te geven.'

'En mijn zuster... Emily?'

'We zijn aan haar gewend geraakt. Eerlijk gezegd zouden we haar psalmen en gebeden missen. Charles zegt dat het beter is dan die filmvoorstellingen waarover we hebben gehoord. Je weet nooit wanneer je haar door het huis kunt zien zweven, met een kaars in de hand, en een kruis slaan naar een schaduw. En wie weet, misschien houdt ze de duivel wel buiten.'

Ik lachte.

'Het gaat u goed, hè, juffrouw Lillian?' vroeg Vera. Haar ogen waren kleiner geworden, ze had grijs haar gekregen en haar kraaiepootjes waren dieper en langer.

'Ik heb mijn plekje gevonden en een reden om aan de gang te blijven, Vera, als je dat soms bedoelt,' zei ik.

Ze knikte.

'Ik wist het wel,' zei ze. 'Kom, ik moet voor het eten gaan zorgen. Ik moet nu afscheid nemen.'

We omhelsden elkaar en ik ging Charlotte goedendag zeggen. Ze lag op de grond in wat vroeger mamma's leeskamer was geweest en bladerde in een oud album met familiefoto's. Luther zat op de chaise longue en keek samen met haar naar de foto's. Ze keken allebei op toen ik in de deuropening verscheen.

'Ik ga weg, kinderen,' zei ik. 'Zijn jullie de oude foto's aan het bekijken?'

'Ja, mevrouw,' zei Luther knikkend.

'Hier is er een van jou en mij en Emily,' zei Charlotte. Ik keek naar de foto en herinnerde me wanneer papa die had genomen.

'Ja,' zei ik.

'We kennen de meeste mensen in het boek,' zei Luther. 'Behalve deze.' Hij sloeg de pagina's terug en wees naar een kleine foto. Ik nam het album van hem aan en staarde ernaar. Het was mijn echte moeder. Even kon ik geen woord uitbrengen.

'Dat is... mamma's jongste zuster Violet,' zei ik.

'Ze was mooi,' zei Charlotte. 'Hè, Luther?'

'Ja,' gaf hij toe.

'Vind je niet, Lil?' vroeg Charlotte. Ik glimlachte naar haar.

'Heel mooi.'

'Hebt u haar gekend?' vroeg Luther.

'Nee. Ze is gestorven voordat... vlak nadat ik ben geboren.'

'U lijkt op haar,' zei hij, en bloosde toen.

'Dank je, Luther.' Ik knielde neer en gaf hem een zoen. Toen omhelsde en zoende ik Charlotte.

'Dag, kinderen. Wees lief,' zei ik.

'Anders wordt Emily kwaad,' zei Charlotte. Ik lachte door mijn tranen heen.

Haastig liep ik naar buiten en keek niet meer achterom.

Er was iets gebeurd met Bill tijdens de zakenreis die hij had gemaakt in plaats van met me mee te gaan naar papa's begrafenis, want toen hij dagen later terugkwam was hij opvallend veranderd. Hij was kalmer, beheerster, en zat tijdenlang op de veranda thee of koffie te drinken en naar de zee te staren. Hij slenterde niet langer door het hotel, plaagde de jonge kamermeisjes niet meer, of speelde kaart met de kelners, piccolo's of hulpkelners, waarbij hij soms schaamteloos hun zuurverdiende fooien won en in zijn zak stak.

Ik dacht dat hij misschien ziek was, ook al zag hij er niet bleek of zwak uit. Ik vroeg hem een paar keer of hij zich wel goed voelde. Hij zei van wel, en staarde even naar me voor hij wegging.

Eindelijk kwam hij op een avond, ongeveer een week later, naar mijn slaapkamer toen ik al onder de dekens lag. Na onze eerste maanden samen, vrijden we minder, tot er tijden voorbijgingen waarin we elkaar zelfs geen zoen gaven. Hij wist dat ik, als ik hem kuste of met hem naar bed ging, dat meer deed uit plichtsbesef dan uit genegenheid, ook al was hij nog steeds een knappe man.

Nooit had ons vrijen tot gevolg gehad dat ik zwanger werd. In mijn gedachten kwam dat door mijn afgrijselijke ervaringen toen ik Charlotte had gekregen. Maar voorzover ik wist was er niets mis met me, geen enkele reden om niet zwanger te worden. Het gebeurde gewoon nooit.

'Wat is er?' vroeg ik. Zijn vreemde gedrag deed mijn hart sneller kloppen. Langzaam hief hij zijn hoofd op en keek me met een bedroefde en gekwelde blik aan.

'Ik moet je iets vertellen. Ik heb niet alleen zaken gedaan tijdens mijn reizen, vooral niet als ik naar Richmond ging. Ik heb gegokt en... gedronken.' Ik haalde opgelucht adem.

'Dat verbaast me niets, Bill,' zei ik. 'Ik heb nooit naar je reizen geïnformeerd, en dat doe ik nu ook niet.'

'Dat weet ik en dat waardeer ik. Ik wilde je eigenlijk vertellen hoezeer ik je waardeer,' zei hij zacht.

'Vanwaar die plotselinge bekering?' vroeg ik.

'Ik heb een nare ervaring gehad tijdens mijn laatste reis. Ik zat in de trein te kaarten, en het werd een van die spelen die dagen duren. We stapten uit en speelden verder in een hotelkamer in Richmond. Ik won. Ik won zelfs zoveel dat een van de spelers die verloor me beschuldigde van valsspelen.'

'Wat is er gebeurd?' Weer begon mijn hart angstig te kloppen.

'Hij hield een revolver tegen mijn hoofd. Hij zei dat er nog maar één kogel in zat en dat die af zou gaan als ik vals gespeeld had. Toen haalde hij de trekker over. Ik deed het bijna in mijn broek van angst, maar er gebeurde niets. Zijn vrienden vonden het grappig en hij besloot dat dit maar een proef was geweest en hij het nog eens moest proberen. Hij haalde de trekker weer over en weer was het een lege patroonkamer.

'Ten slotte leunde hij achterover en zei dat ik kon gaan met mijn winst. Om te bewijzen dat hij geen gekheid maakte, richtte hij de revolver op de muur en haalde de trekker weer over, en deze keer ging de revolver af. Ik haastte me naar buiten en ging zo snel mogelijk naar huis. En al die tijd moest ik eraan denken dat ik dood had kunnen zijn en dat ik zo weinig met mijn leven had gedaan. Ik had een onwaardig einde kunnen vinden in een hotelkamer ergens in Richmond.' Hij staarde dramatisch naar het plafond en zuchtte.

'Mijn zuster Emily zou die bekentenis graag horen,' zei ik nuchter. 'Misschien kun je beter eens een reisje maken naar The Meadows.' Hij staarde me weer aan en de woorden kwamen er in één adem uit.

'Ik weet dat je niet van me houdt en dat je nog steeds woedend bent om de manier waarop je mijn vrouw bent geworden, maar je bent een vrouw met innerlijke kracht. Je komt uit een goed nest en ik heb besloten... als jij het er tenminste mee eens bent... dat we kinderen moeten hebben. Ik hoop op een zoon om het erfgoed van de Cutlers voort te zetten. Ik denk dat het zal gebeuren als jij het ook wilt.'

'Wat?' vroeg ik verbijsterd.

'Ik ben bereid mijn leven te veranderen, een goede echtgenoot en een goede vader te zijn, en ik zal me niet bemoeien met jouw werk in het hotel. Wat zeg je ervan?' vroeg hij smekend.

'Ik weet niet wat ik moet zeggen. Ik denk dat ik blij moet zijn dat je me niet vraagt om het door de kaarten te laten beslissen.'

Hij sloeg zijn ogen neer. 'Ik weet dat ik dat verdien,' zei hij. 'Maar ik meen het nu oprecht. Eerlijk.'

Ik leunde achterover en nam hem aandachtig op. Misschien was ik stom, maar hij leek inderdaad oprecht.

'Ik weet niet of ik zwanger kan worden,' antwoordde ik.

'Kunnen we het tenminste proberen?'

'Ik kan je niet beletten het te proberen,' zei ik.

'Wil je geen kinderen?' vroeg hij, geschokt door mijn kille reactie.

Het lag op het puntje van mijn tong hem te vertellen dat ik er al een had, maar slikte de woorden in en knikte alleen maar.

'Ik geloof het wel,' gaf ik toe.

Hij glimlachte en klapte in zijn handen.

'Dan is dat geregeld.' Hij stond op en begon zich uit te kleden, zodat we die avond konden beginnen. Die maand werd ik niet zwanger. De volgende maand vrijden we zoveel mogelijk rond de tijd waarop ik geacht werd het vruchtbaarst te zijn, maar het duurde toch nog drie maanden voor het zover was. Op een ochtend werd ik wakker met dat bekende gevoel van misselijkheid na mijn ongesteldheid te hebben overslagen, en ik wist dat Bill zijn zin zou krijgen.

Deze keer verliep mijn zwangerschap heel wat gemakkelijker en ik beviel in een ziekenhuis. De bevalling zelf ging snel. Ik dacht dat de dokter vermoedde dat ik al eerder was bevallen, maar hij zei of vroeg niets. Ik bracht een jongen ter wereld en we noemden hem Randolph Boise Cutler, naar Bills grootvader.

Zodra ik het kind zag, wist ik dat al mijn onverschilligheid was verdwenen. Ik besloot hem borstvoeding te geven en merkte dat ik het niet kon verdragen van hem gescheiden te zijn, en hij scheen niet bij mij vandaan te willen. Niemand kon hem zo gemakkelijk in slaap wiegen of zo tevreden en blij maken als ik. We namen de ene kinderjuffrouw na de andere aan, tot ik ten slotte besloot dat ik zelf voor hem zou zorgen. Randolph zou één kind zijn in mijn leven dat zijn echte moeder nooit zou verliezen. We zouden zelfs geen dag gescheiden zijn.

Bill klaagde dat ik hem verwende, een moedersjongetje van hem maakte, maar ik veranderde niet. Toen hij oud genoeg was om te kruipen, kroop hij rond in mijn kantoor, en toen hij oud genoeg was om te lopen, liep hij met mij door het hotel en begroette de gasten. Na verloop van tijd leek het of hij een deel van mijzelf was.

Toen Bill eenmaal zijn zoon had, vergat hij snel zijn belofte om zijn leven te beteren. Het duurde niet lang of hij had zijn oude leven weer opgevat, maar het kon me niet schelen. Ik had mijn zoon en ik had het hotel, dat zich op alle manieren uitbreidde. Ik liet tennisbanen aanleggen en een balveld. Ik zorgde voor motorboten voor de gasten en begon uitgebreidere diners te serveren. Het opbouwen en uitbreiden van het hotel werd mijn enige doel in het leven, en langzamerhand liet ik dat door niets verstoren. Op mijn achtentwintigste hoorde ik iemand van het personeel over me spreken als 'de oude dame'. Eerst stoorde het me, en toen besefte ik dat het slechts de manier van het personeel was om me baas te noemen.

Op een zomerdag, een opvallend mooie dag met een bijna wolkeloze lucht en een koele, frisse zeewind, ging ik terug naar mijn kantoor na de activiteiten bij het zwembad te hebben geïnspecteerd en met de parkopzichter te hebben gesproken over het aanleggen van een paar nieuwe tuinen achter het hotel. De post lag opgestapeld op mijn bureau op me te wachten, zoals gewoonlijk, en zoals gewoonlijk waren het huizenhoge stapels. Ik werkte me door het grootste deel ervan heen, legde de rekeningen opzij en sorteerde de verzoeken om reservering en de persoonlijke brieven van onze vroegere gasten in antwoord op mijn bedankjes, en mijn kaarten voor een speciale gebeurtenis.

Eén brief trok mijn aandacht. Hij was geschreven in een bijna onleesbaar handschrift en waarschijnlijk van het ene adres naar het andere gestuurd voor hij in The Meadows aankwam en doorgestuurd werd naar Cutler's Cove. Ik herkende de naam niet. Ik leunde achterover en scheurde de envelop open waaruit ik een dun velletje briefpapier haalde. De inkt was bijna te veel verbleekt om de brief te kunnen lezen. 'Beste juffrouw Lillian,' luidde de aanhef.

U kent mij niet, maar ik heb het gevoel dat ik u wel ken. Mijn oudoom Henry heeft het over u gehad vanaf het moment dat hij hier is aangekomen tot de dag waarop hij is gestorven, en dat was gisteren.

Hij vertelde altijd weer over zijn leven op The Meadows. Het klonk goed zoals hij het vertelde. We vonden het vooral heerlijk om over die grote feesten op het grasveld te horen, over de muziek en het eten en de spelletjes die de kinderen speelden.

Oom Henry praatte altijd over u als over een klein meisje. Ik weet zeker dat hij nooit aan u dacht als aan een volwassen vrouw. Maar hij dacht zoveel aan u en had het er zo vaak over hoe lief en mooi u was en hoe aardig u voor hem was, dat ik u wilde schrijven om u te vertellen dat zijn laatste woorden voor u bestemd waren.

Ik weet niet hoe hij naar mij kon kijken en dat denken, maar hij dacht dat ik u was toen ik naast hem zat. Hij pakte mijn hand en zei dat ik me geen zorgen moest maken. Hij zei dat hij terug zou gaan naar The Meadows en dat u hem als u scherp naar hem uitkeek over de oprijlaan zou zien lopen. Hij zei dat hij zou fluiten en dat u het liedje zou herkennen. Er lag zo'n levendige blik in zijn ogen toen hij dat zei, dat ik dacht dat het mogelijk kon zijn. Dus wilde ik dat u het wist.

Ik hoop dat het goed met u gaat en u niet om deze brief lacht.

Met beste wensen,
Emma Lou, Henry's achternichtje

Ik legde de brief opzij en leunde achterover. De tranen stroomden over mijn wangen. Ik weet niet hoe lang ik daar zat met mijn herinneringen, maar het moet een hele tijd zijn geweest, want de zon stond al laag en wierp lange schaduwen door de ramen. Ik had het gevoel dat ik terug was in The Meadows, en toen ik me omdraaide en uit het raam keek, zag ik geen hotel.

Ik zag de lange oprijlaan die naar het huis leidde en even was ik terug in de tijd. Er was grote opschudding in huis. De bedienden holden heen en weer en mamma gaf op zangerige toon haar opdrachten. Er werden voorbereidingen getroffen voor een van onze grote feesten. Louella holde voorbij om Eugenia's haar te gaan borstelen en haar te helpen zich aan te kleden. Ik kon iedereen even duidelijk zien als op de dag dat ik er was, maar niemand leek mij te kunnen zien. Iedereen liep langs me heen en toen ik mamma riep, bleef ze doen waar ze mee bezig was alsof ze me niet hoorde. Het maakte me wanhopig.

'Waarom ziet niemand me?' riep ik uit. Angstig holde ik het huis uit, de veranda op. Die leek onder mijn voeten te vermolmen, en wankel en oud te worden, het voedsel verdween, de trap was afgebrokkeld. 'Wat gebeurt er?' riep ik. Een zwerm zwaluwen vloog op boven het grasveld voor ze achter de bomen verdwenen. Ik draaide me om en keek naar de plantage. Hij zag er even verwaarloosd uit als nu. Mijn hart bonsde. Wat gebeurde er? Wat moest ik doen?

En toen hoorde ik het – het fluiten van Henry. Ik holde de verandatrap af naar de oprijlaan, juist toen hij om de bocht verscheen. Hij had zijn oude koffer in de hand en zijn bundel met kleren over zijn schouder.

'Juffrouw Lillian,' riep hij. 'Waarom holt u zo hard?'

'Alles is zo anders, Henry, en niemand let op me,' klaagde ik. 'Het is of ik niet meer besta.'

'O, trek je daar maar niets van aan. Iedereen heeft het druk, maar niemand zal jou vergeten,' stelde Henry me gerust. 'En er is niets veranderd.'

'Maar kan dat met jou ook gebeuren, Henry? Kun jij plotseling onzichtbaar worden, verdwijnen? En waar ga je dan naartoe?'

Henry zette zijn koffer neer en legde zijn bundel op de grond. Toen tilde hij me op in zijn sterke armen.

'Je gaat naar de plaats waar je het meest van houdt, juffrouw Lillian, de plaats die je als je thuis beschouwt. De plaats die je nooit zult verliezen.'

'Ben jij daar ook, Henry?'

'Ik denk van wel, juffrouw Lillian, ik denk van wel.'

Ik omhelsde hem en hij zette me neer, pakte zijn koffer en bundel weer op, en liep verder over de oprijlaan naar The Meadows.

En op magische wijze leek het oude, vervallen en verwaarloosde huis weer te glanzen, net als vroeger, vol leven en lachen en liefde.

Henry had gelijk.

Ik was thuis.